中國語言文字研究輯刊

二三編

許學仁 主編

第 **27** 冊

小學入經史
——張舜徽文字學論著研究

鄧　凱　著

花木蘭文化事業有限公司

國家圖書館出版品預行編目資料

小學入經史——張舜徽文字學論著研究／鄧凱 著 -- 初版 --
新北市：花木蘭文化事業有限公司，2022〔民111〕
目 4+266 面；21×29.7 公分
（中國語言文字研究輯刊 二三編；第 27 冊）
ISBN 978-626-344-041-8（精裝）
1.CST：張舜徽 2.CST：學術思想 3.CST：文字學
4.CST：文集
802.08 111010183

ISBN-978-626-344-041-8

9 786263 440418

中國語言文字研究輯刊
二三編 第二七冊 ISBN：978-626-344-041-8

小學入經史
——張舜徽文字學論著研究

作　者 鄧凱
主　編 許學仁
總 編 輯 杜潔祥
副總編輯 楊嘉樂
編輯主任 許郁翎
編　輯 張雅淋、潘玟靜、劉子瑄　美術編輯　陳逸婷
出　版 花木蘭文化事業有限公司
發 行 人 高小娟
聯絡地址 235 新北市中和區中安街七二號十三樓
　　　　 電話：02-2923-1455／傳真：02-2923-1452
網　址 http://www.huamulan.tw 信箱 service@huamulans.com
印　刷 普羅文化出版廣告事業
初　版 2022 年 9 月
定　價 二三編 28 冊（精裝）新台幣 96,000 元

小學入經史
——張舜徽文字學論著研究

鄧凱 著

作者簡介

鄧凱，博士，寧波工程學院人文與藝術學院副教授、陽明文化研究所所長，寧波市王陽明文化研究促進會理事，方太文化研究院特邀講師。1986 年生於湖南東安，本、碩、博先後畢業於武漢大學、華中師範大學，研究方向包括古典文獻學、陽明學、文字學、數字人文等，主持完成省部、市廳各級課題近十項，在核心期刊等發表論文多篇。已出版專著《王陽明年譜校注》、《浙中王門親傳孫應奎良知學研究》，合編《寧波王門集》等，所負責的慕課《陽明心學與當代社會生活》被評為浙江省一流課程。

提　要

　　張舜徽先生是著名的文獻學家，被譽為國學大師。他兼通四部之學，尤其具備深厚的傳統小學功底，傳世有以《說文解字約注》（簡稱《約注》）為代表的諸多文字學論著，對這些或集中或散見的資料進行整體和貫通的研究非常有必要，這方面的工作因為涉及精深細密的傳統小學知識而較難展開，學術界的研究成果相對較弱。然而，若要深入探討張舜徽頗具特色的通人之學，繞不開對其文字學成就的全面認知。

　　本書以文獻研究為選題角度，對張舜徽文字學論著進行思想與實踐、總體與專題相結合的論述。第一章概論張舜徽的文字學思想與研究方法，其文字學論述與生平經歷關係密切，由此探討其學術思想的淵源問題。第二章與第三章將張舜徽文字學論著體系劃分為兩個系列進行論述：《廣文字蒙求》的三種版本及其相關單篇短文集合成「導讀系列」；以《說文解字約注》、《說文解字導讀》（簡稱《說文導讀》）為主，涉及《說文》學研究的眾多論說、專著組成「《說文》系列」。《說文解字約注》是張舜徽文字學研究集大成之作，在《說文》學術史上承接的是對段玉裁《說文解字注》（簡稱《段注》）一系研究，並整合了他一生治文字學的相關材料與心得，形成了鮮明的個人特色。大致以《約注》正文釋字的層次順序，本文的第四、五、六章作為三個專題來探討其學術價值、成書來源、釋字特色。總體上看《約注》引諸家說與引書，其範圍之廣與張舜徽兼通四部、縱觀古今的治學格局恰相映照，展現其「小學通經史」之路。

浙江省社科規劃課題成果

（19NDQN317YB）

目次

緒　論

　　張舜徽先生〔註1〕在 20 世紀的中國，是一位少見的「通人」學者，被譽為 20 世紀的一位國學大師。〔註2〕他一生治學勤奮，循序漸進，貫通四部，著述等身，而之所以能夠成就「通人之學」，與其非常注重治學根基密不可分，這治學根基中便主要包括文字學。文字學、訓詁學、音韻學這三大研究領域在傳統學術話語裏可統稱為「小學」。儘管張舜徽自述「不以小學名家」，但是他在文字學領域仍然自成一家。他留下了數量可觀的文字學論著，對文字學相關領域的研究是全面而深入的。

　　學界對於張舜徽在文字學領域所取得成績的認識仍然不夠充分，因此我們有必要進一步清理、整合張舜徽與文字學有關的重要論著，也包括他對古文字學、出土文獻的研究等等。同時，為了對張舜徽的文字學研究成績作出一個盡量客觀、公允的評價，我們將其與 20 世紀文字學領域的一些重要學者進行比較，並參考學界對相關問題的已有研究，以此來論說張舜徽文字學研究的特點與成就，以及在 20 世紀中國文字學史上應有的地位。對張舜徽文字學論著的

〔註1〕對於前輩時賢稱「先生」乃應有之禮敬。為行文、閱讀簡便，下文均直書學者姓名，非不敬也。

〔註2〕謝貴安在《張舜徽與 20 世紀後半葉的國學研究》一文中提到，胡道靜、蔡尚思、章開沅、劉夢溪等均稱張舜徽為「國學大師」，而其國學大師地位的確立，主要是在 20 世紀後半葉。參見周國林主編：《張舜徽百年誕辰紀念國際學術研討會論集》，華中師範大學出版社，2011 年版，第 131 頁。

進一步梳理、闡釋，不僅有助於評判他在學術史上應有的地位，還可以給當今文字學學科發展提供有益借鑒。

一、研究現狀分析

在「中國知網」中檢索「篇名」為「張舜徽」的論文，從 1960 年到 2013 年共有 165 篇，其中 2010 年有 13 篇，2011 年有 36 篇，2012 年有 21 篇，可見 2011 年出現了一個張舜徽研究的高潮。時值「張舜徽百年誕辰國際學術研討會」召開，出版了兩部論文集，其中一部是《張舜徽百年誕辰國際學術研討會論集》（周國林主編，華中師範大學出版社 2011 年版），收入論文 73 篇，有兩篇是直接關於張舜徽文字學研究的：劉韶軍、高山的《〈說文解字約注〉的歷史文獻學視野》，以及范新干的《〈說文解字約注〉探述》。另一部論文集是《紀念張舜徽百年誕辰國際學術研討會暨中國歷史文獻研究會第 32 屆年會論文集》（董恩林主編，湖北人民出版社 2012 年版），其中收入論文 59 篇，有 3 篇與張舜徽文字學的研究有關：竇秀豔的《張舜徽的雅學成就》，孫雅芬的《張舜徽談桂馥治〈說文〉方法》，以及翁敏修的《張舜徽〈唐寫本玉篇校說文記〉述評》。從這兩部論文集所收文章主題來看，文字學方面的內容所佔比例並不高，對張舜徽文字學論著的研究仍有不少可挖掘空間。

除短篇論文外，還有專門進行張舜徽學術研究的期刊專輯、學術專著和研究生學位論文。例如，華中師範大學歷史文獻學研究所 2005 年推出了《張舜徽學術研究》第一輯；已出版從學術史的角度研究張舜徽的專著有：劉筱紅的《張舜徽與清代學術研究》（華中師範大學出版社 2001 年版），許剛的《張舜徽的漢代學術研究》（華中師範大學出版社 2009 年版）。研究張舜徽文字學的研究生學位論文都圍繞著《說文解字約注》展開，例如高山的博士論文《〈說文解字約注〉同族詞註釋研究》（2012 年），碩士論文有：王波的《張舜徽〈說文解字約注〉綜論》（2004 年），牛尚鵬的《〈說文解字約注〉同源詞研究》（2009 年），張雲的《〈說文解字約注〉釋例》（2012 年），劉琴華的《〈說文解字約注〉校勘研究》（2013 年），臺灣逢甲大學葉嘉冠的《張舜徽〈說文解字約注〉研究》（2014 年）。

1960 年至今這五十多年以來，與張舜徽學術有關的研究綿延不斷，不論是短篇論文還是專著、研究生學位論文，其內容廣度、深度，以及數量都初具規

模，然而相比較而言，對張舜徽文字學論著方面的研究仍顯不夠，有許多值得進一步探討的地方。這種研究現狀，與張舜徽在整個學術生涯中對文字學的重視程度，以及文字學研究在實際上對他治學領域不斷擴大所產生的作用，都不是很相稱的。

　　總體上看，學界有關張舜徽文字學論著的研究圍繞着兩大方面展開：一、張舜徽文字學論著中所體現的思想與研究方法；二、以《說文解字約注》（簡稱「《約注》」）一書為中心對某類問題的研究。然而這些研究大多還只是作出平面的敘述，顯得不夠深入。比如，對《約注》的研究，還沒有出現從《說文》學術史的角度，較為全面、深入探討《約注》在訂正《說文解字注》（簡稱「《段注》」）方面所取得成績。而對張舜徽文字學思想與研究方法的探討仍然要基於非常紮實、具體深入的「案例」分析，以更為充實的細節來論證其文字學理念的貫徹。此外，從當今中國語言文字學分科的視野來看，張舜徽其實又非常重視與文字學相關的其它學科，例如語源學、漢字文化學和古文字學等，他在這些領域所作出的探索和成績也不應被學界所忽視。關於當前學界對張舜徽文字學論著的研究現狀，可從文字學研究的思想與方法、圍繞《說文解字約注》的研究，以及漢字文化學和古文字學這三個主要方面展開論述。

（一）張舜徽文字學研究思想與方法

　　張舜徽文字學研究的思想與方法，很多要點其實就包涵在他的各種文字學論著之中，從這些論著的內容裏就可以提煉出來，再加以總結、深化，形成較為完整的理論體系。當然，就張舜徽文字學論著本身的材料，對其中的思想或方法作出「平面化」的歸納，似乎並不是一件非常困難的事情。然而，張舜徽的學術研究有著「博通古今」的特點，我們應該更多地從學術史的視野出發，研讀其文字學論著所涉及到的周邊文獻材料，盡可能地多做比較和分析，以便對其文字學研究的思想與方法作出更宏觀、準確的把握。這種研究思路在謝貴安的論文《「會通」思想及其歷史回聲》中得到了展現。謝貴安對張舜徽治文字學的整個歷程，以及各種文字學論著成書的內在邏輯，都有比較深刻的認識，因此他在這篇論文中指出：張舜徽對鄭樵「會通」思想吸納光揚並身體力行，這不僅表現在他對鄭樵及其學術的態度上，還形成了個人從微觀走向宏觀的研究系列，例如文字學方面的系列成果有：《廣文字蒙求》、《說文諧聲轉鈕譜》、

《字義反訓集證》——《說文解字約注》。〔註3〕這一個系列成果的出現，與張舜徽早年所受家庭教育，以及對一些前輩學者的推崇、借鑒都頗有關係。張舜徽在幼年時期，他父親就用《文字蒙求》教他識字。十五六歲時，他就看完了段玉裁的《說文解字注》、王筠的《說文釋例》。張舜徽學習的過程是循序漸進而有系統的，故而其學術論著也就形成系列。

作為張舜徽學術思想一個重要組成部分的文字學思想，對其進行考察有必要放在一個更為寬廣的學術視野裏。對張舜徽的一些重要文字學論著的認識，也可考慮從多種角度進行解讀。劉韶軍、高山的《〈說文解字約注〉的歷史文獻學視野》一文，從歷史文獻學的角度對張舜徽的《約注》進行了解讀，包括《約注》對古籍篇目、篇卷次序及其本書略例等問題的論述，體現出了張舜徽的文獻學意識。〔註4〕張舜徽是中國文獻學學科的重要創始人，他在文獻學領域的貢獻巨大，而文獻學研究的基礎是文字學，加之張舜徽一貫重視文字學，因此《約注》等論著中體現出他作為文獻學家這方面特點也是很自然的。

就研究方法而言，張舜徽治文字學的過程中有很多具體可行的實踐策略。張三夕在《張舜徽先生學述》一文中不僅全面總結了張舜徽的治學特點，還着重指出他「精通小學而無意以小學名家」，並且從三個方面概括其小學研究的特徵：「一是以『識字』為先；二是推重聲訓，由聲類以求字義；三是注重對小學名著進行總結性地校注、疏證工作。」〔註5〕這些論斷實際上已經較為具體地提示出了張舜徽的文字學研究基本方法，並且可操作性非常強。

張舜徽的學術思想突出一個「通」字，這其實也可以轉化為某種具體的治學指導方法，比如博通各種文獻材料，養成通人之識，並運用到與文字學相關領域的研究之中。從張舜徽對段玉裁的態度上，就能看得出他對「由博返約」這種通人之學的實踐過程。李華斌指出：「從《廣校讎略》（1943 年）對段氏學術的推介，到《清人文集別錄》（1963 年）對段氏人格的批評、《說文解字約注》（1983 年）對段注的修訂、《清人筆記條辨》（1986 年）對段說的修訂，

〔註3〕 謝貴安：《「會通」思想及其歷史回聲》，《船山學刊》1997 年第 1 期，第 73 頁。

〔註4〕 劉韶軍、高山：《〈說文解字約注〉的歷史文獻學視野》，周國林主編《張舜徽百年誕辰紀念國際學術研討會論集》，華中師範大學出版社，2011 年版，第 355～365 頁。

〔註5〕 張三夕：《張舜徽先生學述》，《中國文化》，1990 年第 2 期，第 213 頁。

先揚後抑，構建與通人碩儒相反的研究模式，暗合其由博返約的治學理路。」
〔註6〕其實，從張舜徽對專家之學、通人之學的論述上看，他對段說先揚後抑
的修訂恰恰也是通人識見的提升。然而，張舜徽應當不會把專家之學與通人之
學割裂開來，他的學術論著裏有「專」也有「通」。文字學研究若僅限於形、
聲、義三者是不夠的，還必須與文獻打通。「通」作為一種文字學研究方法，
對實踐的指導意義值得更為重視。

　　謝貴安教授另撰有《張舜徽與20世紀後半葉的國學研究》一文，指出張舜
徽治學的特徵是由小學入史學，從微觀到宏觀，從具體到會通。〔註7〕這些意見
其實都說明，一個「通」字指示出了一種學術研究的實踐方法，而「通」的思
想與方法所具備的理論價值，似乎尚未得到學者們的充分闡釋。至於張舜徽文
字學研究中所用到的具體操作方法，許剛在《張舜徽小學研究中的方法論》中
認為主要為「分類法」和「聲訓法」。〔註8〕「分類」的方法確實在張舜徽研治
文字、音韻、訓詁方面都有突出的體現，這當然也是一種加強記憶的手段。「聲
訓法」作為張舜徽文字學研究的特色，其實前有所承，並且雙聲之學的理論體
系有待進一步說明。

　　張舜徽幼承父教，繼承家學，後又遊學四方，轉益多師，早年的這些經歷
對他的文字學思想與研究方法產生了非常大的影響，這方面的情況還有待於進
一步展開論述。此外，他的諸多文字學論著涉及的研究主題實在不少，內容也
很豐富，因此他所運用的研究方法必定也是多種多樣的，這就還需要回到他的
各種文字學論著之中，就具體問題作出更為精細的整理和歸納，並在一定的思
想體系中理解這些研究方法，加以較為平實的評價。

（二）圍繞《說文解字約注》的研究

　　《說文解字約注》可以說是張舜徽文字學論著中最重要的代表作，此書出
版後隨即引起學界較大關注。蔣人傑撰文評論《說文解字約注》，提出了書中可
能存在的一些問題，但總體上認為此書「簡約易讀，精見迭出」。國內「語源學」

〔註6〕 李華斌、魯毅：《〈廣校讎略〉在張舜徽學術著述中的地位》，《古籍整理研究學刊》
　　　　2010年第2期，第110頁。
〔註7〕 謝貴安：《張舜徽與20世紀後半葉的國學研究》，《求索》2001年第6期，第122～
　　　　126頁。
〔註8〕 許剛：《張舜徽先生小學研究中的方法論》，《內江師範學院學報》2008年第5期，
　　　　第51頁。

研究勃興之時，殷寄明在《語源學概論》中也回顧了張舜徽《說文解字約注》在此學科中的應有價值，書中指出，《說文解字約注》不論在「許學史」上，還是在「語源學史」上，都應佔有一席重要地位。然而殷寄明把《說文解字約注》的「雙聲」問題理解成「韻之異同不甚顧及，倒是一個缺陷」，這就有失偏頗了。牛尚鵬就《說文解字約注》的「雙聲」問題做了更為深入的研究，他指出「雙聲」說重聲但並不輕韻，更沒有抹殺古韻部類界限任憑聲母縱橫馳騁。〔註9〕這個結論有非常具體的數據支撐，應當是可以相信的。然而，細讀張舜徽的其它文字學論著，更有材料表明：張舜徽所提及的「雙聲」概念，並不等同於與韻母相對的「聲母」層次，「雙聲」主要是從「發音」的角度來談的，原本就有着聲、韻兼顧的特點。

《說文解字約注》中包涵大量張舜徽對語源學方面問題的研究，他所取得的語源學研究成績非常有必要進行全面的清理。這方面的工作正在持續開展，例如：高山作有博士論文《〈說文解字約注〉同族詞註釋研究》，以及牛尚鵬作有碩士論文《〈說文解字約注〉同源詞研究》。由這兩篇學位論文，學界對張舜徽的語源學研究成績，可得到較為清楚的認識。語源學中一個基本問題是詞族的考證，因此，不少論文在探討語源、詞族問題時多有引用《說文解字約注》的研究成果。以往諸多圍繞《說文解字約注》的研究中，明確談到《說文解字約注》在語源學方面貢獻的專篇論文不算多，但實際上引用《說文解字約注》來探討語源學問題的論文卻不少，例如陳亞平的《語源義為聲符本義的形聲字字族例證》。〔註10〕除《說文解字約注》外，研究同源詞問題的論文也有參考張舜徽其它文字學相關論著的，如王福義的《同源詞掇拾》一文，〔註11〕就引用到了《演釋名·釋言語》、《演釋名·釋宮》的內容。為了清理張舜徽有關語源學問題的論述，除了最為知名的《說文解字約注》外，還應當全面瞭解其各種相關的文字學學論著，這是我們要注意到的一點。

引用到《說文解字約注》裏的內容來研究詞族問題的論文比較多，其中包

〔註9〕　牛尚鵬：《〈說文解字約注〉「雙聲」說的具體所指》，《華中人文論叢》2010 年第 2 期，第 76～77 頁。

〔註10〕　陳亞平：《語源義為聲符本義的形聲字字族例證》，《現代語文》（語言研究版）2012 年第 3 期，第 80～81 頁。

〔註11〕　王福義：《同源詞掇拾》，《古籍整理研究學刊》1994 年第 6 期，第 44～45 頁。

括：柳玉宏的《「喬」族字試析》，〔註12〕吳澤順的《「聚」義詞族探微》，〔註13〕等等。總而言之，以《說文解字約注》為重頭，張舜徽文字學論著中有很多的涉及語源學方面的內容，值得進一步作出全面而深入的清理，並可將之放在 20 世紀學術史的大背景中，對其語源學研究的成績力求作出公允、可信的評價。

從校勘學的角度看，《說文解字約注》所取得的成績也是很多的。這方面的情況劉琴華的碩士論文《〈說文解字約注〉校勘研究》有詳細論述。《約注》對《說文》的校勘成績得到學者們的公認和引用，例如梁光華的《也論唐寫本〈說文・木部〉殘帙的真偽問題》，〔註14〕用到了《說文解字約注》的研究成果作為辨偽參考。還有其它論文吸收《說文解字約注》研究成果進一步校訂《說文》的，例如陳錦春的文章：《〈說文解字〉校訂本指瑕》。〔註15〕《說文解字約注》可以說是在《說文解字注》的基礎上形成的，因此張舜徽在書中對《說文解字注》多有訂正，宋鐵全的《高郵王氏誤正〈說文解字注〉例說》一文，〔註16〕就有若干引用張說之處。

校勘古書的工作會涉及到相關文獻的引用和參照，張舜徽是一位文獻學家，他所撰著的《說文解字約注》中包涵大量引文，對這些引文的研究值得重視。竇秀豔在《張舜徽先生的雅學成就》一文〔註17〕中研究了《說文解字約注》引用《爾雅》的情況。尤可注意的是，翁敏修在《張舜徽〈唐寫本玉篇殘卷校說文記〉述評》中指出，張舜徽是近代最早用《玉篇殘卷》校勘說文的學者，他的《〈唐寫本玉篇殘卷〉校〈說文〉記》引《說文》三百多條，「引用文獻材料豐富，提高了論證的正確性；其中擇取清代學者之研究成果，已為日後撰寫《說文解字約注》之準備。又能總結考證結果，歸納出今本《說文》致誤之類型，使內容豐碩而圓

〔註12〕柳玉宏：《「喬」族字試析》，《寧夏大學學報》（人文社會科學版）2005 年第 2 期，第 33〜36 頁。

〔註13〕吳澤順：《「聚」義詞族探微》，《懷化師專社會科學學報》1987 年第 3 期，第 86〜93 頁。

〔註14〕梁光華：《也論唐寫本〈說文・木部〉殘帙的真偽問題》，《中國語文》2007 年第 6 期，第 566〜569 頁。

〔註15〕陳錦春：《〈說文解字校訂本〉指瑕》，《圖書館雜誌》2006 年第 5 期，第 70〜73 頁。

〔註16〕宋鐵全：《高郵王氏誤正〈說文解字注〉例說》，《西華大學學報》（哲學社會科學版）2013 年第 4 期，第 70〜72 頁。

〔註17〕竇秀豔：《張舜徽先生的雅學成就》，董恩林主編《紀念張舜徽百年誕辰國際學術研討會暨中國歷史文獻研究會第 32 屆年會論文集》，湖北人民出版社，2012 年版，第 180〜193 頁。

滿。」〔註18〕因此，劉友朋、高薇薇、頓嵩元合寫的《顧野王〈玉篇〉及〈玉篇〉對〈說文〉的匡正》一文，〔註19〕其中就引到了一些《說文解字約注》校勘《說文解字》所取得的成果。

以《說文解字約注》一書為研究對象，考察其成書體例、內容結構和研究方法的學位論文有：王波的碩士論文《張舜徽〈說文解字約注〉綜論》，嘗試從體例、內容、方法等方面全面考察《說文解字約注》。張云的碩士論文《〈說文解字約注〉釋例》，從雙聲推衍例、文本校勘例、總結發凡例、引證方俗例四大方面，比較好地總結了《說文解字約注》的要例。再就是一些概論學術史的著作中或多或少有一部分內容對《說文解字約注》進行總體的評說。這些論文在不同程度上都為學界充分認識《說文解字約注》的學術價值作出了貢獻。

另有一些引用《說文解字約注》進行文字考釋、辨析方面問題的探究，以及論述文字學理論的文章。考釋文字方面的，例如范新干的《〈說解文字約注〉探述》一文，從詞義考論的方面談了《說文解字約注》的學術價值。〔註 20〕又如：許家星的《〈說文解字〉「牛」字說解的辨釋》，〔註 21〕周鳳玲的《「干支」考》，〔註22〕等等，這些文章中都有引及《說文解字約注》的地方。大概是因為《說文解字約注》成書目的主要不是考釋未識的古文字，所以該書較少被古文字學專家們所特別關注和引用。這一點從《古文字詁林》所收書籍中可見一斑：馬敘倫的《說文解字六書疏證》與張舜徽的《說文解字約注》同為 20 世紀《說文解字》的「全注本」，然而《古文字詁林》只收了馬敘倫的《說文解字六書疏證》。但實際上，一些專家學者在考釋古文字工作中，仍然會時不時地查閱《說文解字約注》，可見此書在考釋古文字方面還是有一定作用的，或許以後在某些文字學相關工具書的編纂中，可以考慮收錄《說文解字約注》裡面的研究成果。

《說文解字約注》所包含的內容是非常豐富的，還有很多有待挖掘的東西，

〔註18〕翁敏修：《張舜徽〈唐寫本玉篇殘卷校說文記〉述評》，《圖書館雜誌》2012 年第 7 期，第 93 頁。

〔註19〕劉友朋、高薇薇、頓嵩元：《顧野王〈玉篇〉及〈玉篇〉對〈說文〉的匡正》，《天中學刊》1998 年第 3 期，第 56～59 頁。

〔註20〕周國林主編：《張舜徽百年誕辰紀念國際學術研討會論集》，華中師範大學出版社，2011 年版，第 366～369 頁。

〔註21〕許家星：《〈說文解字〉「牛」字說解的辨釋》，《五邑大學學報》（社會科學版）2004 年第 3 期，第 84～87 頁。

〔註22〕周鳳玲：《「干支」考》，《漢字文化》2006 年第 2 期，第 43～46 頁。

例如書中有一些關於文字學理論的觀點，也被學界所引用：郝士宏的《〈說文解字〉「讀與某同」考釋》一文中，就認為張舜徽說「許云『讀與某同』，即所以明通假也」是高卓的見識。〔註23〕其它論文還有：王卯根的《淺釋〈說文解字〉的「聲讀同字」現象》，〔註24〕湯可敬的《也說轉注》，〔註25〕等等，這些論文都或多或少引用《說文解字約注》中的相關內容，可見文字學界還是常常用到此書的，只不過《約注》該有的學術地位卻沒有被相應地彰顯出來。

（三）漢字文化學、古文字學等研究

中國文字及其所形成的文獻，是歷史、文化的重要載體，因此文字學較為容易與其它的人文社會學科研究發生關聯。從文字學的角度切入古代社會歷史的研究，前賢學者也有過成功的實踐。張舜徽有些單篇論文就是通過文字的說解來考述歷史，或者闡釋漢字的文化內涵，這在一定程度上已經趨向於「漢字文化學」的研究了。在張舜徽的文字學代表作《說文解字約注》中，他以「舜徽按」的形式大量闡發了許多漢字涉及的歷史、文化涵義，以及我國各地社會生活的方方面面，這些內容還值得進行細緻的分類和清理。事實上，學者們引用《說文解字約注》來探討漢字文化的論文是非常多的，例如：任克的《從〈說文解字〉研究有關紡織學的若干問題》，〔註26〕高海英的《從〈說文〉女部字看古人的女性審美觀》，〔註27〕樓蘭的《從〈說文解字·魚部〉看中國古代的魚文化》，〔註28〕等等。張舜徽在《說文解字約注》裡比較注重聯繫生活實際來說解文字，因此書中關於漢字文化的內容非常豐富，這也符合他提倡不僅要「讀有字書」，還要「讀無字書」的主張。

張舜徽曾考釋過古器物文字，並公開發表了自己的研究成果。例如，張舜徽於 1984 年在《光明日報》上發表有《吳王夫差矛銘文考釋》一文，這應該是比

〔註23〕郝士宏：《〈說文解字〉「讀與某同」考釋》，《寧夏大學學報》（人文社會科學版）2000年第 4 期，第 54 頁。

〔註24〕王卯根：《淺釋〈說文解字〉的「聲讀同字」現象》，《古籍整理研究學刊》2006 年第 4 期，第 75～79 頁。

〔註25〕湯可敬：《也說轉注》，《益陽師專學報》1984 年第 4 期，第 37～44 頁。

〔註26〕任克：《從〈說文解字〉研究有關紡織學的若干問題》，《蘇州絲綢工學院學報》1991年第 2 期，第 67～75 頁。

〔註27〕高海英：《從〈說文〉女部字看古人的女性審美觀》，《重慶科技學院學報》（社會科學版）2007 年第 6 期，第 106～108 頁。

〔註28〕樓蘭：《從〈說文解字·魚部〉看中國古代的魚文化》，《浙江海洋學院學報》（人文科學版）2012 年第 5 期，第 60～64 頁。

較早地對此新發現器物銘文所進行的研究，儘管在字形隸定上，夏淥、傅天佑兩位先生對此有過進一步的修正，但是張舜徽關於夫差矛性質的基本論斷是沒有太大問題的。張舜徽也相當重視新發現的文獻，特別與「古書」相關的材料，對於他這樣傳統文獻功底異常厚實的學者來說，研究起出土文獻來必定是得心應手。例如，張舜徽曾利用馬王堆帛書《老子》的資料，作《〈老子〉疏證》，收入《周秦道論發微》一書。此外，張舜徽從 1946 年到 1949 年任教於蘭州大學期間，特別留意搜集敦煌卷子，他當時「訪古搜奇，殆無虛日」。張舜徽曾借得敦煌古寫本《說苑》，並作《敦煌古寫本〈說苑〉殘卷校勘記》。王繼如有《張舜老與敦煌學》一文，〔註29〕介紹了張舜徽對敦煌文獻的搜求與校讀情況。可見張舜徽是非常重視新發現的古文字、古文獻材料的，並做過不少研究。

總而言之，學界對於張舜徽文字學思想和研究方法的探討還有必要結合相關論著的內容，進行更為紮實、具體的闡述。圍繞《說文解字約注》的研究在某些專題方面有待於深入挖掘，並且將其置於張舜徽的整個文字學論著體系下，打通各個內容模塊之間的關係，論述張舜徽「通的文字學」特點。而張舜徽在漢字文化學、古文字學及出土文獻研究方面所取得的成績，學者們談得不夠充分，有待於進一步加以闡發。

二、研究方法與創新點

本文選題《張舜徽文字學論著研究》，重點在於「論著研究」，也就是「文獻研究」。本文並非從文字學專業角度來作的，否則就當另外題為《張舜徽文字學研究》。對張舜徽的文字學論著進行研究所涉及的文獻資料較為豐富，既包括有關文字學的單行本論著，如公開出版的《說文解字約注》和《說文解字導讀》，也包括其它論及文字、聲韻、訓詁的內容，這些多散見於《舊學輯存》、《霜紅軒雜著》、《愛晚廬隨筆》、《訒庵學術講論集》、《清人筆記條辨》等書之中。因此從研究策略上考慮，文字學單行本著作內容集中、論斷精審，可以此為中心，繫聯到張舜徽在文存、隨筆、雜著等書中的文字學論說，以便對他的文字學研究有一個全面、深入的認識。

在張舜徽有關文字學的各種不同論著之中，往往可以發現一些內容大同小

〔註29〕王繼如：《張舜老與敦煌學》，周國林主編《張舜徽百年誕辰紀念國際學術研討會論集》，華中師範大學出版社，2011 年版，第 261～267 頁。

異的章節、部分，這應當是因為他「平生有志讀書，無意著書」的緣故。張舜徽在一封答友人問的書信中說自己：「已出版的各種書，都是在長期發憤讀書的過程中，勤於博覽，勤作筆記，自抒心得，寫成各種內容的『讀書錄』，隨時就涉覽所及，加以補充、修訂，等到所錄已多，從而區處條理，編定成冊，標立一個書名，即交書局出版。」〔註30〕由此可知張舜徽文字學論著的很多內容大概也是來源於各種「讀書錄」，而這些「讀書錄」經過補充、修訂，有可能出現在各種不同的文本之中。以時間先後順序比較這些內容大同小異的「讀書錄」，可以考察張舜徽治文字學的階段重點及其思想、觀點演進。

本文通過全面清理張舜徽文字學相關的論著，以《說文解字約注》和《說文解字導讀》為重點，通過一些專題的深入探究，總結他的文字學研究成果及其特色，評價張舜徽文字學研究所取得的成績，採取的研究方法主要有：

（一）比較法

主要是對張舜徽不同時期文字學論著的各種版本進行比較，例如對《廣文字蒙求》三種版本進行的比較研究。此外，可進行比較內容還包括：張舜徽針對同類問題在不同論著中的相似闡述；《約注》與《段注》在註解《說文》同一字時的具體內容異同之處；張舜徽與黃侃在治文字學方面的一些異同之處；同為 20 世紀《說文》全注本的《約注》與馬敘倫的《說文解字六書疏證》的比較，等等。

（二）史源學方法

張舜徽是文獻學家，他對各種古籍的熟悉程度非比尋常，其文字學論著在成書過程中吸收了大量圖書資料。本文通過考察《說文解字約注》所引文獻（主要包括引諸家說和引書）的情況，試圖弄清楚張舜徽撰述《約注》的資料來源，同時藉助統計工具進行量化呈現，探討引用次數、頻率差異背後的原因，以管窺作者的知識結構與學術思想。

（三）互證法

本文在論述《約注》訂正《段注》是否得當的時候，以大量傳世文字學文獻資料的解讀為主，並結合新發現的古文字材料，進行互證研究。傳統小學在

〔註30〕張舜徽：《談撰著〈說文解字約注〉的經過答友人問》，見《訒庵學術講論集》，嶽麓書社，1992 年版，第 606 頁。

20 世紀裏逐漸轉型，分化為文字學（包括古文字學）、音韻學、詞彙學、語法學等，其中文字學因新發現古文字資料的層出不窮而成為研究熱點，學科取得較快發展。相較於以往，現今文字學界對很多問題的認識有所推進，對文字學學術史梳理得較為清楚，學者們就某些問題已經取得了一定程度的共識。在這樣的背景下，通過對張舜徽文字學論著的全面、細緻梳理，以探討其治學特色，評價其學術成就是可行的。

基於對張舜徽文字學論著研究現狀的基本認識，本文主要有如下三個創新點：

一、全面清理了張舜徽的各種有關文字學的論著，以《說文解字約注》、《說文解字導讀》為中心，融入他在音韻學、訓詁學等領域的研究成果，初步構建出張舜徽文字學研究的體系，以紮實的文獻資料描述了張舜徽治文字學的歷程。

二、《說文解字約注》中包含大量訂正《說文解字注》的內容，對此進行較為全面、細緻清理和考辨，有利於學界深入認識《說文解字約注》在《說文》研究學術史上的價值。

三、通過對《說文解字約注》引用文獻（包括引諸家說和引書）情況的統計，以量化的形式呈現出來，分析《約注》各種引文在數量、頻率上出現差異的深層原因，以探究《約注》成書的知識背景和張舜徽文字學思想、治學特色等。

本文提出張舜徽「通的文字學」這個新說法，論證雙聲之學在《約注》釋字聲義通貫方面所起到的核心作用，這既是張舜徽個人研究文字學的重要特色，也是其通人之學在文字學領域結出的果實，同時對當今學科日益分化背景下的學術研究提供了有益借鑒。

張舜徽的文字學研究以《說文》為中心，然而《說文》這部書不僅屬於「文字學」，還與「聲韻學」、「訓詁學」密不可分。因此他主張專業鑽研文字學與掌握聲韻、訓詁等輔助知識要能兼顧。張舜徽說：「就某一專業的深入鑽研來說，固不嫌分析得很精細。但是無論研究哪一種專門學問，需要的輔助知識太多了，如果局限於某一局部的探討，而摒棄其他有關聯的東西，茫無所知，結果連那一點狹小的研究工作，也難於取得成績。」〔註31〕這樣的道理其實可以推廣到

〔註31〕張舜徽撰：《說文解字導讀》，巴蜀書社，1990 年版，第 73 頁。

很多學術研究領域，也體現出張舜徽以「通」作為一種治學的指導思想，協調好專深研究與博學多能的關係。基於這樣的認識，儘管本文題為張舜徽「文字學」論著研究，但是並不限於他闡明字形結構的內容，與之相關的聲韻、訓詁等，都儘量貫通起來論述。

第一章　張舜徽文字學思想與
研究方法

　　20 世紀的文字學研究取得全面發展，在清人小學成就的基礎上，由於新材料的不斷湧現，這個學術領域持續一定程度的研究熱潮，並對相關人文社會學科產生影響。越是在學科推進速度加快，新材料亟待整理研究的時期，文字學思想及研究方法的繼承、優化和推進顯得越發重要。對文字學的研究，貫穿於張舜徽的整個學術生涯，他的文字學思想與研究方法的形成，與其生平、治學經歷關聯緊密，這方面的情況依據他的自述資料就可以梳理得比較清楚，據此我們也能夠加深對張舜徽撰述文字學論著的緣起、主旨等問題的認識。

　　張舜徽的文字學研究在整個 20 世紀學術史上看，其思想與方法是較為穩健、合理的。他以一個文獻學家的視野廣徵博引，在繼承前人時賢研究成果的基礎上，又有所擇取、厚積薄發，最終形成個人「通的文字學」之特點。張舜徽將通的思想落實到了具體學術實踐中的研究方法上，或者說其治文字學的具體方法中就展現出了通的理念。簡言之，「通」既是思想，也是方法，是繫聯、演繹，也是總結、歸納。正是因為張舜徽學術突出一個「通」的特點，所以我們對其文字學論著進行研究時也要注意採取貫通的態度和方法。

第一節　生平與治學

1911 年 8 月 24 日（農曆辛亥七月初一）〔註1〕，張舜徽生於湖南省沅江縣。他幼受庭訓，轉益多師，自學成才，施教四方。張舜徽明確主張通人之學，終能兼通四部，而文字學是其治學基礎，且能夠將之貫穿於經、史、子、集四部之學的研究中。學養深厚、德高望重的張舜徽先生於 1979 年發起和創建中國歷史文獻研究會，並任會長長達十年。1981 年，他還被國務院評定為首批歷史文獻學博士生導師，獲得國家特殊津貼。

張舜徽自述有云：「刻苦自學出身，自少至老，惟從事於讀書、教書、著書。」〔註2〕可以說張舜徽是一個真正意義上的讀書人，他以學術為生命，治學、教學就是他一生孜孜不倦所從事的工作，因此，從張舜徽的生平經歷中就可以發掘、清理出其治學過程中的心路歷程、思想傾向，以及較為具體的研究方法，這些內容在其文字學論著中都是有線索可以尋找到的。論文著作集中體現出了張舜徽治文字學的成果，綜合其它各種資料所記載的內容，可以大致從論著成書時間的角度，將張舜徽文字學研究歷程分為三個時期，如下表：

表 1.1　張舜徽文字學相關論著成書簡表

時　　　期		主　要　論　著
早期	1928 年	《爾雅義疏跋》、《說文類求》、《說文聲韻譜》、《雅詁表》
	1929 年	《廣韻譜》
	1930 年	《切韻增加字略例》
	1938 年 7 月	《異語疏證》
	1939 年 6 月	《釋疾》
中期	1941 年 5 月	《聲論集要》
	1941 年 8 月	《說文諧聲轉紐譜》
	1941 年冬	《急就篇疏記》
	1942 年 5 月	《唐寫本〈玉篇〉殘卷校〈說文〉記》

〔註1〕 關於張舜徽生日的確切時間，據其子張君和所撰《張舜徽小傳》記為「一九一一年八月五日生」，見《張舜徽學術論著選》，華中師範大學出版社，1997 年版，第 643 頁。而王餘光先生在《張舜徽生平與早年著作述略》一文中對張舜徽生日的各種資料進行梳理，結合新出版的日記，認為《八十自敘》中的記錄是準確的，張舜徽的生日應該是 8 月 24 日（陰曆七月初一），見周國林主編：《張舜徽百年誕辰紀念國際學術研討會論集》，華中師範大學出版社，2011 年版，第 175 頁。今取王餘光之說。

〔註2〕 張舜徽：《張舜徽學術論著選》，華中師範大學出版社，1997 年版，第 640 頁。

	1942 年秋	《小爾雅補釋》
	1946 年春	《爾雅釋親答問》
	1948 年 12 月	《廣文字蒙求》
晚期	1966～1976 年	《說文解字約注》
	1984 年 6 月版	《鄭氏經注釋例》、《鄭雅》、《演釋名》
	1990 年 1 月版	《說文解字導讀》
	1991 年版	《漢語語原聲系》

以上分期大致以 20 世紀 40 年代和 60 年代為界，從《舊學輯存》所收論著來看，從 1941 年開始直到 40 年代末，張舜徽的文字學論著產出頗多，計有 7 種，可定為中期。20 世紀 40 年代之前可定為早期，包括他為夯實文字學研究基礎所下的「功力」，包括完成《說文聲韻譜》、《廣韻譜》這些工作，都是治文字學所必須的基本功。此外，1938 年完成的《異語疏證》應當是張舜徽最早的文字學正式著作，次年他又作《釋疾》，這種疏證、釋義的方式是張舜徽一生治文字學與著書較為基本的外在呈現形態。

1966 年開始撰述的《說文解字約注》成為張舜徽文字學論著的代表作，此後他進入一個學術總結期，或稱晚期。這個時期，張舜徽所推出的文字學論著多帶有集成、總結和推進的特點，如《約注》、《說文導讀》，以及《鄭學叢著》，分別是他一生治「許鄭之學」的心得匯總；而晚期的《漢語語原聲系》一書，則是張舜徽在文字學研究中持續推進過程中所取得的又一重要成果，此書也可以說是張舜徽語源學研究的一個代表性論著。

以上述張舜徽文字學論著成書所分早、中、晚三個時期為大致框架，綜合考察他的生平與治學歷程之關係，同樣可分為三段來作簡要介紹和探討。

一、庭訓得法　轉益多師

張舜徽之所以立志自學，形成其治學方法、路徑等，與其父親教導、家庭環境密切相關。張家多有藏書，更重要的是他有一位鑽研樸學的父親。張父在張舜徽六、七歲時便用《文字蒙求》作啟蒙教育，這培養了他一生對於文字學的濃厚興趣。這一時期，父親對張舜徽的教育對其治學方法產生了很大啟發，例如讀書要結合實物用「目驗法」，結合它書用「對勘法」等。

除了從父受業之外，張舜徽尤為注重自學。張父在學校任教，可自為兒輩講授算學、國文、生物、歷史、地理等，並請到外國語教師李卜吾先生兼講英

語課。當時張舜徽才九歲，他回憶道：「不久，徙家還鄉，兩兄入學校肄業，余獨眷戀庭闈，侍父讀書於家。雖曾一涉學校之門，入而復出，深以學校所學，不如在家自修所得之多也。」〔註3〕此後，他基本以自學成才、成名。十五、六歲時，張舜徽就去通讀段玉裁的《說文解字注》、王筠的《說文句讀》和《說文釋例》、郝懿行的《爾雅義疏》等，並且作有札記，稍有心得。十七歲時，張舜徽寫出《爾雅義疏跋》一文，對《爾雅》、《說文》的異同以及《爾雅義疏》的不足之處，提出了自己的意見，這可以認為是他進行文字學研究的開端。

進行文字學研究，必須對重要的傳統小學典籍非常熟悉，這就難免需要下「死功夫」進行一番老老實實的整理工作，張舜徽在這方面無疑是做得很紮實的，他曾以分類的方法抄過《說文》，是為《說文類求》，還作有《說文聲韻譜》、《廣韻譜》等等。這些文字學基本功都是要靠自己紮紮實實地完成，別人替代不了。自學之重要，亦於此可見一斑。

早期治文字學，張舜徽從父親家教中萌生興趣，獲知方法、路徑和態度，與此同時，通過個人的勤奮自學，打下了堅實基礎。1928 年，在父親去世後，張舜徽遊學長沙、北京，尋師訪友，後又返回湖南執教，繼續求教問學於多位湘賢學者。李紹平在《張舜徽與近代湘賢的交誼》一文指出：「（張舜徽）先後交遊較密的湘賢有二十人，皆年長於先生，多者至三十餘歲，少亦十餘齡。俱盛德碩學，有名於時。先生或師事之，或與之結為忘年之交。先生與近代湘賢的交流，起自 1929 年，迄於 20 世紀 70 年代，前後長達半個世紀。」〔註4〕這段轉益多師的經歷對張舜徽早期文字學素養的提升，產生了極大作用。

著名學者余嘉錫先生是張舜徽的姑父，他在張舜徽學術生涯中的提攜之功不可謂不大。張舜徽曾以所作《爾雅義疏跋》和《切韻增加字略例》郵寄給余嘉錫，求其教誨、指正。張父去世後，1931 年，余嘉錫讓張舜徽來到北京，就住在他自己家裡，並介紹張舜徽認識很多通人碩學，包括吳承仕、沈兼士、錢玄同、陳垣、鄧之誠、孫人和、馬衡、高步瀛等等，此外還有湘學前輩如楊樹達、黎錦熙、駱鴻凱諸位先生，張舜徽常以同鄉後進的身份前往請教。張舜徽

〔註3〕 張舜徽撰：《憶往編》，見周國林編：《張舜徽學術文化隨筆》，中國青年出版社，2001
年版，第 336 頁。又可參見《舊學輯存》（下），《張舜徽集》，華中師範大學出版社，
2008 年版，第 1126～1127 頁。

〔註4〕 周國林主編：《張舜徽百年誕辰紀念國際學術研討會論集》，華中師範大學出版社，
2011 年版，第 153 頁。

認為這是他讀書進展最快的時期，那麼其姑父余嘉錫的引薦之功實在不可埋沒。1932 年，張舜徽返回長沙任文史教員，課餘自學，還多得到湘中老輩諸儒的獎掖、教誨。

張舜徽與楊樹達交往頗多。據楊樹達《積微翁回憶錄》記載，1932 年 9 月 10 日：「張慎徽（樹畋）來，見示徐行可過錄黃季剛批校《廣雅疏證》，因借取錄之。所校不多，一日錄竟。」〔註 5〕另外，1927 年 8 月至 1930 年 7 月，長沙明德（新制）中學第二十九班初中第三十二班有「張樹畋」之名，應當也是張舜徽。又據《積微翁回憶錄》，1932 年 12 月 25 日楊樹達記載：

> 席魯思見示張慎徽來書，論《小爾雅》，不懾於宋、葛、胡、王四家之疏。謂其不能求本字，如，「蓋，覆也」；「曙，明也」；不知即《說文》之「盍」「睹」。不能通《詩》訓，如：「幾，法也」，不知本《楚茨》之「卜爾百福，如幾如式」；「順，退也」，不知本《女曰雞鳴》之「知子之順之」，與「知子之來之」為對文。不通聲訓，「頌、賦、鋪、敷，布也」；「勿、蔑、微、曼、沒、末，無也」；不知其為一聲之轉，是也。所論頗確當。慎徽年少，循此不懈，可望有成也。〔註 6〕

席魯思，即席啟駉，與楊樹達都是「思辯學社」成員，他對張舜徽多有指教、提攜，可知當時湘賢學者間的問學往來，對於後進的成長無疑起到了積極作用。上引《積微翁回憶錄》中提到張舜徽對《小爾雅》的研究內容，後來都吸收進了他的《小爾雅補釋》之中。張舜徽於 1942 年在《小爾雅補釋》的「題記」中有云：「余昔在弱齡，摰治故訓，因涉及《小爾雅》十三章。徧讀王煦、葛其仁、胡承珙、宋翔鳳諸家書，皆不厭人意。葛氏《疏證》尤紕繆錯出，不煩盡指其疵。思從事改作，未暇也。惟於諸家所未言者，略加疏釋，記之行間，上下皆滿。」〔註 7〕此可坐實楊樹達所誤記之「張慎徽」，就是張舜徽。

楊樹達評價張舜徽「循此不懈，可望有成」，獎掖之情溢於言表。此後，張舜徽多次攜自己的著作或所得文獻資料拜訪楊樹達，他們也有書信往來研討治學之事。總體上看，張舜徽與楊樹達的學術交往是非常多的，持續時間也很長，

〔註 5〕楊樹達著：《積微翁回憶錄》，北京大學出版社，2007 年版，第 45 頁。

〔註 6〕楊樹達著：《積微翁回憶錄》，北京大學出版社，2007 年版，第 46～47 頁。

〔註 7〕張舜徽撰：《舊學輯存》，《張舜徽集》，華中師範大學出版社，2008 年版，第 296 頁。

所以在楊樹達逝世後，張舜徽仍然感念不已。《訒庵學術講論集》中就收錄了兩篇張舜徽回憶楊樹達的文章，一是作於 1982 年的《獎掖後學循循善誘的前輩風規》，其中提到他「平生所識老一輩的學者名流，算來不是太少。而親炙最久、感慕最深、治學著書最勤的，首推楊遇夫（樹達）先生」〔註8〕。二是作於 1985 年的《緬懷當地卓越的文獻學家楊樹達先生》一文，末尾提出論斷：「從楊先生的治學規模和學術成就來看，毫無疑問，他是一代通人，是一位卓越的文獻學家。」〔註9〕見賢思齊焉，張舜徽也是以通人之學自勵，並終成著名的文獻學家。

張舜徽實際上與章黃學派學者有一定學術聯繫，這也是一件值得注意的事情。據《湘賢親炙錄》記載，在治文字學方面給予張舜徽指導、幫助的湘賢主要有孫文昱、席啟駉、駱鴻凱、馬宗霍等諸位先生，其中馬宗霍、駱鴻凱為章黃學派弟子，加之前面提到過的錢玄同，或也曾通過湘賢介紹而有所交往。駱鴻凱是黃侃學生，他一生恪遵師說，在各大學教授文字、聲韻之學。他與張舜徽在北京結識，回湖南後，兩人來往尤其密切。據張舜徽講，駱鴻凱先生：

> 隨身攜一布袋，凡常讀之書悉納其中。昧爽即起，取書誦覽不
> 倦。舜徽偶取視之，皆石印小字本《說文》、《廣韻》、《毛詩注疏》
> 也。嘗欲撰述《群經傳注語法錄》，又循聲求義，欲成《語原》以總
> 會之，皆未完稿。〔註10〕

張舜徽晚年作《漢語語原聲系》，或有意達成湘賢之愿。通過駱鴻凱的介紹見到馬宗霍，他也是章太炎弟子，勤於治文字、聲韻之學，作《說文解字引經考》等。

為了更為全面地整理故書舊注，1938 年，張舜徽特別為錢坫的《異語》一書作疏證，他指出：「其書專錄難字僻詞，舉凡三家《詩》異義、《周禮》故書、《儀禮》古今文以及《三傳》經師之訓，《論語》、《孟子》、《呂覽》、《淮南》之注，《楚辭》、漢賦之解，《說文》、《釋名》之詁，服虔、應劭、臣瓚、如淳之說，

〔註8〕張舜徽撰：《訒庵學術講論集》，《張舜徽集》，華中師範大學出版社，2008 年版，第 348 頁。

〔註9〕張舜徽撰：《訒庵學術講論集》，《張舜徽集》，華中師範大學出版社，2008 年版，第 131 頁。

〔註10〕張舜徽撰，周國林編：《張舜徽學術文化隨筆》，中國青年出版社，2001 年版，第 354 頁。又可參見《舊學輯存》（下），《張舜徽集》，華中師範大學出版社，2008 年版，第 1147～1148 頁。

擇其言之不經見者，系類繁稱，使成條貫。」〔註11〕《異語疏證》是張舜徽早期的訓詁學研究成果，還有待於進一步探究。1939 年，張舜徽作《釋疾》篇，其緣起有二：一、沈彤《果堂集》中有《釋骨篇》，孫星衍《問字堂集》中有《釋人篇》，張舜徽認為還缺《釋疾》一卷書；二、《醫經》、《本草》等書所記疾病名稱今古異辭，為便於今人學習古代醫術以治病救人，不得不先把這些醫學名詞解釋解釋清楚。

　　張舜徽早期的文字學研究既深受庭訓，又轉益多師，他結識了眾多通儒碩學，在交往請益的過程中受益很大，而且對他後來的治學生涯產生了較大影響。張舜徽早期的文字學論著以積累「功力」為主，但也開始寫作疏證、注釋體的學術著作。這個階段為他一生的文字學研究養成了志趣，啟發了方法，明確了路徑和態度，並開始有益的文字學專著撰述嘗試。

二、教學相長　漸入經史

　　據《張舜徽年譜簡編》記載，〔註12〕張舜徽在三十五歲以後，出湘往各地任教，此前他也完成了不少論著，載於《舊學輯存》，例如：1941 年，他完成了《聲論集要》、《說文諧聲轉紐譜》和《急就篇疏記》；1942 年完成了《唐寫本〈玉篇〉殘卷校〈說文〉記》、《小爾雅補釋》。這些文字學相關論著都是他在任藍田國師中文系講師期間所完成的。作於 1945 年的《字義反訓集證》，作於 1946 年的《爾雅釋親答問》，應當完成於張舜徽在北平國民學院任教授期間，該校當時南遷到湖南寧鄉。當時他還邀請楊樹達到校講演，並以所著《三禮鄭注義類》及《鄭雅》初稿、《揚州學記·阮元篇》與其交流。《積微翁回憶錄》記載：

　　　　（一九四六年四月）十三日。應張舜徽之約，赴民國大學講
　　　演。……十八日。舜徽出示所著《三禮鄭注義類》及《鄭雅》初稿。
　　　取鄭君羣書箋注依《爾雅》類列之，頗便學者。體例蓋取之陳奐《詩
　　　毛傳義類》及朱駿聲《說雅》也。……二十日。余為民大講演，題

〔註11〕張舜徽撰：《舊學輯存》，《張舜徽集》，華中師範大學出版社，2008 年版，第 318
　　　　頁。
〔註12〕張舜徽撰，周國林編：《張舜徽學術文化隨筆》，中國青年出版社，2001 年版，第
　　　　384 頁。

為《孔子之真精神》。謂孔子富於平民的社會的文化的精神，語皆有據。廿二日。舜徽以所著《揚州學記·阮元篇》見示。舜徽謂蘇州之學專而固，徽州之學精而狹，揚州承吳皖之後，獨得其通。如高郵之王、儀徵之阮、江都之汪、寶應之劉，皆其選也。所見至確。〔註13〕

楊樹達對張舜徽的這些著作還是非常肯定的。1946 年秋，張舜徽應邀往蘭州大學、西北師範學院任教。由隴返湘期間，1947 年 11 月 24 日張舜徽來拜訪楊樹達，據《積微翁回憶錄》記載：「張舜徽自蘭州歸，來訪。贈哈密瓜脯一枚，甚甘。徐行可告舜徽，言黃季剛日記於抗戰中失去云。」〔註14〕成於 1948 年的《廣文字蒙求》當是為便於在西北各校教學所整理出來的本子，收入《舊學輯存》。正如後來在華中師範大學任教期間，內部另有一個版本的《廣文字蒙求》，同樣是為教學服務。

新中國成立以後，直到開始撰述《說文解字約注》之前，張舜徽讀書不懈，作有大量筆記。《積微翁回憶錄》中有云：「（1949 年 12 月 31 日）張舜徽來，以所著《壯議軒漫錄》三冊見示，皆讀書筆記也。略閱之，大體平實。」〔註15〕1950 年，張舜徽入華北人民革命大學政治研究院學習一年，1951 年又回到華中師範大學歷史系任教授。這十多年裏，張舜徽在文字學研究方面不如以往那樣出來很多論著，工作事務繁忙固然是原因，但更重要的因素應該是他治學路徑的擴大。正如張舜徽在《說文解字約注·自序》中所言：「其時方治群經，尤耽習《毛詩》、《三禮》，鑽研鄭氏之學，深入而不欲出。後往來南北，施教四方，志業未專，涉獵益廣，嘗以十年之力，校讀全史；復博治諸子百家及歷代文集、筆記。」〔註16〕這些領域的研究是張舜徽「由小學入經學」治學路徑的自然延伸，更是他不願以小學名家，而有志於成就通人之學的具體實踐。

張舜徽花費十年之功通讀完了三千二百五十九卷的「二十四史」，這使得他「對於做學問，堅定了信心，增強了毅力，不畏難，不苟安。自此研究周秦

〔註13〕楊樹達著：《積微翁回憶錄》，北京大學出版社，2007 年版，第 169 頁。

〔註14〕楊樹達著：《積微翁回憶錄》，北京大學出版社，2007 年版，第 187 頁。

〔註15〕楊樹達著：《積微翁回憶錄》，北京大學出版社，2007 年版，第 210 頁。

〔註16〕張舜徽撰：《說文解字約注·自序》，中州書畫社，1983 年版，1 下；又可參見收入《張舜徽集》的華中師範大學出版社 2009 年版（簡稱「華師版」）的《說文解字約注》，第 1 頁。

諸子，讀歷代文集、筆記，都是大膽地周覽縱觀，頗能收到由博返約的效果」。
〔註17〕這種治學精神，無疑對張舜徽後來能夠完成《說文解字約注》、《中華人民通史》等大部頭著作是不可或缺的。

　　從目前所見論著的角度考察，張舜徽治文字學的這個時期明顯又可細分為兩個階段，以新中國成立之年為界，1941 年到 1949 年的階段他的文字學論著數量、質量都是很可觀的，特別是《聲論集要》中對「雙聲」理論的梳理和發展，對他後來的文字學研究影響很大。從 1949 年到大約 1966 年開始整理《說文解字約注》期間，張舜徽已經「由小學入經學、史學」，旁及子部與集部，走上了「兼通四部」的通人之學，專門在文字學方面所下的功夫確實是不如從前的。這其實也反映出他的一種文字學思想主張，那就是要由「讀字」進而「讀書」，以「讀書」為治文字學的目的。由文字學漸入到經、史等領域的研究，符合張舜徽早期所接受張之洞關於治學次第的理念，這也是他個人治學理路的自覺演進。張舜徽以十年之力校讀全史的經歷，又給了他極大信心和毅力，在精神上支撐起完成這種治學範圍的延伸和擴大。

　　這期間張舜徽對楊樹達的金文、甲骨研究著作吸收較多。據《積微翁回憶錄》1955 年 3 月 29 日記載：「張舜徽來書云：讀余金文甲骨之作，可以上比孫吳羅王。又寄示所著研究中國古代史的基本書籍及其讀法論文。閱之，文亦極好，足為古代史研究者之南針。」〔註18〕從楊樹達先生那裡，張舜徽學習到了不少楊氏的金文、甲骨文研究心得，這對於他後來撰述《說文解字約注》無疑是會起到較大積極作用的。

三、由博返約　引導後學

　　在文字學研究的晚期，張舜徽推出了他在這個領域最重要的代表作：《說文解字約注》和《說文解字導讀》。此外，包含在《鄭學叢著》中的《鄭雅》、《演釋名》，以及《霜紅軒雜著》中的《漢語語原聲系》等，也都是非常重要的文字學相關論著。張舜徽的文字學研究在晚期呈現出「由博返約」的基本特徵，這包含三層意義：第一，張舜徽在博通四部的學術視野下對其文字學研究成果作出總結和提煉；第二，推進了某些學術專題的深入研究，且對文字學的學科發

〔註17〕張舜徽撰：《張舜徽學術論著選》，華中師範大學出版社，1997 年版，第 642 頁。
〔註18〕楊樹達著：《積微翁回憶錄》，北京大學出版社，2007 年版，第 286 頁。

展方向起到一定先導作用。第三，歸納文字學研究方法，為後學指示途徑。

張舜徽自述他在五十歲以後，才開始回過頭來整理以前涉及到文字學的各種筆記資料、論述專著，並且集大成於《說文解字約注》。《約注》於 1966 年正式開始撰述，歷時多年的成書過程正是張舜徽生活較為艱難，治學環境非常艱苦的時候，他以驚人的定力和學術信念，忠於初心，由博返約，再一次將個人的文字學研究推進到新的階段，達到更高境界。

由於文字學研究在張舜徽整個學術生涯中有著極其重要的地位和作用，因此從他整個治學歷程來看，《約注》不僅是張舜徽研究文字學的總結，也是他「博通四部」後的一次「返約」。《約注》的意義其實超出了張舜徽文字學研究的範圍，更是他一生治學精要的匯集。因此，我們在《約注》中所見到的不限於嚴格「文字學」本體範圍的內容，還包括在經、史、子、集等領域張舜徽的研究心得，這些內容本文將在後面章節作進一步說明和展開。

在文字學研究的晚期，張舜徽的治學格局已經是兼通四部，因此在他撰述《約注》期間及之後，仍然持續地博治四部之學，例如《鄭學叢著》以鄭玄的經學研究為主題，但此書中所包括的《鄭雅》、《演釋名》又是與文字學相關的，這是張舜徽的文字學與經學研究融為一體的例子。又如他所作的《清人筆記條辨》，其中多有引證《約注》裏的釋字成果，這表明張舜徽將文字學融合進了他對集部之學的研究。對於崇尚「通人之學」的張舜徽來講，文字學無疑既是基礎，又是最可通行的學術切入點。

張舜徽治文字學的「由博返約」，不僅是對以往學術成果的總結和提煉，它還包涵另一層意義：推進文字學學科領域研究的深化和擴大。例如《約注》運用「雙聲之學」新注《說文》，同時在這個過程中，他也積累了大量語源學研究成果，包括繫聯同源詞、推求語根等，為了更集中地將這些內容進行整理和深化，便有了《漢語語原聲系》這個專篇，這是考察張舜徽語源學研究成績不可忽視的著作。此外，《約注》中有大量涉及「漢字文化學」的內容，被不少學者在論文寫作中引用，可見其學術影響力之一斑。在當今文字學學科研究方向日益擴大，分工越加細密的大背景下，《約注》以其內容豐富、綜合性強的特點，可為推動學術研究的不斷進步提供許多資料。

在文字學研究的晚期，張舜徽「由博返約」的第三層意義是總結研究方法，便於初學。以往學界對於《說文解字導讀》這本書，沒有放到張舜徽一生治文

字學的背景下認識，或以為此書就是單獨的一個本子。其實不論從著作目的、還是內容結構等方面看，它與之前兩種版本的《廣文字蒙求》是一脈相承的。我們甚至可以認為《說文解字導讀》一書，是張舜徽對他的文字學在研究方法上所作出的大總結，當然此書也同樣飽含著他誨人不倦、引導後學的諄諄之意。

第二節　文字學思想

對於有志於「通人之學」的張舜徽而言，文字學研究不應局限於諸如文字如何起源、某字如何考釋之類問題的探討，而應當由讀字進於讀書，從微觀到宏觀，由博返約，這樣態度給大多數學者的受益可能會更多。因此，論述張舜徽的文字學思想，也不妨就大處著眼，突出其重點和特色，主要有三個方面：以文字學為治學基礎，強調貫通的研究策略，以及兼顧傳世典籍與出土材料的運用。

一、文字學作為治學基礎

張舜徽從小接受父親「識字是為著讀書」的教導，儘管很早就對《說文》學產生濃厚興趣，也打下了一定基礎，但是並沒有從一開始就陷入狹義的文字學研究領域，他更多地將文字學，尤其是《說文》學的知識，作為進一步博覽群書的基本功和學術研究的一種切入點。

由文字學研究作為基礎，再進入經學、史學等領域，張舜徽這種循序漸進，以傳統小學為起點的治學路徑，也深受張之洞關於治學次第名言的影響，其文有云：「由小學入經學者，其經學可信，由經學入史學者，其史學可信。」〔註19〕張舜徽非常認同做學問就應該循序漸進，不可急躁，他遵從張之洞的說法，在打下了一定文字、聲韻、訓詁學基礎之後，才開始進一步研究經學。從這個意義上講，對文字學的研習是張舜徽一生治學的起點。張舜徽的這種治學路徑的選擇和實踐，成為學界共識，也得到了學者們的認同，例如王武子在《頵翁治學特點述略》一文中說道：「綜觀頵翁的治學特點及學術成就，乃是由『小學』的功夫切入，然後擴展開去，進而在語言文字學、歷史文獻學、中國哲學等多學科領域內均有

〔註19〕（清）張之洞撰，范希曾補正，徐鵬導讀：《書目答問補正》，上海古籍出版社，2001年版，第 258 頁。

重大貢獻。」〔註20〕這樣一個成功案例為後學帶來的啟發至今仍然不應該被忽視。

　　學者們大都已經指出「通人之學」是張舜徽學術的第一要義，那麼文字學在其中的地位與作用如何，這是個值得繼續探討的問題。傅道彬在《君子之於學也──〈張舜徽壯議軒日記〉讀後》一文中指出，張舜徽通人之學的根源包括「以經史為根基的學術修養、以小學為基礎的治學手段、以儒家思想為原則的精神性格。」〔註21〕張舜徽十七歲見席啟駉先生於長沙，即執贄稱弟子。席啟駉先生「治學以經史植其基，而博覽及於四部，不屑從事於一字一名一事一物之考證，主於講明大義，考鏡原流。」〔註22〕這幾乎也就是張舜徽一生治學所走的路徑。可見文字學實為張舜徽四部之學得以貫通的基本手段。

　　正是因為張舜徽自己將文字學作為治學基礎，從中受益很大，所以他也非常注重把這種治學路徑、方法推介給後學。除《說文解字導讀》這樣的著作之外，其實《約注》一書也體現了張舜徽「引導後學」的良苦用心，時時不忘導人向學，這也應當說是其成為國學大師之一特點。熊鐵基在《向張舜徽先生學習什麼》一文中論及《說文解字約注》時指出：「張先生造此新注的原意是『以便初學』，現在看來，此書的價值就在於此。」〔註23〕

二、多層面貫徹「通」的思想

　　張舜徽治學特別強調一個「通」字，作為治學基礎的文字學，它既是「通」的思想所覆蓋的領域，又是達到「通」的境界的一種手段和工具。因此我們可將張舜徽的文字學稱之為「通的文字學」。這個提法有著豐富的涵義，首先是就文字學「本體」研究（形、聲、義）而言，分為單個字和多個字兩種層次。其次，通的文字學也意味著學術研究能不斷取得進展，推出相應的專著，形成體系。再次，不限於文字學本體研究，而是以之為治學手段、方法，也就是「由

〔註20〕周國林主編：《張舜徽百年誕辰紀念國際學術研討會論集》，華中師範大學出版社，2011 年版，第 143 頁。

〔註21〕周國林主編：《張舜徽百年誕辰紀念國際學術研討會論集》，華中師範大學出版社，2011 年版，第 192 頁。

〔註22〕張舜徽撰：《憶往編》，周國林編：《張舜徽學術文化隨筆》，中國青年出版社，2001 年版，第 349 頁。又可參見《舊學輯存》（下），《張舜徽集》，華中師範大學出版社，2008 年版，第 1143 頁。

〔註23〕周國林主編：《張舜徽百年誕辰紀念國際學術研討會論集》，華中師範大學出版社，2011 年版，第 10 頁。

小學入經學」，博通四部之學。最後，主張文字考證與義理相通，且提倡能讀「無字書」，通曉社會生活中的人情物理。

就文字學本體的形、聲、義來講，在着力校勘《說文》的基礎上，貫通文字的聲、義，以及由聲義相通繫聯同源詞，這是《約注》「舜徽按」釋字的重心。這裡實際上包涵兩個層次的「通」：一，單個字的聲、義通釋；二，多個字在聲、義兩方面的相同或相近。尤其是這第二個層次的「通」，使得張舜徽從訓詁學發展到語源學的研究領域。

因為能夠不斷地將文字學各個知識模塊加以貫通，所以張舜徽的文字學論著不僅數量多，而且自成體系。借用謝貴安在《「會通」思想及其歷史回聲》一文中的說法，那就是從微觀到宏觀，形成系列，表現在小學研究領域則為：「研究文字、音韻、訓詁固然是微觀研究，但從《廣文字蒙求》、《說文諧聲轉鈕譜》這種零星、全面、卷帙浩繁的總匯，也可以說是一個從小到大，從微觀到宏觀的過程。」〔註24〕文字學研究的各個領域沒有打通，就不會形成體系。

「通的文字學」第三種涵義是張舜徽以文字學為基礎，貫通四部，即：不以小學名家，漸入經、史等多種研究領域。若要追溯張舜徽不以治文字學為最終依規的志趣是如何養成的，據他自述是在早年通過楊樹達的引薦，結識了曾運乾。而曾運乾的音韻學造詣很深，他在《喻母古讀考》一文中指出，「喻」母三等古讀當與「匣」同，其四等當與「定」同，這幾成學界定論。張舜徽後來再次訪問曾運乾，對這位以音韻學知名的學者有了更多了解後，他「始知先生（曾運乾）於學無所不窺，上自群經子史，旁逮天算樂律，靡不通曉，非徒以聲韻名家也。」〔註25〕張舜徽也不以小學名家，或有念於茲。20世紀50年代，張舜徽由文字學漸入到經、史的研究，這個時期，張舜徽真正在治學實踐上由文字學通向了其它領域。

文字學重在考證，也應當與義理之學相通，是為考證與義理不可偏廢。張舜徽高度重視漢學，尤其是「許、鄭之學」，然而真正的訓詁、考證之學是不廢義理的。父親又曾教導張舜徽「文字訓詁，宜宗漢儒」，又以《經韻樓集·朱子

〔註24〕謝貴安：《「會通」思想及其歷史回聲》，《船山學刊》1997年第1期，第73～74頁。

〔註25〕張舜徽撰，周國林編：《張舜徽學術文化隨筆》，中國青年出版社，2001年版，第359頁。又可參見《舊學輯存》（下），《張舜徽集》，華中師範大學出版社，2008年版，第1152頁。

小學跋》指示:「真能從事於訓詁名物之考證者,又何嘗薄義理哉!」〔註26〕這些治學觀點幾乎影響到了張舜徽一生對於文字學研究的方法、態度,也就是說,不死守文字學本體(形、聲、義)研究,而積極拓展到其它相關領域。另外,在《說文解字約注》的「舜徽按」語中,張舜徽不時徵引「湖湘」及各地的方言俗語、生產生活等方面的內容來證說文字,他明確地提倡以「人情物理」證字的方法,這其實在一定程度上打通了文字學與方言、民俗等研究領域,促進以文字學為中心衍生出更多學科,例如漢字文化學、比較文字學、漢字心理學等等。人文社會科學研究各領域本來就有著千絲萬縷的聯繫,文字學確實是一個較好的「打通」入口。

三、兼顧傳世典籍與出土材料

　　注重對傳統小學典籍的研習,這是前輩學者治文字學的基本素養。許慎的《說文解字》是中國文字學經典代表作,研治文字學幾乎繞不開這本著作。張舜徽曾以象形、指事、會意、形聲四類,將《說文》分抄過一遍,名為《說文類求》;又以古韻部居為緯,將《說文》九千餘文列為表,成《說文聲韻譜》。這就從文字的構造類型、聲韻兩大方面對《說文》進行了梳理。《廣韻》是音韻學研究的基本書,十八歲時,張舜徽依據陳澧所定的四十聲類,按聲歸類完成了《廣韻譜》,並且感悟到陸法言的《切韻》其實還存在於《廣韻》之中,只要我們能夠區別出哪些文字是後人所增加的內容,那麼《切韻》的原貌是可以推知的。為探討這個問題,大約在 1930 年張舜徽完成了《切韻增加字略例》一文。訓詁方面,「雅學」是重點,張舜徽則設想綜合《爾雅》、《小爾雅》、《方言》、《毛詩故訓傳》、《說文解字》、《釋名》等書,分類輯錄而成《雅詁表》。正是因為全面地從文字、聲韻、訓詁等方面對文字學相關的傳世典籍下過大工夫,張舜徽才能夠做到厚積薄發、由博返約,提出較為平實的觀點。

　　張舜徽的文字學研究以傳統小學為主,但同時也非常關注古文字材料以及其它出土文獻。他很早就注意到了對金文、甲骨文材料的運用,在一些相關的文字學論著中也時時引用各種古文字材料。20 世紀裏大量新的古文字材料被發

〔註26〕張舜徽撰,周國林編:《張舜徽學術文化隨筆》,中國青年出版社,2001 年版,第336～337 頁。又可參見《舊學輯存》(下),《張舜徽集》,華中師範大學出版社,2008 年版,第 1127 頁。

現，這極大地促進了文字學，尤其是古文字學及其相關學科取得重大進展。張舜徽身處於這樣一個「地不愛寶，重現太古遺文」時代，同樣非常重視新發現的文字學材料，他極為留意對金文、甲骨文材料的運用。張舜徽早年從著名文字學研究大家楊樹達那裡學到很多這方面的知識，他自述：「舜徽北遊時，以鄉後進禮謁見先生於舊刑部街寓廬。時先生方治文字、聲韻、訓詁之學，日有定程。知舜徽亦有志從事於此，每有新悟，輒為舜徽言之，津津樂道，不以舜徽年猶未冠而輕易之。」〔註 27〕此後他們多有書信往來，問學討論頗勤。張舜徽提到楊樹達「晚歲治金文甲骨，所獲尤多。既裒集所為考證文字成《積微居小學金石論叢》，後又出版《小學述林》以及《甲文說》、《金文說》之屬，日益宏富。」〔註 28〕楊樹達任教湖南大學不久，隨校西遷辰溪，張舜徽說「先生是時治金文甚勤，每有所得，寫為短文，以油印本寄我讀之，多發前人所未發。」〔註 29〕可知張舜徽當從楊樹達處吸收不少金文、甲骨的研究心得，這對他撰述《約注》時所涉及的金文、甲骨文內容，無疑是有過很大幫助的。

　　張舜徽還較為重視傳統「金石學」的發展，在青銅器、石刻的研究領域，除了對器型序列的整理外，他提出金石學還應重點包括對器物款識的研究，這就與傳統小學中注重對文字的考釋緊密關聯起來。他贊同羅振玉改「金石學」稱「古器物學」，認為金石學是古器物學之主要部份，張舜徽另撰有《考古學者羅振玉對整理文化遺產的貢獻》一文，充分肯定了羅振玉對近代以來的古文字學、考古學等領域的貢獻。張舜徽另外提出所謂的「古器物學」研究對象還應包括甲骨、碑刻、竹木石簡、帛書帛畫、歷代書畫、雕刻、刺繡、瓷器、料器、文具之類。結合前面張舜徽所提出對「器物款識」的研究，他其實試圖論述一門可稱之為「古器物文字學」的學科，這與所謂的「古文字學」還是略有差別的，「古器物文字學」較為注重對古器物本身所包含一些信息的研究，例

〔註 27〕張舜徽撰，周國林編：《張舜徽學術文化隨筆》，中國青年出版社，2001 年版，第 352 頁。又可參見《舊學輯存》（下），《張舜徽集》，華中師範大學出版社，2008 年版，第 1146 頁。

〔註 28〕張舜徽撰，周國林編：《張舜徽學術文化隨筆》，中國青年出版社，2001 年版，第 353 頁。又可參見《舊學輯存》（下），《張舜徽集》，華中師範大學出版社，2008 年版，第 1147 頁。

〔註 29〕張舜徽撰，周國林編：《張舜徽學術文化隨筆》，中國青年出版社，2001 年版，第 367 頁。又見張舜徽撰：《訒庵學術講論集》，《張舜徽集》，華中師範大學出版社，2008 年版，第 349 頁。

如對青銅器銘文的斷代,青銅器形制的序列往往能提供時代線索的有力參考依據。近年來古代書冊大量被發現,或可成為「古書文字學」的研究對象,與「古器物文字學」共同作為「古文字學」下的分支。現代學術分工日益精密的趨勢下,張舜徽關於「古器物文字學」的提法,或許能在不久的將來成為學界共識。

張舜徽特別提醒學界在以古器物文字考證歷史時所需要注意的地方,例如古代器物上所記戰俘數字,多有誇耀,不可盡信;又如銅器刻辭上所記統治者的功德,也要明白是「有為而發」的。這種見識是與他對「古器物文字學」提法本質相通,因為研究「古器物文字學」,首先要弄清楚這個古代器物的性質,它決定了古文字出現的語境。

當今古文字與出土文獻研究領域因新材料的層出不窮而持續火熱,這與漢代對新發現古文經的研究而帶動文字學發展之情形頗為相似。20世紀大量古文字新材料的出現,為文字學及相關學科研究取得突破性進展提供了可能,然而與傳世文獻相比較,新材料畢竟還是較少的。如果忽視傳世文獻,而只對新材料趨之若鶩,容易給人一種捨本逐末的感覺。許慎的《說文解字》依然是進行文字學研究的基本參考書,張舜徽對此書所進行的整理、研究成果,如《說文解字約注》等,應當為學界全面、充分地汲取。他兼顧傳世典籍與出土文獻的文字學研究策略,通過個人實踐取得了較大成績,值得後學充分地借鑒和汲取。

第三節　研究方法

善於從傳統典籍的學習中總結出理論、方法,運用於下一步的研究,這也是張舜徽治學的一個特點。例如他開始讀《段注》的時候,便採用《文字蒙求》裏王筠將文字分為象形、指事、會意、形聲四類的做法,既讀書又抄錄。這樣做其實是同時吸收了段玉裁、王筠治《說文》學的成果,一舉兩得。張舜徽以自學為主而轉益多師,結合父親的教導和借鑒前輩時賢治學經驗,他逐漸形成了一些常用的具體的文字學研究方法,包括分類法、對勘法、聲訓法、目驗法,等等。這些研究方法可操作性強,行之有效,運用到了張舜徽的各種文字學論著撰述之中。

特別要說明的是，本文界定張舜徽文字學「思想」與「研究方法」的區別在於其側重理論性還是操作性。因為張舜徽先生的《約注》重在「以許證許」，所以從操作性上看，張舜徽先生考證文字時「兼顧傳世典籍與出土材料」的案例相對而言不算特別多，因此在本文論述中不是作為「方法」來談，而是結合張先生有關論述，作為「思想」來看待。然而，考證文字時有多少「兼顧傳世典籍與出土材料」的例子，這由張先生的研究目的、論證需要所定，我們做瞭解之同情即可，倒也無可厚非。

分類法是一種基本的文獻整理方法，用處很多，以研究《說文》為例，張舜徽主張先要用到分類的方法，也就是以「六書」作為整理《說文》九千三百五十三文的框架，分為象形字、指事字、會意字、形聲字這四個大類。這種操作方法他早年實踐過，頗為受益，因此在《說文解字導讀》中特意指出來。當然，用分類法整理、研究傳統文字學經典，張舜徽也是前有所承的。他曾以《廣韻譜》、《切韻增加字略例》求正於孫文昱先生，得到其嘉許。孫文昱先生所撰述的《小學初告》「首揭文字、聲音、訓詁綱領；次依六書分類以錄許書常見之字；次採清代通人之論，而以己之所得於聲韻者殿焉。舜徽初至長沙，即從先生受聲韻學，師事之唯謹。」〔註30〕這是張舜徽所自述的內容，可不難從孫文昱《小學初告》中的治學方法中看到張舜徽撰述的《廣文字蒙求》、《聲論集要》、《約注》等文字學論著的影子，其中孫文昱先生「依六書分類以錄許書常見之字」的方法就完全被張舜徽所採用。

對勘法，或更寬泛地稱之為比較法，這也是張舜徽常用的文字學研究方法。用對勘的方法處理文獻資料，不僅能看出異同，還能較為全面地理解和分析問題。例如，《約注》所引諸家說，只是張舜徽在對讀各家討論《說文》過程中所精選出來的一部分，沒有先前對《說文》諸家說的比較閱讀，也就談不上後來的「約取」了。嚴格意義上的「對勘法」，主要用於校勘，張舜徽落實此法到《約注》中，不僅用多種文獻校勘《說文》，包括以唐寫本《玉篇》校勘《說文》，還進一步對《段注》加以訂正，這些工作都取得了不少成績。張舜徽早年在讀《尚書》時，就曾拿《史記》夏、商、周的《本紀》來對讀，《憶往編》中有云：

〔註30〕張舜徽撰，周國林編：《張舜徽學術文化隨筆》，中國青年出版社，2001 年版，第347 頁。又可參見《舊學輯存》（下）、《張舜徽集》，華中師範大學出版社，2008 年版，第 1142 頁。

「余因寫《尚書史記對照表》。余之知用對照比較之方法以治學，實吾父啟之。其後嘗用此法以校讀《史記》、《漢書》，領悟亦大。」〔註31〕由此可知這種對勘、比較的方法，持續影響了張舜徽一生的讀書、治學。

聲訓法，更具體地講就是用雙聲的方法。《說文解字導讀》可以說是張舜徽對自己文字學研究方法的一個總結，其中提出「循雙聲的原理去貫穿《說文》」，可見「聲訓法」在一定程度上就是「通的文字學」理念的實行辦法。因此，我們在「通的文字學」這一章裏將集中討論「雙聲之學」。張舜徽把聲訓法發展為獨具個人特色的雙聲之學，既有理論依據，形成體系，而且又進行了卓有成效的治學實踐，這種研究方法應當更為學界所重視。

目驗法，包括所謂的「讀無字書」，是把讀書和現實結合起來。幼學之時，父親便教導張舜徽讀書是為了理解實物，需要用目驗的方法，例如看《說文》艸部、木部時可結合《本草綱目》上的圖像來對看，而平時也要注意觀察自然、社會事物，學會讀「無字書」。目驗的研究方法在《約注》中也得到大量運用，張舜徽常常結合親身所見社會生活中的場景、事物，解釋《說文》中的文字所涉及的內容。張舜徽無疑是一位非常具有務實精神的學者，學用相融、知行合一，也是通人、大師所應有的氣象。

在實際的文字學研究過程中，張舜徽會根據需要，綜合運用上述方法。例如，要想探求語言文字的發展軌跡，確定其「語源」非常重要。張舜徽晚年所定《漢語語原聲系》就是為此而作的重要探索。語源問題，簡單來說就是「音義」探源的問題。在「音」的方面，張舜徽主要用雙聲的方法；在「義」的方面，他還有著獨到的方法論：

> 探求語原，首必從人情物理乃至方言俚語及謠諺習俗中取得依據，由一聲而推衍至數字或數十字，而皆可貫通其義。始得立一為岩，以確定其孰為語根，孰為由此而孳乳之字羣以論定之。固不必繁徵博引經傳羣書而後可以取證也。古今雖有時代之變，而人情物理乃至方言俚語及謠諺習俗，有歷數千年而猶未變者，取以證今日之語言，固多符合無間。以視專致力於經傳羣書之搜討，固事易而

〔註31〕張舜徽撰，周國林編：《張舜徽學術文化隨筆》，中國青年出版社，2001 年版，第 333 頁。又可參見《舊學輯存》（下），《張舜徽集》，華中師範大學出版社，2008 年版，第 1125 頁。

功多也。〔註32〕

　　總而言之，張舜徽文字學思想與研究方法的形成，與其生平經歷有著莫大關係，尤其是早期受父親教導，而後遊學四方，轉益多師，這對他此後的治學理念、路徑、格局產生持續的影響。若要用一個字來概括張舜徽文字學的特點，那無疑就是「通」。通，作為一種文字學思想，有著多個層面的涵義；通，作為一種研究方法，在張舜徽的文字學研究中以雙聲之學為核心，得到了具體展現。古典文獻浩如煙海，前賢皓首於此，非有堅定毅力與卓越見識，何能為此博通之事？難能可貴的是，張舜徽先生能夠做到不忘初心，沿著既定的治學路線，循序漸進，攻堅克難，最終成就通人之學。

〔註32〕張舜徽撰：《霜紅軒雜著》，《張舜徽集》，華中師範大學出版社，2009 年版，第 25 頁。

第二章 《廣文字蒙求》的三種版本比較研究

　　《舊學輯存》中收有一種《廣文字蒙求》（以下簡稱「舊學本」），據《序》可知成書於 1948 年；張舜徽在華中師範大學任教時，又有一種內部刊行的影印本《廣文字蒙求》（以下簡稱「內部本」），據《前言》所記，作於 1972 年；1990年巴蜀書社出版了張舜徽的《說文解字導讀》（以下簡稱「導讀本」），此書的主體內容與前兩個版本《廣文字蒙求》存在明顯的一致性，實為《廣文字蒙求》第三種的版本。

　　比較這三種版本的《廣文字蒙求》（依時間順序簡稱為舊學本、內部本、導讀本），可以管窺張舜徽的學術思想演變軌跡。許剛作有論文《文本的差異，時代的痕迹——張舜徽先生〈廣文字蒙求〉兩种版本前後變動芻議》，他對《廣文字蒙求》的舊學本、內部本做了文字內容變動的分析，提出時代影響學術的問題，認為張舜徽「先生在生前學術研究中，是嘗試過吸納馬克思主義作為一種借鑒學說的。」〔註1〕然而，若能將《廣文字蒙求》的導讀本與舊學本、內部本一起作比較，還可以更全面、深入地探討張舜徽學術保持一貫性的同時，又有哪些方面是隨時代而發生了演變。

〔註1〕許剛：《文本的差異，時代的痕跡——張舜徽《廣文字蒙求》兩種版本前後變動芻議》，《烏魯木齊職業大學學報（人文社會科學版）》，2006 年，第 04 期，第 91 頁。

按照成書時間先後順序，可將《廣文字蒙求》的內部本（1972 年）與舊學本（1948 年）先進行比較，而且這兩種本子都曾用於實際的教學；又可將導讀本（1990 年）與內部本對比，導讀本是公開出版的，且多為張舜徽文字學思想的「晚年定論」，其中所涉及的文字學思想、研究方法，不僅可以與前兩種版本的《廣文字蒙求》進行比較，還能夠繫聯到張舜徽散見於它書的有關文字學各種論說，這類情況，行文所及，一併討論。

將《廣文字蒙求》的舊學本、內部本和導讀本做一全面對讀，便能夠梳理清楚三者的異同之處，至於對具體內容的比較，不妨主要從序言、目錄、文本細節三個方面進行考察，結合散見於它書的資料，擇其精要作出探討。

第一節　序言比較

三種版本的《廣文字蒙求》都有「序言」，張舜徽在其中除了談著書目的之外，還會講到他治文字學的一些重要觀念，比如讀字與讀書的關係，以文字證史，等等。這三種「序言」寫作的時代背景不同，各自所強調的內容重點有所差異，但是在「引導後學」這個出發點上是完全一致的，故可稱之為「導讀」系列的文字學論著。

在父親的教導下對王筠《文字蒙求》的學習，可以說是張舜徽一生研治文字學的起點。除《文字蒙求》外，他還繼續通讀段玉裁的《說文解字注》，王筠的《說文句讀》、《說文釋例》等，並關注到了金文、甲骨文等新材料。在研習文字學傳統典籍與新發現古文字材料的基礎上，他「認為《文字蒙求》有待充實推廣，俾能成為比較適用的古文字學入門之書。」〔註2〕這也就是說，張舜徽所作的《廣文字蒙求》是在《文字蒙求》的基礎上，結合了他自己研究文字學的心得，成為引導後學的一種新的文字學入門書。從這個意義上講，《廣文字蒙求》與後來的《說文解字導讀》其實是出於同一個寫作目的。

舊學本《廣文字蒙求·序》中，張舜徽開篇就談到讀古書必先認識古代文字，才有下手處。而在《說文解字導讀》的「前言」中，張舜徽也指出：「一個人如果想要了解中國古代文化，閱讀中國古代書籍，首先便要認識中國古代文字，才有下手處。東漢許慎的《說文解字》，是一部介紹、說明中國古代文字的

<hr>

〔註2〕張舜徽撰：《舊學輯存》,《張舜徽集》，華中師範大學出版社，2008 年版，第 5 頁。

基礎書籍。」〔註3〕儘管這裡談的不是《文字蒙求》這本書，但張舜徽強調的仍
然是學習中國古代文字要從基礎書籍開始入門。《說文解字導讀》作為《廣文字
蒙求》的第三種版本，同時在一定意義上也是文字學入門書的「高階版」，況且
這三本書在內容上有很大連貫性，這與作者一貫的撰述目的不能說沒有重要關
係。

　　張舜徽在《廣文字蒙求》裡多強調識字的重要性，尤其是不識古代文字就無
法閱讀古代書籍，但這只是其文字學思想的一個方面，他另有《讀字與讀書》一
文，一方面結合親身經歷，談到幼年由小學入門讀書的重要性，另一方面又說：

> 於此興趣雖濃，然特視此為讀書之工具，非欲終身肆力斯道，
> 以專門名家自期也……余觀今日後生之治小學者，但汲汲於考釋字
> 之形聲義，而不用以讀書，終其身從事解說單字，欲以名家自炫。
> 叩其所有，則常見之書，亦多未讀，遑論博涉多通。余嘗綜其所為
> 而名之曰：此乃讀字也，非讀書也。深慨讀字之人太多，讀書之人
> 太少。取徑既隘，所就便小，欲其涉覽群籍，成為通才，得乎？故
> 有志致力於文字、音韻、訓詁之學者，必聯繫於讀書，以讀書為歸
> 宿。〔註4〕

　　識字是讀書的基礎，小學功力的程度如何，對閱讀古籍和其它古文字材料，
確實影響頗大。然而精通小學實為不易，所以張舜徽不僅自己狠下功夫、取得
成就，還積極撰寫文字學「導讀」性質的論著以引導後進，這是值得稱道的。

　　如果僅從《廣文字蒙求》、《說文解字導讀》中的有關論述看，張舜徽主要
強調「讀字」的重要；而收在《愛晚廬隨筆》中的《讀字與讀書》、《由識字進
於讀書》兩篇短文，則更多地論述了他認為「讀書」才是識字下階段目標的觀
點。他用「登堂入室」作比方：「如精通小學而不讀書，是猶立於門外，而未登
堂入室，奚由而見室內之美富乎？」〔註5〕張舜徽所論讀字與讀書，反映其個人
治學路向之選擇。實際上，不少文字學專家一生都在「識字」，同時也在讀書，
讀很多與文字形、音、義研究密切相關的文獻，其學術成就也是足以「名家」

〔註3〕張舜徽撰：《說文解字導讀》，巴蜀書社，1990 年版，第 1 頁。

〔註4〕讀字與讀書，見張舜徽撰：《愛晚廬隨筆》，《張舜徽集》，華中師範大學出版社，2005
　　　年版，第 27 頁。

〔註5〕由識字進於讀書，見張舜徽撰：《愛晚廬隨筆》，《張舜徽集》，華中師範大學出版社，
　　　2005 年版，第 44 頁。

的。也就是說，這些文字學專家為了解決某些非常具體、深入的問題，必須花費極大，甚至一生的精力，鑽研文字學領域的書。而張舜徽在小學方面打下堅實基礎後，拓展到嚴格的文字學領域以外，進行更高層次的讀書，比如經學、史學的研究等，這完全符合他一生治學路徑的選擇。因此在一定意義上，我們可以認為張舜徽主張「讀字」，也就是為了讀書而讀字，而非限於文字學學科本體研究的「識字」。此外，由這個例子也可以看出，要想全面瞭解張舜徽的文字學觀點，不能限於《說文解字導讀》、《說文解字約注》這樣的知名專著，還必須掌握散見於其它論著中的相關材料。

在舊學本的《廣文字蒙求》序言中，張舜徽提及「以文字證史」的主張，其中有云：

> 嘗以為文字可以考史，舉凡遠古人類生活活動圖影，悉保存在文字中。加以近歲涉覽譯本新書，對於有關人類起源、階級分析學說，略有窺悟，用來就古文字證說遠古史跡，頗有貫通之益，因就事物立題，做了淺明概略的敘述，藉以發凡起例，示初學以從入之途。〔註6〕

這裡所提到的以文字證史方法，內部本《前言》則表述為：「運用新觀點，按照人類進化的程序，寫成從古代文字中探索勞動人民的歷史。」舊學本說的是張舜徽從「譯本新書」中瞭解到有關人類起源、階級分析的學說，而內部本說的是他運用了「新觀點」，這種新觀點是按照人類進化程序探索「勞動人民」的歷史。舊學本作於新中國建國之前，內部本作於文革時期，這二十多年來張舜徽對當時全民共學的馬克思主義學說有了更豐富的認識。要特別提出是，張舜徽並不是在新中國成立以後迫於政治壓力而接觸馬克思主義的，他治學的態度是開放的，觀點是有一貫性的。對於內部本所提倡的「新觀點」，張舜徽後來似乎又有揚棄。例如內部本（第176頁）原有這樣的話：

> 當然，我們今天研究的目的和用功的方法，不能停留在前人的階段，況且吳、孫、羅、王這些人，都生長在半封建半殖民地的社會，他們的研究中心，除遠古文字的考證以外，大半圍繞著古代帝王的名謚、世系等問題來加探索。我們今天，便應反其道而行之，

〔註6〕張舜徽撰：《舊學輯存》（上），《張舜徽集》，華中師範大學出版社，2008年版，第5～6頁。

運用新的觀點、方法，把研究中心轉移到古代勞動人民生活、活動
的方面來，才能超越前人的窠臼，取得新的成就。

導讀本（第 80 頁）相應之處則完全刪掉了上面這些內容。此外，內部本（第
193 頁）也有類似的話，並且提出要「努力運用辯證唯物主義和歷史唯物主義
的觀點，將零散的遠古遺文整理成為有系統的歷史資料，以便更好地為現實鬥
爭服務。」這些內容在導讀本中無疑是找不到的了。因而如果說內部本（1972
年）相對於舊學本，留下了時代的思想痕跡，那麼導讀本（1990 年）則是在一
定程度上又作了「撥亂反正」。張舜徽在 1990 年出版的《說文解字導讀》序言
中則沒有提到以文字證史，代之以強調《說文》一書的重要性，這主要是因為
此書定名是要導讀《說文》，所以舊學本、內部本中有關文字證史的內容在導讀
本中都已經刪去。

然而，通過文字來闡發中國的歷史、文化，是張舜徽較為重視的一個治學
方向，相關單篇文章散見於張舜徽《愛晚廬隨筆》、《訒庵學術講論集》、《霜紅
軒雜著》，當然，《說文解字約注》的某些釋字，以及其它書中徵引文字本義說
事的，都會涉及這方面內容。這裡先舉出一個「史」字的例子略作說明。《愛
晚廬隨筆》中《史字本義及史冊起原》一文，其中有云：「余因悟古書中🀫字
而譌為中者，由傳寫之人貪省筆以輕其功，其例至廣。🀫字從又持中，即從又
持龜也。遠古記事，契龜為先，史字實象之矣。」〔註 7〕

這些文字出於《說文解字約注》史字「舜徽按」，〔註 8〕僅有兩處措辭調整。
一是《約注》原作「余因疑」，《史字本義及史冊起原》中改為「余因悟」；二是
《約注》原作「得非從又持🀫乎」，後來改為「即從又持龜也」。可見張舜徽對
「史」字構形的認識趨向明確。然而在《約注》和《愛晚廬隨筆》中，張舜徽
並沒有明確說明史字的「本義」具體是什麼。在《中國古代史籍舉要》第一章
《歷史書籍的範圍》中，他才明確指出「史」字的本義「又是古代文字的通稱。
由這一義引申起來，記事之人，固可稱之為史；記事之冊，也可稱之為史：這
都是後起之意。『史』字的本義，是指文字。」並引證《漢書》相關文獻說：「可

〔註 7〕張舜徽撰：《愛晚廬隨筆》，《張舜徽集》，華中師範大學出版社，2005 年版，第 66
頁。
〔註 8〕張舜徽撰：《說文解字約注》，中州書畫社，1983 年版，卷六，33 下。又見華師版
《約注》第 707～708 頁。

知史篇為字書通稱，已為漢人所公認。那末，『史』字代表『文字』，更加明確了。」〔註9〕張舜徽通過「史」這個字，還論及文字、典冊的歷史，以及「史料」的概念。

史字本義，諸說紛紜，尚無定論。張舜徽結合漢代文獻中用「史」字之例，推斷其所指為文字，這當然有一定道理，至少是符合漢代情況的。至於史字最初的構形本義，特別是「中」的所指，或認為是筆，或認為是簿書簡冊，或認為是旗幟，或認為是盛算之器，或認為博取獸物之具，等等。胡厚宣先生在《殷代的史為武官說》一文中總結道：「由甲骨卜辭看來，殷代的史，尚非專門記言記事，掌握國家文書詔令簿書圖冊的文官，也不是專門擔任著王朝鑽龜占卜、鑽燧取火及國家庶事的任務，主要乃是擔任國家邊防的一種武官。」〔註10〕中國文字是形、聲、義一體的，要解決構形的問題離不開對該字文獻用例的清理。胡先生對甲骨文的材料比較熟悉，他對「史」用法的判斷值得重視。史字所從之「中」，歷代文字變形很多，在其形體演變序列不是很明確的情況下就推測它構形的本義，這往往不容易得出公認而可信的結論。

從《廣文字蒙求》三種版本的序言比較中不難發現，張舜徽的著書目的都是為了引導後學而提供一本較好的文字學的入門書，但他同時又主張讀字要以讀書為歸宿。讀字與讀書相結合，便可以文字證史，這對於當今的古文字與出土文獻研究仍然具有指導意義。

第二節　目錄比較

以時間先後為線索，不妨先將《廣文字蒙求》內部本與舊學本比較，再將導讀本與內部本對勘，探討三者的異同之處，可參看本文附錄的《三種版本〈廣文字蒙求〉目錄比較表》。從此表中可以發現，《廣文字蒙求》內部本與舊學本的差異有：舊學本第一部份內容的第一節是：「古代文字的創造，不出於一手，不成於一時。」內部本則換成「勞動人民創造了文字」，直截了當地突出了「勞動人民」；導讀本同內部本。這完全合乎內部本《前言》所說「從古代文字中探索勞動人民的歷史」的精神。另外，舊學本第三部份是「從古

〔註9〕張舜徽撰：《中国古代史籍舉要》，華中師範大學出版社，2004年版，第6頁。
〔註10〕李圃主編：《古文字詁林》，第3冊，上海教育出版社，2004年版，第478頁。

文字中探索遠古史實」，內部本卷下改為「從古代文字中探索勞動人民的歷史」，同樣是強調「勞動人民」。不止於此，舊學本中的「被統治者」、「勞動大眾」在內部本均改稱「奴隸們」。內部本《廣文字蒙求》在「從古代文字中探索勞動人民的歷史」這部份增加了一節，題為「我們也從『從猿到人』談起」，這體現出了其《前言》所說「人類進化的程式」。可見內部本《廣文字蒙求·前言》中的精神在全書中得到了貫徹。

內部本的第三部份是「開始研究古代文字需要閱讀哪些書籍」，這是舊學本所沒有的，而導讀本作「研究《說文解字》的重要書籍」，其內容與內部本大同小異。舊學本《廣文字蒙求》是張舜徽四十歲之前所作，內部本則是他六十一歲時整理的，這中間的二十多年間，張舜徽從事《說文解字約注》的寫作，因此後來才會將研究古代文字（以《說文解字》中心）所必須閱讀的重要書籍做了介紹，這是他治文字學的經驗之談，以書目提要的方式嘉惠初學。

《說文解字導讀》的第二部份是「全面瞭解《說文》的具體內容」，張舜徽在此介紹了《說文》之學的源流，以及《說文》的版本、字數、解說和部首。這些是舊學本、內部本《廣文字蒙求》所沒有談到過的。因此，有人認為「《說文解字導讀》，實際上就是內部本卷上的全部內容」，這種說法是不準確的。

《說文解字導讀》中提出研究《說文》的兩種方法，一個是分類，一個是雙聲，這其實也是從舊學本、內部本《廣文字蒙求》中脫胎而來，其淵源在它們的第二部份：「借用「六書」分類法說明古代文字發生、發展、變化的情況。」導讀本所謂「用分類的方法去研究《說文》」，用的就是「六書」分類中的象形、指事、會意、形聲；導讀本所謂「循雙聲的原理去貫穿《說文》」，對應於舊學本、內部本《廣文字蒙求》中所談到的就是「轉注」：

> 用雙聲說明「轉注」，便是從發音上研究中國古代文字發生、發展、變化的軌跡。可以理解許慎對「轉注」所下定義「建類一首，同意相受」這八個字，類是義類，首是語根。凡是發音部位相同而又意義相近的文字中，必有一個根，由此根輾轉注屬，這便是「轉注」。〔註11〕

張舜徽在《說文解字導讀》中實際上放棄了過去用雙聲解釋轉注的做法，

〔註11〕張舜徽撰：《廣文字蒙求》，華中師範大學文獻所編，圖書館藏內部本，第63頁。

他說：「轉注的作用，在匯通不同形而同義的文字。例如考即是老，老即是考，不過是各地方言不同，其實意義是相同的。」〔註12〕《說文解字導讀》第四部份「循雙聲的原理去貫穿《說文》」的內容，來源於《廣文字蒙求》談「轉注」的部份，加上附錄《廣韻》切語上字的常用字，以及《聲論集要》。《舊學輯存》中《廣文字蒙求》與《聲論集要》是分開的，內部本《廣文字蒙求》則附有《聲論集要》，而導讀本談雙聲重要作用的時候就選取了《聲論集要》中與之密切相關的內容，可見張舜徽是逐步地將「雙聲」融入到他的文字學理論體系。

然而導讀本汲取《聲論集要》內容時也偶有失誤，例如巴蜀書社 1990 年版《說文解字導讀》第 60 頁所引戴震語：「疑於義者，以聲求之；疑於聲者，以義正之。」導讀本寫成出自《論韻書中字義答秦尚書蕙田書》。其實戴震的這些話來自《轉語二十章序》，舊學本、內部本《聲論集要》所引出處才是對的。

舊學本、內部本《廣文字蒙求》附錄均有《〈說文解字〉部首難字直音》，按筆劃分列；導讀本在介紹「《說文》的部首」這一節中則恢復舊次，按照十四篇的順序排列，這是因為考慮到「五百四十部首的前後次第，自有它的原意」，張舜徽在此還提到徐鍇《說文繫傳》中的《部敘》。成書在《說文解字約注》之後的導讀本，反映了張舜徽一生研究《說文》的最終成果。通過對《說文》部首難字直音的前後不同排列方式來看，他對許書本書的認識在不斷加深，更加重視《說文》部首原本排序的內涵。

僅從三種版本《廣文字蒙求》的目錄比較中也不難看出，張舜徽在四十多年的治學歷程中，曾吸收過馬克思主義唯物史觀，在論著中留下了時代印跡。更為重要的是，他不斷將自己研究文字學的心得融入到新的著作之中，從中我們也能觀察到他學術思想的成熟過程。

第三節　正文比較

《廣文字蒙求》三種版本的異同，不僅從目錄中可見一斑，細化到正文的文本細節上，也有不少值得比較、探討的地方。而這些細微之處的文字、段落調整，往往可以小中見大，較為清晰地展現張舜徽文字學研究中某些觀點的發展、變化過程。以時間先後為線索，可將《廣文字蒙求》的內部本與舊學本先

〔註12〕張舜徽撰：《說文解字導讀》，巴蜀書社，1990 年版，第 21 頁。

進行比較,再用導讀本與內部本對勘。在考察後一版本與前一版本《廣文字蒙求》文本細節不同之處的時候,結合相關資料作出較為深入的分析。

一、內部本與舊學本比較

《廣文字蒙求》內部本用當時的簡體字寫成,如「部」字寫作「卩」,原、道、建等字都用了體現時代特徵的簡化形體。張舜徽是支持新中國簡化漢字的,他在之前作有《從漢字發生發展變化的史實說明今日實行字形簡化的必要與可能》一文,時間應該是在 1955 年前後,因為其中提到:「不久以前,由中國文字改革會印發的《漢字簡化方案草案》交全國討論時,便有各種不同的看法。就它所簡化的七百九十八個字和決定廢除的四百個異體字來加研究,誠然有待斟酌的地方還多……」〔註 13〕《漢字簡化方案草案》的提出及其全國大討論,是發生在 1955 年間的事情。可見張舜徽能夠順應時勢,五十年代中期贊同新中國的文字簡化運動,此後自覺地書寫簡化漢字。

在內容上,《廣文字蒙求》內部本相對於舊學本的變動主要有三種情況:增補、刪減、改動,其中改動的部份從目錄中可見一斑,前文已有論述。這裡選擇文本增補、刪減之處,再列舉、分析內部本對舊學本的一些變動細節。

(一)增 補

首先是增加他對馬克思主義相關理論的學習心得。例如,內部本(第 5 頁)論及「勞動人民創造了文字」,首先即引恩格斯《自然辯證法》「從猿到人」一章中的內容:「語言是從勞動中並和勞動一起產生出來的。」舊學本(第 7 頁)也有此引,接下來說的是「後來有人根據這句話加以補充,並且肯定語言是在集體勞動中發生的。」內部本則將其中的「有人」改作「古列夫」。另外,內部本(第 7 頁)中又引斯大林的話:「語言底階級性的公式,是錯誤的,非馬克思主義的公式。」這些內容在舊學本中是沒有的。此處可見張舜徽在新中國建立以後加強了對馬克思主義的學習,更明確、更多地稱引蘇聯作者及其論著。內部本張舜徽提到古列夫,很可能涉及到他的《人類是怎樣長成的》一書,因為其中有一章就是「猿怎樣過渡到人」。此事尚待證實。

〔註13〕張舜徽撰:《訒庵學術講論集》,《張舜徽集》,華中師範大學出版社,2008 年版,第163 頁。

其次是補充他研治甲骨、金文的收穫。例如,《廣文字蒙求》在「我們今天所能看到的古代文字」中列有一表,比較甲骨文、金文、小篆以及今字的字形變化。此表之後,內部本(第23頁)較舊學本(第12頁)增補了這樣的內容:

> 一九四六年中國科學院重新增訂了《甲骨文編》,只收一七二三字,(這是已經認識的字)附錄二九四九字;(這是存疑待考的字)而容庚《金文編》中所收商周金文,只一八〇四字,(重文不計)附錄一一六五字。由此可見甲骨文、金文保存到今天被人們弄清楚了的,仍是極少量。上表所列,只是就甲骨、金文、小篆所共有的一小部份常見字以示例。(其它附見下文第二部份。)

張舜徽在寫完舊學本《廣文字蒙求》之後,兼治甲骨、金文,他說:「到了一九六一年,我已五十歲了,博覽群籍之餘,間取金文、甲骨以證釋《說文》,並補申、訂正了《說文》中許多疑義、闕義和附會、錯誤的說法。」〔註14〕可知張舜徽一直是將自己研究文字學的最新成果融入到後來版本的《廣文字蒙求》之中。

再次,還有補充介紹參考文獻材料的。例如,內部本(第74頁)在談「民」這個象形字時,較舊學本(第32頁)在「後來借以稱人,近人多以奴隸釋民」之後,增補一句「說詳拙著《說解文字約注》」;內部本(第89頁)談到乚(音輟)字時,較舊學本(第38頁)在「今天還能看到漢代戍邊時所遺下的木簡上面,尚保存了用這乚字加在複雜人名的旁邊作為區別、停頓的符號」一句後,也增補了「詳見拙著《中國古代史籍校讀法》第一章第二節」。這些內容的增補,又可知張舜徽隨時將自己研治文字學的進展融入《廣文字蒙求》系列之中。

(二)刪 減

例如,內部本較舊學本(第13頁)又刪去了一段,其內容雖然與《說文》密切相關,但是在《說文解字導讀》中也沒有恢復。可知這是張舜徽對自己學術觀點的一種修正,所刪文段如下:

> 《說文解字》中所收錄的九千餘文,字體以小篆為主,每篆下附列的古、籀異體,固然是少數,但在沒有注明古文、籀文的篆體

〔註14〕張舜徽:《我是怎樣研究、整理〈說文解字〉的》,張舜徽撰:《訒庵學術講論集》,《張舜徽集》,華中師範大學出版社,2008年版,第73頁。

字群中，今天拿金文、甲文來對照，字形完全相同的卻不少，可知
《說文解字》中實際保存了很多遠古文字。

張舜徽之所以要刪去這一段，大概是因為他通過對甲骨文、金文情況的瞭
解，認識到參考《說文》所能直接去釋讀的古文字還是不夠多的，那麼，關於
「《說文解字》中實際保存了很多遠古文字」這樣的說法，從古文字考釋的實際
情況來看是有問題的。中國文字演變的時間很長，每一個時段所使用的文字難
免發生越來越大的差別。《說文解字》書中所記錄的文字形體畢竟只是漢代許慎
所知道的、認為重要的，實際上距離「遠古文字」的真相是比較遙遠的。以《說
文解字》為橋樑，能釋讀近兩千的甲骨文、金文，實際上已經非常了不起了。

至於《說文》中保存多少遠古文字的問題，應當考慮到形聲字的情況。朱
駿聲《說文通訓定聲·六書爻列》中，列舉《說文》九千三百五十三文中的形
聲字就有七千六百九十七字。可知許書的時代已經是形聲字極為發達的文字形
體發展階段，而學界一般認為遠古文字是從象形、指事或記號文字發展起來的，
況且語音還有很多時代、方言的變化，因此《說文解字》中作為主體的形聲字，
是不可能與遠古文字相提並論的。

（三）有刪有補

舊學本（第40頁）在解說「入」這個指事字時寫道：「所以『日』和『入』
實即一語。二字形義，無甚區別。日象實物，是象形；入指現象，是指事，猶
烏之與於。」內部本（第92頁）則刪去「二字形義，無甚區別」和「烏之與於」，
補「說詳《說文解字約注》」。內部本刪去「二字形義，無甚區別」是為了表述
邏輯的連貫，因為後文指出「日象實物，是象形；入指現象，是指事」，這就是
二字形、義上的一種區別。至於刪去「猶烏之與於」的問題，大概張舜徽後來
認識到「於」也應算作象形字，但是以前對烏、於作過象實物形與指現象的區
別，他說過烏字「古文作（於），象飛形。」〔註15〕

二、導讀本與內部本比較

雖然不能認為《說文解字導讀》就是內部本《廣文字蒙求》卷上的全部內
容，但是很明顯，它就是在內部本的基礎上做了少許調整。例如：《說文解字導

〔註15〕張舜徽撰：《舊學輯存》（上），《張舜徽集》，華中師範大學出版社，2008年版，第
29頁。

讀》第 85 頁在介紹「有關聲韻的幾部常見書」之後，這樣寫道：「以上所舉研究《說文》的輔助書籍，也很簡單。」相對應的內部本第 191 頁則原來寫作：「右所舉例研究古代文字的輯助書籍，也很簡單。」可見導讀本不過主要是將內部本的「古代文字」表述換成「《說文》」，其它內容幾乎都是一樣的。此外，導讀本對內部本的改動主要有這樣一些情況：

（一）書籍版本推薦那些常見易得的

相較於內部本，張舜徽在導讀本裏推薦研究《說文》的重要書籍的版本，換成了新出和更容易找到的。例如：內部本在「研究古代文字的基本書籍」一節中介紹《文字蒙求》時，提到的版本是「初刻本，文瑞石印本，解放後印本」，而在導讀本中則只用「中華書局印本」；又如《說文解字繫傳》的版本，內部本提到的只有「江蘇書局祁刻本」，導讀本則是「壽陽祁氏刻本，《四部叢刊》本，《四部備要》本」。可知張舜徽引導後學之平易近人，從不故作高深，推薦讀的書是常見書，推薦書的版本也不是非常難找的。然而，並非張舜徽不懂版本，而是他對各個版本的書採取了「博觀」、實用的態度。

（二）略言版本詳說成書

內部本介紹版本，導讀本則改談它的成書情況。對於《廣韻》一書，內部本（第 184 頁）提醒初學通行本多有誤字，可參看周祖謨的《廣韻校本》；另外，沈兼士的《廣韻聲系》也非常有用。導讀本（第 83 頁）不再涉及這些情況，而談到了陸法言《切韻》、孫愐《唐韻》與《廣韻》的歷史淵源。

（三）為行文簡潔，刪節部份內容

例如，導讀本（第 75 頁）在介紹《說文解字義證》時，刪去了內部本（第 162 頁）這些內容：「桂氏《義證》浩繁，初學未必能有耐心去讀，但在鑽研《說文》原書，遇有疑難時，可從桂書中尋找說明，由於它引證廣博，可以幫助理解，仍然是一部有用的書。」又如，導讀本（第 76 頁）評論《說文解字詁林》（簡稱《說文詁林》）時，沒有內部本（第 165 頁）如下內容：

> （《說文解字詁林》）對於《說文》之學已有素養的人，可資翻
> 檢之用；而不能用以津逮初學。初學對此，只能是望洋興歎，不知
> 所措。在眾說紛紜的解說中，不能判定誰是誰非；爭辯既多，徒亂
> 人意。所以這部大書，替學術研究工作，固然提供了很大方便；但

給初學帶來的好處，並不那樣大。初學用功之始，仍以選擇幾部較好的注本，從頭至尾，仔細閱讀，較為有益。我在前面舉出桂、段、王三家的書，便是這個意思。用功時遇著疑難，勢必參考其他注說的地方，然後檢覽《詁林》以資博證，這才對自己有些幫助。況且這部資料彙編，也還存在一些缺點。首先是在剪貼之初，也有將原書原文脫掉一段或一節的。例如所收徐承慶的《說文段注匡謬》，以例是將《段注》中的一段需要訂正的原文擺在前面，而後將自己的意見，寫在後面。而見之於《詁林》的，往往但有《段注》一段原文，而沒有徐氏的按語。顯然是將原書剪下以後，沒有黏貼上去的原因。舉一反三，可概其餘。其次，在搜集材料方面，也仍嫌其不備。不獨所收文集、筆記中有關說字的作品，掛一漏萬；即當時登載在雜誌中的專篇論著，也完全沒有採輯，何況這部書的行世，已五十年了。這五十年中有關古代文字的研究成果，日出新篇，更為豐富。學者需要涉及的資料，廣泛極了，何可局限於這一部書。

張舜徽的《說文解字約注·自序》作於 1971 年 10 月 5 日，早於內部本《廣文字蒙求》（1972 年）。其中也涉及他對《說文詁林》的評價，可資比較，有關內容是：

> 無錫丁氏纂輯《詁林》，於清人許學專著，搜採雖廣，然於文集、筆記，遺漏實多。……至於歷代載籍，足供擇取者，其途尤廣。如《九經字樣》之釋看字……如斯之流，雖非為許學而作，實足羽翼許書者所在皆是。今並表其精義，以不沒其創見。斯又《詁林》所不及錄，而旁搜博採以求之也者。況自《詁林》行世，將五十年。在此五十年中，通才筆出，新著日豐。加以地不愛寶，古器遺文之出土，在在可以補證舊義，則取材又加廣於昔矣。〔註16〕

對比兩書中對《說文解字詁林》的先後評價，可知張舜徽對《說文詁林》取材不及之處又有了新的意見，這其實能夠反證他自己所關注到的，能夠用以研究《說文》的新文獻，例如登載在雜誌中的專篇論著、有關古代文字的研究成果等等。

〔註16〕張舜徽撰：《說文解字約注·自序》，中州書畫社，1983 年版，三下至四下；又見華師版第 3～4 頁。

　　張舜徽批評《說文詁林》引徐承慶《說文解字注匡謬》所存在的問題，想必是有為而發，只不知是就那些例子而言的，以至「舉一反三，可概其餘」。查「帝」字條，《說文解字注匡謬》原文（行文今改用寬式）作：「帝　辛下刪言字　注云俗本辛下有言，非也。言从辛，舉辛可以包言。按此備舉各字，云皆从古文」。以言从辛刪言，則音从言，章从音，亦可刪矣。」〔註17〕然而，《說文詁林》所引《段注匡謬》此處，〔註18〕完全是字字照錄，並無脫文。另外，張舜徽治文字學是非常重視《段注》的，其《約注》甚至可以說是在《段注》基礎上作成。但對同樣是補正《段注》的專著，《約注》中引徐承慶的《段注匡謬》極少，引徐灝的《說文解字注箋》卻非常多，據抽樣統計僅次於引《段注》的次數。此亦可證張舜徽作《約注》並非完全是從《說文詁林》一書中節鈔諸家說，他還是曾去查找、研究過各《說文》研究專家的著作。

　　刪減對書籍具體內容介紹的例子還有：內部本（第 173 頁）談到羅振玉的《殷商貞卜文字考》「發凡起例，語多精闢」的特點之後，還有更為具體的介紹：「特別是《正名篇》內所舉『籀文即古文』，『古象形字，因形示意，不拘筆劃』，『與金文相發明』，『糾正許書之違失』諸端，例證詳明，屬辭短簡，對於甲骨文字的功用，說得很清楚，初學必須一觀。」這些內容在導讀本（第79 頁）中則全部刪除了。導讀本刪減內部本對原書相關內容的介紹，類似的情況還發生在對王國維《古史新證》的推薦上。

（四）調整推薦書目及其排列次序

　　內部本（第 169 頁）列舉古文字工具書的末尾原有徐文鏡編的《古籀彙編》，導讀本（第 78 頁）則換成了高明編集的《古文字類編》。在有關訓詁類幾部常見書的推薦次序裏，內部本（第 180 頁）將王念孫的《廣雅疏證》排第5 位，而導讀本（第 80 頁）排到了第 2 位，僅次於郝懿行的《爾雅義疏》。可知張舜徽後來更為重視「聲訓」，他說王念孫「疏證《廣雅》，至為精博。特別是用古聲通轉之理，貫穿故訓，替後人指明了一條研究訓詁之學的康莊大道。」〔註19〕這是對王氏聲訓之法的高度認可和評價。

　　刪減釋例之書的例子有：內部本（第 178 頁）考慮到初學對於《爾雅》的

〔註17〕（清）徐承慶撰：《說文解字注匡謬》，卷二，《續修四庫全書本》，第 237 頁。
〔註18〕丁福保編纂：《說文解字詁林》，中華書局，1988 年版，第 1014 頁。
〔註19〕張舜徽撰：《說文解字導讀》，巴蜀書社，1990 年版，第 81 頁。

繁雜內容難以掌握，提出「可參看陳玉澍的《爾雅釋例》（有南京高等師範學校排印本）。從《釋草》以下諸篇，尤為紛雜，可參看王國維的《爾雅草木蟲魚鳥獸名釋例》（共二篇，載《觀堂集林》卷五），從其中取得持簡馭繁之法。」

（五）增補《說文》與古文字資料的關係論述

內部本（第171頁）提到：「用金文、甲骨理董遠古文字，是近代學者新闢的一條大道。」導讀本（第78頁）在此句之後增補：「在初學讀了《說文》以後，有必要致力於此。一則可以擴大視野，在研究字學的工作上，不局限於《說文》的九千餘文；二則可以根據新出資料，補充《說文》的佚字，訂正《說文》的誤解；這工夫是應該努力去做的。」張舜徽這些話溝通了《說文》與古文字材料的關係，強調新出資料對《說文》研究的推進作用。

從以上對《廣文字蒙求》三種版本文本細節的比較來看，張舜徽研究文字學的時間跨度很大，他堅持不懈，把個人治學心得盡量都融入到新版本《廣文字蒙求》的寫作之中。這包括內部本較舊學本所強化的對馬克思主義學術的理解、運用，以及張舜徽持續研究《說文》和甲骨、金文所不斷取得的進展。

第四節　小　結

不論是《廣文字蒙求》最早的舊學本，還是內部本，以及即便名為《說文解字導讀》的「導讀本」，正如內部本《廣文字蒙求‧前言》所說，都是他「推廣清代學者王筠所作《文字蒙求》的體例而從事撰述的」。張舜徽在個人勤奮治學，不斷取得成果的同時，仍然不忘方便初學，指示治學門徑，可謂「專注一事歷久彌精，孜孜不倦引導後學」。通過對三種版本的《廣文字蒙求》的比較，我們可以就張舜徽「導讀」系列的文字學論著，得出如下三點基本認識：

（一）時代印跡

由於成書的政治背景原因，這點在《廣文字蒙求》的內部本中表現得尤為明顯，首先是它較舊學本所強化的對馬克思主義學術的理解、運用。其次，內部影印本使用了五十年代的簡化字體。張舜徽主動吸收新知識，適應新時代，有通變的自覺意識。

（二）治學演進

張舜徽不斷融入研究《說文》以及甲骨、金文所取得的新成果，甚而對自

己學術觀點作出修正。他嘗試以文字考證古代人類歷史，或單篇釋字，或成系統論述。由上述文本細節分析，還可佐證張舜徽作《約注》並非完全從《說文詁林》中節鈔諸家說，而是曾查找、研究過各個《說文》研究專家的著作。

（三）引導後學

學高為師，張舜徽既是學者、大師，又以教書育人為業，他樂於分享個人的治學心得，也能處處替讀者着想，例如導讀本較舊學本、內部本，所推薦的是更為易得之書，其介紹文字也有所調整。此外，張舜徽指出要為了讀書而讀字，打好文字學基礎很必要，但不可「畫地為牢」，對於大多數的，非以文字學研究為終身志業的學者，這個觀點也是值得重視的。

以往學界對《說文解字導讀》的認識不夠深刻，沒有看到它與前兩種版本《廣文字蒙求》的內在一致性。通過上述文本細節的比較分析，可以發現在很多地方《廣文字蒙求》導讀本（即《說文解字導讀》）不過是將內部本的「古代文字」的表述換成「《說文》」而已，其它內容幾乎是一樣的。通過對這三種版本《廣文字蒙求》的全面比較分析，豐富了我們對張舜徽「導讀」系列文字學論著的認識，藉由這條線索，也加深了對張舜徽四十多年來文字學研究過程中思想演進的理解。

第三章　張舜徽《說文解字》系列
論著綜述

　　傳統文字學的核心著作是許慎的《說文解字》，張舜徽圍繞此書所展開的研究非常豐富，以其所撰《說文解字約注》和《說文解字導讀》為代表，形成了「《說文》系列」論著。根據張舜徽治學本身所具有的特點，用聯繫、比較的方法，可對他的《說文解字》系列論著進行一次全面而細緻的清理與綜合論述。

第一節　《說文》學研究歷程

　　由王筠的《廣文字蒙求》入門，張舜徽一生研究文字學所緊緊圍繞的是許慎的《說文解字》。翁敏修曾總結張舜徽研究《說文》的步驟是：「初由研究《說文》形聲字聲符入手，編寫《說文諧聲轉鈕譜》；研究《說文》，當以《說文》校勘為基礎，故撰成《唐寫本玉篇殘卷校說文記》；博觀而約取，採擇前人研究成果，撰成《說文解字約注》；最後厚積而薄發，為初入門學子撰寫介紹性書籍《說文解字導讀》。」〔註1〕這些文字大致描述出了張舜徽研究《說文》的線索，但尚可補充、修正的地方有三點：一，張舜徽入手研究《說文》，最早

〔註1〕翁敏修：《張舜徽〈唐寫本玉篇殘卷校說文記〉述評》，董恩林主編：《紀念張舜徽
　　　百年誕辰國際學術研討會暨中國歷史文獻研究會第 32 屆年會論文集》，湖北人民出
　　　版社，2012 年版，第 212 頁。

是以象形、指事、會意、形聲四類，抄錄《說文》而成《說文類求》；又以古韻部居為緯，製表完成《說文聲韻譜》。早期他對清代《說文》「四大家」等著作也研讀甚熟，且作有不少札記。二，《說文諧聲轉鈕譜》作於《聲論集要》之後，儘管內容取材於《說文》，但更多地是為了完善雙聲之學的理論。三，《說文解字導讀》一書與《廣文字蒙求》的「舊學本」、「內部本」一脈相承，不必說成是「最後厚積而薄發」，學界對《說文解字導讀》的認識在這一點上亟待糾正。

《訒庵學術講論集》裏收錄了張舜徽的一篇文章《我是怎樣研究和整理說文解字的》，介紹了他研究《說文》學的主要經歷，其中有云：

> 十四歲時，便開始閱讀《說文段注》，父親教我用《文字蒙求》的分類法，備好四本白紙簿，依象形、指事、會意、形聲四類，各用一本，將《說文》中所載文字，依類抄錄。那時我讀書很勤奮，邊看邊抄，看完便已抄完，覺得很能幫助記憶，啟發思路，從其中領悟出許多道理。《說文段注》既已閱畢，便涉覽王筠《說文句讀》、《說文釋例》。從《釋例》中得到的啟發尤多。到十六歲時，段（玉裁）、王（筠）的《說文》專著，都已通讀了一遍。又取出家中舊藏桂氏《說文義證》、嚴氏《說文校議》、朱氏《說文通訓定聲》反復參考。條記諸家異同為另一冊，也略述己見附於每條之尾。〔註2〕

正在此時，父親指示張舜徽不能忘記「識字是為著讀書」，在許多古書還沒有通讀的情況下，不可專力致精於《說文》之學。因此張舜徽立志要多讀書，誦習經、史。然而早年學習《說文》所打下的基礎，為張舜徽日後的治學不斷地提供背景知識、方法論的支持。他說：「十七歲時，讀完郝氏《爾雅義疏》，並作了一篇長跋，初步運用《說文》對《爾雅郝疏》進行了一些考訂，這是我平生撰寫學術論文的開始。當然，其時年小，寫出來的長跋是很粗糙而膚淺的。」〔註3〕張舜徽向來主張「不以功力為學問」，或許因此這篇《爾雅義疏》長跋沒

〔註2〕 張舜徽：《我是怎樣研究和整理說文解字的》，《訒庵學術講論集》，嶽麓書社，1992年版，第81頁。又見張舜徽撰：《訒庵學術講論集》，《張舜徽集》，華中師範大學出版社，2008年版，第71頁。

〔註3〕 張舜徽：《我是怎樣研究和整理說文解字的》，《訒庵學術講論集》，嶽麓書社，1992年版，第82頁。又見張舜徽撰：《訒庵學術講論集》，《張舜徽集》，華中師範大學出版社，2008年版，第72頁。

有拿出來公開發表。1928 年父親病逝後，張舜徽負笈遊學到長沙、北京，向余嘉錫、楊樹達、駱鴻凱、沈兼士、錢玄同等精熟《說文》的通人、學者請教，應當得到過不少啟發。

　　1931 年，張舜徽聽聞《說文解字詁林》印行，便設法買了一部，但翻閱之後感到失望，他認為這部資料匯編式的大書，「但有羅列而無論斷，閱覽的人，望洋興歎，不知何所適從，令人為之目眩，不能解決問題。」因此「今後應該有一部簡約易學的注本，將諸家研究成果，取其精義加以論定，庶幾有裨來學。」〔註4〕這是張舜徽撰述《約注》的一個動因。

　　1935 年，張舜徽撰成《說文聲韻譜》，此書稿本共有六冊，其中以古韻分部為經，聲鈕為緯，將《說文》九千餘文按類填表。張舜徽說：「經過這一次有系統地分析研究，深深認識到文字受義的根源和文字運用的通轉，由於雙聲者多，但從雙聲關係以說字，自可迎刃而解，不必糾纏於古韻分部的離合異同。」〔註5〕這項工作的完成對於他完善雙聲之學奠定了基礎。

　　張舜徽還指出許慎在《說文解字》中解釋文字的本義時早已多有遵循雙聲之理；鄭玄解經，也率依聲訓。清代小學昌明，儘管總體上詳於辨韻而疏於審聲，但是也有錢大昕、王念孫這樣對雙聲之學研究頗深的學者。張舜徽對以往的聲訓研究了然於心，然後在學術繼承中發揚了雙聲之學。完成《說文聲韻譜》對於張舜徽在《約注》中「闡釋字義，約之以雙聲之理」，逐步構建雙聲之學，起到了非常重大的作用，學界不能因為此書未公開出版而忽略其在張舜徽治學歷程中的意義。

　　1936 年以後，張舜徽推廣治學領域，發憤多讀書，用十年時間校讀了一遍《二十四史》，此外又博覽諸子百家、歷代文集筆記，還研究甲骨、金文，以及近人新著、野史雜書等，其實沒有時時專心致力於《說文》之學的研究，他認為這可算是一個「暫停進取」的時期。儘管在這一時期，張舜徽沒有就《說文》的「本體」進行研究，但是他還是在聲韻、訓詁方面持續鑽研，為撰述《約注》

〔註4〕張舜徽：《我是怎樣研究和整理說文解字的》，《訒庵學術講論集》，嶽麓書社，1992
　　　年版，第 81～82 頁。又見張舜徽撰：《訒庵學術講論集》，《張舜徽集》，華中師範
　　　大學出版社，2008 年版，第 72 頁。

〔註5〕張舜徽：《我是怎樣研究和整理說文解字的》，《訒庵學術講論集》，嶽麓書社，1992
　　　年版，第 84 頁。又見張舜徽撰：《訒庵學術講論集》，《張舜徽集》，華中師範大學
　　　出版社，2008 年版，第 74 頁。

作了充分準備。其中，《聲論集要》（1941 年 5 月）、《說文諧聲轉鈕譜》（1941 年 8 月）為《約注》「約之以雙聲之理」作了理論鋪墊；《唐寫本〈玉篇〉殘卷校〈說文〉記》（1942 年）應當是較早地將唐寫本《玉篇》用於《說文》的校勘實踐。

周國林在《始登上庠 壯議振俗——藍田國師時期張舜徽的教學科研成就》一文中提到，1943 年元月 17 日的《壯議軒日記》裏記載，張舜徽思欲「甄錄許書說解而折中之」，這個信息很重要，說明張舜徽再次堅定了整理《說文》的意願，周國林認為：「這可以看做是他撰寫《說文解字約注》的早期計劃，後來在他 60 歲前後完成了。」〔註6〕此外，在訓詁學方面張舜徽著力也很多，包括《字義反訓集證》（1945 年）以及「雅學」研究等等，這些研究成果後來都在一定程度上匯入到《說文解字約注》一書之中。

從出版時間來看，可以說《說文解字導讀》是張舜徽《說文》學研究的「收官之作」，但事實上它與之前兩種版本的《廣文字蒙求》有著一脈相承的關係，也就是說，《說文解字導讀》是以《說文》之名，對張舜徽的文字學研究方法論做了總結。

第二節 《說文解字約注》

《張舜徽集》總字數近 1000 萬字，《說文解字約注》全書有 200 多萬字，〔註7〕《約注》一書大概就佔到《張舜徽集》的五分之一；大略估計包括《約注》在內的張舜徽文字學論著，還要佔到其著作字數總量的四分之一，可見文字學論著在張舜徽學術上的重要地位。而《約注》又是張舜徽文字學論著的集大成者，在進行專題探討之前，不妨先概說其成書過程、內容結構和學術特色。

一、成書時間

《說文解字約注》自面世以來，至今出現過多種版本，最早的是中州書畫社 1983 年版，分上、中、下三冊。次年的 1984 年 7 月，臺灣木鐸出版社翻印了

〔註6〕周國林主編：《張舜徽百年誕辰紀念國際學術研討會論集》，華中師範大學出版社，2011 年版，第 219 頁。

〔註7〕周國林主編：《張舜徽百年誕辰紀念國際學術研討會論集》，華中師範大學出版社，2011 年版，第 611 頁。

《說文解字約注》（全五冊）。2007 年作家出版社出版了董蓮池編著的《說文解字研究文獻集成》（古代卷），其中收有《說文解字約注》。2009 年，華中師範大學出版社的《張舜徽集》中也有了整理後的橫排本《說文解字約注》（全四冊）。

　　《說文解字約注》是張舜徽積四十年研究心得、經過十年整理、寫定的文字學論著代表作，成於 1961 年至 1971 年。若對《約注》的成書過程進行總體的追根溯源，考察他的《說文》學研究歷程，這前後大概會有四十年多年的時間跨度。然而，張舜徽並不是持續不斷保持高強度地研究《說文》學，但他將自己廣博的文獻學研究成果，包括其它小學、古文字學等方面的心得，都融入到了《說文解字約注》之中。他曾簡要地作過這樣的總結：

> （《約注》）便是我自少至老研究『許書』的心得總結。平日經常摩挲此書，偶有領悟，便批記於大本《段注》之上下四方。初無意於著書，也沒有以此名家的思想，只是想通過反復精研，掌握閱讀古書的基礎知識罷了。從十五歲到二十五歲，治文字、聲韻、訓詁之學最勤。二十五歲以後，便用這些知識去讀經、史、子、集四部之書，兼治金文、甲骨文。五十歲後，才抽出時間，重溫舊業，從事《說文解字》的整理，經過十年的時間，將歷年心得和新近考證，撰成《約注》二百萬字。〔註8〕

　　從這則材料中可以看出，張舜徽撰成《說文解字約注》花了十年時間，而且是從他五十歲（1961 年）之後開始這些工作的。又據《說文解字約注・自序》作於 1971 年 10 月 5 日，定此時為《約注》成稿，則正好合十年之數。撰述《約注》是張舜徽學術生涯中的大事，因此他在多處談及這段經歷，如在《我是怎樣研究和整理說文解字的》一文中有云：

> 因以過去批注的讀本為基礎，重加補充、修正，夜以繼日地進行工作，歷時十載，才把這部《約注》寫成清本，編定成書。由於其中包含篆、籀、古文以及繁、僻字體太多，必須手寫才行。幸而那時目力尚好，花了三年的時間，寫禿了幾十支小楷羊毫筆，才把它謄寫完畢。〔註9〕

〔註8〕張舜徽：《談撰著說文解字約注的經過答友人問》，《訒庵學術講論集》，嶽麓書社，1992 年版，第 606 頁。又見張舜徽撰：《訒庵學術講論集》，《張舜徽集》，華中師範大學出版社，2008 年版，第 529～530 頁。
〔註9〕張舜徽：《我是怎樣研究和整理說文解字的》，《訒庵學術講論集》，嶽麓書社，1992

可見張舜徽撰述《約注》是有「底本」的，這其實就是他手批《段注》的本子。在 1961 年開始正式整理、撰述《約注》之時，張舜徽買來他的第三本《說文段注》，結合多年研究《說文》的心得，進行新一輪的整理工作，而這本崇文書局出版的《說文段注》，張舜徽「喜其紙白如新，批記最多而最勤，即吾新注《說文》之底本也」。〔註10〕張舜徽撰述《約注》的十年，包括後期謄寫的三年，最終成於 1971 年，這個時間點張舜徽的弟子周國林也談到過：《約注》正是「在他（張舜徽）60 歲前後完成了」。〔註11〕20 世紀 60 年代，張舜徽撰述《說文解字約注》期間適逢國家大動亂，他不幸也成為衝擊對象，因此要克服了很多困難才能完成此書。可見他有着對中華文化不會中斷的堅定信念，以及個人堅韌不拔、不懈益勤的意志，這些都應當是成為一個「國學大師」的必備素質。

二、內容結構

《約注》內容極為豐富，全書結構依次有：《自序》、《略例》、《說文解字約注分卷目錄》、《說文解字標目》；正文部分是《說文解字約注》卷一到卷三十；附錄有三篇文章，分別是：嚴可均的《許君事蹟考》，陶方琦的《許君年表考》，黃侃的《論自漢迄宋為說文之學者》。為方便讀者查找《約注》中的釋字條目，張舜徽還作有《通檢》。

《說文解字約注分卷目錄》中對《約注》正文各卷的定名可略為留意，例如「卷二」是「說文解字弟一篇約注下」；且書中正文中在「說文解字約注卷二」下也標有小字：「原書第一篇之下。」從這個分卷目錄的名稱上可見，張舜徽作《約注》時時不忘《說文》原書，確實是以「注許」為目的。

《約注》的正文部分依次對《說文》各字進行註解，一般都會包括三個方面的內容：

（一）《說文》原文及反切

《說文》原文包括篆字和許慎的說解，《約注》以大號字體書寫。大徐本《說

年版，第 83 頁。又見張舜徽撰：《訒庵學術講論集》，《張舜徽集》，華中師範大學出版社，2008 年版，第 73 頁。

〔註10〕張舜徽撰：《霜紅軒雜著》，《張舜徽集》，華中師範大學出版社，2009 年版，第 342 頁。

〔註11〕周國林主編：《張舜徽百年誕辰紀念國際學術研討會論集》，華中師範大學出版社，2011 年版，第 219 頁。

文》徐鉉所加反切，在《約注》中則用小字標明。《約注》所錄《說文》原文及反切以宋刻大徐本為主，也參考了小徐本、《段注》等加以校勘。儘管《約注》撰寫過程中以《段注》為基礎，選取其中精妙、獨得的論點最多，但對其改動《說文》之處不盲從，包括正文次序的移動、說解文字的加減、篆文的增刪等。此外，在校勘《說文》原文時，張舜徽指出類書舊注所引《說文》不必字字與原書相合，因此他只在《約注》中說明異同之處，沒有確證就不會輕易改動原文。

（二）引用諸家說

《約注》引用研究《說文》諸家之說以「某某曰」的形式，節取其精要觀點，且以清代《說文》學專家所引為多，後文有專門章節探討此事。另外，《約注》對許慎的《說文解字敘》也加以註解，且多引《段注》為之說。

（三）「舜徽按」

這是《約注》中展現張舜徽文字學研究成果的核心部分內容，有個別字條下，《約注》沒有引用諸家說，而直接出「舜徽按」。《約注》全書篇幅極大，精華部分正在於此，學界或可考慮將《說文解字約注》中「舜徽按」的內容單獨列出來，成《說文解字約注簡編》這樣的讀本，與張舜徽的《說文解字導讀》互為補充，以便初學。

三、撰述目的

《約注》是張舜徽研究文字學幾十年的心得匯總，他曾自述：「博覽羣籍之餘，間取金文、甲骨以證釋《說文》，並補申、訂正了《說文》中許多疑義、闕義，和附會、錯誤的說法。不欲寫成單篇論文發表，很想系統、全面地整理它。」[註12]為了達到這個目標，張舜徽進行了這一項前後耗時十年的工作。《說文解字約注·自序》中可見他當時的出發點主要包括：

（一）方便初學，精簡《說文解字詁林》

張舜徽從小就愛好研究《說文》，在讀了段玉裁的《說文解字注》，王筠的《說文句讀》和《說文釋例》後，又查閱桂馥的《說文解字義證》、嚴可均的《說文校議》、朱駿聲的《說文通訓定聲》，在記錄下它們說字異同的基礎上，還不

〔註12〕張舜徽：《我是怎樣研究和整理說文解字的》，《訒庵學術講論集》，嶽麓書社，1992年版，第83頁。又見張舜徽撰：《訒庵學術講論集》，《張舜徽集》，華中師範大學出版社，2008年版，第73頁。

時將個人心得記錄下來，且數量可觀，此時張舜徽已有注釋《說文》的意向了。二十歲時，張舜徽讀到丁福保的《說文詁林》，感到此書儘管搜集的材料豐富，但缺乏論斷，讓初學者不知所從，因此有必要在此書基礎上刪繁存簡，提取精義，而成另外一本書。然而當時張舜徽正潛心於「鄭學」，加之四方奔走教學，還沒有能夠集中精力撰述此書。簡言之，張舜徽撰述《約注》的緣起，首先是他一直以來對研究《說文》的興趣與實踐，其次有感於初學者需要一本較好的《說文》研習入門書。

張舜徽撰述《說文解字約注》的直接動機是對《說文詁林》進行某種「優化」以方便後學，這基本上包括兩方面的工作：一，選取研究《說文》諸家的精義；二，對諸家說有所論斷判定。但如果僅僅按照這個設想來寫作，《說文解字約注》的「約」就只第一方面內容：「約取過去學者們研究成果中比較精邃的見解，參以己意為之論定。」這裡的「過去學者們的研究成果」以清代為主，正如林慶彰所言：「可說清代研究《說文》四大家的《說文》著作，各有優劣得失，這是張舜徽所以要再作《說文約注》的主要原因，該書取前人之注解，擇其善者，收入注中。」〔註13〕

事實上，「約注」還有另外兩方面的取義：「第二，考釋力求簡約，避免繁瑣；第三，闡明字義，約之以雙聲之理。」〔註14〕「考釋力求簡約，避免繁瑣」至少有兩方面的考慮，一是為了便於初學上手，二是將他自己長年考釋《說文》的心得「由博返約」地呈現出來。而第三條「約之以雙聲之理」無疑是《說文解字約注》的最大特色。

（二）取金文、甲骨補證《說文》

20世紀的學者有幸見到大量出土的古文字材料，這對於傳統《說文》學的研究意義重大。五十歲以後，張舜徽用他所掌握的金文、甲骨文材料來補充、證明《說文》，不斷得到新的認識，這使得他更為堅定了一個信念：重操舊業新注《說文》。有學者以為張舜徽作《約注》不夠重視金文、甲骨文等出土材料，

〔註13〕林慶彰：《張舜徽著作在臺灣的翻印及流傳》，董恩林主編：《紀念張舜徽百年誕辰國際學術研討會暨中國歷史文獻研究會第 32 屆年會論文集》，湖北人民出版社，2012 年版，第 23 頁。

〔註14〕張舜徽：《我是怎樣研究和整理說文解字的》，《訒庵學術講論集》，嶽麓書社，1992 年版，第 85 頁。又見張舜徽撰：《訒庵學術講論集》，《張舜徽集》，華中師範大學出版社，2008 年版，第 75 頁。

這其實是莫大誤解。其實《約注》的一個寫作緣起，就是張舜徽在用金文、甲骨文材料補證《說文》的過程中產生了許多新的感悟，所以才有意整理成書。

　　張舜徽在《談說文解字的研究及疑義舉例》一文中談到了他補申、訂正《說文》的具體做法，尤其是對於《說文》中的「疑義」問題，他提出：「有些可以依據人所共知的事物情狀，作出判斷，不必引經據典，便可加以論定。在《說文》本書內，有說解詞意不明、亟待引申發明的疑義；也有歪曲造字原義，必須校訂改正的疑義。」對於後兩種疑義，張舜徽的處理辦法是：「遇著說解原文難明處，必設法把它講通；遇著說解有與造字原意不符處，必引證金文甲骨文加以訂正。處理疑義，是比較慎重的。」〔註15〕例如，對於《說文》「至」字，張舜徽補申道：「許氏解釋『至』字象鳥飛從高下至地之形。這個『鳥』不是指一般的小鳥，指的是兇猛鷙鳥。……金文、甲文中『至』字，與篆體全同。……今語稱物自上下墜為跌，實即至字。」〔註16〕類似地加以補申的字例還有不、入、民、髮等；另外，對《說文》加以訂正的字例如「𠫓」，張舜徽指出：「證以金文作𠃬，甲文作𠃬，皆象人體倒出形。人初生時，首先出而四體從下，與平時頭在上而手足在下的形狀不同，所以有不順的意思。生子時，必有人接取，故引申有迎義。」〔註17〕類似地訂正的字例還有兒、衣、今、羌、皇。張舜徽對上述字例的考證，未必都能被學界所接受，但作為一種學習經驗來提出，無疑能夠啟發後學。

（三）通貫全書，專職注許

　　清代研治《說文》的學者眾多，其中以《說文》「四大家」成績斐然，桂馥、段玉裁、王筠、朱駿聲都有傳世佳作，對《說文》進行了通盤研究、注釋。然而自此以後，整個清代就較少有對《說文》進行全面研究的著作，例如錢大昭的《說文統釋》、王紹蘭的《說文集註》、陳鱣的《說文正義》、陳介祺的《說文

〔註15〕張舜徽：《談說文解字的研究及疑義舉例》，《訒庵學術講論集》，嶽麓書社，1992年版，第40頁。又見張舜徽撰：《訒庵學術講論集》，《張舜徽集》，華中師範大學出版社，2008年版，第36頁。

〔註16〕張舜徽：《談說文解字的研究及疑義舉例》，《訒庵學術講論集》，嶽麓書社，1992年版，第42～43頁。又見張舜徽撰：《訒庵學術講論集》，《張舜徽集》，華中師範大學出版社，2008年版，第36頁。

〔註17〕張舜徽：《談說文解字的研究及疑義舉例》，《訒庵學術講論集》，嶽麓書社，1992年版，第44頁。又見張舜徽撰：《訒庵學術講論集》，《張舜徽集》，華中師範大學出版社，2008年版，第37～38頁。

統編》，都未能完成，只是「有目無書」，僅可見到錢大昭的《說文統釋自序》。全面注釋《說文》的工作，要求學者付出極大的耐心和精力，這是一件很不容易的事情。加之前賢如「《說文》四大家」注釋許書的水平很高，想要有所修正、推進都很難。因此，學者們不再做全面注釋《說文》的工作，而是在某些方面做「局部性」的研究，例如校勘文字、訂正音讀、考釋一字、歸納義例、疏證引經、補申闕義，等等。

20 世紀的學者中能夠做到全面而高質量地注釋《說文》的不多，馬敘倫的《說文解字六書疏證》是其中的難得之作。然而張舜徽對此書不能說是很滿意的，他這樣評論道：

> 近人有通貫許書為之疏證者，於心領神會之字，則暢抒所見，長達千言；遇隱僻稀見之文，則疏證俄空，不著一字。揆諸注述之體，已多不合。其於許書正篆之常見而易憭者，輒以肊斷曰：「此為校者或呂忱所易，」或曰：「此字疑出《字林》；」或曰：「此字呂忱所加。」全無佐證，徑為妄測之辭。全書中十之八九，皆如此也；則許書九千餘文，所存者不多矣。舛誤若此，亦何貴乎為疏證哉！
>
> 〔註18〕

張舜徽認為《說文解字六書疏證》在注述《說文》該書本身方面是做得不好的，而《約注》就要專職在「注許」上面，通貫《說文》，把許書原貌、本義等直接相關的東西講清楚，不迴避問題，也不作缺乏證據的推測。

更深入、具體地考察《約注》的成書，則不能不提到另外兩部《說文》學重要著作：段玉裁的《說文解字注》和丁福保的《說文解字詁林》。作為《說文解字》的新注本，《約注》在體例、行文上簡約，在一定意義上是為了解決《說文解字詁林》資料龐雜而無論斷的毛病。或者說，《說文解字約注》的寫作動機，當然與《說文解字詁林》「但有羅列而無論斷」有一定關係。然而即便沒有《說文解字詁林》一書，張舜徽未必不會推出新的《說文》注本。他在十四歲時（1925 年）讀《段注》起便有這種設想的萌芽，其家藏有三部《說文段注》：經韻樓原刻本、湖北崇文書局刻本、清末石印小本。張舜徽比較喜歡在崇文書局本《段注》的「天頭」作批註。他從十四歲到二十四歲這十年間便

〔註18〕張舜徽撰：《說文解字約注·自序》，中州書畫社，1983 年版，4 下至 5 上。又見華師版《約注》第 4 頁。

用這個本子，用密行細字將其書眉都寫滿了。

　　據《霜紅軒雜著》所記，這個手批的《說文段注》散亡最早；張舜徽任教蘭州之時，又得一本崇文書局的《說文段注》，後因南歸倉促而遺失。1961 年，張舜徽買來第三本崇文書局的《說文段注》，結合多年研究《說文》的心得，進行新一輪的整理工作，而這本《說文段注》，張舜徽「喜其紙白如新，批記最多而最勤，即吾新注《說文》之底本也」。〔註 19〕正是在這個批校本《說文解字段氏注》的基礎上，張舜徽融入個人多年研究文字學心得，對許慎的《說文解字》進行全面的注釋。但這是一項艱苦的工作，張舜徽說：「由於早年記憶力強，在引證經傳子史時，每用刪節號以省移錄之煩，到謄寫清稿時，便要一字一句落實下來，非自己動手翻書查對不可；引文太長時，怎樣節取，怎樣連貫，必須斟酌決斷；都不是別人所能代辦的。」〔註 20〕由此不難看出，《說文解字約注》是張舜徽在段玉裁《說文解字注》基礎上所作的一項訂補工作，因而要想讀懂《說文解字約注》就不能不從《說文解字注》出發。

第三節　《說文解字導讀》

　　《說文解字導讀》在張舜徽所有文字學論著中成書是很晚的，可以認為此書是他一生研究文字學的方法總結，不能因其「導讀」之名而有所忽視。從張舜徽研治文字學的總體歷程來看，《說文解字導讀》與之前的兩種版本《廣文字蒙求》有着密不可分的淵源。以《說文解字導讀》為中心對張舜徽文字學思想、方法展開探討，既可以帶動他對《說文解字》、《文字蒙求》等傳統文字學典籍的闡發，又能夠繫聯起張舜徽散見於它書中涉及到文字學的論述，進行綜合性的研究。在探討某個具體問題的時候，結合多種文獻材料交互印證，得出的結論也才能夠盡可能地全面、準確。

　　為了便於初學者通過《說文解字》來認識中國古代文字，進而閱讀古籍，瞭解古代文化，甚而進行歷史、文學、哲學的研究，張舜徽撰寫了這本題為《說文解字導讀》的小冊子。此書的內容分為五個部份：第一部份是談讀《說文》之前

〔註 19〕張舜徽撰：《霜紅軒雜著》，《張舜徽集》，華中師範大學出版社，2009 年版，第 342 頁。
〔註 20〕張舜徽：《我是怎樣研究和整理說文解字的》，《訒庵學術講論集》，嶽麓書社，1992年版，第 86 頁。又見張舜徽撰：《訒庵學術講論集》，《張舜徽集》，華中師範大學出版社，2008 年版，第 75 頁。

需要注意的一些文字學理論問題；第二部份是「全面瞭解《說文》的具體內容」；
第三部份是「用分類的方法去研究《說文》」；第四部份是「循雙聲的原理去貫穿
《說文》」；第五部份是介紹「研究《說文解字》的重要書籍」。可知《說文導讀》
以《說文》為中心。然而張舜徽在簡要介紹與《說文》相關的基本知識的同時，
也展現出了他個人研究文字學的方法與特色。《說文導讀》的主要內容大致可總結
為三個方面：講清基礎知識、指示研究方法、推介參考書籍。

一、講清基礎知識

作為一本兼具導讀性與學術性的著作，張舜徽撰寫的《說文解字導讀》首
先是較為系統地介紹了文字學基礎知識，包括古代文字及字書的起源，傳統的
文字學理論等，這些內容既是對《廣文字蒙求》舊學本、內部本的繼承，又為
接下來展開介紹《說文》做了鋪墊。

（一）古代文字、字書及「六書」

《說文解字導讀》的正文開篇並不直接談《說文解字》，而是論述諸如文字
起源、字書源流、六書等文字學理論問題，其中包括如下內容：

1. 勞動人民創造了文字

張舜徽指出：中國文字是先民在勞動生產過程中集體創造出來的。這一觀
點與《廣文字蒙求》內部本相同，但最初在舊學本《廣文字蒙求》中相應的表
述是：「古代文字的創造，不出於一手，不成於一時。」可見新中國成立以後，
張舜徽加強了對馬克思主義學說的吸收，並結合當時的社會形勢，在文字表達
中突出了「人民」，這個較「先民」帶有更多政治色彩的概念。

2. 我們今天所能看到的古代文字

張舜徽主要介紹了甲骨文、金文、石刻文字的情況，及其與小篆的字形演
變關係。《愛晚廬隨筆》中有張舜徽所作《最早之文字》一篇短文，其中也提到
西安西郊所出土原始社會的甲骨文，比河南安陽出土之甲骨文要早一千多年；
然而在《最早之文字》一文中也提到過仰韶文化中的不少陶器「刻畫符號甚多，
此即最早之原始文字。」〔註21〕張舜徽的這個觀點，在寫作《說文解字導讀》

〔註21〕張舜徽：《最早之文字》，《愛晚廬隨筆》，《張舜徽集》，華中師範大學出版社，2005
年版，第 375 頁。

時應當已經做了修正。他指出，原始社會新時期時代陶器上的圖畫不能算是文字，而只能說成「文字的前驅」，而且「圖畫和語言結合起來了，才算出現了文字。最初的文字，是可以讀出音來的圖畫，但圖畫卻不一定有音能讀，這便是二者區別之點。」〔註22〕

根據張舜徽晚年對文字性質的新認識來看，因為不能論證仰韶文化陶器刻畫符號是與當時語言相互結合的，所以就不能再稱之為「最早之原始文字」了。另外，張舜徽對「我們今天所能看到的古代文字」這個題目的論述，還可補正。從目前已發現的古文字材料看，我們今天所能看到的古代文字除甲骨、金石文字之外，起碼還應包括簡牘、帛書、璽印、陶泥、貨幣文字等等。

3. 我們今天所能看到的古代字書

這一節實際上在論述《說文》是古代一部最重要的字書，為下文重點介紹此書作「伏筆」。另外又提及《爾雅》是古代傳注的總匯，而諸如李斯的《倉頡篇》、趙高的《爰歷篇》、胡毋敬的《博學篇》、司馬相如的《凡將篇》、史游的《急就篇》、李長的《元尚篇》、揚雄的《訓纂篇》卻類似於兒童識字課本，它們無論在內容還是體例上，都遠不及《說文》在字書歷史中地位之重要。

近似本節的內容還可參看張舜徽一九八一年五月十五日在甘肅師範大學中文系的演講：《談說文解字的研究及疑義舉例》。〔註23〕清代對《說文》的研究出現一個高潮，學者們無比推崇許書。段玉裁稱贊《說文》是「千古未有之書」，王鳴盛提出：「《說文》為天下第一種書。」張舜徽則指出《說文》至今仍然是一本研究古文字學人人必讀的書，也是解讀甲骨文、金文等新發現古文字材料的重要依據。

張舜徽對《爾雅》一書乃漢人集錄各家傳注這一性質的論述，還見於《愛晚廬隨筆》中的短文《群雅悉由後人分類纂輯傳注而成》，以及《霜紅軒雜著》中的《〈爾雅詁林〉題辭》。並且，《〈爾雅詁林〉題辭》中的「自傳注既興」一直到「以明己學之所出」，與《群雅悉由後人分類纂輯傳注而成》相應內容文字全同。《〈爾雅詁林〉題辭》作於 1992 年 11 月，顯然要晚於《霜紅軒雜著》所

〔註22〕張舜徽撰：《說文解字導讀》，巴蜀書社，1990 年版，第 5 頁。
〔註23〕張舜徽撰：《訒庵學術講論集》，嶽麓書社，1992 年版，第 40～42 頁。又見張舜徽撰：《訒庵學術講論集》，《張舜徽集》，華中師範大學出版社，2008 年版，第 34～39 頁。

收的短文。然而，張舜徽在取材於舊文的同時，又有進一步的闡發。《群雅悉由後人分類纂輯傳注而成》一文強調「治雅學者，必博通傳注。傳注明而後《爾雅》明，《爾雅》明而後訓詁之學始可得而理」；〔註24〕《〈爾雅詁林〉題辭》則進一步指出《爾雅》之所以重要，是因為它有「條理縝密，包羅敷廣」的特點。〔註25〕然而，對此黃侃另有一種意見，他認為：「治《爾雅》之要在以聲音證明訓詁之由來，而義例在所不急。」〔註26〕此等處可作比較，具體分析各自觀點的合理性。

4. 古代字書的源流和體例

關於《說文》的體例，許慎在《敘篇》中有過這樣的表述：「分別部居，不相雜廁。」又說：「方以類聚，物以群分；同條牽屬，共理相貫；雜而不越，據形繫聯。」許慎《說文》的這一體例與《急就篇》「分別部居不雜廁」是有淵源關係的。《說文》取材廣泛，包括東漢以前的經史群書，以及屈賦、漢賦等，尤其是漢賦「莫不比敘類述，有條不紊，無異成了漢代名物的專書。不獨給史游『分別部居不雜廁』開創了條例，也替許慎作《說文解字》提供了素材。」〔註27〕

張舜徽曾作《急就篇疏記》，其中早已論斷：「史游『以類相從，種別區分』之法，實為後來許慎撰《說文解字》之先驅。……故史游云：『分別部居不雜廁』，許慎亦云：『分別部居，不相雜廁。』一脈相承，尤明證也。」〔註28〕可知張舜徽對《說文》「據形繫聯」分部收字的做法，早就有過追根溯源的考察，形成較為穩定的認知。他在《說文解字導讀》中有關這個問題的闡述，可以追溯到《急就篇疏記》。

張舜徽同時又指出，許慎是在繼承前人「分別部居」方法的基礎上，創造性地用《說文》五百四十部來分錄其中的九千三百五十三文。毫無疑問，《說文》絕大部份是「據形繫聯」的，但也存在「據聲繫聯」的情況，如句、丩、劦三

〔註24〕張舜徽：《群雅悉由後人分類纂輯傳注而成》，《愛晚廬隨筆》，《張舜徽集》，華中師範大學出版社，2005 年版，第 40～41 頁。

〔註25〕張舜徽：《〈爾雅詁林〉題辭》，《霜紅軒雜著》，《張舜徽集》，華中師範大學出版社，2009 年版，第 465 頁。

〔註26〕黃侃撰，黃延祖重輯：《黃侃國學講義錄》，中華書局，2006 年版，第 237 頁。

〔註27〕張舜徽撰：《說文解字導讀》，巴蜀書社，1990 年版，第 16 頁。

〔註28〕張舜徽：《急就篇疏記》，《舊學輯存》（上），齊魯書社，1988 年版，第 681 頁。又見張舜徽撰：《舊學輯存》，《張舜徽集》，華中師範大學出版社，2008 年版，第 308～309 頁。

部。張舜徽認為《說文》中據形、據聲兩種繫聯文字的方法發展為後世字典、韻書的兩大體系。許慎作《說文》確有明言「據形繫聯」，這樣一種設立部首收字的做法無疑對後世字典編纂影響巨大。後世沿襲《說文》體例編成的字書，例如《字林》、《玉篇》、《類篇》、《字匯》、《康熙字典》等，都是採取按部首收字的做法。至於《說文》中據聲繫聯的問題，其內容在全書中所占比例極小，且是否與李登作《聲類》有直接關係，因李書早佚，大概是難以考定的。此事闕疑即可，似乎不必強行附會到《說文》對後世韻書的影響。

5. 如何理解古人提出的「六書」

從《說文》的體例可以知道，這是一本非常重視文字構形的書，而以構形為基礎來分析文字的傳統理論，就有「六書」之說。那麼，這裏就出現一個《說文》與「六書」之間關係的問題。張舜徽因此對「六書」也進行了「考鏡源流」。若從文獻中追溯「六書」這一名詞的來源，最早的出處是《周禮·地官》:「保氏掌諫王惡，而養國子以道，乃教之六藝，一曰五禮，二曰六樂，三曰五射，四曰五馭，五曰六書，六曰九數。」〔註29〕至於六書的具體所指，漢代的班固、鄭眾、許慎都做了各自的解釋。

張舜徽指出，漢代的六書之說很可能最早是由劉歆傳出的，「但是這『六書』的理論，明明是漢代或漢以前學者們研究古代文字時所抽出來的條例，而不是什麼造字時所預先定下的原則。」〔註30〕然而張舜徽也不同意完全拋棄六書說，他提出可以借用六書的名詞來對古代文字進行分類，六書的名稱取許慎所舉，次第用班固所列，定為象形、指事、會意、形聲、轉注、假借，其中象形、指事、會意、形聲姑且視為漢以前「造字」四法，而轉注、假借作為用字方法。然而，他又曾認同唐蘭在《古文字學導論》中提出的「三書說」，張舜徽有言:「（六書）不應分得這麼多，祇歸納為象形、會意、形聲三類，便可以統攬無餘了。」〔註31〕可知張舜徽既善於追根溯源，明確「六書」不是造字時所預先定下的原則，又能夠及時跟進古文字學界專家（如唐蘭）對造字理論問

〔註29〕（漢）鄭玄注，（唐）賈公彥疏:《周禮注疏》，阮元校刻《十三經注疏》，中華書局影印本，1980 年版，第 731 頁。

〔註30〕張舜徽撰:《說文解字導讀》，巴蜀書社，1990 年版，第 19 頁。

〔註31〕張舜徽:《初學研究甲骨金文應該注意的幾個問題》，《訒庵學術講論集》，嶽麓書社，1992 年版，第 164 頁。又見張舜徽撰:《訒庵學術講論集》，《張舜徽集》，華中師範大學出版社，2008 年版，第 142 頁。

題的新近研究，擇善而從。

從《周禮》所記載的「六書」來看，它作為「六藝」之一，本來很可能只是用來教孩童學「書」、識字的基礎內容、入門方法而已，並且用來分析的是小篆以及之前的古文字。王筠作《文字蒙求》，以及張舜徽作《廣文字蒙求》，正是秉承《周禮》以「六書」作為教學之法的精神。然而，漢字隸變、楷寫以後，六書說對文字形體的解釋能力就趨於降低了，尤其表現在「象形」的方面，古文字本來符合六書象形、指事、會意的，在「今文字」中大都失去原貌。

如果要對整個演變過程的中國文字形體作出某種理論解釋，傳統的六書說就需要加以改進。唐蘭在其《古文字學導論》，陳夢家在其《殷墟卜辭綜述》中均提出過自己的新「三書說」，而裘錫圭在其《文字學概要》中將漢字分為表意字、假借字、形聲字三類，「表意字使用意符，也可以稱為意符字。假借字使用音符，也可以稱為表音字或音符字。形聲字同時使用意符和音符，也可以稱為半表意半表音字或意符音符字。這樣分類，眉目清楚，合乎邏輯，比六書說要好得多。」〔註32〕但還有一些既不能納入「三書」，也不能納入「六書」的文字，裘書舉例有：記號字、半記號字、變體表音字、合音字，以及兩聲字等。總而言之，不論是傳統的六書說，以及各家的三書說，都是在試圖提出某種理論，以闡明文字的構形與其音、義關係。作為一種解釋理論，從邏輯上講，總是落後於現象本身的。傳統的六書說有其出現的背景，有其適用的範圍，張舜徽提出用六書的名詞對古代文字進行「分類」，而不求之過深，這既是比較務實的做法，也許更符合古代實情。

（二）《說文》的具體內容

《說文解字導讀》第二部份對《說文》一書的具體內容作介紹，包括《說文》之學的源流和功用，《說文》一書的版本、字數、解說、部首。這些內容是《廣文字蒙求》舊學本、內部本所沒有的，應當可以說是張舜徽為《說文解字導讀》一書「量身定做」的。

1.《說文》之學的源流和功用

關於《說文》之學的源流，張舜徽從漢末學者包括鄭玄、應劭、晉灼等人對此書的引用、重視談起，接著提到歷代以來對《說文》有過研究的學者，例

〔註32〕裘錫圭著：《文字學概要》，商務印書館，1988 年版，第 107 頁。

如：魏晉南北朝時期的邯鄲淳、嚴峻、呂忱、庾儼默、顧野王、江式、李鉉、趙文深、顏之推，唐、五代時的李陽冰、張參、唐玄度、林罕、徐鍇，宋代的徐鉉、句中正、葛湍、王惟恭等。

　　對歷代研究《說文》學者的認知，即可構成一條《說文》學史的線索。《霜紅軒雜著》中有一篇張舜徽所作的《〈說文解字約注〉引用諸家說姓氏略》，從李陽冰開始談起，而且對宋、元以後的《說文》學者的基本情況、論著介紹頗多，可與《說文導讀》此處內容互補、參看。因為《說文解字導讀》成書很晚，其中介紹《說文》之學的內容有些是來源於張舜徽之前的某些論著的，例如對徐鉉、徐鍇的介紹，除了刪掉「在南唐時」四字，《說文導讀》與《〈說文解字約注〉引用諸家說姓氏略》中相關內容完全相同。

　　「二徐」之中，張舜徽對徐鍇的評價相對較高，他說（徐鍇）「其書先成，學識實過其兄」、「古代學者對《說文》進行全面注說工作的，實自鍇始，影響於後世尤大」。〔註33〕張舜徽在《說文解字約注》中引徐鍇說大大多於引徐鉉說，這固然與二徐本的體例關係很大，因為小徐本中的按語比大徐本要多得多，但從另一個方面也可以看出，張舜徽有意對徐鍇的《說文》研究成果做了大量吸收。

　　許慎在《說文解字敘》中說：「蓋文字者，經藝之本，王政之始；前人所以垂後，後人所以識古。」〔註34〕張舜徽首先認同這種對文字功用的表述，其次也指出：「其實《說文》的功用，不僅限於通經而已。我們今天閱讀周秦諸子、漢代著述、漢魏諸家詞賦，中多古字、古音、古義，非稽《說文》不能解釋疑難。即如想要把文章寫好，也非講求字學不可。」〔註35〕張舜徽對文字功用的觀念既是傳統的，又是務實的。他在這裡特別論述講求字學與寫作文章的關係，可見不僅要「由讀字進於讀書」，也要進於作文。也就是說，文字之學只是一個起點。

2.《說文》的版本

　　張舜徽談到唐人所寫《說文》木部殘本、口部殘簡是今天所能看到的最早版本《說文》。從校勘的角度說，版本越早，其學術價值一般也越高。因此，

〔註33〕張舜徽撰：《說文解字導讀》，巴蜀書社，1990 年版，第 24 頁。
〔註34〕（宋）徐鉉校定：《說文解字》，中華書局，1963 年版，第 316 頁。
〔註35〕張舜徽撰：《說文解字導讀》，巴蜀書社，1990 年版，第 25 頁。

張舜徽在從事《說文》校勘的工作中，無疑是非常重視唐寫本資料的。他曾以黎昌庶所刻唐寫本《玉篇》殘卷為主，校勘二徐本《說文》，作有《唐寫本〈玉篇〉殘卷校〈說文〉記》一文，收入《舊學輯存》，其《自序》有言：「凡所訂正，共三百三十餘事。推其致誤之由，則傳寫譌脫者半，馮意改易者亦半也。」〔註36〕可知張舜徽為探究《說文》原貌，頗下過一番功夫。接下來，張舜徽還介紹了李陽冰對《說文》的刊定、分卷，以及大徐本、小徐本的版本流傳與整理情況，這些知識的介紹可認為是簡明的歷《說文》版本史。

3.《說文》的字數

在這部分張舜徽重點要談的問題是《說文》所收九千三百五十三文的來源。《說文》收字的重大依據和主要來源首先是古代字書，包括《倉頡篇》、《訓纂篇》等；其次，許慎「博訪通人，兼採時俗所用，並益以郡國山川所出鼎彝文字」〔註37〕，這樣就構成了《說文》的「十四篇，五百四十部，九千三百五十三文，重一千一百六十三，解說凡十三萬三千四百四十一字」。然而許慎個人見聞、條件有限，其書難免會有脫遺失收之字，因此徐鉉校訂《說文》時又「新修」了十九字，「新附」了四百〇二字。

張舜徽進一步指出，徐鉉所補《說文》逸文，仍然不全不備，「總之，《說文》歷世已久，傳本多譌。即二徐之本，已互有不同。或本無其字，而後人增入；或本有其字，而傳寫脫去；這是一方面。另一方面，則由許慎在撰錄《說文》時的遺漏，這也是存在的。」〔註38〕可知張舜徽雖然高度重視《說文》一書，但並不盲目尊崇，他既看到了許慎以一己之力撰成此書的局限所在，又清楚地知道《說文》歷年的傳本存在問題，其原貌是很難完全恢復的。

4.《說文》的解說

許慎當時作《說文》，是否自訂解說「義例」並嚴格落實，目前至少是難以坐實的。因此，對《說文》各種「義例」的闡發，終歸是後來人的一種歸納、演繹。簡言之，後來發現的規律並不能等同於已經發生過的現象。然而，對《說文》解說義例的探求，有助於增進後學對此書的認識。張舜徽在介紹《說文》

〔註36〕張舜徽撰：《舊學輯存》，《張舜徽集》，華中師範大學出版社，2008 年版，第 197 頁。
〔註37〕張舜徽撰：《說文解字導讀》，巴蜀書社，1990 年版，第 29 頁。
〔註38〕張舜徽撰：《說文解字導讀》，巴蜀書社，1990 年版，第 30 頁。

單字解說的基本格式、條例之後，特別提到錢大昕對「連篆文讀」的發現。

張舜徽論述許慎解說字形時有兩種途徑，其一是廣引古書以證古文字形，其二是博採通人之說以闡發字形結構。選取《說文》諸家說之精義以備參考，廣引文獻以證明篆文的字義、音讀、形體，這也正是張舜徽寫作《說文解字約注》的基本條例。這也就是說，張舜徽還深刻地吸收了許慎解說文字的方式、方法，《約注》既是許書之注解，又是張舜徽之《說文》。

5.《說文》的部首

古人著書，敘目列於本書末尾，《說文》原來也是如此，所以張舜徽在第二部分的最後一節對《說文》的《敘篇》、部首進行介紹，這些都是進一步學習、研究《說文》的基礎。他強調許慎《敘篇》的重要性，突出《說文》「據形繫聯」的特點。首先，許慎根據字形，將《說文》的九千三百五十三文分配到五百四十部首之中；其次，五百四十部首大致也是「據形繫聯」的。

為了便於讀者熟悉《說文》部首，張舜徽還注明了這五百四十部首中一些難字的直音，不過這些標註直音的部首難字，原來在《廣文字蒙求》中是按筆畫多少排列的；大概是後來考慮到五百四十部首的前後次第本有原意，張舜徽在《說文導讀》中改成按照《說文》「十四篇」的次序進行重新排列。實際上，徐鍇也曾試圖解釋《說文》五百四十部首次序先後所蘊涵的道理，他的《說文解字繫傳》中有《部敘》二卷，仿效的是《易經·序卦》的體例。小徐做如此發揮，不無牽強、未必盡然。這也說明學者們對《說文》的「義例」做大體把握是對的，但是處處求之過深不僅沒有大的價值，也未必合乎許慎原意以及《說文》原貌。

二、指示研究方法

在講清楚文字學基礎知識和《說文》的具體內容之後，就可以就研究《說文》的具體方法展開論述了，這是《說文解字導讀》第三、四部份的主題。研究《說文》的方法很多，張舜徽結合自己的治學經驗，著重提出的是分類法與雙聲之學。

（一）分類法

張舜徽提出用分類的方法研究《說文》，其實質秉承的是《周禮》「保氏以

六書教國子」的精神：方便教學。張舜徽贊同說「六書」中的轉注、假借是「用字」之法，那麼其餘四書（象形、指事、會意、形聲）就是「造字」之法，所以可以用作分析《說文》九千三百五十三文的框架，形成象形字、指事字、會意字、形聲字這四個大類。

1. 象　形

關於象形文字，張舜徽特別提出《說文》小篆的字形多失原貌，必須參考金文、甲骨文來輔助考證、解說。許慎在《說文解字・敘》開篇提出過有關文字產生的背景：「古者庖犧氏之王天下也，仰則觀象於天，俯則觀法於地，視鳥獸之文與地之宜，近取諸身，遠取諸物。於是始作《易》八卦以垂憲。」〔註39〕張舜徽認為這「仰則觀象於天，俯則觀法於地，視鳥獸之文與地之宜，近取諸身，遠取諸物」，可以借來用以概括古代象形文字多方面的來源。然而，就象形文字中更為具體的取象、書寫方式來說，還可分為好幾種情況。例如，有從前面看的，如日、山等字；有從後面看的，如牛、羊等字；有從側面看的，如鳥、馬等字。有變橫形為直形的，如水、鼠等字；有省多形為少形的，如呂、又等字。基於對象形文字這些情況的把握，張舜徽總結道：「可知其象物圖形，初無定式，我們觀察這一類的字，自不可機械地去探求，而應靈活地去審斷。」〔註40〕他接下來列舉的是各種類別象形字，包括：像自然界實物形、像人體之形、像動物之形、像植物之形、像衣食器用之形。像物圖形與象形文字應當做出區分。從象物圖形中自然可以領會到某些涵義，但根據目前對文字性質的主流觀點，判斷、論證圖形是否屬於文字，要看它與的語言系統的關係。也就是說，對象形文字人們不僅可以「由形得義」，還要能夠「見形能言」，形、音、義三者完備，才構成文字。

2. 指事和會意

指事字與象形字均是不能拆開的獨體之文，但也有些指事字是在象形字的基礎上加以標識而成，張舜徽認為這是一個證據，可說明象形在前，指事在後。另外，會意字是合併獨體之文而成的，可以說是象形、指事的綜合，張舜徽又舉例說明兩種會意字的構成方式：合二文以上成字，以及疊文成字。

〔註39〕（宋）徐鉉校定：《說文解字》，中華書局，1963 年版，第 314 頁。
〔註40〕張舜徽撰：《說文解字導讀》，巴蜀書社，1990 年版，第 38 頁。

對會意字的解釋要打通形、音、義三者，既不能「望文生義」，也不能「望義生文」。《說文》中對某些會意字的解說未必符合造字本義，對於這樣的情況，就要敢於質疑，並紮實論證。例如，《說文》解說「孚」字有云：「卵孚也，从爪子。」《說文繫傳》：「鳥抱恒以爪反覆其卵也。」《段注》也是迴護許慎以「卵孚」訓「孚」之解。張舜徽在《說文導讀》中仍然是以「證許」的態度，採用傳統的說法並加以發揮道：「孚字，今語稱雞孚卵為抱雞，抱即孚之語轉。鳥類孚雛，都是母鳥覆在卵上，故从爪子。」〔註41〕然而結合甲骨文材料從字源的角度看，「孚」的造字本義與「孵卵」並沒有什麼聯繫。于省吾《甲骨文字釋林》中有《釋孚》一文，其中有云：

> 許氏之說和後世的注釋，都失之於牽強。典籍中從沒有單言子指雞之子言之者。《說文繫傳》附會敘說，以爪反覆其卵為解，那末，為什麼不从卵而从子呢？《段注》引《廣雅》訓孚為生，以為子出於卵，那末，為什麼不从雛而从子呢？而且，子出於卵，已經完成了孚化的過程，則又和《繫傳》以爪反覆其卵之說相矛盾。《說文》：「俘，軍所獲也，从人孚聲。」按：俘為後起字，甲骨文以孚為俘虜之俘……收養戰爭中俘虜的男女以為子，這就是孚的造字由來。
> 至於鳥孚卵之孚係用解字，後世則以孵字為之。〔註42〕

儘管「孚」的造字本義與雞孚卵沒關係，應當是「俘」的古文，但是這並不妨礙它屬於「會意字」的類型。學界大都信從解「孚」作「俘」的意見，幾成定論。那麼，許慎「卵孚」之訓，已經是用的「孚」的借義。這個例子可以說明要講通「四書」，也不能不管假借。在用字假借的複雜情況裏，識別出體現造字本義的「本字」，是一項不可避免的工作。

3. 形 聲

形聲字在《說文》中是最多的，它一部份表意，一部份表聲。根據字聲以求字義，是推求形聲字發展的重要原則。這其中又要注意幾個方面的問題。首先，由形聲字所從之聲，可知其所得之義。例如《說文》：「茲，艸木多益也。」「滋，益也。」「孳，汲汲生也。」這些從「茲」聲的茲、滋、孳字，都有「多」

〔註41〕張舜徽撰：《說文解字導讀》，巴蜀書社，1990 年版，第 50 頁。
〔註42〕李圃主編：《古文字詁林》，第 3 冊，上海教育出版社，2004 年版，第 334 頁。

的涵義。此外，張舜徽在《說文導讀》中還舉例：同從「辰」聲的字皆有「袞」義，同從「亟」聲的字皆有「急」義，同從「脊」聲的字皆有「連」義，同從「冡」聲的字皆有「覆」義，同從「求」聲的字皆有「毛刺」義，同從「盧」聲的字皆有「黑」義，同從「曾」聲的字皆有「增益」義，同從「翏」聲的字皆有「高亢」義，同從「喬」聲的字皆有「高」義、「長」義。

其次，形聲字的聲符得義有多種途徑，除即原聲符字本義推定形聲字義之外，大致上還可分為聲符縱向得義與橫向得義。聲符的縱向得義有的要追溯到它的初文，例如同從「廷」聲的字斑、莛、筳、梃、侹、頲，同從「巠」聲的字莖、輕、脛、頸、經，這些字都有「長直」義，但是這個「長直」義光從聲符廷、巠中是看不太清楚的，要追溯到廷、巠所從之「壬」。《說文》中關於廷、巠二字的說解分別是：「廷，朝中也。从廴壬聲。」「巠，水脈也。从川在一下。一，地也。壬省聲。一曰水冥巠也。」可知廷、巠都是由「壬」得聲，而《說文》壬字說解為：「壬，善也。从人、士。士，事也。一曰象物出地挺生也。」張舜徽所言有「長直義」，作為從廷、巠之形聲字根柢的「壬」，當取許書「一曰象物出地挺生也」之義。類似的例子還有從悤聲的字如蔥、熜、鏓都有「空」義，這個涵義從《說文》釋為「多遽悤悤」的悤字中看不出來，還要追溯到其所從之囪，也就是窗的初文，《說文》：「囪，在牆曰牖，在屋曰囪。象形。」這就看出了「空」的涵義。

形聲字的聲符橫向得義，大半由於同音、雙聲的緣故轉借它字而來。例如《說文》中從吉聲的字齸（齒堅）、佶（人正）、黠（堅黑）、鮚（蚌殼）、結（堅締）、頡（直項）都含有「堅」義，但是「吉」字本身並無此義。《說文·口部》：「吉，善也。从士、口。」張舜徽認為，吉是堅字的入聲，它們均是從臤得來「堅」義。《說文·臤部》：「臤，堅也。从又臣聲。凡臤之屬皆从臤。讀若鏗鏘之鏗。古文以為賢字。」臤字古音在真部溪鈕平聲，[註43]「堅」字古音在真部見鈕平聲，[註44]「吉」字古音在質部見鈕入聲，[註45]見、溪同屬牙音，堅字之聲源於臤。堅、吉為雙聲，真部與質部對轉。關於形聲字聲符義由於轉借而來的情況，書中還列舉了這樣一些例子：從「力」聲之字含有「曾累」之義的，

〔註43〕唐作藩編著：《上古音手冊》（增訂本），中華書局，2013年版，第122頁。

〔註44〕唐作藩編著：《上古音手冊》（增訂本），中華書局，2013年版，第68頁。

〔註45〕唐作藩編著：《上古音手冊》（增訂本），中華書局，2013年版，第65頁。

從「呂」字而來；從「音」聲之字含有「幽暗」之義的，從「舍」字而來；從「咠」聲之字含有「收聚」之義的，從「集」字而來；從「畕」聲之字含有「長大」之義的，從「京」字而來。

形聲字聲符得義還有一種「相反相成」的情況，這是因為造字時已經使用了反訓法。張舜徽所舉的例子有：丕字本義為大，從「丕」聲之字多有「大」義；反之，則從「不」聲（丕從不聲，不、丕聲通）之字又有「小」義。堯字本義為高，因此從「堯」聲之字多有「高長」義；反之，則從「堯」聲之字又有「短、小」義。熒字本義為小火，因此從「熒」省聲之字多有「小」義；反之，則從「熒」省聲之字又有「大」義。還有些聲符得義不必追溯到此字的本義，例如：從「可」聲之字多有「高長」義；反之，則小艸為苛。從「朮」聲之字多有「小」義；反之，則邑中大道為術。類似這樣的形聲字聲符兼有相反兩種含義的例子還有很多，張舜徽另作有《字義反訓集證》，載《舊學輯存》，其中對「反訓法」有更為詳實的論述。

在《說文解字導讀》中，張舜徽對形聲字的探討主要圍繞一個「聲符得義」的問題，而這些內容大體上又出現在了《漢語語原聲系·緒言》的「形聲字之類例」中。[註46]《說文導讀》既吸收了《舊學輯存》裏張舜徽的早期研究成果，又對後來收入《霜紅軒雜著》的《漢語語原聲系》提供了重要參考，包括下文談到的「雙聲」，與《漢語語原聲系·緒言》相關內容大同小異。

（二）雙聲法

「雙聲之學」是張舜徽所著力倡導、發揚的文字學研究理論，因此也成為他研究《說文》的特色。雙聲之學理論的特別提出，張舜徽前有所承，可參看《聲論集要》。他以雙聲原理貫穿《說文》的實踐，很早就開始做大量前期工作。張舜徽自述：「余少時讀《說文》，嘗以古韻為經，聲鈕為緯，成《說文聲韻譜》六冊；後治《廣韻》，復依聲鈕系列之，成《廣韻譜》二厚冊。比類而觀，深悟由韻部以推字義，不如由聲類以求字義之尤可據，而雙聲之理，為用甚弘。」[註47]簡言之，張舜徽的雙聲之學在繼承中創新，從實踐中領悟理論，

〔註46〕張舜徽撰：《霜紅軒雜著》，《張舜徽集》，華中師範大學出版社，2009 年版，第 7～10 頁。

〔註47〕張舜徽撰：《霜紅軒雜著》，《張舜徽集》，華中師範大學出版社，2009 年版，第 24 頁。

又將理論拓展到更廣泛的實踐領域。

1. 理解雙聲的重要作用

對於「雙聲」的概念，張舜徽的界定是：「古人稱發音部位相同的字為雙聲。」〔註48〕而「疊韻」是指收音部位相同的字。關於「雙聲」與語言文字變化孳乳的關係，他又指出：

> 初民用某聲表某意，最早是很簡單的，只可能每語一根。逐漸由這一語根發展為若干語言，若干文字，都是沿著發音部位相同——雙聲的軌跡向前推進的。所以古今語言的變化，文字的孳乳，大抵由於雙聲的多，由於疊韻的少。不同韻的字，由於聲鈕相同而得通轉的往往而是，這本與韻無關。所以聲的作用，至為重大而廣泛。〔註49〕

顧炎武以後的音韻學者，很多都重視疊韻而忽略了雙聲，但也有提出涉及「雙聲理論」問題精闢見解的，例如戴震、錢大昕、王念孫、王引之、錢塘、邵晉涵、陳澧、江謙、劉師培、梁啟超、王國維等。張舜徽原作有《聲論集要》，其中不僅抄錄了二十家有關雙聲之理的論述，還有以「舜徽按」形式進行的評點，他有自述：「前人論及聲之為用，已約略具於是矣。如欲精治小學以達語言文字之原，則雙聲之理，不可不講。深喜先賢所論，實獲我心；而管窺所及，為不孤矣。」〔註50〕可見張舜徽大力倡揚的「雙聲之學」，自有他長時期對以往聲韻理論的吸收和個人的綜合、思考。

2. 通過雙聲聯繫到許多字群

張舜徽認為，雙聲是就發音部位相同而言的，而人的發音部位可分為喉、牙、舌、齒、唇，這五大部位的發音再細分就是宋元以來沿用的三十六字母，以及清代陳澧的四十聲類，近代黃侃在此基礎上分明、微為二，所以他得出的是四十一聲類。張舜徽指出：三十六字母、四十一聲類只能統括隋唐以後的發音鈕位，不能完全用於推論遠古。古代聲寬，黃侃考定古聲只有十九鈕。實際上，追溯到遠古語言文字興起之時，恐怕還沒有十九個聲鈕這麼多。然而今人要用聲類來探求語言文字之本原，寧可失之密，不可失之寬。

〔註48〕張舜徽撰：《說文解字導讀》，巴蜀書社，1990年版，第59頁。

〔註49〕張舜徽撰：《說文解字導讀》，巴蜀書社，1990年版，第59頁。

〔註50〕張舜徽撰：《霜紅軒雜著》，《張舜徽集》，華中師範大學出版社，2009年版，第25頁。

張舜徽過去撰述《說文解字約注》時，「曾注意到循雙聲的原理去貫穿九千餘文，力圖通過雙聲去找語根，再聯繫到若干字。」〔註51〕他接下來舉了五個例子，且看其中「腸」字條：「腸是大小腸而从昜聲，何以它的音讀不和其他从昜聲的字相同，而必讀為直良切？這是由於腸在人身百體中為最長（小腸便有一丈多長），正如久遠而名為長一樣，同受聲義於丈，丈是十尺。」〔註52〕腸、長二字的上古音都在陽部定鈕，〔註53〕而从昜聲的字如楊、揚、陽在陽部喻鈕，〔註54〕一為定鈕，一為喻鈕。張舜徽由這種音讀的差異，想到「腸」字可能有另外的語源，他根據雙聲的原理去找語根，而這個「語根」的音義是與腸字相通的。然後他首先找到了「腸」的同音字「長」，《約注》：「腸之言長也，此物在人體中其形最長也。」〔註55〕從長字出發，根據雙聲之理，張舜徽又繫聯到了「丈」字，《約注》：「長、丈雙聲，語原同也。」〔註56〕丈字的上古音在陽部定鈕，〔註57〕與腸、長均相同。然而在《約注》中他還只是提出長、丈語原相同，並未明示哪個字是「根詞」；在作《說文解字導讀》時，才明確了腸、長「同受義於丈」。可知張舜徽對語源學的問題保持著一貫的探究。還有一個問題是，昜字屬於喻鈕，腸字屬於定鈕，會不會是「諧聲轉鈕」的緣故？查張舜徽所作《說文諧聲轉鈕譜》，確有一些从昜聲，從喻鈕轉定鈕的字例，如踼、盪、惕、蕩、盪等，〔註58〕但是其中沒有「腸」字。這樣就排除了腸字「諧聲轉鈕」的情況，它有其它的音義來源，據張舜徽的意見，腸字受聲義於「丈」。當然或者也可以認為，從昜聲的「諧聲轉鈕」現象與腸字受義於丈，兩者並不矛盾。也就是說，腸字之所以發生的「諧聲轉鈕」，就因為它受義於丈。

　　《說文諧聲轉鈕譜序》中有言：「按之常理，凡從某得聲者，必與某聲同

〔註51〕張舜徽撰：《說文解字導讀》，巴蜀書社，1990 年版，第 64 頁。

〔註52〕張舜徽撰：《說文解字導讀》，巴蜀書社，1990 年版，第 65 頁。

〔註53〕唐作藩編著：《上古音手冊》（增訂本），中華書局，2013 年版，第 17 頁。

〔註54〕唐作藩編著：《上古音手冊》（增訂本），中華書局，2013 年版，第 183 頁。

〔註55〕張舜徽撰：《說文解字約注》，中州書畫社，1983 年版卷八，31 上。又見華師版《約注》第 1001 頁。

〔註56〕張舜徽撰：《說文解字約注》，中州書畫社，1983 年版卷十八，36 下。又見華師版《約注》第 2312 頁。

〔註57〕唐作藩編著：《上古音手冊》（增訂本），中華書局，2013 年版，第 202 頁。

〔註58〕張舜徽撰：《舊學輯存》（上），齊魯書社，1988 年版，第 318 頁。又見張舜徽撰：《舊學輯存》，《張舜徽集》，華中師範大學出版社，2008 年版，第 129～130 頁。

讀；然驗諸切語，則或合或離，或既離而復合，斯則古今語言變異之徵也。」
〔註59〕一般認為，古今語言發生變異的原因主要在於時間、地域的不同。根據
張舜徽「腸字受聲義於丈」的考察，也有可能還存在一種諧聲字讀音變異的
情況，那就是受同源詞的影響，這就突出了語言系統內部整合的功能。

3. 探求語言文字發展的軌跡

由雙聲相轉的道理來探求語言文字孳乳相生的痕跡，追溯語根，張舜徽還
就喉、牙、舌、齒、唇五大類中各舉了一個例子，分別涉及到：喉音喻鈕的雨
字，牙音疑鈕的魚字，舌音定鈕的鹵字，齒音從鈕的举字，唇音幫鈕的父字。
雨、魚、鹵、举、父這種作為根詞的字，後來各自衍生出涵義相貫的字群。甚
而各屬於喉、牙、舌、齒、唇這五大聲類的字，在涵義方面還多有共性，例如：
凡喉音之字多會合義，牙音之字多高廣義，舌音之字多重大義，齒音之字多纖
小義，唇音之字多敷布義。要特別注意的是，喉、牙、舌、齒、唇這五大聲類
並非完全隔絕，它們之間多可通轉，尤其是喉、唇相轉的例子不少，其原因多
與方言有關。不僅是五大聲類可轉，三十六字母之聲鈕也有通轉，證於張舜徽
所作《說文諧聲轉鈕譜》。為探求語源，描述語言文字發展的軌跡，張舜徽另有
收入《霜紅軒雜著》的專篇《漢語語原聲系》。

4. 熟練掌握切語上字的聲位

通雙聲之學，須知聲類、聲鈕而定聲位；欲知聲位，不得不藉助反切，因
此張舜徽提出要「熟練掌握切語上字的聲位」，他將四百五十二個常用的切語上
字，按聲鈕部位區分為喉、牙、舌、齒、唇五大類，每一類下又分若干鈕。「喉
音類」下有影、喻、為、曉、匣五鈕；「牙音類」下有見、溪、羣、疑；「舌音
類」下有端、透、定、泥、來、知、徹、澄、娘、日；「齒音類」下有精、清、
從、心、邪、照、莊、穿、初、牀、神、審、疏、禪；「唇音類」下有幫、滂、
並、明、非、敷、奉、微。

初學者在拿到一個字的反切時，記住反切上字，再查看張舜徽所整理的內
容，就可以知道此字屬於上述四十一鈕中哪一鈕，且是五大類中的哪一類。然
後就可以開始談論雙聲之學了。《舊學輯存·廣文字蒙求》附錄二是：《廣韻》

〔註59〕張舜徽撰：《舊學輯存》（上），齊魯書社，1988 年版第 309 頁。又見張舜徽撰：《舊
　　　　學輯存》，《張舜徽集》，華中師範大學出版社，2008 年版，第 127 頁。

切語上字的常用字，它應當是《說文解字導讀》的內容來源，不過張舜徽後來略有補說：「這些字不獨為《廣韻》所常用，凡隋唐以前諸書切語都常常用之。可知此等字實漢末創為反語以來，師師相傳，用為雙聲的標目，無異後世的字母。我們必須熟練地掌握它。」〔註60〕《舊學輯存》所錄為張舜徽四十歲以前之作，《說文解字導讀》乃其晚年定論。張舜徽將《廣韻》中這四百五十二個切語上字，後來視為「字母」，並說「凡隋唐以前諸書切語都常常用之」，大概也是有為而發，基於他四十歲以後進一步推闡雙聲之學的實踐與心得。

三、推介參考書籍

作為一個文獻學家，張舜徽對與《說文》有關的書籍是非常熟悉的，做文字學研究離不開對相關文獻的掌握。如果將《說文導讀》的前四大部分視為研究《說文》的基礎知識、方法精要，這第五部分則以書目提要的形式做了進一步拓展。然而，張舜徽首先強調的是《說文》一書包括文字、訓詁、聲韻三方面的內容，因此研究《說文》，一定是在文字學的基礎上兼顧訓詁學、音韻學。正是在這樣的思路下，他將研究《說文》的書籍分為基本讀物（文字學）和輔助書籍（訓詁學、音韻學）兩大類。

（一）研究《說文》的基本讀物

張舜徽所推薦的研究《說文解字》的「基本讀物」，不僅包括與《說文》直接相關的重要論著，還包括研究甲骨文、金文等古文字新材料的書籍，可知他的《說文》學研究在一定程度上其實包含了古文字學內容。

1.《說文》學常見書

「基本讀物」中包括兩個小類的書籍，一類是與傳統《說文》學直接相關的常見書，依次有：王筠的《文字蒙求》，徐鉉校定的《說文解字》，徐鍇的《說文解字繫傳》，戴侗的《六書故》，桂馥的《說文解字義證》，段玉裁的《說文解字注》，王筠的《說文解字句讀》、《說文釋例》，丁福保的《說文解字詁林》。

這些學習、研究《說文》最基本的書籍大都是學界耳熟能詳、高度重視的，但有一種戴侗的《六書故》歷來被忽視。張舜徽認為，戴侗實際上「解說文字，有根據許書加以發揮的，有駁正許書的，也有自創新解的。他自己的發明、發

〔註60〕張舜徽撰：《說文解字導讀》，巴蜀書社，1990年版，第72頁。

現，確也不少。特別是他援據唐本《說文》以校當時通行本的偽失，貢獻尤大。」〔註61〕張舜徽談及《六書故》的這些內容，與收在《霜紅軒雜著》中的《跋〈六書故〉》大同小異。據統計，《約注》中引戴侗說，以及「舜徽按」中引《六書故》都是比較多的，可見張舜徽對戴侗《六書故》的重視。又可證之於《跋〈六書故〉》中張舜徽有言「餘往者新注《說文》，甄採此書獨多。」〔註62〕此外，《約注》大量引用唐寫本《玉篇》校勘《說文》，這應該也是取法於戴侗。

《說文導讀》對桂馥《說文解字義證》、段玉裁《說文解字注》的介紹，可與收於《霜紅軒雜著》中的《跋〈說文解字義證〉》、《跋批校本〈說文解字段氏注〉》、《跋〈說文段注鈔案〉》參看。張舜徽在《跋〈說文解字義證〉》中認為，桂氏《義證》在一定意義上要好於《段注》，一方面是因為《說文義證》「援據浩博」而又「條理秩如」，可見桂馥通治《說文》功力之深厚；另一方面，更重要的是「桂氏於其不知，不輕下己意，自不失矜慎之意。以視段氏妄逞胸臆，武斷支離，相去遠矣。余之所以尊重其書，非偶然也。」〔註63〕

雖然張舜徽在此處頗有「抑段揚桂」之意，但是從對《約注》引諸家說的統計來看，他引段玉裁之說次數遠遠高於引桂馥。可見張舜徽作《約注》肯定是以《段注》為底本，只是其書在體例方面「引諸家說」時採取博觀約取、論斷審慎的態度。

2. 研究金文、甲骨文的入門書

研究《說文》「基本讀物」的另一類是研究金文、甲骨文的幾部入門書，其中又分工具書和專著。工具書是類輯古代文字資料的，其實也就是「文字編」。《說文導讀》依次推薦有：吳大澂的《說文古籀補》，容庚的《金文編》及《金文續編》，商承祚的《殷墟文字類編》，孫海波的《甲骨文編》，朱芳圃的《甲骨學文字編》，高明的《古文字類編》。專著方面，張舜徽推薦的依次是：吳大澂的《字說》，孫詒讓的《名原》、《契文舉例》，羅振玉的《殷商貞卜文字考》、《殷虛書契考釋》，王國維的《古史新證》。

〔註61〕張舜徽撰：《說文解字導讀》，巴蜀書社，1990 年版，第 74 頁。

〔註62〕張舜徽：《跋〈六書故〉》，《霜紅軒雜著》，《張舜徽集》，華中師範大學出版社，2009 年版，第 341 頁。

〔註63〕張舜徽：《跋〈說文解字義證〉》，《霜紅軒雜著》，《張舜徽集》，華中師範大學出版社，2009 年版，第 343 頁。

有人說張舜徽作《說文解字約注》不夠重視甲骨文、金文等新材料，這是誤解。他自述有言：「余平生精治許書，而亦參考金文甲文以補訂之，載其說於《說文解字約注》及《廣文字蒙求》者為不少矣。」〔註 64〕此外，從《說文導讀》裏這些古文字工具書、專著的介紹來看，他對甲骨、金文材料是有過「博觀」這一過程的，只是由於他撰寫《說文約注》自有義例，且對諸多材料秉持了「約取」的態度。

《說文導讀》中張舜徽推薦研究《說文》的基本讀物，其實並不以研究《說文》為限，倒正好反應了他由《說文》到金文、甲骨文的治學次序。《愛晚廬隨筆》裏有一篇《研究金文甲文必以說文為基礎》，其中談到他與唐蘭的討論，張舜徽指出：

> 余則以為不通《說文解字》，則不能鑽研銅器、甲骨刻辭，此必然之勢也。《說文》一書，於漢以前文字之結構與本義，闡發頗詳，示人大例。今日熟繹其書，進而審辨遠古遺文，然後能知其形體由何而變，由何而分，得以識定為何字。一經論斷，確切不移。故從事金文甲文之研究，必以精熟《說文》為基本功也。〔註 65〕

精熟《說文》是研究金文、甲骨文的基本功，而以《說文》為主，金文、甲骨文為輔，才能更好地推求造字之本義。關於這個問題，張舜徽在《必兼通金文甲文而後可以治古文字》一文中列舉了多個字例，如「得、行、丞、屰、異、帝」，來說明金文、甲骨文材料對《說文》一書的訂補作用。〔註 66〕清末學者開始運用甲骨文資料研究《說文》，積累了很多經驗，取得了不少成績。張舜徽治學的一大特點是善於繼承，此處亦可見一斑。

在狹義的文字學範疇之外，要通過金文來研究古代歷史的話，張舜徽提出所要注意得一些事情，他為此寫過兩篇文章，一是《愛晚廬隨筆》裏的《研究金文甲文宜注意之事》，其中指出青銅器銘文「稱述先人行事之辭，多有非真實者矣」，並且「記載戰爭俘獲之數，有過於誇大者矣。如於此等處皆以為實

〔註 64〕張舜徽：《必兼通金文甲文而後可以治古文字》,《愛晚廬隨筆》,《張舜徽集》,華中師範大學出版社，2005 年版，第 106 頁。

〔註 65〕張舜徽：《研究金文甲文必以說文為基礎》,《愛晚廬隨筆》,《張舜徽集》,華中師範大學出版社，2005 年版，第 28 頁。

〔註 66〕張舜徽：《必兼通金文甲文而後可以治古文字》,《愛晚廬隨筆》,《張舜徽集》,華中師範大學出版社，2005 年版，第 106～108 頁。

錄而用以考史，寧有當乎？」〔註67〕類似這樣的觀點還見於短文《銅器刻辭多不可據》：「載諸書本者，固不可以盡信；而鏤諸銅器者，豈可據為典要乎！」〔註68〕

　　針對古文字研究的相似論述，張舜然而張舜徽顯然也認識到了青銅器刻辭對歷史研究的巨大價值，他在短文《銅器刻辭之佳者可補經史》開篇就說道：「銅器刻辭，固有語涉夸大，不足取信者。亦有重要記載，價值不在《詩》、《書》下者。」〔註69〕接下來他談到《毛公鼎刻辭》、《散氏盤銘》、《虢季子白盤銘》、宗周鐘，這些金文資料對於古史研究的巨大價值是顯而易見的。甲骨文的價值自然也是這樣。只是由於在不同場合，針對不同問題，張舜徽表達觀點的側重點不同，甚至於暫且談到問題的某一方面。又如，張舜徽也從字形角度，論及研究甲骨文時要注意的問題，他說：「由於契龜者不必皆為有學識之人，不能保其一字無譌。且不成於一時，不出於一手，刻之者貪省筆以輕其功，益之以變體誤筆，更無由考見當時字形之真。」〔註70〕因此，要想全面認識張舜徽的文字學觀點，必須對其有關同一問題卻分散的論說進行文本繫聯，然後進行綜合的考察。

　　徽還有一篇載於《訒庵學術講論集》的論文，題為《初學研究甲骨金文應該注意的幾個問題》，共包括四節：一、研究甲骨和金文必須先有古文字學的基本知識，其實主要還是談《說文》的重要作用；二、研究甲骨、金文存在的問題；三、初學研究甲骨金文整理文字材料的方法；四、「二重證據」的不可偏廢。〔註71〕張舜徽無疑是非常重視甲骨、金文材料的，只是由於個人治學趨向、社會環境等因素，使得他似乎並沒有成為所謂的「古文字學研究專家」。學乃為己，貴能自得，所以這本也無可厚非。張舜徽作為一個功力深厚的文

〔註67〕張舜徽：《研究金文甲文宜注意之事》，《愛晚廬隨筆》，《張舜徽集》，華中師範大學出版社，2005 年版，第 28 頁。

〔註68〕張舜徽：《銅器刻辭多不可據》，《愛晚廬隨筆》，《張舜徽集》，華中師範大學出版社，2005 年版，第 322 頁。

〔註69〕張舜徽：《銅器刻辭之佳者可補經史》，《愛晚廬隨筆》，《張舜徽集》，華中師範大學出版社，2005 年版，第 323 頁。

〔註70〕張舜徽：《研究金文甲文宜注意之事》，《愛晚廬隨筆》，《張舜徽集》，華中師範大學出版社，2005 年版，第 28 頁。

〔註71〕張舜徽：《初學研究甲骨金文應該注意的幾個問題》，《訒庵學術講論集》，嶽麓書社，1992 年版，第 160～181 頁。又見張舜徽撰：《訒庵學術講論集》，《張舜徽集》，華中師範大學出版社，2008 年版，第 139～156 頁。

獻學大家，對出土新材料的態度是開放的，但在治學方法上更為注重傳世文獻的基礎地位。他對「以古文字證史」興趣很大，態度較為審慎；也為了適應當年「階級鬥爭」形勢，從古文字的角度作了相應論證，可參看《初學研究甲骨金文應該注意的幾個問題》第三節「初學研究甲骨金文整理文字材料的方法」，以及《廣文字蒙求》內部本卷下的《從古代文字中探索勞動人民的歷史》。

　　對於「金石學」，張舜徽則較為注意闡發石文資料的重要性。他撰寫了一篇短文叫《石刻亟待整理》，其中提到鄭樵的《通志・金石略》，洪適的《隸釋》、《隸續》，王昶的《金石萃編》，葉昌熾的《語石》，論及石刻的作用：「小之可以考證官爵、姓氏、邑里，大之可以訂補歷代史傳、表、志。可知石文價值，自不在金文之下，其貫通古今，則又過之。」〔註72〕

　　關於「石文」研究類似的論述，還見於張舜徽《愛晚廬隨筆》中的短文《古器物之功用》，其中明確說到可以「根據石文以證史」，「根據秦漢以來之碑刻、墓誌，可考古代地理、山川、官制、姓氏諸端。」〔註73〕其中「根據石文以證史」的例子，可參看張舜徽論及侯馬盟書的短文《石簡》，他指出這些盟書石簡「是研究春秋戰國之際晉國歷史之實物資料。」〔註74〕張舜徽把侯馬盟書叫做「石簡」，其概念與石刻文字還是有所不同的，但兩者均以石料作為載體，故統稱作「石文」。

　　論及文字刻石的歷史，張舜徽還提道：「文字刻石之風，流衍於秦漢之世，而極盛於東漢。逮及魏晉，屢申石刻之禁，至南朝而不改。隋承北朝餘風，事無巨細，多刻石以紀之。自是以後，又復大盛。於是石刻文字，充斥寰宇。」〔註75〕秦漢以來石刻資料如此之多，就有必要進行分類清理。張舜徽在《石刻之類別》一文中，似乎覺得一般討論石刻分類的時候過於龐雜了，包括刻石、碑碣、墓誌、塔銘、浮圖、經幢、造像、石闕、摩厓、地莂、橋柱、井闌、柱礎、石人、石獅等等。他從功用的角度只分作四大類：紀事石刻、宗教石刻、

〔註72〕張舜徽：《石刻亟待整理》，《愛晚廬隨筆》，《張舜徽集》，華中師範大學出版社，2005年版，第 329 頁。

〔註73〕張舜徽：《愛晚廬隨筆》，《張舜徽集》，華中師範大學出版社，2005 年版，第 327 頁。

〔註74〕張舜徽：《石簡》，《愛晚廬隨筆》，《張舜徽集》，華中師範大學出版社，2005 年版，第 326 頁。

〔註75〕張舜徽：《文字刻石之始》，《愛晚廬隨筆》，《張舜徽集》，華中師範大學出版社，2005年版，第 448 頁。

經典石刻、塚墓石刻。〔註76〕這樣的歸類較為合理，且容易把握，有助於學界對巨大數量石刻的整理。

通過對「碑」字本義的探究，〔註77〕張舜徽將其與「石刻」區別開來，他說：「刻碑之興，當在漢季。自漢以上，皆但謂之刻石。」〔註78〕這也就是說，把刻文於石叫做「碑」，是漢代以後才出現的情況。〔註79〕據《愛晚廬隨筆》所記，張舜徽「移硯入隴」時曾得到《趙寬碑》拓片，「後遊西寧，復親攜紙墨，捶取十本，分寄南北學者。」〔註80〕這其中就包括著名學者楊樹達。

《訒庵學術講論集》中收錄了張舜徽的《致楊樹達先生論漢碑書》，其中對《趙寬碑》可用來補證漢代歷史的問題有更為具體的討論，並且應該還為楊樹達《漢書窺管》一書中的研究提供了一些資料。例如，《致楊樹達先生論漢碑書》中說：「碑中敘事，與《漢書‧充國傳》稍有出入，舉凡先世坐罪事，悉從省汰，為尊者諱，禮固宜然。」〔註81〕而楊樹達在撰寫《漢書窺管》時，也運用到了這個地方的材料，他在《漢書窺管》一書「元始中，修功臣後，復封充國曾孫伋為營平侯」這一條下作「樹達按」道：「一九四五年甘肅出土《三老掾趙寬碑》記復封充國曾孫纂，不作伋。」〔註82〕楊樹達在 1947 年 2 月 22 日的日記中談到此事：

> 昨日張舜徽從蘭州寄《漢三老掾趙寬碑銘》來；三十一年甘肅
> 樂都縣治公路出土者，樂都為漢金城郡浩亹。字體近熹平石經。碑
> 云寬為充國之孫，以其所敘世系考云，實充國之來孫也。《漢書》記
> 元始中復封曾孫伋為侯，碑文作「纂」，不作「伋」。所用尸、厸、隘、

〔註76〕張舜徽：《石刻之類別》，《愛晚廬隨筆》，《張舜徽集》，華中師範大學出版社，2005年版，第 330 頁。

〔註77〕張舜徽：《碑之本義》，《愛晚廬隨筆》，《張舜徽集》，華中師範大學出版社，2005 年版，第 449 頁。

〔註78〕張舜徽：《秦統一天下後之刻石》，《愛晚廬隨筆》，《張舜徽集》，華中師範大學出版社，2005 年版，第 449 頁。

〔註79〕張舜徽：《後世刻文於石謂之碑》，《愛晚廬隨筆》，《張舜徽集》，華中師範大學出版社，2005 年版，第 450 頁。

〔註80〕張舜徽：《趙寬碑》，《愛晚廬隨筆》，《張舜徽集》，華中師範大學出版社，2005 年版，第 9 頁。

〔註81〕張舜徽：《致楊樹達先生論漢碑書》，《訒庵學術講論集》，嶽麓書社，1992 年版，第 710 頁。又見張舜徽撰：《訒庵學術講論集》，《張舜徽集》，華中師範大學出版社，2008 年版，第 595 頁。

〔註82〕楊樹達著：《漢書窺管》，《楊樹達文集》，上海古籍出版社，1984 年版，第 543 頁。

勤諸字皆與古義相合。〔註83〕

據此可知張舜徽與楊樹達在石刻文字方面也有著論學往來，惜尚未查得楊樹達給張舜徽關於《趙寬碑》的回信。學者間就某一具體課題的研究互相支持，應當成為學界佳話。

張舜徽其實非常重視古文字資料的整理和研究，包括甲骨文、金文，也包括石文等等。他有意於對傳統「金石學」的範圍加以擴充，是為「古器物學」。〔註84〕實際上，張舜徽還曾想要繼《中國文獻學》之後，再寫一本《中國古器物學》作為羽翼之書。由此可見張舜徽治學規模的擴大有著內在理路。如果僅僅用後來學科發展的既成格局，回過頭來看張舜徽的治學範圍，或許會感到他對古文字材料的運用還顯得不夠。但是，當我們抱以「同情之了解」後，可知張舜徽治學實際上持續處於一個拓寬、發展的過程，他在傳統文獻學研究的基礎上已經非常有意識地運用了他所能掌握到的新材料進行更高水平的研究。

（二）研究《說文》的輔助書籍

如果認為《說文》主要屬於「文字學」的範圍，那麼實際上對它進行研究還需要藉助訓詁學、聲韻學的相關知識。因此，張舜徽介紹研究《說文》的輔助書籍時分作訓詁、聲韻兩大類。

1. 訓詁學常見書

張舜徽所介紹關於訓詁學的常見書有：郝懿行的《爾雅義疏》，王念孫的《廣雅疏證》，宋翔鳳的《小爾雅訓纂》，錢繹的《方言箋疏》，王先謙的《釋名疏證補》，王念孫的《釋大》，黃生的《字詁》、《義府》，章炳麟的《小學答問》、《新方言》，阮元主編的《經籍纂詁》。

張舜徽對「雅學」非常重視，他另作有《小爾雅補釋》、《〈爾雅·釋親〉答問》、《鄭雅》等，或補說故訓，或纂輯舊注，為「雅學」研究的推進起到了積極作用。儘管在這裏張舜徽推薦的《爾雅》注釋書是郝懿行的《爾雅義疏》，但是他更為推崇的是邵晉涵的《爾雅正義》。《清儒學記·浙東學記》裏有云：「結合我早年學習《爾雅》的經驗，先看郝氏《義疏》，後看邵氏《正義》，也感到

〔註83〕楊樹達著：《積微翁回憶錄》，北京大學出版社，2007 年版，第 179 頁。
〔註84〕張舜徽：《金石學乃古器物學之主要部分》，《愛晚廬隨筆》，《張舜徽集》，華中師範大學出版社，2005 年版，第 328 頁。

邵書義例謹嚴，文章爾雅，在簡約中確能說明問題，非郝書所能及。」〔註85〕
可知張舜徽是從個人讀書先後的角度，推薦郝懿行的《爾雅義疏》；〔註86〕但在
學術價值論斷方面，他對邵晉涵的《爾雅正義》評價更高。《霜紅軒雜著》中收
有《跋〈爾雅正義〉》一文，其中同樣有張舜徽對《爾雅正義》、《爾雅義疏》學
術價值高低的論述，並引邵晉涵《南江文鈔》卷八中致錢大昕書信的內容，說
明邵晉涵「專力致精，用心邃密，故能超逸舊疏，成此佳作也。」〔註87〕張舜徽
在此還提到自己曾有意在《爾雅正義》的基礎上從事訂補的工作，遺憾的是其
書未成。

張舜徽早在 1928 年讀完郝懿行的《爾雅義疏》後，就運用《說文》以長跋
的形式對郝書進行了一些考訂，這是他撰寫學術論文的開始。而他在 1935 年又
得到一宋刊本《爾雅疏》，並對郭璞、邵晉涵、郝懿行、邢昺四家研治《爾雅》
的特點有所總結：「《爾雅》之學，往世惟郭景純最稱塼謹；近代則邵二雲為文
無害；郝蘭皋非其匹也。邢疏有存古捃逸之功，究不可廢。」〔註88〕關於張舜
徽的「雅學」研究概況可參看許剛的《張舜徽「雅學」研究述論》，以及竇秀艷
的《張舜徽的雅學理論研究》，學界不應忽視他在這一領域的貢獻。

張舜徽推薦了兩種王念孫的書：《廣雅疏證》和《釋大》。張舜徽對王念孫
評價極高，他說過：「清代乾嘉諸師，大抵湛深於小學。其能融會文字、聲韻、
訓詁三者而貫通之，實有自得之識見，足以開示後人途徑者，吾必推王懷祖為
第一。」〔註89〕而另一方面，從治學理念上理解：張舜徽所大力倡揚的「雙聲
之學」與王念孫的「因聲求義」緊密相關。張舜徽在對《廣雅疏證》、《釋大》
二書的評介中，強調王念孫所用的古聲相轉貫通故訓，這一研究方法對訓詁學
的貢獻極大。

〔註85〕張舜徽撰：《清儒學記》，《張舜徽集》，華中師範大學出版社，2005 年版，第 186
頁。

〔註86〕可參看張舜徽：《我是怎樣研究和整理〈說文解字〉的》，《訒庵學術講論集》，嶽麓
書社，1992 年版，第 82 頁。又見張舜徽撰：《訒庵學術講論集》，《張舜徽集》，華
中師範大學出版社，2008 年版，第 72 頁。

〔註87〕張舜徽撰：《霜紅軒雜著》，《張舜徽集》，華中師範大學出版社，2009 年版，第 346
頁。

〔註88〕張舜徽：《跋宋刊本〈爾雅疏〉》，《霜紅軒雜著》，《張舜徽集》，華中師範大學出版
社，2009 年版，第 345 頁。

〔註89〕張舜徽：《高郵王氏之小學》，《愛晚廬隨筆》，《張舜徽集》，華中師範大學出版社，
2005 年版，第 36 頁。

此外，張舜徽較為重視《釋名》一書，另作有《演釋名》。張舜徽的也特別留心於方言、異語的研究，他是湖南人，對「湖湘語」非常熟悉；而收入《舊學輯存》的《異語疏證》是目前可考證的張舜徽最早一個文字學相關研究成果。「訓詁學常見書」中，張舜徽還推薦了章太炎的《新方言》一書。實際上，從今天方言中找出有些話的根源，這種做法常常可以在《約注》中見到，張舜徽多以其家鄉「湖湘語」古有此語，以證《說文》之字。

2. 音韻學常見書

輔助書籍中有關音韻學的幾部常見書依次是：陳彭年重修的《廣韻》，陳澧的《切韻考》、《切韻考外篇》，江永的《音學辨微》、《四聲切韻表》，錢大昕輯錄的《聲類》，夏炘的《古韻表集說》，江謙的《說音》，章炳麟《國故論衡》中的《古雙聲說》、《娘、日二鈕歸泥說》，黃侃《黃侃論學雜著》中的《音略》、《聲韻略說》、《聲韻通例》，陸德明的《經典釋文》，慧琳的《一切經音義》。

張舜徽十八九歲時就在研究音韻學，作有《廣韻譜》、《說文聲韻譜》，但他認為這些屬於治學功力，而非學問著作，所以沒有公開發表。然而在積累治學功力的過程中，張舜徽時有領悟，他說：「為《廣韻譜》，而恍然有悟於陸法言《切韻》尚存今《廣韻》中。學者苟能審定後人增加之跡而區處條理之，則陸書雖亡而不亡矣。嘗以暇日撰成《切韻增加字略例》，凡十四事。」〔註90〕可見張舜徽確實通過作《廣韻譜》、《說文聲韻譜》，在音韻學上打下了深厚基礎。

音韻學常見書中還推薦了錢大昕、章炳麟、黃侃的著作，這是有著內在理路的。張舜徽指出錢大昕的學術功績「尤在發明古今聲類之異，作《古無輕唇音》及《舌音類隔之說不可信》二文……實開後來章太炎、黃季剛考定古聲之先。」〔註91〕張舜徽研究雙聲之學實際上是從「今聲」推往「古聲」的，故而非常推崇陳澧和錢大昕，他說：「余少時治聲韻，好讀錢竹汀及陳蘭甫之書，嘗摘錄其要義精言，成《錢陳音論合鈔》。蓋言古聲莫如錢，審今聲莫如陳，

〔註90〕張舜徽：《切韻增加字略例》，《舊學輯存》（上），齊魯書社，1988 年版，第 473 頁。又見張舜徽撰：《舊學輯存》，《張舜徽集》，華中師範大學出版社，2008 年版，第 171 頁。

〔註91〕張舜徽：《嘉定錢氏之小學》，《愛晚廬隨筆》，《張舜徽集》，華中師範大學出版社，2005 年版，第 36 頁。

薈二家之論以助思考，亦守約之道也。」〔註92〕

　　有學者簡單地認為張舜徽重「雙聲」輕「疊韻」，其實不然。張舜徽應當說是「博觀音韻，約取雙聲」，而且他所說的「雙聲」是就發音部位相同而言，事實上大多也包括疊韻的情況。另外，從以上介紹書籍來看，張舜徽推薦有夏炘的《古韻表集說》，指出：「是書匯集鄭庠、顧炎武、江永、段玉裁、王念孫、江有誥諸家不同的古韻分部，各為列表並附說明，比較簡要。」〔註93〕可知他並非不通韻學，只是個人「學術生長點」不在此處。

　　在張舜徽所有的文字學論著當中，《說文解字導讀》是成書出版最晚的。它既是研究《說文》很好的入門書，更是張舜徽一書研治文字學心得、精要之薈萃。王洪涌曾論及《說文解字導讀》是張舜徽在《廣文字蒙求》、《說文解字約注》這些研究的基礎上寫成。〔註94〕這個觀點大致是不錯的。《說文解字導讀》中的不少內容實際上就來源於《舊學輯存》，不過張舜徽根據晚年研究成果，又作了提煉或擴展。如果說張舜徽治小學之所得集錄為《說文解字約注》，那麼他研究文字學的方法論則最為集中地展現在了《說文解字導讀》，這本小冊子可稱作張舜徽文字學研究的「約之又約」。

〔註92〕張舜徽：《嘉定錢氏之小學》，《愛晚廬隨筆》，《張舜徽集》，華中師範大學出版社，2005 年版，第 37 頁。

〔註93〕張舜徽撰：《說文解字導讀》，巴蜀書社，1990 年版，第 84 頁。

〔註94〕王洪涌：《為學需厚植其基——讀張舜徽的〈說文解字導讀〉》，戴建業主編《張舜徽學術論著闡釋》，華中師範大學出版社，2011 年版，第 53 頁。

第四章 《說文解字約注》訂正《段注》考辨

　　劉夢溪在《學兼四部的國學大師——張舜徽百年誕辰述感》一文中指出：「二百萬言的《說文解字約注》，又純是清儒《說文段注》一系的詳博考據功夫。《約注》一書，可見舜徽先生積學之厚。」〔註1〕誠哉斯言！張舜徽新注許書所成之《約注》，與《段注》之關係非常深刻，考察其文字學成就不得不以《段注》作為切入角度。張舜徽在《約注》的撰述過程中既以《段注》為底本，又博採諸家之說字精要，且結合金文、甲骨材料以補證《說文》，在「舜徽按」中提出了不少獨到的見解，其中就包涵訂正《段注》的大量內容。學界對《段注》的評價基本上取得共識，其書成就是主要的，不足之處在於段玉裁擅改《說文》，因此《約注》也是從《段注》對許書誤改本文、擅改說解進行了訂正，另外也包括引書、立說等方面的問題，這些都有必要分類加以考辨。

　　魯毅、李華斌在《〈廣校讎略〉在張舜徽學術著述中的地位》一文中談到張舜徽對段玉裁學術及《段注》觀點的變化問題：《廣校讎略》（1943）是推介段氏學術的，《清人文集別錄》（1963）缺批評了段氏的人格，《說文解字約注》（1983）則修訂《段注》，《清人筆記條辨》也是對段說進行修訂。〔註2〕可知張

〔註1〕董恩林主編：《紀念張舜徽百年誕辰國際學術研討會暨中國歷史文獻研究會第32屆年會論文集》，湖北人民出版社，2012年版，第2頁。

〔註2〕周國林主編：《張舜徽百年誕辰紀念國際學術研討會論集》，華中師範大學出版社，

舜徽對《段注》學習、研究的時間特別長，隨著治學水準的不斷提升，他對段玉裁及其《說文》學成就的評價有一個變化、發展的過程。他很早就清楚段玉裁改動《說文》一事常為人所詬病，但在《廣校讎略》（1943 年）中還是極為肯定段玉裁校勘《說文》的功績，認為段氏「博徵精訂，多得作者用心，有以復古本之真」；隨著對《說文》學研究的深入，張舜徽更多地看到段玉裁誤改《說文》的具體問題，例如：「於本文有改篆、移篆、增篆、刪篆之失，於說解有加字、減字、易字、倒字之疵。」此外，在撰述《約注》的過程中，張舜徽也發現了更多《段注》除改動《說文》之外的問題，例如：「引書失檢，立說偶偏」，以及段玉裁談雙聲的錯謬之處等。再到後來，張舜徽談《段注》更多地是肯定其「發凡起例」，給後人研究《說文》帶來很多方法上的啟發。

　　張舜徽對《段注》的認識在不斷深化，就其改動《說文》的問題來說，他最早是持有一些肯定態度的，並且是依據自己用唐寫本《說文》木部殘卷校勘許書的實踐而得出的意見。在撰述《說文解字約注》的過程中，張舜徽更為深入到《說文》原本的研究細節，因此又看出很多《段注》改動今本許書的不當之處，以及引書、觀點、談雙聲等方面的問題。這些問題的發現都是從整理、注釋《說文》的具體實踐上來。儘管如此，張舜徽依然高度肯定段玉裁在《說文》學研究方法上貢獻：發凡起例。這種重視「體例」的治學理念，也是張舜徽學術研究的一個特點。因此，從《段注》評價的這個角度，也可以考察張舜徽的《說文》學研究發展歷程。

　　《廣校讎略》中有一篇《論金壇段氏之勇於改字》，其中對段玉裁改動《說文》的情況，張舜徽傾向於持一種肯定的態度：

　　　　段氏之治《說文解字》，至精邃矣，後人每病其好憑臆斷以改許書，相與譏短之。舜徽則彌服其博徵精訂，多得作者用心，有以復古本之真，為功固不細。嘗取唐寫本《說文》木部殘卷以校《段注》，則段氏所改易而與唐本闇合者，實不可勝數。……若斯之流，皆精識密慮而有得於古人之真，猶疑以傳疑，不敢擅改，慎之至也。〔註3〕

　　　　1942 年，張舜徽作《唐寫本〈玉篇〉殘卷校〈說文〉記》，從校

2011 年版，第 507 頁。

〔註3〕張舜徽：《廣校讎略》，中華書局版，1963 年版，第 99～100 頁。又見張舜徽撰：《廣校讎略》，《張舜徽集》，華中師範大學出版社，2004 年版，第 78～79 頁。

· 88 ·

勘的角度，對《說文》原本的認識更為深入。尤其是全面整理《說
文》，進行全面注釋的過程中，看到《段注》錯誤改動今本許書的地
方更多，而對於這些不足之處，張舜徽都加以訂正。

　　《霜紅軒雜著》中載有張舜徽《跋批校本〈說文解字段氏注〉》，其中有云：
「余於段氏之注，誦習最早，服膺最深，粗解文字實受益於段書，惟不滿於其逞
臆武斷耳。晚歲撰定《約注》，採錄段說之精者為最多。於其違舛，復加訂正，
不敢護前人之短，亦所以求是也。」〔註4〕至於《約注》訂正了《段注》哪些方
面的問題，《愛晚廬隨筆》中的一篇《金壇段氏之小學》給出了更為具體的答案：

　　　　余少時通讀其書，服其精博，後又數數讀之。其啟迪後人，尤
　　在揭櫫大例，示學者以從入之途，非特注說詳贍已也。然其為書，
　　武斷之處極多。……然而好逞己見，動輒擅改許書。於本文有改篆、
　　移篆、增篆、刪篆之失，於說解有加字、減字、易字、倒字之疵。
　　致令原書面貌多失其真，非自信太過而能大膽若是乎？至於引書失
　　檢，立說偶偏，猶其小焉者也。雖然，用功深者，多獨得之見，故
　　注中精闢之語甚夥。棄短取長，足傳不朽。故余新注《說文》，博採
　　諸家精義，而引用段說為尤多也。

　　　　段氏注中每字皆注明在古韻十七部屬何部，而言及雙聲，往往
　　而謬。此自來治聲韻者詳於辨韻而疏於審聲之徵也。綜其全部注中
　　指為雙聲而實誤者不少，茲約取其中十處以示例……大抵字之發音
　　部位相同，即聲鈕相同之字，始得謂之雙聲，此正例也。亦有聲類
　　相近而不盡同者，在古亦得謂之雙聲。斯乃變例，而為數不多。段
　　氏所指目之雙聲，往往聲類相去甚遠，此其所以舛也。〔註5〕

　　此外，《說文解字導讀》中在介紹《說文解字注》時再次指出：「其書精要
的地方，全在發凡起例，俾學者可以從其中取得治學的方法。段書行世以後，
而匡謬、訂誤的寫作紛紛出現。以徐灝《說文段注箋》為最精。在訂補段書之
外，創見很多。」〔註6〕據統計，《約注》引《說文》諸家說最多的是段玉裁，

〔註4〕張舜徽撰：《霜紅軒雜著》，《張舜徽集》，華中師範大學出版社，2009 年版，第 342
　　　頁。
〔註5〕張舜徽撰：《愛晚廬隨筆》，《張舜徽集》，華中師範大學出版社，2005 年版，第 37
　　　～38 頁。
〔註6〕張舜徽撰：《說文解字導讀》，巴蜀書社，1990 年版，第 75 頁。

其次就是徐灝,可見張舜徽對《段注》的研究不可謂不全面而深入。為考察《約注》在《說文》學研究上所取得的推進,以《約注》訂正《段注》的誤改本文、擅改說解、立說偶偏、引書與說音之誤這四大方面舉例條辨。

第一節　訂正《段注》誤改本文

張舜徽指出,《段注》誤改《說文》主要表現在「改本文」和「改說解」兩大方面。「改本文」的情況又可以細分為「改篆、移篆、增篆、刪篆」;「改說解」則可細分為「加字、減字、易字、倒字」,張舜徽訂正《段注》改動《說文》的例子,在《約注》裏都可以找到,從中也可以對他的文字學研究特點進行深入分析。張舜徽所說的《段注》「改本文」是指其對《說文》的篆字形體、排篆次序、增減字條這些方面所作的改動,依次舉例進行說明、討論如下。

一、訂正《段注》改篆

《段注》有改易《說文》篆字,且又增補說解文字的情況,《約注》對此加以辨正,提出了反駁的意見,例如《段注》「改吲作呻」的例子,《約注》指出是「據孤證擅改許書,不可為訓」,見《段注》(段玉裁撰:《說文解字注》,上海古籍出版社,1981 年版,本章引《段注》都用此版本。為全面理解原文,引用內容可能較多,故重點部分以下劃線標示。)第六十頁:

　　呿　唸㖞,呻也。【今本無唸者,淺人以為複字而刪之。無呻者,淺人所改也。今因全書通例補正。】从口,念聲。【都見切。古音在七部。郭音站。今切都見者,因《詩》作殿也。】《詩》曰:「民之方唸㖞。」〔註7〕【《大雅》文,今作殿屎。】

　　㖞　唸㖞也。【《釋訓》:「殿屎,呻也。」毛傳:「殿屎,呻吟也。」陸氏《詩》、《爾雅》《音義》皆云:「殿屎,《說文》作唸㖞。」】从口伊省聲。【依《詩》、《爾雅》音義。《五經文字》云:「屎,《說文》作㖞。」然則今本《說文》作呻者。俗人妄改也。以虫部蚔字例之,亦為伊省聲。馨伊切。十五部。】〔註8〕

〔註7〕《詩經・大雅・板》:「民之方殿屎。」見《十三經注疏・毛詩正義》,阮元校刻,中華書局影印本,1980 年,第 549 頁。
〔註8〕引文【】內為《段注》內容,引《約注》格式相同,下文所引《段注》、《約注》仿此。

・90・

　　《約注》（為治學嚴謹，本章引《約注》原文，主要採用最初的作者手寫影印的豎排本，即中州書畫社 1983 年版的《說文解字約注》，或有節引。論述相關重點部分，以下劃線標示。為便於核對，也提供引文在華中師範大學出版社 2009 年出版的橫排本《說文解字約注》（簡稱「華師版《約注》」）中的出處。）卷三，41 下：

　　　呭　吤也。从口念聲。《詩》曰：「民之方唸吤。」都見切。

　　　吤　唸吤，呻也。从口尸聲。馨伊切。【舜徽按：《詩‧大雅‧板》篇：「民之方殿屎。」毛傳云：「殿屎，呻吟也。」《爾雅‧釋訓》：「殿屎，呻也。」與毛傳義同。《毛詩正義》引孫炎曰：「人愁苦呻吟之聲也。」殿屎即唸吤之音近假借字。秦火之後，《詩》以諷誦得全，傳者惟賴口授，故多音近字異。許君所引，猶用本字。《玉篇》唸下云：「唸吤，呻吟也。」此當本之許書。依許書大例，唸下當云：唸吤，呻也。吤下但云：唸吤也。今本為傳寫所亂矣。<u>段玉裁、嚴可均、沈濤諸家據陸氏《詩》、《爾雅》音義，改吤字為呭，不悟陸氏《釋文》，傳世已久，不能無誤字，故吤、呭以形近而譌。且《爾雅》《釋文》明云：「殿屎，或作欸欥。」欸欥乃唸吤之異體也。《釋文》又云：「《說文》作唸呭。」呭固吤之形譌耳。《玉篇》、《廣韻》、《集韻》、《韻會》皆作吤，猶未誤也。段氏注本據孤證擅改許書，不可為訓。</u>】〔註9〕

　　《段注》對《說文》唸、吤二字的改動，一是在「唸」字說解中加「唸」、「呻」字，二是改吤作呭。除開吤、呭兩字的討論，對第一個改動，《約注》其實是贊同的。至於到底吤、呭兩字中哪個才是對的，應當不能只看它們形近互譌，因為既然是「互譌」，還是不能確定哪個為真。《段注》改吤作呭的根據一是陸德明的《經典釋文》，二是張參的《五經文字》。《約注》的反駁提出更多材料：「《玉篇》、《廣韻》、《集韻》、《韻會》皆作吤。」

　　從古音角度看，「吤」或「呭」的異文「屎」屬於脂部書鈕，〔註10〕「吤」字所從的尸，也屬脂部書鈕，〔註11〕屎、吤所從聲符相同，讀音相同或相近，

〔註9〕又見華師版《約注》第 334～335 頁。
〔註10〕唐作藩編著：《上古音手冊》（增訂本），中華書局，2013 年版，第 142 頁。
〔註11〕唐作藩編著：《上古音手冊》（增訂本），中華書局，2013 年版，第 141 頁。

故有通假。《段注》不說呬從尹聲，大概因為尹古音屬於文部喻鈕，〔註12〕與「屎」音隔得較遠，故另以「伊省聲」作回護解釋，伊古音屬脂部影鈕，〔註13〕與「屎」字音較近。《段注》改呬作呬，不僅動了《說文》說解文字，還牽涉到篆文字頭的問題。篆書的「呬」、「呬」在寫法上區別較大，寫篆之人應當不會輕易弄混。總的來看，《段注》確有「據孤證擅改許書，不可為訓」之嫌。

二、訂正《段注》移篆

《約注》中所提到《段注》「移篆」的問題，是指其錯誤地改變《說文》篆文字頭及其說解的原本順序，包括對今本許書排篆次序的移動，以及互換移篆等情況。《段注》強作「連語」解並移易排篆次序，例如《段注》第七九頁：

齜齬，【逗，疊韻。】齒不正也。【《廣韻》齜下曰：「齜齬，齒偏。」齬下曰：「齜齬。」】從齒取聲。【側鳩切。四部。】

齜齬也。從齒禹聲。【五矩切。四部。按二字各本譌亂，今依《廣韻》正之。】

《約注》卷四，37下：

齬也。從齒取聲。側鳩切。【舜徽按：《玉篇》齜下云：「齜齬也，齒聚皃也。」齜齬之於齟齬，直一語耳。許君於此諸字，但釋單文不解連語者，蓋以連語之用，有見諸經傳者，有不見諸經傳者。不見之經傳者，所起較晚，許君不以入說解也。此等處，不可徒據後出字書所言，以上疑許書。段氏注本於此諸字，必強為連語之釋，擅改許書，又不惜移易其敘次，專輒甚矣。《玉篇》敘字，大氐依據許書，齜字在齬齟之下，而齬字又遠在下文齜齸之後，與大小徐本《說文》悉合，乃許書舊秩也。段氏注本前後顛倒，大亂許書，不可為訓。】〔註14〕

今本許書「齜」字說解，《段注》改「齬也」作「齜齬」，並下接「齬」字說解，認為「齜齬」是連語。但是這樣做實際上嚴重打亂了《說文》的排篆次序。原來的「齜」字不僅不和「齬」相連，而且相距很遠。《約注》認為，《段注》

〔註12〕唐作藩編著：《上古音手冊》（增訂本），中華書局，2013年版，第189頁。
〔註13〕唐作藩編著：《上古音手冊》（增訂本），中華書局，2013年版，第185頁。
〔註14〕又見華師版《約注》第451～452頁。

這樣做是「前後顛倒，大亂許書，不可為訓」，主要有兩方面的依據：一，「《玉篇》敘字，大抵依據許書」，而其書中的齺、齫兩字次序不連，這與大、小徐本《說文》都是符合的；二，《玉篇》雖然在齺字下說「齺齫也。齒聚貌也」，但這是後出字書的說法，它與「齟齬」其實是表示一個「連語」的兩種不同寫法（齟、齬二字均見《說文》，排序也不相連）。大概在許慎當時所能見到的文本裡，表示這個「連語」的字詞，有的在經傳中使用，有的還沒有，而經傳中沒有使用的連語（如齺齫），許書就只解釋單字。

《約注》的見解頗為通達。人言「五經無雙許叔重」，許慎作《說文》確實與經傳釋文關係甚大，因為經傳中未見使用「齺齫」連語，所以他就只解釋單字。這個推論合乎情理，故張說值得重視。齺齫、齟齬都是連綿詞，而表示這個連綿詞所用的各個字形，未必很早就固定了下來，寫成「齺齫」或「齟齬」的形式，也可能用其它同音、近音字組合成詞。《段注》並沒有堅實的文獻版本依據，就大規模地改動「齺」、「齫」在《說文》中的排篆次序，其做法的合理性頗可懷疑。

再看一個互換移篆的例子，《段注》第六一〇頁：

> 挐 持也。从手奴聲。【各本篆用挐，解作如聲，此與前文訓牽引之挐互譌也，今正。煩挐、紛挐字當从如，女居切。挐攪字當从奴，女加切。古音同在五部而形異，猶糸部有絮、絮二篆也。】

《約注》卷廿三，33下：

> 挐 牽引也。从手如聲。女加切。【王筠曰：「此紛挐之挐也。」舜徽按：紛謂之挐，猶亂謂之恓耳。……物之牽引者，若藤葛之屬攀附而上，交錯紛紜，故引申為紛挐義。】[註15]

《段注》的「挐」篆，其實是把《說文》的「挐」篆移過來了，《說文·手部》：「挐，持也。从手如聲。女加切。」[註16]也就是說，《段注》把「挐」、「挐」二篆互換移動了。《段注》認為作「握持」講的字應該是「挐」；作「紛」講的字應該是「挐」，因此就把「挐」篆移過來替換掉《說文》的「挐」篆。《約注》則引王筠說，指出《段注》移篆之誤，作「紛」講的字應該就是「挐」，並

[註15] 又見華師版《約注》第 2949 頁。
[註16] （漢）許慎撰，（宋）徐鉉校定：《說文解字》，中華書局，1963 年版，第 257 頁。

且舉出兩個佐證：一、「𢏱」字從「奴」聲，有「紛亂」之義；二、「挐」字的「牽引」義可引申為「紛挐」義。蔣冀騁在《說文段注改篆評議》中引用《約注》此說，且云：「蓋挐、挐古音相同，故多通用，段持經籍通用字以改篆，非是。」〔註17〕儘管文中沒有直接點出《段注》之誤，但這也是《約注》訂正《段注》移篆之一例。

三、訂正《段注》增篆

「增篆」主要是指《段注》對《說文》原本一個篆文字頭及其說解中所包含的重文部分，分做兩個字頭與說解，甚至提出可新增《說文》的部首，這種情況不是很多，但《約注》對此也加以訂正，例如《段注》第四九頁：

> 𣌭　二余也。讀與余同。【五部。按《易·困·九四》來徐徐，子夏作荼荼，王肅作余余，皆舒意也。許言𣌭之形，未言其義，舉此以補之。】

> 文十二。【當云十三。】重一。【按此二字誤衍。𣌭之音義同余，非即余字也。惟𣌭從二余，則《說文》之例當別余為一部，上篇蓐薅不入艸部是也，容有省併矣。】

《約注》卷三，5上：

> 余　語之舒也。從八，舍省聲。以諸切。𣌭　二余也，讀與余同。

【段玉裁曰：「語，《匡謬正俗》引作詞。《左氏傳》：『小白余，敢貪天子之命，無下拜。』此正詞之舒。」舜徽按：余字從舍省聲，當讀禪遮切，即今之啥字。啥乃什麼二字之合音。僖公九年《左傳》，記齊桓公受周王胙，將下拜答謝之辭。首自呼其名，語氣稍頓，又道為啥敢貪天子之命不下拜，意在必須下拜也。如以余字屬上讀，亦當讀為啥而義始顯。杜注釋余為身，誤矣。余字又訓為我，見《爾雅·釋詁》，古人蓋亦讀為啥，今音轉為咱字。北人口語中猶自呼為咱，即余字也。近世有姓余而音蛇者，實即余字。俗書必稍變筆畫以示區分，非也。𣌭與余實一字，故許君即列𣌭為余之重文，部末所記文十二重一是也。余之於𣌭，猶魚之於鱻耳。以瀂之篆文作漁例之，則𣌭

〔註17〕蔣冀騁著：《說文段注改篆評議》，湖南教育出版社，1993年版，第154頁。

當為余之籀文。段氏注本誤分余、朵為二，失之。】〔註18〕

《約注》指出，余、朵一個是篆文，一個是籀文。兩個字形的音義全同，這一點《段注》也是同意的。然而《段注》分余、朵為二，其根據並不充分。余、朵不可分兩個字頭的重要依據是，《說文·八部》末尾的字數、重文統計「文十二，重一」已經確定了朵是余的重文，而《段注》斷言「重一」二字是衍文，在沒有舉證有力校勘材料的情況下，這個觀點是不能令人信服的。《約注》認為朵是余的重文，朵是籀文，余是篆體，又有瀺、漁關係的例證，相當可信。

《段注》還提出按《說文》體例，如果朵從二余，應當另成字頭，且屬於「余」部，如同「蒔薅不入艸部」，而建立一個「蒔」部。《段注》的意思也就是說，許書應當還有一個部首：余。《說文》部首的情況是非常清楚的，其中許慎並沒有建立一個「余」部，這也反證了「余、朵」在許書中是不可分為兩個字頭的，《段注》仍以「容有省併」回護己說，頗覺牽強。《段注》能發現、總結《說文》的「隱含」體例，這是一大成績；然而這些體例畢竟是後人的歸納，未必是當時許書成形的既定框架。

四、訂正《段注》刪篆

《段注》「刪篆」的情況較多，包括有意刪篆和直接刪篆。有意刪篆是指《段注》在註解中提出刪篆的主張，例如認為今本《說文》是「淺人增篆」或已有本文，可以刪去，但實際《段注》中仍保留該篆文字頭及其說解；直接刪篆是指《段注》文本中已將該篆文字頭及其說解完全刪除，只是在相關字的註解中加以說明。《約注》對《段注》的這些隱性、顯性的刪篆情況均加以訂正，包括：駁「淺人增篆」說、重出疊見不可勝刪、不可刪兼收之後起字、誤刪異部重文等。

（一）駁「淺人增篆」說

《段注》中有不少地方以「淺人」之譏反證己見，此等處不可不多加留意。《約注》就其「淺人增篆」說，頗不以為然，例如《段注》第五七頁：

　　聚語也。【《小雅》《傳》曰：「噂猶噂噂，沓猶沓沓。」】从口，尊聲。【子損切，十三部。】《詩》曰：「噂沓背憎。」【人部又

引《詩》「僔沓背憎」。《詩》《釋文》曰：「噂，說文作僔。」《五經文字》亦云：「僔，《詩·小雅》作噂。」陸、張皆不云《說文》有噂，則知淺人依詩增也。】

《約注》卷三，30下：

　　噂　聚語也。从口，尊聲。《詩》曰：「噂沓背憎。」子損切。……

【舜徽按：凡從尊聲之字，多有聚義，已詳艸部蕁篆下。噂字从口尊聲，故訓聚語。本書《人部》「僔，聚也」引詩「僔沓背憎」。二處引文不同者，蓋毛與三家經文有異也。段玉裁疑噂篆為淺人所增，過矣。許書引經兩三見而文各異者甚多，不必疑也。】〔註19〕

《段注》認為《說文》中本來就沒有「噂」這個篆，這是「淺人依《詩》增也。」因為《說文·人部》已有「僔」篆，且引《詩》就是「僔沓背憎」。另外，《經典釋文》提到：「噂，《說文》作「僔」。〔註20〕《五經文字》中也說：「僔，《詩·小雅》作噂。」〔註21〕陸德明、張參都沒說《說文》中有「噂」篆。簡言之，《詩》用的「噂」字就相當於《說文》「僔」篆。

《約注》則指出，「噂」字從口尊聲，「凡從尊聲之字多有聚義」，所以《說文》訓「噂」字為「聚語」，是合理的。其次，《詩》本來就有多種傳本，難免存在用字不同的情況。許書引經，可能兼用《毛詩》與《三家詩》，所以「兩三見而文各異者甚多，不必疑也」。這也就是說，即使許慎在這裡所引的《詩》「僔沓背憎」寫作「僔」字，也不能排除在《詩》在其它的版本裏寫成「噂」的可能。所以《說文》收「噂」字並不是講不通。

徐灝在《說文解字注箋》中亦駁《段注》「淺人依詩增（噂）篆」之說，〔註22〕《約注》或有所取。許慎引《詩》不限於一家，其中存在用字不同的情況也不足為怪。其次，《說文》中「僔、噂」二字的說解其實還是有所差別的。「噂」字從「口」，正好體現出「聚語」之「語」的涵義。許慎把「僔、噂」

〔註19〕又見華師版《約注》第314～315頁。

〔註20〕《經典釋文·毛詩音義》：「噂，子損反。《說文》作僔，云聚也。」見《經典釋文》，陸德明撰，中華書局影印，1983年版，第81頁。

〔註21〕《五經文字》：「噂，《詩》亦作『僔』。」見《五經文字》，張參撰，國家圖書館出版社，2009年版，第35頁。案：引文「僔，《詩·小雅》作『噂』。」與原文「噂，《詩》亦作『僔』。」不同。

〔註22〕丁福保編纂：《說文解字詁林》，中華書局，1988年版，第2158頁。

收作兩個字頭也未嘗不可。另外，《段注》第三八三頁中對「傳」篆又有說解：「許於《口部》既引之云『聚語』矣，此復引《詩》，字從人，云『聚也』，謂『聚人』非『聚語』。蓋《三家詩》駁文，兼引之耳。」實際上這又承認許慎在《說文》中引用了「噂」字。可見《段注》對「噂、傳」兩字的說解，存在前後不一致的情況，這或是段玉裁失誤，或由於《說文解字注》非成於段氏一人之手，此事尚待大方論定。

（二）重出疊見不可勝刪

漢代的用字情況已經比較複雜了，《說文》所收字頭及其說解未必都是「本字本義」。《段注》中有好求本字而刪後起字的情況，例如《段注》第五五三頁：

> 䤵　別水也。【《吳都賦》：「百川派別。」劉逵注引《字說》曰：「水別流為派。」】從水辰，辰亦聲。【匹賣切。十六部。按《眾經音義》兩引《說文》辰「水之衺流別也」以釋派。《韻會》曰：「派本作辰，從反永。」引鍇云：「今人又增水作派。」據此，則《說文》本有辰無派。今鍇、鉉本水部派字當刪。】

《約注》卷廿一，51下：

> 䤵　別水也。從水從辰，辰亦聲。匹賣切。【段玉裁曰：「《眾經音義》兩引《說文》：『辰，水之衺流別也，』以釋派。《韻會》云：『派本作辰，從反永。』引鍇云：『今人又增水作派。』據此，則《說文》本有辰無派。今鍇、鉉本水部派字當刪。」舜徽按：<u>派固辰之後增體。許書所以收錄者，為其所起較早，通行已舊，亦過而存之之意耳。</u>此如沓訓語多，而復有從言之譜；巤象毛髮，而復有從彡之鬘；冐已為蟲，而復有從虫之蜎；來實是麥，而復有從禾之秳。他若爰旁加手，粵外立人；复偏施彳，寧左安貝；<u>重出疊見，悉非二字。如此之流，更僕難終。若謂非理，可勝刪乎？</u>】〔註23〕

《說文》水部「港」字說解有：「水派也。」可證許書之中容有「派」字，訓為「別水也」。《說文》中也有「辰」字，且為部首，其說解有：「水之衺流，別也。從反永。」《段注》引文當是有關「辰」字的各種註釋，並不能論定「《說文》本有辰無派」。《約注》所言派字「所起較早，通行已舊」，許書因此收錄，

〔註23〕又見華師版《約注》第2731頁。

且舉出《說文》諸多「內證」，其說蓋是。

（三）不可刪兼收之後起字

張舜徽對《說文》的收字問題採取較為通達的態度，他指出許慎實際上是尊重約定俗成的大眾用字習慣，因此除本字外，還收了不少後起分別字。《段注》中卻存在將某些約定俗成的、後起分別字及其註解完全刪掉的情況，例如「踞」字，《約注》卷四，54上：

> 踞　蹲也。从足，居聲。居御切。【嚴可均曰：「尸部以踞為俗居字。按《後漢‧茅容傳注》、《論語疏》引『踞，蹲也。』則足部舊有踞字，彼重出耳。」舜徽按：古人造字，各有本義。尻為尻處之尻，居為蹲居之居。後世用字，則同聲易混，既以居代尻矣，勢不得不加偏旁作踞以為蹲踞字。相沿已久，約定俗成，許書遂亦兼錄而並存之。全書中，類此者不少。段氏注本逕刪此篆，失許意矣。】

〔註24〕

《段注》刪此「踞」篆。《約注》認為「踞」字是「居」本義的後起字，「相沿已久，約定俗成」，所以許慎把兩個字都收進《說文》裡，許書中像這樣的情況還不少。《段注》只存「本字」不留「後起字」的做法不符合許慎的原意。

在漢代，居、踞兩字共存，但當時人們可能並不瞭解「居」的本義就是「踞」，於是把這兩個字作為兩個意義不同的詞來使用。許慎可能也是認識到了這一點，所以把兩個字都收進了《說文》之中。《約注》引證嚴可均之說，結合造字、用字的不同情況，提出許書兼錄本字與後起字的觀點較近情理。

（四）誤刪異部重文

《說文》一書中有不少「同部重文」，但也有一些「異部重文」。所謂「異部重文」是指這些字的音義皆同，但由於字形方面的緣故收在了不同的部首中。例如：《說文解字‧宀部》：「竊，至也。从宀親聲。」《說文解字‧見部》：「親，至也。从見亲聲。」竊、親二字分別在《說文》的宀部和見部，它們就屬於「異部重文」的情況。同樣的道理，《說文》中的跛、尳也是異部重文，但《段注》刪去了《說文》的「跛」篆及其說解，見《段注》第八三頁：

> 尳也。【允部曰：「尳，蹇也。」是為轉注。尳，曲脛也。易

〔註24〕又見華師版《約注》第481頁。

曰:「蹇,難也。」行難謂之蹇,言難亦為之蹇。俗作謇,非。】从足,寒省聲。【九輦切。十四部。<u>按各本尴作跛,又於蹇篆之上出跛篆,云行不正也,從足皮聲,一曰足排之,讀若彼。此後人不知跛即尴之隸變而增之耳。今刪。</u>《曲禮》:「立毋跛。」鄭云:「跛,偏任也。」此謂形體偏任一邊如尴者然。凡經傳多作跛。】

《約注》卷四,54 下:

行不正也。从足皮聲。一曰,足排之。讀若彼。布火切。

【嚴章福曰:「亣部有尴,《韻會》廿哿引《說文》:『跛,或作尴。』則當與尴為重文。然據《通釋》云:『俗作跛。』則此跛字當附見於尴下而刪跛篆。」王筠曰:「重文而異部者多矣,未可刪。」舜徽按:王說是。<u>段氏注本徑刪此篆,失之。行不正謂之跛,猶頭偏謂之頗,語原同也。</u>跛與蹉實一語,脣喉通轉耳。】〔註25〕

　　《段注》認為:後人不知道跛字是尴字隸變而來,因此在《說文》中誤增「跛」篆,也就是說,「跛」與「尴」的字形存在演變關係,其實就是一個字,不是異部重文。《約注》則同意王筠的觀點,認為「跛」與「尴」屬於「重文而異部」的情況,不可輕刪。《約注》還指出,跛和頗二字的語源相同,都有「偏,不正」的涵義。並且,跛和蹉「脣喉通轉」,其實是屬於同一語源的兩個詞。

　　《說文·亣部》收字很少,且用例不多,為立「亣」部,許慎特出尴篆,而成為了跛字的異部重文,這也講得通。另外,《約注》還從「跛」、「蹉」同源的角度指出跛字自有音義來源。而《段注》改蹉篆的說解「足跌也」作「足肤也」,《約注》認為這沒有必要。足跌傷就會造成「折骨挫足」。《段注》所改強調的是結果,但「足跌」是其原因,故兩種解釋關係緊密,也都說得通。這種情況下,如果沒有很堅實的證據,最好還是不要輕易改動《說文》,闕疑可也。

第二節　訂正《段注》擅改說解

　　《約注》希望能盡可能恢復《說文》原貌,在沒有確鑿證據的情況下,一般不會改動今本許書。而《段注》除「誤改本文」之外,還有「擅改說解」的問題,更具體地講,張舜徽認為《段注》對今本許書說解的錯誤改動表現在加

字、減字、易字、倒字這四大方面，而在每個方面《段注》的改動都有著非常具體的情況，因此《約注》對《段注》的訂正也呈現出非常豐富的內容，須以實例一一加以條辨、深入分析。

一、於說解中加字

古書用字嚴謹，增刪變動一字則涵義大有不同。《約注》訂正《段注》中擅自對今本許書說解加字的情況較多，有加一字或多字的，比如在保留原文的基礎上增字，也有「拆字」後實際上造成加字的例子。

（一）增「所以……者」，例如《段注》第一〇九頁：

鞹 所吕引軸者也。【所以、者字，依楊倞注荀卿補。凡許書所以字，淺人往往刪之。《秦風》毛傳曰：「鞹所以引也。」毛不言軸，許云軸以箸明之。轅載於軸，兩鞹亦係於軸。《左傳》：「兩鞹將絕，吾能止之。駕而乘材，兩鞹皆絕。」此可見鞹之任力幾與轅等。鞹在輿下而見於軌前，乃設環以續鞹而係諸衡，故《詩》云：「陰鞹沃續。」孔沖遠云：「鞹繫於陰版之上，令驂馬引之。」此非是。驂在服外而後於服，與鞹不正相當。且軌非能任力，不當係於軌也。許云所以引軸，說不可易。】從革引聲。【余忍切。十二部。】鞶，籀文鞹。

《約注》卷六，9下：

鞹 引軸也。從革，引聲。余忍切。鞶籀文鞹。【舜徽按：《詩·秦風·小戎》：「陰鞹鋈續。」毛傳云：「鞹，所以引也。」哀公二年《左傳》：「我兩鞹將絕，吾能止之。」《正義》曰：「古之駕司馬者，服馬夾轅，其頸負軛，兩驂在旁，挽鞹助之。《詩》所謂『陰鞹鋈續』是也。《說文》云：『鞹，引軸也。』」僖公二十八年《左傳》《正義》引《說文》亦云：「鞹，引軸也。」可知唐初修《正義》時所見許書，與今本同。惟《荀子·禮論篇》：「金革轡鞹而不入。」楊倞注引《說文》云：「鞹，所以引軸者也。」與今本異。段玉裁、王筠注本，遽據此改訂許書，非也。蓋許君道器物之用，有言「所以」者，有不言「所以」者，初未可一概論。《荀子》楊注，援證古書，容有以己意增飾之辭，又不可輕據孤證以改原書。】〔註26〕

〔註26〕又見華師版《約注》第665頁。

《約注》引《詩》、《左傳》,認為「唐初修《正義》時所見許書與今本同」。而楊倞注《荀子》,「援證古書,容有以己意增飾之辭」,所以會出現「《說文》云:『靷,所以引軸者也』」這樣的話。《段注》據此孤證改動《說文》不可取。《約注》同時也指出:「蓋許君道器物之用,有言『所以』者,有不言『所以』者,初未可一概論。」

《約注》證明《說文》,先做版本校勘。其次,深入體會許慎當時作注解的用心。再次,參考引文加以佐證。至於《說文》中「靷」字在原注解中有無「所以……者」,這取決於許慎對被釋字詞性的認識和使用:是作動詞還是作名詞。其實,古人也許並沒有我們現在這樣明確的詞類觀念,所以許書原貌如何,一要看版本校勘,二要看文例用法。類似的情況還有「卦」字,《約注》也認為《段注》的改動是不對的。張舜徽博覽四部,所以往往能夠通曉古籍體例,並體察到作者、注者在下筆成書時的種種情形,這是通人之識見。

(二)析「瞥」為「蔽目」,這是《段注》擅改今本許書說解而「加字」的情況中一種比較特殊的情況,即將一個字拆作兩個字來解釋,也算是一種「加字」,例如《段注》第一三〇頁:

　瞏 兒初生蔽目者。【蔽目二字各本作瞥,今依《篇》、《韻》正。蔽目謂外有物雍蔽之,非牟子之翳也。】从目睘聲。【方辯切。十四部。】讀若告之謂調。【語有譌奪,鉉遂刪之。】

《約注》卷七,2 下:

　瞏 兒初生瞥者。从目睘聲。邦免切。【王筠曰:「瞥,目翳也。翳非病翳,乃瞼蔽其睛也。故老云:兒生三日後乃張目。」舜徽按:瞏之為言繯也。本書糸部「繯,落也。」落即今之絡字。謂兒初生時,目若有物网絡之無所見,斯名為瞏耳。本部瞥篆下有目翳一訓,自與蔽義近。《玉篇》、《廣韻》瞏字下直作「蔽目者」,桂馥謂二書誤析瞥為二字,又蔽上加艸,其說是也。段氏注本必依《篇》、《韻》改正,不悟《類篇》、《集韻》仍作瞥,則作蔽目者,未必是也。小徐本說解未有「讀若告之謂調」六字語已譌脫,故大徐徑刪之。】〔註27〕

《約注》首先指出「瞏之為言繯也」,《說文·糸部》中的「繯」字就有「絡」

〔註27〕又見華師版《約注》第 786 頁。

的意思。那麼，瞑的意思就是說「兒初生時，目若有物網絡之，無所見。」而「瞥」字注解中正好「有目翳一訓，自與蔽義近。」此外，桂馥認為，《玉篇》、《廣韻》所引《說文》之所以寫作「蔽目」，是把「瞥」字一分為二，又在「敝」上加艸，這是錯誤的。《約注》贊同桂馥此說，並提到《類篇》、《集韻》所引《說文》仍是作「瞥」，那麼，《段注》的改動就「未必是也」。

《約注》先以「聲訓」的方法論證字義，再疏通、論證了「瞥」、「蔽目」兩者涵義的相近。儘管桂馥有過解釋，《類篇》、《集韻》引文能提供版本支持，但《約注》還是沒有把話說死：咬定《段注》的改動絕對是錯的。由此可見張舜徽在訂正《段注》時論斷的謹慎。並且，此「瞑」字徐鍇另有「謂轉目視人也」一說，〔註28〕而《說文》的「瞥」字注解是「過目也」，兩者涵義相通，也可互相印證，如是，則為不必改「瞥」作「蔽目」又添一證。

二、於說解中減字

《段注》對今本《說文》說解內容進行「減字」的地方為數不少，有減少一字的，也有刪除多字的，《約注》認為其減字有誤，都加以訂正，例如：《段注》認為是「複字刪之未盡」的，《約注》指出實為連綿詞，不可刪；《段注》又有誤刪今本許書引《詩》的，《約注》也加以駁正。當然，《約注》對《段注》的訂正似乎也有值得商榷之處，以《段注》將「棄除」減作「除」為例，《段注》所改其實有一定道理。

（一）誤刪連綿詞

今本《說文》「鞀」字訓為「鞀遼也」，《段注》認為「鞀遼也」應改為「遼也」，「鞀」是一個「複字」；《約注》則引證王筠之說，指出「鞀遼」其實是雙聲連語，不可刪除許書說解中的「鞀」字。《段注》第一〇八頁：

> 鞀　鞀，【此複字刪之未盡者。】遼也。【此「門，聞也」，「戶，護也」，「鼓，郭也」，「琴，禁也」之例，以疊韻說其義也。遼者，謂遼遠必聞其音也。《周禮》注曰：「鞀如鼓而小，持其柄搖之，旁耳還自擊。」】從革召聲。【徒刀切。二部。】鞉，鞀或從兆聲。鼗，鞀或從鼓兆。䩕，籀文鞀從殳召。【《周禮》以為韶字。】

〔註28〕（南唐）徐鍇撰：《說文解字繫傳》，卷第七，中華書局，1987年版，第63頁。

《約注》卷六，6上：

> 鞀　鞀遼也。从革召聲。徒刀切。鞉，鞀或从兆。𪔃，鞀或从鼓从兆，䶀，籀文鞀从殸召。【沈濤曰：「《爾雅‧釋樂》《釋文》引作『遼也。』蓋古本如是。今本鞀字衍。《韻會》四豪引同，則小徐本尚不誤也。」王筠曰：《韻會》引『遼也』，無鞀字，非也。《眾經音義》：『鞉，山東謂之鞉牢。』《白帖》引《樂錄》：『䶀，《爾雅》曰：小者曰料，今人併而言之矣。』併而言之，是䶀料也。遼、牢疊韻，遼、料同音。許亦併而言之，蓋漢時口語固然。」舜徽按：王說是也。鞀遼二字，又雙聲連語，非可臆刪。段氏注本援「門，聞也」，「戶，護也」之例，定為以遼釋鞀，非也。《周禮‧小師》：「掌教鼓䶀。」鄭注云：「如鼓而小，持其柄搖之，旁耳還自擊。」然則鞀固小鼓之名，小鼓而謂之鞀，亦猶小車謂之軺耳。鞀遼亦通作鞉牢，蓋象其自擊之聲。】〔註29〕

《約注》引王筠之說，鞉牢、䶀料即鞀遼，三個都是漢代人們口語中同一詞的不同用字而已，《段注》只是根據「以疊韻說其義」的體例，認為說解的鞀字是「複字刪之未盡者」，這應該是錯了；準此，當然還可考慮用「連篆讀」來解釋。總之，鞉牢、䶀料與鞀遼應當是同一個詞的不同文字表現形式。另外，《約注》所引沈濤之說出自其《說文古本考》一書，他也錯誤地認為今本許書說解中「鞀」字是多餘的。因此，《說文古本考》不可盡據，張舜徽曾指出其書存在的問題，此「鞀」字之例恰可引以為證。《約注》末了提出鞀遼、鞉牢可能是象聲詞，很有創見。這種給兒童作玩具的小鼓現今還可以見到，其搖動擊鼓發聲頗似「鞀遼」之音。此物或有其它異名，可進一步證實、考定。

（二）說解中的「棄除」減作「除」

《約注》對《段注》的訂正態度審慎、觀點平實、證據充分，但似乎也偶有尚可商榷之處，例如《段注》第一五八頁：

> 棄　棄除也。【按棄亦糞之誤，亦複舉字之未刪者。糞方是除，非棄也。與土部圣音義皆略同。《禮記》作糞，亦作攈，亦作拚。《曲禮》曰：「凡為長者糞之禮。」《少儀》曰：「氾埽曰埽，埽席

前曰拚。」《老子》曰：「天下有道，卻走馬以糞。」謂用走馬佗棄
糞除之物也。《左傳》：「小人糞除先人之敝廬。」許意坴用帚，故
曰埽除。糞用華，故但曰除。古謂除穢曰糞，今人直謂穢曰糞，此
古義今義之別也。凡糞田多用所除之穢為之，故曰糞。】从廾推華
糞采也。【合三字會意。方問切。古音在十四部。】官溥說：「侣米
而非米者，矢字。」【此偁官說釋篆上體米，侣米非米乃矢字，故
廾推華除之也。矢，艸部作菡，云糞也，謂糞除之物為糞，謂菡為
矢，自許已然矣，諸書多假矢，如《廉藺傳》「頃之三遺矢」是也。
許書說解中多隨俗用字。】

《約注》卷八，1下：

　　糞　棄除也。从廾推華，棄采也。官溥說，似米而非米者，矢字。
方問切。【王筠曰：「棄當作糞，經史言糞言糞除者甚多，故許君以
糞除說糞。謂其單言複語同義也。糞本動字，《孟子》『百畝之糞』，
《老子》『卻走馬以糞』，則用為靜字。」舜徽按：王氏此言，與段
玉裁同，皆謂此字說解棄除當作糞除，而其實非也。本書土部「坴，
埽除也。讀若糞。」坴與糞音義並近而略有不同。坴用帚，故曰埽除，
糞用華乃推而棄之，故曰棄除也。凡棄除之物，火化之皆可以糞田，
故二義實相因耳。許末引官溥說以明糞字从采之意。錢坫謂「此云
矢者非也，當云便。似米而非米者，便字也。本書以采為指爪分辨，
而屎下訓人小便。古辨、便互通，於彼處用之為辨，此處用之為便
耳。本書有菡，不云或作采，可見其並無采為矢之說，此當是後改。
又菡名大便，出《難經》。」錢氏此說，是也。】〔註30〕

　　《約注》有些誤會《段注》的意思了，張舜徽以為段玉裁「謂此字說解『棄
除』當作『糞除』」，其實不然，《段注》之意，糞字說解當作「除也」，既非「糞
除也」，亦非「棄除也」。《段注》、《約注》均同意「坴」字作「埽除」解，而
關於「糞」字，《段注》減字解為「除」，《約注》則保留「棄除」二字。至於
「糞」字由動詞的意思（除或棄除），引申為名詞（肥田之物），《段注》和《約
注》並無太大分歧。

〔註30〕又見華師版《約注》第 946～947 頁。

《約注》同意錢坫改「矢」作「便」之說;《段注》則說「謂菡為矢,自許已然矣,諸書多假矢」,也就是說《段注》不贊成改「矢」作「便」,因為「許書說解中多隨俗用字」。在很多情況下《段注》都對許書說解文字要求嚴格,須用《說文》本字,這裏提出「隨俗用字」,有點奇怪。而且,用到「矢」字的文句是許書所引官溥之說,嚴格說來並不是許慎的說解,如果一定要說「隨俗用字」,也是就官溥而言。《約注》倒是多次指出許書說解可以用當時通行之字,並因此多有駁《段注》改說解文字之處。由此類案例或可論證《說文解字注》一書成於眾手,故書中多有前後不一致的論點。

(三)所據版本有誤且錯刪許書引《詩》

在這種情況下,《段注》對今本許書說解中內容的改動是非常大的,涉及字數較多,但也不妨視為《段注》對《說文》「減字」的特例,如《段注》第五六頁:

> 嚏 悟解气也。【悟解气者,欠字下云「張口气悟」是也。悟,覺也。解,散也。……嚏與欠異音同義。玉裁按:許說嚏義非是,不必曲徇。……今俗人嚏云人道我,此古之遺語也。……殊不思《內則》既云不敢嚏,又云不敢欠,其為二事憭然。《素問》說五气所病,腎為欠為嚏,亦分二事。倘云嚏卽是欠,則《內則》、《素問》皆不可通矣。故嚏解當改云「歕鼻也」為安。口與鼻同時气出,此字之所以從口也。至若《詩》「願言則嚏」,毛傳云:「嚏,跲也。」《釋文》嚏作疐,跲作劫,自是古字通叚。觀《狼跋》《傳》「疐,跲也」,而其疐本又作疌。可證。崔靈恩《集注》乃改劫為䫏,訓以今俗人體倦則伸,志倦則䫏,音丘據反。是蓋以附合許之嚏解,而不知許自解嚏,非解毛之疐也。改疐為嚏,自鄭君始。許在鄭前,安得從鄭易毛。各本有「詩曰願言則嚏」六字,休寧汪氏龍以為後人妄增者,是也。今刪。學者可以知毛、許於《詩》本無䫏說。《唐石經》作嚏者,乃從鄭,非從毛。】從口疐聲。【都計切。古音在十二部。】

《約注》卷三,26上:

> 嚏 悟解气也。從口疐聲。《詩》曰:「願言則嚏。」都計切。
>
> 【王筠曰:「悟當作牾。气為寒牾,得嚏而解也。《蒼頡篇》:『嚏,

噴鼻也。』」舜徽按：慧琳《一切經音義》卷五十七嚏字下引《說文》：「悟气解也。」今本悟誤作悟，又气解二字互倒，宜據訂正。許云悟气解者，悟，逆也，謂逆气得此而散也。徐鍇所云：「腦鼻中气壅塞，噴嚏則通。」是也。今人有寒疾者，多為之方使之噴嚏，蓋亦醫家遺法耳。嚏即疐之後增體。疐音陟利切，聲在知鈕，古讀歸端，故嚏音都計切也。<u>段玉裁讀誤本《說文》，釋悟為覺，反謂許君不解辨嚏、欠之異，從加譏短，又逕刪所引《詩》，謬妄甚矣。</u>許所引《詩》乃《邶風‧終風》文。】〔註31〕

對於許書「嚏」字的說解「悟解气」，《段注》有云「悟，覺也」，《約注》則參考王筠的說法，並補充《一切經音義》所引《說文》：「悟气解也。」指出：「今本悟誤作悟，又气解二字互倒，宜據訂正。」又引徐鍇的說法，以及醫學知識，認為許書對此字的本訓就是「噴嚏」的意思。而《段注》不僅沒有把今本《說文》的誤字（悟）、倒字（解气）弄清楚，反而以為「許說嚏義非是」。然而，《段注》儘管可能誤讀許慎本義，但他仍然論證了嚏、欠是兩碼事，並說嚏字說解應當改為「歆鼻也」。

至於今本《說文》中所引《詩》句「願言則嚏」是否後人所加，查《說文解字詁林》，學者們據毛傳、鄭箋的不同，認為是鄭玄改「疐」作「嚏」，也就是說，《毛詩》本原作「願言則疐」，許書是未引的。這種觀點當時多有學者認可，不僅是汪龍的看法，故《段注》從之。但也有學者如柳榮宗在《說文引經考異》中指出：「凡鄭破字，皆有所本。許引此正作嚏，蓋《三家詩》而鄭讀從之者，是可考鄭義之所出非臆說也。」〔註32〕《約注》認為段玉裁把《說文》「嚏」字說解中所引《詩》「願言則嚏」刪了，這樣做「謬妄甚矣」，言辭似乎過於嚴厲，而可惜未見詳細論證。

從校勘方法來看，對《說文》嚏字的說解，通過他書引文訂正「悟」字當作「悟」，比起先假定是「悟」字，而後加以解釋、說通，要更為可信。《約注》能補充慧琳《一切經音義》所引《說文》相關材料，值得肯定。然而《段注》刪「願言則嚏」，言之有據，且多有其他學者同持此說，即便此說非是，也似乎不必「怪罪」到段玉裁一人頭上。

〔註31〕又見華師版《約注》第 306 頁。
〔註32〕丁福保編纂：《說文解字詁林》，中華書局，1988 年版，第 2127 頁。

三、於說解中易字

《約注》訂正《段注》於今本許書說解「易字」的例子非常多,包括互換說解、改詞、改字等等,不同字條下《段注》所改文字各異,涵義的差別也是很精微的,要做具體而細緻的考察,舉例分析如下。

(一)互換二篆說解

這是指《段注》將今本許書中兩個篆文字頭下的說解進行了調換,例如《說文·木部》樗、樗二字,《段注》第二四一頁有云:

> 樗 樗木也。【各本樗〔註33〕與樗〔註34〕二篆互譌。今正。《毛
>
> 詩音義》〔註35〕、《爾雅音義》〔註36〕、《五經文字》可證也。……】
>
> 從木雩聲。【各本作虖聲。今正。丑居切。五部。】

《段注》第二四四頁:

> 樗 樗木也。【……按,《小雅》「薪是穫薪」,箋云「穫落,木
>
> 名也。」陸云:「依鄭則字宜木旁。」樗、樺古今字也。司馬《上
>
> 林賦》字作華。師古曰:「華即今之樺。」皮貼弓者。《莊子》華冠,
>
> 亦謂樺皮為冠也。樺者俗字也。】吕其皮裏松脂。【所謂樺燭。】
>
> 從木虖聲。【乎化切。古音在五部。】讀若蕐。樺,或從蒦。

《約注》卷十一,10下:

> 樗 木也。從木虖聲。丑居切。【錢坫曰:「《玉篇》云:『惡木。』
>
> 《詩》或作樗,《傳》云『惡木』者為是。」舜徽按:樗從虖聲,虖
>
> 從乎聲;樗從雩聲,雩從亏聲;乎、于古聲最近,故經傳多假樗為

〔註33〕《說文解字·木部·樗》:「樗,木也。以其皮裏松脂。从木雩聲,讀若華。乎化切。樺,或从蒦。」見《說文解字》,許慎撰,徐鉉校定,中華書局,1963年版,第117頁。《段注》將「樗」字讀音改為「丑居切」。

〔註34〕《說文解字·木部·樗》:「樗,木也。从木虖聲。丑居切。」見《說文解字》,許慎撰,徐鉉校定,中華書局,1963年版,第115頁。《段注》將「樗」字讀音改為「乎化切」。

〔註35〕《經典釋文·毛詩音義》:「薪樗,勑書反,又他胡反,惡木也。」見《經典釋文》,陸德明撰,黃焯斷句,中華書局,1983年版,第73頁。《段注》據該條材料中的「薪樗,勑書反」,將「樗」字讀音改為「丑居切」。

〔註36〕《經典釋文·爾雅音義·釋木第十四》:「樗,丑於反。」見《經典釋文》,陸德明撰,黃焯斷句,中華書局,1983年版,第428頁。《段注》據該條材料中的「樗,丑於反」,將「樗」字讀音改為「丑居切」。

樗。段氏注本互改其篆，非也。】〔註37〕

《約注》卷十一，20上：

> 樗 木也。以其皮裹松脂。从木雩聲。讀若華。乎化切。𣜤，或
> 從蒦。【徐鍇曰：「此即今人書樺字。今人以其皮卷之，然以為燭。
> 裹松脂，亦所以為燭也。」舜徽按：樗為木名，即今之臭椿樹也。
> 樗从雩聲，雩从亐聲；華从𠦃聲，𠦃亦从亐聲；故樗讀若華也。亦猶
> 謣之或體作誇耳。段氏注本擅取樗、樗二篆互易其說解，失之。】
>
> 〔註38〕

《段注》互易二篆說解的主要依據是《經典釋文》和《五經文字》及其音
讀材料。對此，王筠指出：「經借樗為樗，而樗之正義則不見於經，故陸德明、
張參亦不言，不得援以為證。」他還引《玉篇》、《廣韻》中的相關內容，證明
「兩書之意，皆與《說文》同也。」〔註39〕《約注》認為經傳中的樗、樗二字音
近通假，所以今本《說文》可不必互改說解。

查《上古音手冊》，于字為「魚部匣鈕平聲」，〔註40〕乎字亦為「魚部匣鈕平
聲」，〔註41〕所以樗、樗二字古音應當相近。另外，樗、華的讀音都可追溯到「于」
聲，所以說，樗「讀若華」是合理的。《段注》互易樗、樗二篆說解，主要是從
讀音的角度進行論證的，可參看腳註所作校釋。對於《段注》的這個改動，學
者們多不予認同。既然樗、樗音近可通，在文獻中有假借用法，深究下去似乎
意義也不是很大。《約注》從諧聲分析的角度指出，樗、樗二字在古音來源上非
常接近，這是一個簡便的論證。事實上，不僅乎、于上古音相同，雨、虍上古
音也是可通的：雨是「魚部匣鈕上聲」，〔註42〕虍是「魚部曉鈕平聲」。〔註43〕更
進一步看，于、乎、雨、虍都在魚部，于、乎、雨是匣鈕，虍是曉鈕，這四個
聲符都是音同或音近關係。「雨、于」組成「雩」，「虍、乎」組成「虖」，或可
歸納出音同或音近聲符類聚的一種構字現象。

〔註37〕又見華師版《約注》第 1364 頁。

〔註38〕又見華師版《約注》第 1381～1382 頁。

〔註39〕丁福保編纂：《說文解字詁林》，中華書局，1988 年版，第 5760 頁。

〔註40〕唐作藩編著：《上古音手冊》（增訂本），中華書局，2013 年版，第 192 頁。

〔註41〕唐作藩編著：《上古音手冊》（增訂本），中華書局，2013 年版，第 59 頁。

〔註42〕唐作藩編著：《上古音手冊》（增訂本），中華書局，2013 年版，第 193 頁。

〔註43〕唐作藩編著：《上古音手冊》（增訂本），中華書局，2013 年版，第 59 頁。

（二）改「吅」作「口」

這是《段注》對今本許書「噭」字說解內容的改動，一字之改，涵義卻出現了差別，見《段注》第五四頁：

> 噭 口也。【口俗本譌吅。今正。《史》、《漢》《貨殖傳》皆云「馬蹄噭千」。徐廣曰：「噭，馬八髎也。」小顏云：「噭，口也。」蹄與口其千則為馬二百也。按，以口釋噭，此必本《說文》。《說文》以口建首，下噭、嚖、喙、吻字皆與口字轉注相接，此全書之例也。《通俗文》、《埤倉》皆曰「尻骨謂之八髎」，惟《史記》噭字從口，故徐以「八髎」釋之。尻亦得謂之口也。各本《史記》作躤，乃誤字耳。噭與竅音義相同，俗本《說文》作吅者，蓋或識孔字於口字之旁，因誤併為一字。】……

《約注》卷三，18上：

> 噭 吅也。從口，敫聲。一曰，噭、呼也。古弔切。【顧廣圻曰：「吅者，口孔二字並成一字之誤也。噭，口孔也者，口之空處名曰噭也。顏師古注《漢書・貨殖列傳》『馬蹄噭千』曰：『噭，口也。』可借證其義。鄭注《禮記》云：『竅，孔也。』注《周禮》云：『陽竅七。』然則口孔之謂噭，猶凡孔之謂竅也。觀其次序在口、嚖、喙之間，而噭字之非吅也甚明之矣。」朱駿聲曰：「當作口也，孔也。許書無吅。」舜徽按：今本許書傳寫致譌，誠如顧、朱二氏所言。顧說尤可徵信。許君以「口孔」釋噭者，猶下文以「口邊」釋吻也。<u>傳寫者誤合二字為一字，固謬；段氏注本逕改作「口也」，亦非許</u><u>書原意。朱氏離口、孔為二義，猶欠允當也。</u>】〔註44〕

《段注》、《約注》都同意今本許書「噭，吅也」有誤，問題在於其說解當作「噭，口也」，還是「噭，口孔也」，兩者一個重要分歧在於對許書體例細微的不同意見。《段注》指出「《說文》以口建首，下噭、嚖、喙、吻字皆與口字轉注相接，此全書之例也。」《段注》所說的「轉注」多指字義互訓，例如《說文》：「全，完也。」《段注》引《說文・宀部》：「完，全也。」並說「是為轉注」。此類甚多，不勝枚舉。而這裡所謂的「轉注相接」，據《段注》可知其具體就是

〔註44〕又見華師版《約注》第 292 頁。

指口部以下,「嗷,口也」,「嚼,喙也」,「喙,口也」,「吻,口邊也」,這些字都與「口」字有「互訓」關係。《約注》其實也是同意這些字都因「口」繫聯,但是既然下文有「吻,口邊也」這種表述形式,許書原作「嗷,口孔也」,不僅在說解形式上有統一,釋義也更加具體,所以他贊同顧廣圻的說法,應「以口孔釋嗷」。

《說文》「嗷」字本訓「口也」,還是「口孔也」,在字義方面是有所區別的,《段注》引《史記》、《漢書》的《貨殖列傳》中「馬蹄嗷千」,顏師古注:「嗷,口也。」這是嗷字本訓「口也」的文獻證據。《約注》採用顧廣圻的意見,補充許書以「口邊」釋吻,來推論嗷本訓「口孔」。其實,《說文》中也有「喙,口也」這樣的例子。所以這種注解形式的推論可能並不絕對成立。查《上古音手冊》,「嗷」字屬於「宵部見鈕去聲」,〔註45〕「口」字屬於「侯部溪鈕上聲」,〔註46〕二字古音相近;而「孔」字與「口」字是雙聲關係,韻部可通。那麼,以「口」釋「嗷」,猶如以「孔」釋「口」。因此,《段注》所言「蓋或識孔字於口字之旁」,未必沒有可能,至少也可備一說。

(三)改「員連」作「負車」

今本許書「連」字說解作「員連也」,而《段注》改作「負車也」,這是一個較大的改動,改動前後的涵義差別不小,見《段注》第七三頁:

連 負車也。【負車,各本作負連,今正。連即古文輦也。《周禮》鄉師「輦輂」,故書輦作連,大鄭讀為輦。巾車連車,本亦作輦車。《管子·海王》「服連軺輂」。立政,荊餘戮民,不敢服絻,不敢畜連。負車者,人輓車而行,車在後如負也。字從辵車會意,猶輦從扶車會意也。人與車相屬不絕,故引伸為連屬字。耳部曰:「聯,連也。」《大宰》注曰:「古書連作聯。」然則聯連為古今字,連輦為古今字。假連為聯,乃專用輦為連。大鄭當云連今之輦字,而云讀為輦者,以今字易古字,令學者易曉也。許不於車部曰「連古文輦」而入之辵部者,小篆連與輦殊用。故云「聯,連也」者,今義也。云「連,負車」者,古義也。】從辵車,會意。【依《韻會》訂。

〔註45〕唐作藩編著:《上古音手冊》(增訂本),中華書局,2013年版,第71頁。
〔註46〕唐作藩編著:《上古音手冊》(增訂本),中華書局,2013年版,第85頁。

力延切，古力展切。十四部。】

《約注》卷四，17 上：

連　員連也。从辵从車。力延切。【朱駿聲曰：「員連疊韻連語，據許書列字次第，廁迻、迷、逑、退間，疑紛紜錯亂之意。段氏謂員連為負車誤字，謂連即輦古文，大亂許君之例矣。或謂兩人輓者為輦，一人輓者為連，求之全書列字以類相從之例，終屬不合，陳偏散落，古義無徵，宜從蓋闕。」舜徽按：<u>員連二字，蓋古人常語，未可擅改。竊意員與圓古通，此云圓連，猶車部軍篆下所云圓圍也。</u>古者包車為軍，殆以車連續之以成營居，與造舟為梁事例相類，此連字从車之本義也。<u>小徐《繫傳》云：「若車之相連也，會意。」斯言得之。顧未道其所以然，因為闡明之如此。</u>】〔註47〕

《約注》引朱駿聲「員連疊韻連語」之說，認為「員連」可能是「古人常語」，可惜並沒有舉出書證。對小徐《繫傳》「若車之相連也，會意」的說法，《約注》補充說「員連」中「員」字可能「與圓古通」，因「軍」字下解說「圓圍也」，「古者包車為軍，殆以車連續之以成營居，與造舟為梁事例相類。」其實，《段注》改「連，員連也」為「連，負車也」，並指出「連即古文輦」，有大量的文獻校勘依據，還是比較可信的，馬敘倫《說文解字六書疏證》中有綜合論述，可參看。〔註48〕

《段注》從連、輦為古今字的角度，結合相關文獻引文，以及《說文》本書中連、輦用法不同的情況，綜合證明「連」字說解當為「負車也」，這是一種緊扣字義作「理校」的方法。「連」字古音屬元部來鈕，〔註49〕「輦」字古音同屬元部來鈕，〔註50〕二字同音，又在文獻中有大量作為異文的例子，所以至少可以說連、輦有某種同源的關係。《約注》把「連」字和「軍」字聯繫起來回護「員連」之說，終覺似乎不如《段注》「連、輦」之說書證充分。

（四）改「行高」作「小高」

這是對今本許書「蹻」字說解的改動，一字之差，涵義明顯不同，見《段

〔註47〕又見華師版《約注》第 415 頁。
〔註48〕李圃主編：《古文字詁林》，上海教育出版社，2004 年版，第 417～418 頁。
〔註49〕唐作藩編著：《上古音手冊》（增訂本），中華書局，2013 年版，第 92 頁。
〔註50〕唐作藩編著：《上古音手冊》（增訂本），中華書局，2013 年版，第 107 頁。

注》第八一頁：

> 蹺 舉足小高也。【蹺高疊韻。<u>各本作行高，晉灼注《漢書‧高帝紀》作小高。</u>玄應引文穎曰：「蹺猶翹也。」又引《三蒼解詁》云：「蹺，舉足也。丘消切。」按今俗語猶然。】从足喬聲。【丘肖切。大徐居勺切，非也。二部。】《詩》曰：「小子蹺蹺。」【《大雅》文。毛曰：「蹺蹺，驕兒。」此引伸之義。】

《約注》卷四，46下：

> 蹺 舉足行高也。从足喬聲。《詩》曰：「小子蹺蹺。」居勺切。【舜徽按：本書走部「趫，善緣木走之才也。」與蹺實即一字。段玉裁謂當讀丘消切，是也。舉足行高，即善緣木走之意，<u>說詳走部趫篆下。</u>〔註51〕《玉篇》蹺下引《說文》，亦作「舉足行高」，蓋許書原本如此。段氏注本依《漢書》晉灼注改為小高，非是。許所引《詩》，乃《大雅‧板》篇文。毛傳云：「蹺蹺，驕兒。」用引申義也。】〔註52〕

對於許書「蹺」字的說解，《段注》依《漢書‧高帝紀》晉灼注改「舉足行高也」為「舉足小高也」，認同玄應所引文穎之說：「蹺」字猶如「翹」字。《約注》則認為：「蹺」與「趫」其實是一個字，意思都是「善緣木走」。並且《玉篇》「蹺」字下引《說文》也作「舉足行高」，所以《段注》將「行高」改作「小高」，這是不對的。查《約注》，張舜徽在「趫」字條下確實曾指出「（蹺）與趫聲義並同，疑本一字」。可見關於「趫、蹺」二字的關係，《約注》由「疑本一字」到「實即一字」，態度更為肯定。

「蹺」字本義當為「舉足行高」，還是「舉足小高」，說者見仁見智。許書中的「趫、蹺」二字當有分別。而「趫」字說解為：「善緣木走之才。」〔註53〕《約注》認為這就是指「踩高腳」，此字從「走」，正呼應「舉足行高」之「行」意。另一方面，解「蹺」字為「舉足小高」後則是另一個涵義，如同「翹腳」、

〔註51〕《說文解字約注》卷三，52下：「趫」字下張舜徽按語有云：「趫與赳、趀諸篆比敘，皆有勇力之雜技藝也。趫為高足之戲，以足束于木竿上，踹之而行，湖湘間稱為踩高腳。凡从喬聲字，多有高義。本書足部『蹺，舉足行高也。』與趫聲義並同，疑本一字。」又見華師版《約注》第355頁。

〔註52〕又見華師版《約注》第468頁。

〔註53〕許慎撰，徐鉉校定：《說文解字》，中華書局，1963版，第36頁。

「趬辮子」之「趬」，故引申有「驕兒」之意。形符為走、足，而聲符相同之字或可通，故趥、蹻兩字在古書中混用不別也有可能。《段注》所改，還是有臆斷之嫌。

（五）改踞作居

張舜徽指出，許慎在作《說文解字》時並不會刻意地不用漢代通行的文字，所以他不同意《段注》一定要將許書「蹲」字的說解「踞也」改作「蹲，居也」。《段注》第八三頁：

> 蹲　居也。【尸部曰：「居，蹲也。」是為轉注。各本作踞也，以俗改正，又增一踞篆於蹲後，今正而刪之。《左傳》：」蹲甲而射之。「蹲，居也。引伸為居積之義。】从足尊聲。【徂尊切。十三部。《山海經》作踆。】

《約注》卷四，54 上：

> 蹲　踞也。从足，尊聲。徂尊切。【舜徽按：本書尸部「居，蹲也。」許君推溯造字之始，故於居下云「蹲也」，明居為蹲踞本字也。然後出之踞字，在漢代通行已久，故說解中又不嫌採用今字。全書通例，大氐然矣。段氏注本必改說解作「居也」，非是。】［註54］

關於許書「蹲」字的說解，《段注》改「踞也」作「居也」，其根據是《說文》中的「蹲、居」二字為轉注。張舜徽同意「居」為「踞」本字，「踞」為「居」俗字的意見，但他同時也指出「後出之『踞』字在漢代通行已久，故說解中又不嫌採用今字。」張舜徽強調，許慎在說解文字時，也會使用漢代人們在日常生活中，或經傳中的通行字，未必都用本字，而且這在《說文》中是通例。同樣的道理，對於許書「譽」、蹉等字的說解《段注》所作的改動，《約注》認為也是不必要的。

《約注》能對許慎撰《說文》一書的情形作「同情之了解」，漢代學者，甚至小學專家著書當然不能、也不需要盡用「本字本義」來著書立說，因此張舜徽的觀點較為通達，頗合情理。

（六）改「謬」作「繆」

作「錯誤」這個意思講的字是「謬」，還是「繆」？《段注》認為是「繆」，

［註54］又見華師版《約注》第 481 頁。

所以改今本許書說解「誤，謬也」作「誤，繆也」。《約注》則認為「錯誤」是「謬」字的引申義，並從後起字、人情世事的角度做出了解釋。《段注》第九七頁：

> 誤　謬也。【按謬當作繆。古繆誤字從糸，如綢繆相戾也，《大傳》「五者一物紕繆」，是。謬訓狂者妄言，與誤義隔。】從言吳聲。
> 【五故切。五部。】

《約注》卷五，45上：

> 誤　謬也。從言吳聲。五故切。【段玉裁曰：「謬當作繆。古繆誤字從糸，如綢繆相戾也，《大傳》「五者一物紕繆」，是。謬訓狂者妄言，與誤義隔。」舜徽按：段說非也。誤乃吳之後起增偏旁體。本書矢部「吳，大言也。」吳訓大言，與下文謬訓狂者之妄言義同，故許君以謬釋誤。狂者好為大言，鮮有不錯誤者，故錯誤之誤，實其引申義也。《禮記·大傳》所用紕繆字，乃以音近假借繆為謬，非其本字。】〔註55〕

《段注》指出：「謬當作繆。古繆誤字從糸，如綢繆相戾也。」《約注》認為這個說法不對，應該說「誤」是「吳」的後起字，《說文》「吳」字訓為「大言」，與「謬」訓為狂者之妄言的意思相同，因此許慎用「謬」來注解「誤」，是講得通的。其次，狂妄的人好說大話，很少有不出錯誤的，所以由「吳」到「誤」，引申出「錯誤」的意思。而《禮記·大傳》之所以用「紕繆」，是因為「繆」與「謬」音近通假，本字還應該是「謬」。

《段注》據孤證改注解，失之臆斷。《約注》通觀古今字，用許書彼處之字證此處之字。對於引申義的闡釋放在最後，顯得有根有據。比較起來，《約注》打通了「吳」與「誤」古今字的關係，所以比《段注》對此字的認識更為深入。

（七）改「辭」作「詞」

今本許書「譀」字說解為「可惡之辭」，《段注》改作「可惡之詞」，《約注》認為辭、詞用法不同，《段注》改得不對，見《段注》第九七頁：

> 譀　可惡之詞。【詞各本作辭，誤，今正。詞者，意內而言外也。
> 韋孟詩：「勤唉厥生。」《漢書》唉作譀，師古曰：「譀，歡聲。」《項

〔註55〕又見華師版《約注》第581頁。

羽本紀》《索隱》曰:「唉,歎恨發聲之喜。」皆與許此義合。】从言
矣聲。【許其切。一部。】一曰誒,【逗。】然。【下當有也。……是
則誒與欸、唉音義皆同,通用也。】《春秋傳》曰:「誒誒出出。」……

《約注》卷五,45下:

　　䛄　可惡之辭。从言,矣聲。一曰,誒,然。《春秋傳》曰:「誒
誒出出。」許其切。【舜徽按:唐寫本《玉篇》誒字下引《說文》:
「誒誒,可惡之辭也。《春秋傳》曰:『誒誒出出』,是也。又云,一
曰然也。」顧氏所據,蓋許書原本如此,今本說解「可惡之辭」上
奪誒誒二字,宜補。<u>辭字不作詞,與今本小徐本同。辭與詞義異,
此處作辭為是。段氏注本擅改作詞,非也。</u>……】〔註56〕

　　《段注》於「詞」篆下註解道:「辭謂篇章也。詞者,意內而言外。从司
言,此謂摹繪物狀及發聲助語之文字也。積文字而為篇章。積詞而為辭。」《約
注》不同意《段注》的改動。因為唐寫本《玉篇》「誒」字下引《說文》「誒誒,
可惡之辭也。」而且大、小徐本《說文》也作「辭」。從版本校勘上看,大概
許書原本就寫作「辭」,而不是「詞」。另外,《約注》認為今本說解有脫、倒,
今本許書「誒「篆的說解應訂正為:「誒誒,可惡之辭。《春秋傳》曰:『誒誒
出出』。一曰:誒,然。」

　　《段注》對「辭」與「詞」的區別不無道理。但在許慎的時代,辭、詞二字
用法的分別也許並不是那麼嚴格,至少在《說文》本書中是這樣。例如:「各,
異辭也。」「些,語辭也。」「㕧,驚辭也。」注解中的這三個「辭」都可以作為
「詞語」來講。而《楚辭》的「辭」又應當作為「篇章」來理解。可見,許慎原
本並沒有如《段注》那樣對辭、詞二字「強加分別」。張舜徽在《《約注》》中多
次提到,許慎注解說文時不一定都是用「本字」,也有用當時通行字的情況。實
際上,許慎都用本字注解篆字幾乎不可能完全做到,並且也沒有必要。不僅是注
解用字不一定用本字本義,就算是對篆字的解說也不一定是非要死扣其本義的。

(八)改「駁言」作「駭言」

　　今本許書「訇」字說解作「駭言聲」,《段注》改為「駭言聲」。《約注》主張
不輕易改動《說文》,盡量結合各種文獻、俗語對此字義進行疏通工作,以證明

〔註56〕又見華師版《約注》第581～582頁。

「訇」字作「騃言聲」解也是講得通的。《段注》第九八頁：

> 🔲　騃言聲。【騃，各本作駭，依《韻會》訂。此本義也，引伸
> 為匉訇大聲。】从言，匀省聲。【虎橫切。古音在十二部。……】漢
> 中西城有訇鄉。【城，俗本作域，誤。】又讀若玄。【謂讀若匀矣，
> 其訇鄉則又讀若玄也。】🔲，籀文不省。

《約注》卷五，48下：

> 🔲　駭言聲。从言匀省。漢中西城有訇鄉，又讀若玄。虎橫切。
> 🔲，籀文不省。【舜徽按：唐寫本《玉篇》訇字下引《說文》：「駭言
> 聲。」與今二徐本合，蓋許書原本如此。段玉裁、王筠必依《韻會》
> 所引，改作「騃言聲」，非也。揚雄《方言》已以駭為癡騃字，許君
> 釋訇為駭言聲，蓋謂癡騃無知之言，其聲為訇也。今湖湘間猶謂出
> 言無狀而於人有所指斥者曰訇，聲近轟，蓋古語已。《漢書·地理志》，
> 漢中郡有西城縣。】〔註57〕

《約注》不同意《段注》僅據《韻會》就將「駭言聲」中的「駭」作改「騃」，
這兩個字形容易相混，難以論定孰是孰非。況且唐寫本《玉篇》與二徐本都作
「駭言聲」，大概許書原本就是如此。其次，揚雄《方言》中「已以駭為癡騃
字」；「駭言聲」的意思大概是說「癡騃無知之言，其聲為訇也」。再次，張舜
徽又證以湖湘俗語：「出言無狀而於人有所指斥者曰訇，聲近轟。蓋古語也」。

《約注》不改原文而能結合文獻與俗語，說通「訇」的字義。查《說文》，
「憗、譺」二字均訓「駭也」；「佁」字注解是：「癡兒。从人台聲。讀若騃」。
大概「駭」的讀音與從「疑」聲之字相近，意思與「癡」字也相近。大徐本以
「五駭」切「騃」，可知「駭」、「騃」二字在音韻上也有相通之處，這就更印證
了《約注》對它們字義的串講。

（九）改「絲」作「系」

對於許書說解原本用字的推定，在版本不足以解決問題的情況下，既可以
從字義、用例的角度，又可以從《說文》行文體例方面進行推定。《段注》是在
《說文解字讀》基礎上做的精簡，其實是綜合了大量材料後呈現出來的觀點，
因此《段注》提出的論點大都可稱得上是真知灼見，除特別明顯的錯誤外，大

〔註57〕又見華師版《約注》第586～587頁。

都至少可備一說，例如《段注》第一一〇頁：

> 鞞　佩刀系也。【系，各本作絲，今正。此蓋糸部所謂緱也。《廣
> 韻》云「佩刀飾」。《莊子音義》引《三蒼》云：「鞞，佩刀靶韋也。」
> 《莊子》外鞞內鞞，引伸之義也。李云：「縛也。」】从革鞏聲。【乙
> 白切。古音在五部。】

《約注》卷六，13 上：

> 鞞　佩刀絲也。从革鞏聲。乙白切。【王筠曰：「絲當作飾。《廣
> 韻》二十陌作鞞，兩見，云『佩刀飾。』又『鞞鞞，刀飾。』《玉篇》
> 同。然則《玉篇》鞞下之佩刀絲，亦後人改也。」舜徽按：此篆說
> 解與上文鞙篆訓「蓋杠絲也」同例，或作佩刀飾者，絲即所以為飾
> 也。義實相成，不必改字。段氏注本徑改絲為系，亦非。】〔註58〕

《約注》認為不能把「絲」改作「系」。王筠引《廣韻》、《玉篇》，認為「絲
當作飾」。《約注》進一步指出：「絲即所以為飾也。義實相因，不必改字。」

《段注》在《說文》「鞙」字條註解下同樣改「絲」作「系」，並且說「系，
係也。係，絜束也。絜束者，圍而束之」。查《說文解字詁林》中的「鞙」字說
解，也有學者同意改「絲」作「系」的，並指出「鞞」等字從「革」，而不是「絲」，
因此改「絲」作「系」更合乎字義。平心而論，《段注》改動也不無道理。查《說
文》注解，多見某物後加一「系」字的情況，如：「纓：冠系也」；「衿：衣系也」；
「紖：牛系也」。出於實用目的「系」，自然用皮革更為牢固。而後來，也可繼
續加以裝飾，而裝飾用「絲」是較多的。如「尾」字的注解下有「从到毛在尸
後。古人或飾系尾，西南夷亦然」。〔註59〕總之，注解中用的系、絲、飾三字其
實有著內在聯繫。至於許書原本用哪個字，《段注》的意見不必輕易否定。「鞞」
是用韋革繫縛佩刀；而「緱」從「糸」，大概是用絲物裝飾刀劍。

（十）咨與嗞有別

《約注》認為許慎在作《說文》時並不一定會刻意嚴格避免使用假借字，
許慎著書未必有這個盡用本字本義的意願，也未必有這個能力，或者說也沒有
必要，又或者說，後人所說的假借在古人當時看來或許根本就不是什麼問題，

〔註58〕又見華師版《約注》第 671 頁。
〔註59〕（漢）許慎撰，（宋）徐鉉校定：《說文解字》，中華書局，1963 年版，第 175 頁。

總之，有多種可能性。因此《段注》對於今本《說文》的一些「強求用本字本義」改動就不是很有必要了。此等處《約注》往往能提供文獻用例加以論證，因此非常具有說服力。《段注》第六十頁：

> 𡄑　嗟也。【嗟，《言部》作䜌，云「䜌，嗞也。」〔註60〕與此為互訓。今本《言部》作咨也，淺人妄改耳。謀事曰咨，音義皆殊。〔註61〕……古言䜌嗞，今人作嗟咨，非也。《廣韻》：「嗞嗟，憂聲也。」】从口茲聲。【子之切。一部。】

《約注》卷三，42上：

> 𡄑　嗟也。从口茲聲。子之切。【徐鍇曰：「嗟嗞字本如此，咨訓問也。」段玉裁曰：「嗟，言部作䜌云：『䜌，嗞也。』與此為互訓。今本言部作『咨也』，淺人妄改耳。謀事曰咨，音義皆殊。」舜徽按：《爾雅·釋詁》：「嗟，咨，𤻲也。」郭注云：「今河北人云𤻲歎。」《釋文》云：「𤻲，本或作𪒠。」引《字林》云：「皆故嗟字。」<u>可知借嗟為䜌，借咨為嗞，已見錄於《爾雅》，由來遠矣。許君錄字，務窮其本，而說字力求其通，故說解中不嫌採用借字，取其通俗易曉耳。何可目為淺人妄改乎。</u>】〔註62〕

上引《約注》中張舜徽指出：「許君錄字，務窮其本，而說字力求其通，故說解中不嫌採用借字，取其通俗易曉耳。」這是非常通達的識見。《段注》言「互訓」之處頗多，如果都要求「本字互訓」，幾乎處處都要改字。例如《說文》「丅」字說解：「底也。」《段注》云：「底當作氐。广部曰：『底者，山尻也。一曰下也。』許氏解字多用轉注。轉注者，互訓也。底云『下也』，故下云『底也』，此之謂轉注，全書皆當以此求之。抑此底字當作氐。广部『一曰下也』四字，疑後人所綴。何者，許書無低字，日部下昏下曰『從氐省』，氐者，下也，正與此下者氐也為轉注。上，高也。下，氐也。高氐亦正相反相對。今本氐篆解云『至也』，亦當本作『下也』。如是正之，乃見許氏發揮轉注之恉。有好學深思

〔註60〕《說文解字·言部》：「䜌，咨也。一曰痛惜也。从言，差聲。」見《說文解字》，許慎撰，徐鉉校定，中華書局，1963年版，第56頁。

〔註61〕《說文解字注》：「咨，謀事曰咨。」又曰：「《左傳》曰：訪問於善為咨。《毛傳》同。」見《說文解字注》，許慎撰，段玉裁注，上海古籍出版社，1981年版，第57頁。

〔註62〕又見華師版《約注》第336頁。

者，當能心知其意也。」按照《段注》所謂「轉注互訓」的體例，《說文》中「丅」的說解文字「底」要改作「氐」，而「氐」字的說解文字『至也』又要改作『下也』，然後才能「見許氏發揮轉注之恉」。

《段注》為了貫徹這種自定的「本字互訓」的條例，頻繁改動說解文字。例如《說文》「介」字說解：「畫也」。「畫」字說解：「畍也。」《段注》認為：「『畍也』當是本作『介也』。介與畫互訓，田部畍字蓋後人增之耳。介、畍古今字。」為了合乎「本字互訓」的原則，《段注》甚至提出《說文》「田部畍字蓋後人增之耳」。《段注》若如此改字，涉及之處太多，則《說文》會被弄得近乎面目全非。

實際上，《說文》成書之時許慎當有一定安排，但是否必如後學所總結出來的各種條例之嚴密，這就很可懷疑了。後人從並非原本的《說文》之中歸納出條例，又拿來校勘，試圖恢復許書原貌，這樣的研究方法並不完全可靠。《段注》改動《說文》之處很多，或可自圓其說，目為段氏之《說文》可也，是否乃許慎之《說文》，闕疑可也。

四、於說解中倒字

《段注》改動《說文》諸多情況中的「倒字」，其實也可以說是「易字」的一種特殊情況，這種例子不多。張舜徽特別指出「倒字」的問題，大概是因為在訂正《段注》的過程中對此印象非常深刻。今本《說文》「鞄」字說解中引《周禮》文句「鞄即鮑」，《段注》認為應改為「鮑即鞄」，這可算是一個「倒字」的問題，見《段注》第一〇七頁：

> 鞄　柔革工也。从革，包聲。【蒲角切，古音在二部。】讀若朴。【朴在三部，合音冣近。劉昌宗音僕。】《周禮》曰：「柔皮之工鮑氏。」鮑即鞄也。【「鮑」、「鞄」字舊互譌，今正。《考工記》：「攻皮之工五。函，鮑，韗，韋，裘。」（注）先鄭云：「鮑」讀如鮑魚之「鮑」，書或為「鞄」。《蒼頡篇》有「鞄甕」。又鮑人之事。後鄭云：鮑，故書或作「鞄」。許云：「鮑即鞄者」，謂《周禮》之「鮑」即《蒼頡篇》之「鞄」。鞄正字，鮑假借。𠫓部云：「《易》曰突如其來如，不孝子突出，不容於內也。」「𠫓」即《易》「突」字也。〔註 63〕謂

〔註 63〕《說文解字．𠫓部．𠫓》：「𠫓，不順忽出也。从到子。《易》曰：『突如其來如。』

「厷」正字，「突」假借。文意正相似。】

《約注》卷六，2上：

鞄　柔革工也。从革包聲，讀若朴。《周禮》曰：「柔皮之工鮑
氏。」鞄即鮑也。蒲角切。【王筠曰：「《考工記》：『攻皮之工函、鮑、
䩟、韋、裘。』先鄭云：『鮑，書或為鞄。』《蒼頡篇》有『鞄甖。』
先鄭、許君、鄭君，皆知鞄之為正，而不改經，君子之慎也。」舜
徽按：柔革之工為鞄，鞄之為言勹也。本書勹下云：「裹也。象人曲
形，有所包裹。」柔革者必反覆卷屈之如裹物然，故直名其工曰包，
後乃加偏旁作鞄耳。古人用字，但取聲同，故鞄可作鮑。亦見《墨
子》，不僅《周禮》也。許云鞄即鮑者，謂本書之鞄，即《周禮》之
鮑，語意甚明，段氏注本徑改為「鮑即鞄也」，非是。】〔註64〕

關於鞄與鮑哪個是正字，哪個是假借字的問題，《約注》、《段注》並無不同
意見。問題在於《段注》將「鞄即鮑也」改作「鮑即鞄也」，並說「許云鮑即鞄
者，謂《周禮》之鮑即《蒼頡篇》之鞄。」然而許書原文並沒有引用《蒼頡篇》，
因此，《段注》的改動有臆斷之嫌。《約注》認為：「許云鞄即鮑者，謂本書之鞄，
即《周禮》之鮑，語義甚明。」且「古人用字，但取聲同，故鞄可作鮑。」這
樣的情況不僅見於《周禮》，《墨子》中也有。

鞄是正字，鮑是假借字，這沒有問題。《段注》改鮑在鞄先，雖在語義上銜
接《周禮》引文較緊密，但又提到《蒼頡篇》，頗感突兀，所以《約注》不予認
可。其實還有一種可能：「鞄即鮑也」四字並非許書原文，而是由後人註釋所羼
入。考「即」字在許書說解中的用法，除了與字音相關，字義方面多表示「往下
一個動作的趨向」，很可能還沒有演變到後來用於解釋字詞，表示「也就是」的
意思。例如：「徵」字下的注解有「行於微而文達者，即徵之」；〔註65〕「辛」字
下的注解有「味辛，辛痛即泣出」；〔註66〕「螟」字下的注解有「蟲食穀葉者，
吏冥冥犯法即生螟」；〔註67〕「蛟」字下的注解有「龍之屬也。池魚滿三千六百，

不孝子突出，不容於內也。凡厷之屬皆从厷。他骨切。𡴆或从到古文子，即《易》
突字。」見《說文解字》，許慎撰，徐鉉校定，中華書局，1963年版，第310頁。

〔註64〕又見華師版《約注》第651～652頁。

〔註65〕（漢）許慎撰，（宋）徐鉉校定：《說文解字》，中華書局，1963年版，第169頁。

〔註66〕（漢）許慎撰，（宋）徐鉉校定：《說文解字》，中華書局，1963年版，第309頁。

〔註67〕（漢）許慎撰，（宋）徐鉉校定：《說文解字》，中華書局，1963年版，第279頁。

蛟來為之長，能率魚飛，置筍水中，即蛟去」。〔註68〕這幾個字的注解中的「即」字都用來指向下一個動作是連詞。此外，《說文》「即」字的注解是「即食也，从皂卪聲」，〔註69〕作動詞用的意味十分明顯。而「鄗」字下的注解是「常山縣，世祖所即位，今為高邑，从邑高聲」。〔註70〕顯然，「即」用作動詞，相當於「就、登」之義。特別是「今為高邑」這裡，如果換做後來「即」字的用法就是「即高邑」，而許書未用。所以我們不妨作一定程度的推測，《說文》中一些用「即」字來解釋的語句，很多可能是後人所加的注語，而非許書原文。

第三節　訂正《段注》立說偶偏

《約注》中所訂正《段注》在「立說」方面的不當之處非常之多，這表明張舜徽對《段注》研究的細緻、深入，其中具體到某個字的說解問題，又會涉及到《說文》學中非常微妙精深的討論。以往學界對《約注》的研究，較少從它訂正《段注》的角度作深入挖掘，因此，考察張舜徽如何糾正《段注》釋字立說方面的情況及其成績，是對《約注》研究的一個有價值的推進和突破。

（一）苟與苟之辨

《說文》中「苟」與「苟」是明顯不同的兩個字，問題在於作「假設之辭」講的意思應該是由哪個字演變而來，《段注》認為是由「苟」假借；《約注》則主張是由「苟」引申。《段注》第四五頁：

> 🈁　艸也。【孔注《論語》云：「苟，誠也。」鄭注《燕禮》云：「苟，且也，假也。」皆假借也。】从艸句聲。【古厚切。四部。籀文作萄。】

《約注》卷二，77 下：

> 🈁　艸也。从艸，句聲。古厚切。【……舜徽按：此訓艸也，音古厚切，自是艸名，與从羊省，从包省，从口之苟，而音己力切者，乃兩字，不可混也。从丫之苟訓「自急敕也」。故引申有誠義，與从艸之苟，音義絕遠。惟以形近易亂，段氏乃亦目為一字，謬矣。】〔註71〕

〔註68〕（漢）許慎撰，（宋）徐鉉校定：《說文解字》，中華書局，1963 年版，第 281 頁。
〔註69〕（漢）許慎撰，（宋）徐鉉校定：《說文解字》，中華書局，1963 年版，第 106 頁。
〔註70〕（漢）許慎撰，（宋）徐鉉校定：《說文解字》，中華書局，1963 年版，第 133 頁。
〔註71〕又見華師版《約注》第 240 頁。

《論語・里仁》「苟志於仁」之「苟」，孔注曰：「苟，誠也。」〔註72〕《約注》認為這個「苟」原本應當寫作訓為「自急敕」的「茍」字，而不是從艸句聲的「苟」字，其說可見《清人筆記條辨》卷四中對臧庸《拜經日記》卷十一《苟日新》條的按語，張舜徽還指出：「經傳中凡作急敕之茍者，多誤為苟且之苟。」至於「苟」字訓作「誠」的問題，臧庸認為：「『苟日新』者，言急急皇皇，敬為日新之學。是不必訓苟為誠，作假設之辭矣。」〔註73〕《約注》則指出訓「自急敕」的茍字引申出來有「誠」義，《段注》與之分歧處正在此。《段注》認為訓「誠也、且也、假也」的苟字就是從艸句聲的「苟」字，不過是用了假借。

這裡其實有兩個問題，一個是《論語》「苟志於仁」的「苟」是不是應當訓為「假設之辭」的「誠」，臧庸的意見其實就是不必訓苟為表示「假設」之義的誠字。《約注》應當同意臧庸的意見，認為苟字所訓為誠的意思，是由「自急敕」的意思引申出來，自然不是什麼假設之辭了。另一個問題是，作為假設之辭的「苟」字，其意義是如何而來的，《段注》引孔注《論語》、鄭注《燕禮》所談的就是這個事情。《段注》認為作假設之辭的「苟」就是假借從艸句聲「苟」字的，這大概還是對的。古訓「苟誠」，語轉為今言「果真」，《說文》「果」字是「古火切」，與「苟」是同鈕字。「苟」訓「誠」表示假設之意，與「果真」一語音義相通。徐灝說誠、真有古今語的關係，張舜徽指出：「六經中無真字，周秦諸子始有之。」〔註74〕也就是說，古有言「誠」，今則說「真」，苟、果雙聲，誠、真是古今字，「苟誠」即演變作「果真」。這樣看來，「果真」的說法很可能來源於「苟誠」的古訓，它們或本是同源詞。

（二）八、兆有別

關於《說文》中「八」篆的問題，《段注》認為它就是「兆」的古字；《約注》則堅持認為它是「古文別」，而且八字與川字不容相混。《段注》第四九頁：

> 八　分也。【此即今之兆字也。《廣韻》兆，治小切，引《說文》

〔註72〕（魏）何晏注，（宋）邢昺疏：《論語註疏》，阮元校刻《十三經注疏》，中華書局影印本，1980 年版，第 2471 頁。

〔註73〕張舜徽撰：《清人筆記條辨》，《張舜徽集》，華中師範大學出版社，2004 年版，第170 頁。

〔註74〕張舜徽撰：《說文解字約注》，中州書畫社，1983 年版，卷五，25 上。又見華師版《約注》第 544 頁。

「分也」。此可證孫愐以前仌即兆矣。又云:「㐁,灼龜坼也。出《文字指歸》。」《文字指歸》者曹憲所作,此可證孫愐以前卜部無兆、㐁字矣。顧野王《玉篇》八部有仌,兵列切。卜部之後出兆部。又云:「㐁同兆。」此可證顧氏始不謂仌即兆字矣。虞翻說《尚書》分北三苗云:「北,古別字。」不知其所本,要與重八之仌無涉,豈希馮始牽合而岐誤與?治《說文》者乃於卜部增㐁為小篆,兆為古文。於仌下增之云:「八,別也,亦聲,兵列切。」以證其非兆字,而《說文》之面目全非矣。仌从重八者,分之甚也,龜兆其一也。凡言朕兆者如舟之縫,如龜之坼。】从重八。【此下刪「八別也亦聲」五字。會意。治小切。二部。楚金云:「或本音兆。」按此相承古說也。】《孝經說》曰:【……】故上下有別。【……上別下別則二八矣。《集韻》改為上下有仌,非也。】

《約注》卷三,4 上:

仌 分也。从重八。八,別也,亦聲。《孝經說》曰:「故上下有別。」兵列切。【……舜徽按:仌為分別之本字,與丮部从丮从刀訓分解之別字有辨。經傳中多借用別字而仌漸廢,故許君於丫部朿下云:「朿,古文別。」段玉裁謂仌即今兆字,大謬。況甲文中已有仌字,不容與屮字混也。】〔註75〕

甲骨文中確有仌的字形,寫作仌、仌等,〔註76〕它並不讀作「兆」;傳鈔古文字中也有讀為「別」的字形,例如仌、朿、仌。〔註77〕《說文》篆文中从朿的還有「朿」字,其說解為:「戾也。從丫而仌,仌古文別。」徐鍇說這個仌是「重八也」,〔註78〕顯然就是指仌字。徐鉉說:「兆,兵列切,篆文分別字也。」〔註79〕大徐也是認為篆文朿形就是表示「分別」字義的,那麼,八部的這個仌字,必定自有淵源。

與篆文仌字形相近的「州」,則是另外一個字,它是「㐁」的古文,音讀「治小切」。這個《說文》古文字形在篆文構形中顯然是存在的,例如用於聲符的「兆」

〔註75〕又見華師版《約注》第 265 頁。
〔註76〕劉釗主編:《新甲骨文編》,福建人民出版社,2009 年版,第 40 頁。
〔註77〕徐在國編:《傳鈔古文字編》,線裝書局,2006 年版,第 92 頁。
〔註78〕(南唐)徐鍇撰:《說文解字繫傳》,中華書局,1987 年版,第 70 頁。
〔註79〕(漢)許慎撰,(宋)徐鉉校定:《說文解字》,中華書局,1963 年版,第 77 頁。

字，篆文寫作「」，同音治小切。此外，《說文》中還有從放兆聲的「旐」字，從魚兆聲的「鮡」字，從糸兆聲的「絩」字，從土兆聲的「垗」字，音讀都是治小切，《廣韻》音「治小切」的「兆」應該是由此而來。實際上，楚系簡帛文字中就有、、的字形，〔註80〕它們應當就是《說文》「叭」字的古文來源。甲骨文中讀為「兆」的是「叴」，字形寫作、。〔註81〕這個「叴」是形聲字，「召」作為聲符，音讀與「兆」近同，《說文》中有若干以「兆」為聲符的字，大概就是因為從召到兆聲符的變換，甲骨文叴字就變成了楚簡帛文字及《說文》中的「叭」字，均讀為「兆」；而《說文》中的篆文叴字則另訓為「卜問」。

二徐本《說文》分析「叭」字時並不提「形聲」，徐鍇《說文解字繫傳》中有云：「叭，灼龜坼也。從卜巛，象形。臣鍇曰：『叭兆有如此者，指事。』池沼反。，古文叭省。」〔註82〕大徐本《說文·卜部》：「叭，灼龜坼也。從卜兆，象形。治小切。，古文兆省。」〔註83〕《說文》解叭字曰「從卜兆，象形」，查《新甲骨文編》「叭」字頭下所收的字形是：、、等，且有按語「卜辭讀為『繇』。」〔註84〕那麼甲骨文的「叭」顯然是個象形字。二徐本《說文》又說叭的古文寫作，這個字形與甲骨文叭字相比，談不上象形，所以很可能是一個假借字，其音讀若繇。徐鍇說「叭兆有如此者，指事」，大概就如王筠《文字蒙求》中所解釋的那樣，比多的那一筆就指示灸龜之事。總之，《約注》所言字與字不容相混的觀點是可信的。

（三）不必強加分別從口從欠之字

「嘆」、「歎」兩字一從「口」，一從「欠」，《段注》認為在《說文》中這兩個字的涵義是有區別的：「歎近於喜，嘆近於哀。」《約注》則從古代形聲字中的形符「口」、「欠」大多可通用的角度指出，不必要對「嘆」、「歎」二字強行做出區分。《段注》第六十頁：

吞歎也。【《九經字樣》作吞聲也，非。按：嘆、歎二字今人通用，《毛詩》中兩體錯出，依《說文》則義異。歎近於喜，嘆近

〔註80〕滕壬生編：《楚系簡帛文字編》，湖北教育出版社，1995年版，第327～328頁。

〔註81〕劉釗主編：《新甲骨文編》，福建人民出版社，2009年版，第204頁。

〔註82〕（南唐）徐鍇撰：《說文解字繫傳》，中華書局，1987年版，第62頁。

〔註83〕（漢）許慎撰，（宋）徐鉉校定：《說文解字》，中華書局，1963年版，第70頁。

〔註84〕劉釗主編：《新甲骨文編》，福建人民出版社，2009年版，第204～205頁。

於哀，故嘆訓吞歎，吞其歎而不能發。詳《欠部》。】从口，歎省聲。

【他案切。十四部。】一曰大息也。【此別一義。與喟義同。〔註85〕】

《約注》卷三，43上：

> 嘆 吞歎也。从口，歎省聲。一曰，大息也。他案切。【段玉裁
> 曰：……嘆、歎二字今人通用，《毛詩》中兩體錯出，依《說文》則
> 義異。歎近於喜，嘆近於哀，故嘆訓吞歎，吞其歎而不能發。」舜
> 徽按：<u>从口从欠之字，古多相通，不必強加分別也。</u>】〔註86〕

張舜徽指出「从口从欠之字，古多相通」，見解通達，文獻有徵。而《段注》
於別處有云：「古歎與嘆義別。歎與喜樂為類，嘆與怒哀為類。如《樂記》云：
『一唱而三歎，有遺音者矣。』又云：『長言之不足，故嗟歎之。嗟歎之不足，
故不知手之舞之，足之蹈之。』《論語》：『喟然歎曰。』皆是此歎字。《檀弓》
曰：『戚斯嘆，嘆斯擗。』《詩》云：『而無永嘆』，『嘅其嘆矣』，『慘我寤嘆』，
皆是嘆字。」〔註87〕由此可見，《段注》能以文獻用例證明歎與嘆在意義上的差
別，其實也未嘗不可，但《段注》中又大力「推而廣之」，對很多本可通用之字
細分其不同涵義、用法，這樣做也難免導致「強加分別」之嫌。此外，張舜徽
對字義「相反相成」之說多有闡發，也可以用來解釋「歎」、「嘆」雖然一近於
喜，一近於哀，但兩義實可相成。

（四）发所从之殳指竹木杖

關於《說文》「发」篆所从之「殳」的所指，《段注》認為「殳」是「殺之
省」，如同艸部茇篆所从之殳。《約注》則認為就是指竹木杖，並舉出南方人種
稻之事的例子加以證明。《段注》第六八頁：

> 发 吕足蹋夷艸。【《周禮》夷氏掌殺艸，一作薙氏。】从癶从
> 殳。【从癶，謂以足蹋夷也。从殳，殺之省也。艸部茇亦从殳。癶亦
> 聲。普活切。十五部】《春秋傳》曰：「发夷蘊崇之。」【隱六年《左
> 傳》。今发作茇，音衫。又班固《答賓戲》：「夷險發荒。」晉灼曰：
> 「發，開也。」今諸本多作茇。按發亦发之誤。】

〔註85〕《說文解字》：「嘳，大息也。」見《說文解字》，許慎撰，徐鉉校定，中華書局，1963
年版，第 31 頁。

〔註86〕又見華師版《約注》第 337～338 頁。

〔註87〕（清）段玉裁撰：《說文解字注》，上海古籍出版社，1981 年版，第 412 頁。

《約注》卷三，67下：

> 𤼲 以足蹋夷艸。从屮从殳。《春秋傳》曰：「癹夷蘊崇之。」
> 普活切。【……舜徽按：古者木杖竹杖皆謂之殳。此篆所從之殳，
> 與舟部般篆所從之殳正同，皆謂竹木杖也。今南人種稻，分秧以後
> 月許，即有人下水田，以足蹋夷雜艸，而手倚杖助力，即癹篆从屮
> 从殳之意。段氏謂从殳乃殺之省，非也。艸部「芟，刈艸也。」與
> 癹義近而音讀絕遠。許所引隱公六年《左傳》文，今本作芟，不作
> 癹。……】〔註88〕

「癹」篆从𩇁从殳，是會意字，至於這個「殳」所指為何，《約注》提出的
是具體的東西，正如《說文·舟部》般字所從之「殳」，殳是用於划船、旋轉方
向的槳之類東西。此外，《說文》篆文從「殳」表示具體事物的還有「投」字說
解有：「擿也。从手从殳。」〔註89〕等等。那麼，會意字「癹」所從之「殳」確
有指示具体事物，不必像《段注》那樣理解為「殺之省」。

《說文·艸部》「芟」字說解為：「刈艸也。从艸从殳。」〔註90〕其所從之
「殳」，當是指刈草器物；而《說文·丿部》乂字說解為「芟艸也。从丿从乀相
交」，且又或作从刀之「刈」。〔註91〕此字描繪的就是用刀類農具斷草的情形。
可知《約注》認為「癹」篆所從之「殳」當為具體物件（竹木杖），《段注》的
意見不對。張舜徽解釋文字能很好地結合民俗，其所言「南人種稻，分秧以後
月許，即有人下水田，以足蹋夷雜艸，而手倚杖助力」之事，我小時候在湖南
老家不僅見過，還做過這樣的農活，《約注》所言不虛。從方法論的角度看，《約
注》結合「人情物理」的考證方法是非常值得重視的。

（五）「口」形蓋取助筆勢

傳統分析字形的理論是「六書」，而它並不能解釋所有中國文字的構形問
題。就「嗣」字中的「口」形而言，《說文》與《段注》均按「形符」來解釋，
或視為「口」，或視作「囗」；《約注》則認為此「口」形與「嗣」的字義並無
直接關聯，不過是為了是字形勻稱美觀所作的調整。《段注》第八六頁：

〔註88〕又見華師版《約注》第382～383頁。
〔註89〕（漢）許慎撰，（宋）徐鉉校定：《說文解字》，中華書局，1963年版，第253頁。
〔註90〕（漢）許慎撰，（宋）徐鉉校定：《說文解字》，中華書局，1963年版，第24頁。
〔註91〕（漢）許慎撰，（宋）徐鉉校定：《說文解字》，中華書局，1963年版，第265頁。

嗣　諸侯嗣國也。【引伸為凡繼嗣之偁。】从冊口，【小徐曰：「冊必於廟，史讀其冊，故从口。」按，當是从口，音圍。口者，國象〔註92〕也，故曰諸侯嗣國。】司聲。【祥吏切。一部。】，古文嗣。从子。

《約注》卷四，62上：

嗣　諸矦嗣國也。从冊从口，司聲。祥吏切。　古文嗣从子。【……段玉裁曰：「當是从口，音圍。口者國家也，故曰諸矦嗣國。」舜徽按：此字金文作嗣，但从冊司聲，見盂鼎。石鼓文始作嗣，司聲之外，又益以口。竊疑此字初形本但作嗣，與古文作嗣从子司聲，俱形聲字。其後司聲之外，又益以口者，蓋取助筆勢，使字形勻整可觀，無他義也。】〔註93〕

篆文的「嗣」字形體中所包含的「口」形，《段注》認為應該是表示「國象」的「口」；《約注》則指出，「口」不過是「飾筆」性質的符號，與字義無關。然而，《約注》所引《段注》中「口者，國家也」，「國家」蓋是「國象」之筆誤。

嗣字還有一種形體：嗣，見於《毛公鼎》。〔註94〕可知「嗣」字從冊，聲符作「司」，或作「嗣」，本來就是沒有「口」形的。而古文字形中以「口」為「飾筆」的例子很多，且與字義並無直接關聯，《約注》所言「口」形蓋取助筆勢，應該是對的。

（六）《禮》禁舓羹之故

為了解釋《說文》的「舓」字，《段注》引《曲禮》「毋噬羹」，並提出《禮》禁舓羹的原因是其為「流歠」；《約注》則不以為然，另有理解。《段注》第八七頁：

舓　歠也。【歠，歓也。《曲禮》曰：「毋噬羹。」〔註95〕《廣韻》：「噬，歠也。」然則噬即舓也。羹之無菜者不用梜，直歠之而已。《禮》禁舓羹者何也？舓者流歠，許渾言之耳。】从舌沓聲。【他合

〔註92〕「國象」，《約注》引作「國家」。「口」是象形字，《段注》「冃」字中云：「從口者，象其首尾相接之狀也。」那麼《段注》很可能原作「國象」，《約注》轉抄有誤。

〔註93〕又見華師版《約注》第496～497頁。

〔註94〕轉引自丁福保編纂：《說文解字詁林》，中華書局，1988年版，第2814頁。

〔註95〕《禮記・曲禮》：「飯黍毋以箸，毋噬羹。」見《十三經注疏・禮記正義》，阮元校刻，中華書局影印本，1980年版，第1242頁。

切，八部。】

《約注》卷五，2下：

　　　　嗒也。从舌，沓聲。他合切。【徐鍇曰：「謂若犬以口取食也。」……舜徽按：羹之有菜者用梜，無菜者用匕勺，此古人飲食之常也。若無菜而不用匕勺，直以口取食之，惟獸畜為然，故古人禁之。小徐謂若犬以口取食者，非謂惟犬為然，特舉犬以示例耳。《玉篇》嗒下云：「大食也。」大食，即俗所云狼吞虎嚥意。段氏以流歠釋嗒，恐非。】〔註96〕

　　《約注》認為「嗒」字之意如徐鍇所言，指像狗那樣以口取食，這是獸類、牲畜吃東西的樣子；古人飲食即便不用梜，也會用勺子，按照常禮自然也會禁止「嗒」的吃食方式。但是在人極度飢餓的情況下，也可能出現特殊情況，如《玉篇》解釋「嗒」字為「大食」，那就是狼吞虎嚥了。《段注》則認為古人禁止「嗒」羹是因為它是「流歠」，一口氣喝下去。《約注》綜合徐鍇的意見，以及《玉篇》對「嗒」的說解，又從情理上推斷古人飲食之禮中禁止「嗒羹」的原因，比起《段注》以「嗒者流歠」這樣簡單的解釋隨筆帶過，還是更有意思些，也應當說是合乎情理的。

（七）古、故不可以語詞為解

　　《段注》對《說文》「古，故也」的解釋是：「故者，凡事之所以然，而所以然皆備於古。」這種說法顯然是比較牽強的，沒有有力的文獻或事實依據，不符合實事求是的治學態度。《約注》結合基本的古代人類發展史，探討「古」字的意義來源，較為妥當。《段注》第八八頁：

　　　　古　故也。【《邶風》、《大雅》毛傳曰：「古，故也。」攴部曰：「故，使為之也。」按故者，凡事之所以然，而所以然皆備於古，故曰「古，故也」。……】从十口，識前言者也。【識前言者，口也。至於十則展轉因襲，是為自古在昔矣。公戶切。五部。】凡古之屬皆从古。𣜩，古文古。

《約注》卷五，9上：

　　　　古　故也。从十口，識前言者也。凡古之屬皆从古。公戶切。

🦴，古文古。【……舜徽按：上世文字未興，更無記載。遺聞舊事，悉賴口耳相傳，故古从十口，謂傳之者眾也。當時流行之傳說，即今日之所謂古史。迨文字既興，始由傳說筆之簡策耳。傳說之時，去己已遠，故古字引申為凡久故之稱。《詩‧邶風‧日月》：「逝不古處」，《大雅‧蒸民》：「古訓是式」，毛傳皆云：「古，故也。」殆即許書所本。故之為言久故也。……是久故二字，古人連言。久之為言舊也，故舊二字，書傳中亦時時疊舉。此皆指時之去己已遠者言也。段氏注本釋故為所以然，是以語詞為解，大乖本訓。】〔註97〕

《段注》過分強調許書「互訓」，《說文》以「故」說解「古「字之意，此「故」作為說解文字，與其作為《說文‧攵部》的篆字頭，兩者的涵義不必等同。文字的意義有演變，許書說解字義時所用文字，未必一一盡用本字本義，或者皆用《說文》所收篆字的某種意義。對字義的解釋重在能講得通，有文獻用例，而不是死守住某些自定的條例導致固步自封。徐灝《說文解字注箋》對《段注》的解說也有批評，其中指出：「語詞之故，其義為所以然；而古訓為故者，則故舊之義，非以語詞相訓也。段說近迂曲。」〔註98〕《約注》論述古字引申義為久故，在字義上溝通了古、故的聯繫。另外從字源的角度看，故字也由古字孳乳而來。

許慎對「古」字的說解基於小篆字形，從古文字材料來看，「古」的甲骨文字形寫作🦴，金文字形寫作🦴，唐蘭認為其中的十即𠦚字，所以金文中「姑」的字形有寫作🦴的，他的結論是从口十（𠦚）聲。〔註99〕簡而言之，「古」字本非「从十口」會意，甲骨文、金文中「十」的字形寫作｜、丨、✦等，〔註100〕「古」的字形並非「从十」；況且，甲骨文中的「古」字也未見用作「故」的意思。學者們結合出土與傳世文獻，雖然對「古」字其所從聲符有不同看法，但至少基本上都認為這是個形聲字，其中唐蘭之說頗值得重視。「古」字形、音、義的本源問題尚無定論，但能否定《說文》之誤解，也是對此問題研究的推進。

〔註97〕又見華師版《約注》第514～515頁。
〔註98〕丁福保編纂：《說文解字詁林》，中華書局，1988年版，第2869頁。
〔註99〕李圃主編：《古文字詁林》，第二冊，上海教育出版社，2004年版，第686頁。
〔註100〕李圃主編：《古文字詁林》，第二冊，上海教育出版社，2004年版，690頁。

（八）談者非平淡之語

《說文》有云：「談，語也。」《段注》補充說，所談之語是「平淡」的；《約注》則認為所談之語「深長動人」。這兩種意見都是對《說文》原義的補充，而且可以用「字義相反相成」來解釋。《段注》第八九頁：

談 語也。【談者，淡也，平淡之語。】从言炎聲。【徒甘切。八部。】

《約注》卷五，13下：

談 語也。从言炎聲。徒甘切。【……舜徽按：談之為言覃也。本書覃部「覃，長味也。从覃，鹹省聲。」覃訓長味，因之凡从覃聲者，皆有長義深義。……談从炎聲，其或體蓋當作譚。……然則周秦故書，本有作譚者，不必視許書有無此篆以為斷也。談之从炎或从覃，皆謂言論之深長而有理致足以動人者。小徐所謂「和懌而說言之」是也。《禮記・儒行篇》云：「言談者，仁之文也。」《漢書・公孫宏傳》云：「宏為人談笑多聞。」此皆非有味之言不足以當之。……談而謂為美，尤非庸常可比。段玉裁謂「談者淡也，平淡之語」，大乖本意。】〔註101〕

《約注》先論述覃、炎聲通，又舉出銤字的例子，說明「深長」的涵義也包含在从炎聲的字中。又舉出書證，指出周秦故書的「談」字也有寫作「譚」的。據此「談」的字義應當就是「言論之深長而有理致足以動人」，《約注》還舉出了《禮記》、《漢書》、《公羊傳》中的用例。

《約注》由聲求義，不限於聲符相同的情形，且能多方舉證，言之成理。關於「談」字有「深長」的涵義，還可再補充一個例證。《世說新語・賞譽》中云：「庾太尉目庾中郎：『家從談談之許。』」余嘉錫箋疏引李詳曰：「談談猶沈沈，謂言論深邃也。」〔註102〕然而，《說文》「談，語也」只是提到言談這一動作，並未明確指出其言談內容是意味深長，還是平淡無奇。

《段注》所言「平淡之語」，與《約注》論述的「言論深長」，倒是也能用「字義相反相成」的道理來作解釋。更要特別指出的是，《段注》確有識見獨到之處，其「談者，淡也」之說，並未舉出書證，但在出土文獻中得到了印證。

〔註101〕又見華師版《約注》第523頁。
〔註102〕余嘉錫箋疏：《世說新語箋疏》，中華書局，2007年版，第527頁。

馬王堆漢墓帛書甲本《老子・道經》云：「故道之出言也，曰：談呵其無味也。」〔註103〕其中的「談」就可以作「淡」來講，可證以《管子・水地》：「淡也者，五味之中也。」尹知章注：「無味謂之淡。」《段注》所言「談者，淡也，平淡之語」頗具卓識。

（九）「專教」為「尃教」之誤

對於《段注》中沒有發現的問題，《約注》加以研究、論證，這其實也算是訂正《段注》的一種方式。例如，《約注》指出今本《說文》「譔，專教也」的「專」當為「尃」字之誤，而這個問題《段注》卻沒有發現，依舊解釋「專教」為「專壹而教之」。《段注》第九一頁：

> 譔　專教也。【專教者，專壹而教之也。鄭注《論語》「異乎三子者之撰」：「撰讀曰譔，譔之言善也。」《廣韻》曰：「譔，善言也。」本鄭。】從言巽聲。【此緣切。十四部。】

《約注》卷五，18 上：

> 譔　專教也。從言，巽聲。此緣切。【……舜徽按：專當為尃，字之誤也。本書寸部「尃，布也。」布有散義廣義，所謂尃教者，謂其言教可散之四方，廣行遐邇也。本書丌部巽下云：「具也。」因之凡從巽聲字，多有具義。……本書食部「籑，具食也。從食算聲。」而或體從巽作饌，以具食為饌推之，則譔之本義，自有具言之意。所謂具言者，謂將言辭具之於書以教人也。後人著述，自題某譔，字或作撰，意在是矣。以語言教人者，但及密邇。惟具之於楮墨以文辭教人者，能行久遠，故許君解譔字曰專教也。古用簡策，書不苟作。惟善言足以垂世立教者，然後具書以傳後，故引申之，譔字又有善義。……】〔註104〕

《約注》不同意《段注》對「譔」字「專壹而教之」的解釋，提出「專」是「尃」字之誤，其涵義應該是：「尃教者，謂其言教可散之四方，廣行遐邇也。」譔字的本義是「將言辭具之於書以教人也」，這相比以語言教人能傳得久遠，也就是「尃教」之意。

〔註103〕國家文物局古文獻研究室編：《馬王堆漢墓帛書（壹）》，文物出版社，1983 年版，第 13 頁。

〔註104〕又見華師版《約注》第 531 頁。

《說文》「譔，專教也」之訓，王筠指出譔、專疊韻。馬敘倫則提出原本許書並無「專」字，它是「校者注以釋譔字之音者也。」他也提到宋祁筆記引《字林》作「專教」，但最後引《莊子·天下》「選則不徧，教則不至」，提出：「選借為譔，選教對文，明譔非專教或專教矣。」又引《法言》「訓諸理，譔孝行」，說「明譔亦訓也。」〔註105〕從馬敘倫所引文例來看，譔字有「教、訓」之義是比較明確的，然而「散文則通，對文則異」，關於譔字到底是「專教」還是「專教」的問題，作「專教」解應當更為合理。就看《莊子》「選則不徧」一語，「選」借為「譔」，那麼這裡的「譔」還是與「徧」相關，正合乎「專教」之意。《說文》「玉」字說解有：「其聲舒揚，專以遠聞，智之方也。」《法言》「譔孝行」之意，也可理解為使得孝道之行遠聞於天下。

（十）書名《論語》乃「比次群言」之意

關於「論語」一詞中「論」字的涵義，《段注》認為「凡言語循其理，得其宜謂之論」；《約注》則指出：「《論語》之名，實得義欲論篹。論者侖之借字也，於文亼冊為侖，蓋即比次群言之意。」《段注》第九一頁：

論　議也。【論以侖會意。亼部曰：「侖，思也。」龠部曰：「侖，理也。」此非兩義。思如玉部䚡理，自外可以知中之䚡。《靈臺》：「於論鼓鍾。」毛曰：「論，思也。」此正許所本。《詩》於論正侖之假借。凡言語循其理，得其宜謂之論，故孔門師弟子之言謂之「論語」。……許云「論者，議也」，「議者，語也」，似未盡。】從言侖聲。【當云從言侖，侖亦聲。盧昆切。十三部。】

《約注》卷五，22上：

論　議也。從言侖聲。盧昆切。【……舜徽按：《漢書·藝文志》曰：「論語者，孔子應答弟子時人及弟子相與言而接聞於夫子之語也。當時弟子各有所記，夫子既卒，門人相與輯而論篹，故謂之《論語》。」然則《論語》之名，實得義欲論篹。論者侖之借字也。於文亼冊為侖，蓋即比次群言之意。段氏以循理得宜解之，非也。況許君以議釋論，與《論語》之論，又自有別，未可混而一之。論字從言侖聲，聲實兼義，猶云言辭之有侖理者，故引申有辨別之意。……】〔註106〕

〔註105〕李圃主編：《古文字詁林》，第2冊，上海教育出版社，2004年版，第736頁。
〔註106〕又見華師版《約注》第538～539頁。

《段注》先論述：「凡言語循其理，得其宜謂之論。」然後指出《論語》之「論」也應作此解。《約注》是不同意《段注》的意見的，張舜徽據《漢書·藝文志》所言，就《論語》之名由來，提出其中「論」字應該是「論篹」的意思，也就是「比次群言之意」。另外還指出《論語》的「論」，與《說文》訓「議也」的「論」，兩字涵義不同，不可混為一談。然而，《約注》所言論字「猶云言辭之有侖理者」，與《段注》所引經文中「論「字為「言之有倫有脊者」，兩者涵義是相通的，也就是說在「論」字的這個涵義上，《段注》與《約注》形成共識。此外，《約注》還指出「論」字引申有「辨別」的意思。

關於《論語》一書得名由來的問題，楊伯峻也主「論篹言語」之說。他在《論語命名的意義和來由》中得出結論：「論語」這一書名是當日的編纂者給它命名的，意義是語言的論纂。〔註107〕「論」字確有「編次書籍」的意義，例如《史記·太史公自序》：「余所謂述故事，整齊其世傳，非所謂作也……於是論次其文。」〔註108〕又如《漢書·司馬遷傳》中也提到「孔子脩舊起廢，論《詩》、《書》，作《春秋》」，以及「遷俯首流涕曰：『小子不敏，請悉論先人所次舊聞，不敢闕。』」〔註109〕這些文句中「論」字的用法都可以佐證《論語》當有「比次群言之意」。

考察《論語》的成書可知，孔門弟子「論議」先師往教言行的過程，在一定程度上就是「比次群言」，兩者未必就沒有相通之處。至於論、侖二字關係的問題，查金文有，璽印有，這些「侖」的字形，《約注》提出「論者侖之借字」，將「侖」字作「亼冊」解；林義光則認為「侖」字「即論之古文。亼為倒口，从口在冊上。」〔註110〕可備一說。

（十一）關市譏而不征之譏當以吅為本字

《段注》認為「關市譏而不征」中的「譏」字義由「誹也」（以微言相摩切也）引申而來；《約注》則指出「關市譏而不征」中的「譏」字是「吅」的假借字。《段注》談的是字義引申，《約注》則視為同音假借。《段注》第九七頁：

〔註107〕楊伯峻譯注：《論語譯注·附錄》，中華書局，1980年版，第26頁。
〔註108〕（漢）司馬遷撰：《史記》，中華書局，1959年版，第3299～3300頁。
〔註109〕（漢）班固撰：《漢書》，卷六十二《司馬遷傳》，中華書局，1962年版，第2716頁。
〔註110〕李圃、鄭明主編：《古文字釋要》，上海教育出版社，2010年版，第524頁。

　　譏　誹也。【譏、誹疊韻。譏之言微也，以微言相摩切也，引伸

為關市譏而不征之譏。】从言幾聲。【居衣切。十五部。】

《約注》卷五，42下：

　　譏　誹也。从言，幾聲。居衣切。【……舜徽按：譏从幾聲，本

書幺部「幾，微也。」因之凡从幾聲字，如璣、饑、蟣皆有小義。段

氏謂以微言相摩切謂之譏，是也。古人亦稱譏為微辭，謂不明言而

隱以見意之辭也。《春秋》定公元年《公羊傳》云：「定、哀多微辭。」

即譏切意。至於關市譏而不征之譏，義為稽察，乃借譏為卟，段氏

謂為譏之引伸義，失之。】〔註111〕

　　關市譏而不征之「譏」字，張舜徽認為是「卟」的借字。查《說文‧卟部》：

「卟，卜以問疑也。从口、卜。讀與稽同。」而在《約注》「卟」字條的「舜徽

按」中有言：「凡云稽疑、稽問，皆當以卟為本字。稽乃稽留字，今通用稽而卟

廢矣。蓋必思有凝滯，而後從事卜問。」〔註112〕與《約注》意見不同，《段注》

則認為關市譏而不征之「譏」之義，由「以微言相摩切」引申而來。

　　譏字訓「誹也」，是一種意思；關市譏而不征之「譏」，又是一種意思：稽察。

《段注》認為這兩種意思有引申的關係，《約注》則指出作「稽察」講的譏字是

「卟」的借字。《禮記‧王制》「關執禁以譏」，鄭玄注：「譏，呵察。」〔註113〕據

此，既然以「呵察」相「譏」，則關市中似乎不必以「微言」稽察，官吏倒通常

以呵斥壯威。《約注》從「疑而察問」的角度解釋卟、稽，以及關市之譏，見解

獨到又合乎事理。

（十二）《方言》鰊字非鱗字之誤

　　《段注》為了把給《說文》做注解這件事做好，花大力氣進行了校勘許書

的工作，並提出一些文獻可能有誤字的情況。《段注》第一三○頁：

　　瞵　盧童子也。【《方言》：「䁖童之子謂之瞵，宋衛韓鄭之閒曰

鑠。」按《方言》，鰊字當是瞵之字誤。郭釋為緜邈，云與上文顙同。

〔註111〕又見華師版《約注》第576~577頁。

〔註112〕張舜徽撰：《說文解字約注》，中州書畫社，1983年版，卷六，70上。又見華師版
　　　　《約注》第774頁。

〔註113〕（漢）鄭玄注，（唐）孔穎達等正義：《禮記正義》，阮元校刻《十三經注疏》，中華
　　　　書局影印本，1980年版，第1344頁。

非也。絲邈可言目而不可言子。盧童子者，《方言》所謂矖瞳之子也。
盧，黑也。俗作矑。有單言矑者，《甘泉賦》：「玉女無所眺其清矑。」
是也。童，重也。膚幕相裹重也。子，小稱也，主謂其精明者也。
居取中如縣然，故謂之矘。】從目縣聲。【胡畎切，又胡涓切。十四
部。】

《約注》卷七，3 下：

矘　盧童子也。從目，縣聲。胡畎切。【……舜徽按：段說非也。
《楚辭·招魂篇》：「遺視矊些。」洪興祖《補注》引《方言》：「矖
瞳之子謂之矊。」字又作姢。《大招篇》：「美目姢只。」《補注》云：
「姢音縣，美目貌。」然則本字作矊，借字作姢，音義分明，非由
矘字之形譌矣。蓋矊之為言明也。《禮記·檀弓上》：「子夏喪其子而
喪其明。」鄭注云：「明，目精。」鄭君以目精釋明，即所謂盧童子
也。明乃矊之雙聲假借字。竊疑今本許書篆文作矘者，乃矊字之筆
誤，因之說解亦云從目縣聲矣。《玉篇》矊、矘二字並收，以矘為矊
之或體，蓋沿誤本許書，姑兩存之耳。】〔註114〕

《約注》由《楚辭》中「矊」字用法，結合洪興祖《楚辭補注》，指出《方
言》「矖瞳之子謂之矊」的本字就是「矊」字，而非《段注》所言「是矘之字誤」。
《約注》又結合鄭玄所注《禮記》提出，矊與明字有雙聲假借的關係，最後對
今本《說文》矘篆字形提出質疑。

矊、矘二字形近，古音也同韻部，從文獻用例來看，當以「矊」字為主。
《段注》提出《方言》中「矊字當是矘之字誤」，證據並不充分。《方言》郭璞
注「矊」為「絲邈」，或作「矘邈」，以及洪興祖《楚辭補注》等所釋「矊」字，
都沒有證據可說明「矊」字應寫作「矘」。《約注》所提出矊與明之間的關係值
得重視。另外，《說文·目部》「矊，目旁薄緻宀宀也。從目帬聲。」錢繹又指
出：矊、矊聲義並近。〔註115〕

至於今本《說文》矘篆是否有誤的問題，《約注》懷疑「篆文作矘者，乃矊
字之筆誤，因之說解亦云從目縣聲」；馬敘倫則提出：「盧童子非許文，字或出

────────────────
〔註114〕又見華師版《約注》第 787～788 頁。
〔註115〕（清）錢繹撰集，李發舜、黃建中點校：《方言箋疏》，中華書局，2013 年版，第
　　　　64 頁。

《字林》。」〔註116〕那麼他還是承認有「縣」這個字的，只不過並不出自《說文》。從字源學的角度看，「縣」字所從的縣，與「縣」字所從的縣，古音同部，字義可通。《說文‧系部》：「縣，聯微也。从系从帛。」《說文‧県部》：「縣，繫也。从系持県。」縣、縣二字都是「从系」的會意字，都包含「聯、繫」之義。從目前所有的材料、論點來看，今本《說文》之「縣」字，與《方言》之「縣」字，釋義相同，字形、音讀均相近，二字孰是孰非、孰先孰後的問題尚無定論，但至少可以這樣論定：縣、縣二字應當有著同源的關係。

（十三）仝字从工猶从玉

《說文》「仝」字「从入从工」，《段注》與《約注》對其所從之「工」有不同解釋。《段注》第二二四頁：

> 仝　完也。【宀部曰：「完，全也。」是為轉注。】从入从工。【从工者，如巧者之製造必完好也。疾緣切。十四部。】全，篆文仝，从王，【按篆當是籀之誤。仝、全皆从入，不必先古後篆也。今字皆从籀，而以仝為同字。】純玉曰全。【《考工記‧玉人》云：「天子用全。」大鄭云：「全，純色也。」許玉部云：「全，純玉也。」後鄭《周禮》注同許。按云純玉曰全者，引經說此字从玉之意。】龠，古文仝。【……】

《約注》卷十，24上：

> 仝　完也。从入从工。疾緣切。全，篆文仝，从玉。純玉曰全。龠，古文仝。【段玉裁曰：「从工者，如巧者之製造，必完好也。」舜徽按：此說失之。仝字从工，猶从玉耳。《淮南子‧道應篇》：「玄玉百工。」高注云：「三玉為一工也。」本書玉下云：「象三玉之連，│其貫也。」工、貫雙聲，是工即一貫玉之名矣。玉為易碎之物，必入之於內以藏之，然後得完，故仝字从入。古文作龠，疑其下為𠬞之誤，《汗簡》作龠，可證。从𠬞者，謂兩手奉之以入也。】〔註117〕

《說文》中「工」或作形符，或作聲符，在仝字中則是作為形符，「从入从工」會意。仝字有異文作全、龠、龠，那麼仝字所從之「工」與「玉」形是

〔註116〕丁福保編纂：《說文解字詁林》，中華書局，1988年版，第784頁。
〔註117〕又見華師版《約注》第1283頁。

・136・

可通的。《約注》的貢獻在於引用了《淮南子》高誘的注釋「三玉為一工」，並結合《說文》「玉」字說解，提出：「工、貫雙聲，是工即一貫玉之名。」這樣就打通了仝字所從之「工」與「玉」的關係。《段注》拘泥於《說文》工字「巧飾」的說解，提出「從工者，如巧者之製造必完好也」，是比較牽強的，似乎也忘記了仝字是「從入從工」會意的，對「從入」未作解釋，《約注》則有補說「入之於內以藏之」，自成一說。

第四節　訂正引書失檢說音有誤

《段注》除改動《說文》較多，常為學界所批評之外，在引書、說音等方面也有不足之處，張舜徽在《約注》中為此也作了大量工作。《段注》為了證成《說文》一字，引書極多，其大量引文、校勘材料當存於《說文解字讀》一書中。《約注》所訂正《段注》引書失誤之處，或由於其成書出自多人之手而前後不一致；或由於誤從小徐本。另外還有些問題是尚不能徹底解決的，有待進一步研究。

張舜徽指出，用古書引文作校勘時要注意如下幾種情況：一，前人引書，不必字字與原書相同，時有增減。二，昔人引書，有續申之辭，非原書所有。三，誤以他書為此書，例如唐人多以《字林》為《說文》。四，唐人引書，多有以同義之字更易舊文者，亦有用晚出之書而誤標《說文》者。《約注》在談這些以引文校勘《說文》時要注意的問題時，都有具體例子，可參看劉韶軍、高山《〈說文解字約注〉的歷史文獻學視野》一文中的章節「《約注》略例的文獻學意識」。〔註118〕正是由於對《說文》校勘時的引書問題認識深刻，《約注》在訂正《段注》引書失檢方面也作了許多工作。

（一）《段注》節引失誤且前後矛盾

今本《說文》「舌」字下說解是「在口所以言也，別味也」，而《段注》在「口」字註解中卻寫作「口所以言、別味也」，少了一個「口」字。《約注》注意到了《段注》的這個引文問題，並指出「段氏節引其辭，殊乖原意」。《段注》第五四頁：

〔註118〕周國林主編：《張舜徽百年誕辰紀念國際學術研討會論集》，華中師範大學出版社，2011年版，第363頁。

　　Ｈ　人所呂言食也。【言語、飲食者，口之兩大耑。舌下亦曰：「口所以言、別味也。」《頤象傳》曰：「君子以慎言語，節飲食。」】象形。【苦厚切。四部。】凡口之屬皆从口。

《約注》卷三，18 上：

　　Ｈ　人所以言食也。象形。凡口之屬皆从口。苦后切。【……舜徽按：本書舌篆下云：「在口所以言也，別味也。」段氏節引其辭，殊乖原意。口之初形當為▽，乃具體象形。自篆體過求勻整，而象形之恉漸晦。】〔註119〕

　　《說文·舌部》：「舌，在口所以言也，別味也。从干从口，干亦聲。凡舌之屬皆从舌。徐鍇曰：『凡物入口必干於舌，故从干。』食列切。」〔註120〕《段注》將舌字說解「在口所以言也，別味也」引作「口所以言別味也」，少一「在」字，意思就變成了「口」是用來說話、辨別味道了，這與《說文》「所以言別味」原意指「舌」的功能，完全是兩碼事。

　　查《段注》第八六頁「舌」字注解為：「在口所呂言別味者也。」其注亦云：「口下曰：『人所以言食也。』口云食，舌云別味，各依文為義。」可見《段注》此處對口、舌的區別是很清楚的。《段注》中前後偶有矛盾之處，或因段氏失誤，或因其書非出自一人之手，段氏學問紮實，似乎不可能出現此等紕漏，所以後一種情況的可能性較大。

（二）誤從小徐本

　　《說文》「汓」說解中有一部分內容，大徐本作「古或以汓為沒字」，小徐本則為「古文或以汓為沒字」，二徐本也只是一字之差，前者是「古」，後者是「古文」，其涵義卻發生了較大不同。《約注》認為《段注》錯誤地採用了小徐本，而把「汓」形分為古文、小篆兩個字。《段注》第五五六頁：

　　🐾　浮行水上也。【若今人能划水者是也。《列子》曰：「習於水，勇於泅。」】从水子。【子猶小也，浮於水上，望之甚小也。似由切。三部。】古文或呂汓為沒字。【此古文小篆之別也，其義其音其形皆別矣。按，善水者或沒或浮皆無不可，則不妨同字同音也。】

〔註119〕又見華師版《約注》第 291～292 頁。
〔註120〕（漢）許慎撰，（宋）徐鉉校定：《說文解字》，中華書局，1963 年版，第 49 頁。

，汙或从囚聲。

《約注》卷廿一，59下：

　浮行水上也。从水，从子。古或以汙為沒。似由切。　汙或从囚聲。【錢坫曰：「此浮游字。《韓非子》：『越人善游。』應作此。」舜徽按：自經傳群書以游為汙，而汙廢矣。凡汙水者首浮水上而兩手搖動作勢，故其字从子，象人首及兩手外露之形。从子，猶从人耳。段玉裁謂子猶小也，浮於水上，望之甚小也。非是。湖湘間稱游水曰「打浮泅」，讀泅如因，本音本義也。許已訓汙為「浮行水上」，又云「古或以汙為沒」，沒者，沈也，潛行水底也。意謂古人亦有以汙為潛行水底之稱耳。蓋善水者，或浮或沈，均無不可，故汙字可包二義。許君廣采異說，因稱及之。小徐本乃作「古文或以汙為沒字」〔註121〕，則謂汙在古文，可借為沒字用矣，大非許意。段氏注本、王氏《句讀》，均從小徐，失之。】〔註122〕

此處《約注》所訂正《段注》有兩處，一是關於「汙」字所從「子」的說解，《段注》認為是：「子猶小也，浮於水上，望之甚小也。」《段注》對「子」常作「小」解，《約注》則認為「凡汙水者首浮水上而兩手搖動作勢，故其字从子，象人首及兩手外露之形。从子，猶从人耳。」《約注》從人情事理的角度指出「汙」字所從之「子」與「小」無關，而是像游水之形。因為「汙」是個會意字，由兩個象形字組合而成，所以《約注》的說法更好。

《約注》訂正《段注》的第二處在於「古文或以汙為沒字」，大徐本《說文》作「古或以汙為沒」，兩者雖然只差一「文」字，但是涵義頗有區別。《約注》認為大徐本「古或以汙為沒」是對的，也就是說，「汙」這個篆字在古人概念裏也有包含「沒」字的意思。而《段注》所引小徐本「古文或以汙為沒字」，則是說，「汙」也是一個古文字形（非篆字），這個古文字形「汙」可作為「沒」字來用，它與篆字「汙」是不同的。

甲骨文有「汙」的字形，〔註123〕金文亦有字形，〔註124〕可見「汙」的

〔註121〕（南唐）徐鍇撰：《說文解字繫傳》，中華書局，1987年版，第222頁。
〔註122〕又見華師版《約注》第2746～2747頁。
〔註123〕劉釗主編：《新甲骨文編》，福建人民出版社，2009年版，第602頁。
〔註124〕中國社會科學院考古研究所編：《殷周金文集成釋文》，第三冊，香港中文大學出

字形來源很早。至於《說文》是否解釋了古文的「汅」字,不妨從全書說解體例上考察。《說文》一書中提到某個字頭形體（篆字）在「古文」中的用法,往往這樣表述:（某）古文以為某字。例如「哥」字說解有:「古文以為謌字。」〔註125〕「丂」字說解有:「丂,古文以為亏字,又以為巧字。」〔註126〕類似的說解模式還見於這些字:疋、詖、臤、鬚、完、侊、臭、洒。此外,《說文》「屮」字說解有:「古文或以為艸字。」〔註127〕可見許書說解古文都不列字頭（篆字）,而小徐本汅字說解「古文或以汅為沒字」又列出了字頭「汅」,這似乎不符合《說文》體例。即便許書要解釋作為古文的汅字,應當說「古文或以為沒字」。

另外,《段注》和《約注》都意識到了汅字可包含「沒」的意思,《段注》儘管根據小徐本將「汅」這個字分為古文、小篆,同時又加按語說它們「不妨同字同音」。這樣看來,大徐本「古或以汅為沒」的表述更好,指出汅字可用沒字的意思,《說文》中類似的表述有:「鬚」字說解有「或以為繭」,〔註128〕「幣」字說解「或以為首襲」。〔註129〕《約注》儘管非常重視小徐本,但是對大徐本也能擇善而從,一字之辨中見出其校勘《說文》的功力。

（三）引《經典釋文》改字讀音

今本《說文》「茲」字徐鉉音讀為「子之切」,《段注》認為應改為「胡涓切」,依據是《經典釋文》所言「茲音玄」,這很可能是相傳古音。《約注》則指出:「段氏偏據陸氏《釋文》,必謂玄、茲為一字,失之。」其實,《段注》未必是說玄、茲為一字,其重視《經典釋文》也不是沒有道理。《段注》第一五九頁:

> 𢆶 黑也。从二玄。【胡涓切。十二部。今本子之切,非也。按《左傳》:「何故使吾水茲。」《釋文》曰:「茲音玄。」此相傳古音,在十二部也。又曰:「本亦作滋,子絲反。」此俗加水作滋,因誤認為滋益字而入之之音韻也。艸部茲從絲省聲。凡水部之滋,子部之孳,鳥部之鷀皆以茲為聲。而茲、滋字祇當音懸,不當音孜。《廣韻》七之作滋,一先作𢆶,音義各不同為是也。且訓此之茲,本假借從艸

　　版社,2000 年版,第 483 頁。

〔註125〕（漢）許慎撰,（宋）徐鉉校定:《說文解字》,中華書局,1963 年版,第 101 頁。
〔註126〕（漢）许慎撰,（宋）徐鉉校定:《說文解字》,中華書局,1963 年版,第 101 頁。
〔註127〕（漢）許慎撰,（宋）徐鉉校定:《說文解字》,中華書局,1963 年版,第 15 頁。
〔註128〕（漢）許慎撰,（宋）徐鉉校定:《說文解字》,中華書局,1963 年版,第 139 頁。
〔註129〕（漢）許慎撰,（宋）徐鉉校定:《說文解字》,中華書局,1963 年版,第 158 頁。

之茲，而不當用二玄之茲。蔡邕石經見於《隸釋》、《漢隸字原》者，
《尚書》茲字五見，皆從艸，則唐石經皆作茲者非矣。今本《說文》
滋、孳、鷀篆體皆誤從玆。】《春秋傳》曰：「何故使吾水茲？」【見
《左傳》哀八年。《釋文》曰：「茲音玄，本亦作滋，子絲反，濁也。
《字林》云：『黑也。』」按宋本如是。今本玆、滋互易，非也。且
本亦作滋，則仍胡涓切，不同水部滋水字子絲反也。陸氏誤合二字
為一。】

《約注》卷八，5 下：

> 茲 黑也。從二玄。《春秋傳》曰：「何故使吾水茲。」子之切。
> 【……鈕樹玉曰：「《玉篇》：『子狸切，濁也，黑也。』則音玄者，
> 乃陸氏誤。若音玄，則當為重文矣。艸部茲，口部嗞，並從玆聲。
> 又《詩》『緇衣』；《論語》『涅而不緇』，緇字則字異而音義同。《廣
> 韻》收先韻，音胡涓切者，乃承陸氏之誤。」舜徽按：鈕說是也。
> 段氏偏據陸氏《釋文》，必謂玄、玆為一字，失之。許君以玆別為一
> 字，故特立玆部以統之。如玄、玆果為一字，則可收玄字入幺部，
> 而以玆為重文矣。……】〔註130〕

《說文·艸部》：「茲，艸木多益。從艸，絲省聲。子之切。」〔註131〕此「茲」
字就是「絲」省聲，所以《說文》中的茲、玆二字都讀為「子之切」。上引《段
注》有云「艸部茲從絲省聲」，不知所據何本《說文》，或是《段注》之誤。茲、
玆不僅讀音相同，字形又非常接近，因而在構字時茲、玆容易混用難別。鈕樹
玉所引《玉篇》玆音「子狸切」，以及《詩經》、《論語》之「緇」，都可佐證《說
文》此字音讀「子之切」是可信的。

　　《段注》根據陸德明《經典釋文》指出玆字有相傳古「玄」音，並證引《廣
韻》分滋、茲為二字，音義各不同。對此，鈕樹玉則認為《廣韻》不過是沿襲了
《經典釋文》的錯誤。《左傳》「何故使吾水茲」的《釋文》是否有誤，這是要謹
慎考察的問題。段玉裁在《十三經注疏釋文校勘記序》中指出：「貞觀中，有陸
德明《經典釋文》，自唐以前各家經本乖異，立說參差，皆於是焉可考。」〔註132〕

〔註130〕又見華師版《約注》第 954～955 頁。
〔註131〕（漢）許慎撰，（宋）徐鉉校定：《說文解字》，中華書局，1963 年版，第 22 頁。
〔註132〕（清）段玉裁撰，鍾敬華校點：《經韻樓集》，卷一，上海古籍出版社，2008 年版，
　　　　第 1 頁。

段氏對《釋文》的重視不是沒有道理的，或許「茲」字原有二音也未可知，音「子之切」的意思是「濁也」，音「玄」的意思是「黑也」。而《說文》之所以分玄、茲為二字，取的是《左傳》「何故使吾水茲」之中「茲」的音、義。《經典釋文》則兼存茲字的兩種音義。

　　《約注》對《段注》的訂正中還有一些涉及字音方面的問題。張舜徽在音韻學方面下過很大功夫，他尤其擅長「雙聲之學」，他曾指出《段注》講「雙聲」時許多錯誤之處，例如《說文解字約注・自序》有云：「金壇段氏窮三十年之力以注許書，然言及雙聲，往往而謬。（如注中謂跟、踵雙聲；〔註133〕均、律雙聲；〔註134〕……皆誤之甚者。其他例尚多，不勝枚舉。）則甚矣，此道之難言也！」〔註135〕實際上，除雙聲的問題之外，《約注》對《段注》其它「說音」方面的問題也有指出和糾正，可舉數例加以說明。

（四）誾字或當從言得聲

　　《說文》「誾」字音「語巾切」，《段注》懷疑這是一直被沿襲的錯誤；《約注》則引證《史記》、《漢書》，以及小徐本，說明「誾」字音「語巾切」不誤。《段注》第九一頁：

　　誾　和說而諍也。【……】从言門聲。【語巾切。按此字自來反語皆恐誤。凡誾誾為辨爭，狺狺為犬吠，皆於斤聲言聲得語巾之音。若門聲字當讀莫奔切，或讀如瞞，如蠻，斷不當反從言之雙聲切語巾也。《揚子・法言》：「何後世之訾訾也。」司馬曰：「爭辨皃。」是訾訾同《漢書》之誾誾，自來字書韻書與門聲之誾同，又恐誤也。誾誾與穆穆、慔慔、勉勉、亹亹等為雙聲。古音在十三部。】

　　《約注》卷五，20下：

　　誾　和說而諍也。从言，門聲。語斤切。【舜徽按：誾之為言齗也。齗者，齒本也，大笑則見。許君以和說而諍釋誾，實得義於齗

〔註133〕「跟」字中古屬於「見」母；「踵」字中古屬於「章」母。學界從諧聲的角度，探討了中古音「章」母與「見」母在上古是有關係的，至於具體是一種什麼關係，還有待於進一步研究。

〔註134〕「均」字中古屬於「見」母，牙音；「律」字中古屬於「來」母，半舌音，不能算作「雙聲」。

〔註135〕張舜徽撰：《說文解字約注・自序》，《張舜徽集》，華中師範大學出版社，2009年版，第2頁。

耳。……蓋彼此爭辯，亦必見齒，與夫喜樂見齒者事狀正同，故二字得相通。《漢書・公孫賀等傳贊》引桓寬《鹽鐵論》：「斷斷焉，行行焉。」顏注云：「斷斷，辯爭之貌，行行，剛強之貌。」顏義實本《論語・先進篇》文，亦誾、斷字通之證。二字得義之原既同，故音讀無殊。段玉裁謂斷從斤聲，得語斤切之音；誾從門聲，當讀莫奔切，不當切語斤。不悟誾從門聲而讀同斷，猶之頎從斤聲而讀若鬢也。古聲通轉之迹甚廣，又未可執一以求之。】〔註136〕

《段注》懷疑今本《說文》誾字的「語斤切」音讀是錯的，因為誾字從門聲，而門聲字應當讀為莫奔切等，不能讀成語斤切。《段注》又引《揚子・法言》中的「嚚嚚」，指出其同於《漢書》的「斷斷」。歷來的字書、韻書也認為，「嚚」、「斷」與「誾」相同，但是《段注》不以為然，懷疑它們都是錯的。《約注》則引《史記》、《漢書》相關注解證明《論語》中的「誾」字，與斷相通，兩字均得義於「見齒」的事狀，所以音讀是一致的。

《約注》論述「誾」的音義來源，聯繫到了「斷」字，在書證、事理方面都有較好的證據。《段注》糾結的地方在於誾字音讀「語斤切」的來源問題，「語斤切」之音讀確有來自從斤聲、言聲之字。但《約注》試圖從音理上證明從斤聲之字也可與從門聲之字相通，為此還舉出「頎從斤聲而讀若鬢」的例子。《說文》大徐本無「頎」字，《約注》所引當是小徐本。〔註137〕而《段注》也據小徐本、〔註138〕《集韻》、《類篇》、《韻會》所引訂補有「頎」篆，其說解有「讀又若鬢」，且云：「讀又若者，謂讀若芹矣，又有此讀也。」《段注》此處卻又為《約注》之說佐證了。

總而言之，誾字有語斤切的音讀應當是不錯的，問題可能出在其聲符不一定是「門」。沈濤《說文古本考》中指出誾篆本有重文「嚚」，〔註139〕誾、嚚或均從「言」得聲。張文虎《舒藝室隨筆》中說誾字：「從門會意，從言省亦聲，非從門聲也。」《上古音手冊》也提出「狺誾，從『言』聲」。〔註140〕誾字「語斤切」音讀之疑團，當由此而解，然而《約注》之解依據小徐本《說文》，也

〔註136〕又見華師版《約注》第536頁。
〔註137〕（南唐）徐鍇撰：《說文解字繫傳》，中華書局，1987年版，第418頁。
〔註138〕（南唐）徐鍇撰：《說文解字繫傳》，中華書局，1987年版，第178頁。
〔註139〕丁福保編纂：《說文解字詁林》，中華書局，1988年版，第2926頁。
〔註140〕唐作藩編著：《上古音手冊》（增訂本），中華書局，2013年版，第189頁腳註。

可備一說。

（五）言雙聲義近不可忽視書證

在「餕」字註解中，《段注》談到它與「淋」字「雙聲意近」；但是不如《約注》以「餕」字「之為言駿駜……駿駜為雙聲連語」之說讓人信服。《段注》第二二二頁：

> 馬食穀多，氣流四下也。【謂汗液前後左右四面流下也。餕與淋雙聲義近。由於食穀多也，故從食。】從食。夌聲。【里甑切。六部。】

《約注》卷十，20上：

> 馬食穀多，气流四下也。从食夌聲。里甑切。【……舜徽按：餕之為言駿駜也。《玉篇》馬部駿下云：「駿駜，馬病也，馬傷穀也。」駿駜為雙聲連語，蓋馬不良於行之病。《博物志》所謂「馬食穀，則足重不能行。」是也。段氏以淋說駿，失之。】〔註141〕

《段注》提出「餕與淋雙聲義近」，可惜並沒有提供相關書證。《約注》則廣引文獻例證論述其觀點，其實也是在訂正《段注》之說。張舜徽在《約注》一書中以「雙聲」繫聯同源詞、近義詞之處比比皆是。從這個例子中可以看出，《約注》在找出「雙聲」各字音通關係之外，於「義通」方面的論證也有一套方法。《約注》解釋餕字，將其與「駿駜」這個「雙聲連語」聯繫起來，並引《玉篇》、《博物志》，以證餕字其實是指「馬不良於行之病」，這比起《段注》的說法就更為有據。

（六）渴字本有二音且與澌假借

《段注》認為《說文》「渴」字音「苦葛切」是不對的；《約注》則主張維持徐鉉所作的音切，並提出「渴」字此外還有「其列切」的讀音。《段注》第五五九頁：

> 盡也。【渴、竭古今字。古水竭字多用渴，今則用渴為澌字矣。】從水曷聲。【《佩觿》曰：「《說文》、《字林》渴音其列翻。」按大徐苦葛切，非也。十五部。】

《約注》卷廿一，69下：

〔註141〕又見華師版《約注》第1274～1275頁。

渴 盡也。从水曷聲。苦葛切。【……舜徽按：渴音苦葛切與歇
同音，故自來借渴為歇，否則即無緣相假矣。水盡謂之渴，猶穴空
謂之窠也。渴、窠雙聲，語之轉耳。《群經音辨》云：「渴，水空也。
其列切，又苦葛切。」是此字本有二音。】〔註142〕

《說文·欠部》：「歇，欲歠歠。从欠渴聲。」〔註143〕據此，「歇」字以「渴」
為聲，故大徐本二字均音「苦葛切」，未必如《段注》所言「非也」。先有渴，
後有歇，兩字的意義也是相通的，「水竭」而後「欲歠」。這兩種意義在讀音上
加以區分，就形成了「其列切」和「苦葛切」。問題在於，其列切與苦葛切，
哪個音最初用來表示「水竭」的意思。《約注》提到《說文》中音「苦禾切」
的「窠」字與「渴」雙聲義通，那麼表示「空、盡」這種意思渴字的讀音就應
該是「苦葛切」了。

第五節 小 結

從以上精選的四十三則《約注》訂正《段注》條辨來看，張舜徽主要針對
《段注》改動《說文》的問題進行了分析、評判和修正，但也對其引書、立說
等各個方面的失誤作了探討或論斷。總結起來，《約注》指出《段注》中所存在
的問題主要包括以下幾點：

（一）據孤證改動《說文》

段玉裁是在《說文解字讀》的基礎上作《說文解字注》的，但從《段注》
所呈現出的內容來看，其中有些改動《說文》的證據薄弱了些。例如，《段注》
根據陸德明的《經典釋文》和張參的《五經文字》就「改吀作呹」，並不能成
為定論，而《約注》反駁《段注》則提出更多材料依據，包括《玉篇》、《廣
韻》、《集韻》、《韻會》。又如，《說文》「靷，引軸也」，在原注解中並沒有「所
以……者」，《段注》依據楊倞注《荀子》中所引《說文》的材料，改成「靷，
所以引軸者也」。《約注》指出，古人引書存在一些參雜己意進行修飾的情況，
並且，這還只是一個孤證，《段注》據此即改動《說文》是不可取的做法。

〔註142〕又見華師版《約注》第 2765～2766 頁。
〔註143〕（漢）許慎撰，（宋）徐鉉校定：《說文解字》，中華書局，1963 年版，第 180 頁。

（二）引書失檢

註解《說文》涉及大量文獻材料的徵引，《段注》在這方面出現了一些失誤。例如，《段注》在「口」字條下引《說文》「舌」字說解為「口所以言、別味也」，少了一個「在」字，因為今本《說文》「舌」字下說解是「在口所以言也，別味也」。又如《說文》「汙」字條下，大徐本作「古或以汙為沒字」，小徐本則為「古文或以汙為沒字」，兩者儘管只差一個「文」字，涵義卻大不同，《段注》誤從小徐本，這也是引書方面的失察。相對而言，《約注》則能多方徵引文獻證成許書，補正《段注》。例如《說文》「从入从工」會意的「仝」字條下，《段注》拘泥於《說文》本書對「工」字「巧飾」的說解，《約注》則補充了高誘注釋《淮南子》所言「三玉為一工」，提出「工即一貫玉之名」的觀點，有力地證成許說。

（三）言體例過猶不及

對《說文》體例的總結和運用是《段注》的重要成績，但若根據這些後人所總結的條例來隨意改動許書，就容易出現「削足適履」的問題。例如《說文》「韜」字訓為「韜遼也」，《段注》認為「韜、遼」二字是疊韻相訓，而「韜遼也」中的「韜」屬於「複字刪之未盡者」，應改為「遼也」。又如，《段注》根據其對《說文》體例的理解，分余、䊪為二，但論證並不充分。《段注》還多喜歡對一些文字「強加分別」，比如提出「歎近於喜，嘆近於哀」，《約注》並不十分認同，而是從形符「口」、「欠」多可通用的角度，強調歎、嘆二字實際在大多數文獻中的使用，並沒有體現出《段注》所作的區分。此外，許書有些體例是大家基本上都認同的，像「異部重文」的問題，《段注》卻對此忽略過去，沒有看到《說文》中的跂、𨇤就屬於「異部重文」的情況，而刪掉了「跂」篆。

（四）苛求本字本義

張舜徽指出：「許君錄字，務窮其本，而說字力求其通，故說解中不嫌採用借字，取其通俗易曉耳。」〔註144〕這是一種較為通達的識見。然而，《段注》中存在著好求本字本義，而刪除其它的後起分別字及其註解的情況，例如《段注》認為《說文》原本是有「辰」無「派」的，因此就提出要刪除《說文·水部》的「派」篆。又如《說文》「蹲」字說解「踞也」中「踞」，《段注》認為也不對，

〔註144〕張舜徽撰：《說文解字約注》，「嗞」字條，《張舜徽集》，華中師範大學出版社，2009年版，第336頁。

要改成其本字「居」。如果像《段注》這樣苛求本字本義，《說文》要改動的地方就太多了。

（五）自信太過

《段注》以己意改動《說文》之處頗多，但對不同觀點似乎缺乏更多的包容，稱之為「淺人」。例如，《段注》認為《說文》「嘷」篆是「淺人」依《詩》所增，又說「凡許書『所以』字，淺人往往刪之」，今本《說文》「呷」字條下沒有「唸」、「呻」，這也是「淺人」所改，等等。對於《段注》中視為「淺人」，而論證不充分之處，我們都要多加留心，進行客觀細緻的考察。

《約注》在材料運用、論證方法上訂正《段注》，取得了不少成績，也形成了張舜徽文字學研究的一些特色，其中包括使用金文、甲骨文等古文字材料，引證民俗方言等等。例如，《段注》認為《說文》中「仌」篆是「兆」的古字，《約注》則堅持認為它就是「古文別」，並提到甲骨文字形中已有仈，其與屮（兆）字不可混為一談。張舜徽主張不僅要讀「有字書」，也要讀「無字書」，因此他在《約注》中多有根據相關的社會生活場景來佐證《說文》字義，例如《約注》提出南方人種稻的農事活動中有一項以竹木杖支撐在水田裏除草的事情，據此推斷「殳」篆所從之「殳」的所指，並非《段注》所以為的「殺之省」，而是指竹木杖。《約注》中多處提到「湖湘語」，也作為其釋字的依據，例如今本《說文》「訇」字說解作「駭言聲」，張舜徽提出「癡騃無知之言，其聲為訇」的論點，並引證湖湘之間的俗語：「出言無狀而於人有所指斥者曰訇，聲近轟，蓋古語。」[註145]《約注》實際上擴寬了釋字的材料來源範圍，體現出了一個文獻學家的特點。

張舜徽大力發揚了雙聲之學，以之貫串《說文》，然而他談雙聲而不限於字音的探討，重點在於打通音、義關係，或者說「由聲求義」，因此舉出書證來證成字義。例如，《約注》引證《博物志》以「駿骳」這個雙聲連語來解釋「餕」字，比起《段注》多了書證，更加讓人信服。此外，張舜徽學習唯物史觀理論，根據對人類發展歷史的認識，認為「古」的字源與上古之世口耳相傳遺文舊事有關。《約注》對文字構形的理解也有值得稱道之處，不同意小徐本、《段注》把「嗣」字中的「口」形視為「口」，或「口」，而指出此「口」形無關「嗣」

〔註145〕張舜徽撰：《說文解字約注》，中州書畫社，1983 年版，卷五，48 下。又見華師版《約注》第 587 頁。

的字義，它不過是一種為了字形勻稱美觀出現的構件。

《約注》以審慎、嚴謹的態度訂正《段注》中的錯誤，偶爾也會有個別可商榷之處。就《說文》的「糞」篆說解而言，《段注》本意是應作「除也」，既不是「糞除也」，也不是「棄除也」，《約注》卻誤會了這個意思。此外，《段注》改《說文》「連」字說解的「員連」為「負車」，並且提供了大量文獻校勘依據，這個改動還是可信的。《段注》多有遠見卓識，其中所提出的某些觀點，能被出土材料所證實。例如《段注》提出「談」字為「淡」之說，未出書證，怎料馬王堆漢墓帛書甲本《老子‧道經》云：「故道之出言也，曰：談呵其無味也。」〔註146〕正可證成《段注》解「談」為「淡」之說。

〔註146〕國家文物局古文獻研究室編：《馬王堆漢墓帛書（壹）》，文物出版社，1983年版，第13頁。

第五章 《說文解字約注》
引諸家說與引書

作為一位著名的文獻學家，張舜徽在《約注》中展現出了雄厚的讀書功力。《約注》引用《說文》諸家說涉及近 180 位學者及其論著，「舜徽按」中引書囊括經、史、子、集四部，還包括古文字材料與近人論著。對《約注》引用諸家說的情況進行量化統計、分析比較，可知張舜徽既有著廣闊的《說文》學研究史視野，又對歷代學者的研究成果有重點地汲取其精華。從這個意義上講，《約注》在一定程度上對此前的《說文》學術史作了總結。

《約注》引諸家說中最多的是《段注》，可見張舜徽對《段注》的重視是毋庸置疑的。以量化的方式呈現其引用《段注》次數，可強有力地論定《約注》是在《段注》研究的基礎上所進行的一項對《說文》的全面注釋工作。《約注》引書的統計與分析，還可為判定此書性質提供新的視角。另外，《約注》所引最多的書，往往與張舜徽的治學經歷相關，這對於他形成個人的文字學研究特色同樣產生了重要影響。對《約注》引用文獻（包括引諸家說和引書）的情況進行統計分析，更是一項能夠體現文獻學專業特點的研究工作。

第一節 《約注》引諸家說

張舜徽新注《說文》，寫定許書正文之後即引用諸家說，這是其撰述《約注》

體例之特點。學者著書大多徵引其文段字句，以「書」為本位；《約注》則先以「某某曰」的方式引用諸家研究《說文》的成果，強調的是「人」，也就是那些在《說文》學術史上做出過貢獻的學者。從這樣的著書方式便可以看出，張舜徽新注《說文》是在廣闊的學術史視野下所進行的一項帶有全面總結性的工作。對《約注》引用諸家說（簡稱「引說」）的情況進行深入地考察和分析，包括採用一些統計手段進行量化，可以豐富和推進我們對張舜徽《說文》學研究特點的認識。

一、引說層次

《約注》引用諸家說，實質上是張舜徽在注述《說文》的過程中，對歷代學者的研究成果進行較為全面而深入的清理、選取、論定和補說。從這個意義上講，《約注》引說所包含的內容是很廣的，涉及《說文》的正文校勘，以及對許書說解的辨正和闡發。一般來說，《約注》在《說文》每個字頭下有關「引用諸家說」的表述內容，大致可以分為三個層次：

（一）校勘、寫定《說文》正文。校訂《說文》而成大徐本，是徐鉉研究許書的主要成果。為了寫定《說文》的正文及反切，《約注》主要引用到了大、小徐本及清人校本（尤其是《段注》本），張舜徽以大徐本為主，補以小徐本、清人校訂本。此外，全書分卷方面，《約注》還沿用徐鉉校訂《說文》之例，每卷（篇）各分上、下，共計三十卷。正是主要從版本參考意義上講，這是《約注》「引說」的第一層次。

（二）博觀約取前代學者注釋《說文》正文的意見。《約注》中的這部分內容以「某某曰」開頭，移錄、節取該學者相關論著的原文，其資料大都可從《說文解字詁林》中查得，但《約注》所引說來源更廣，實不限於此書。這是《約注》引說的第二層次，重在「存其精義」。

（三）引說的第三層次是指在「舜徽按」裏再靈活吸收諸家說的成果，有所論定。更具體地講就是在前面引用諸家說的基礎上，「偶遇昔人所未道或道之而仍未憭者，仰屋以思，間有發悟。其或兩造之爭未息，則粗舉理據以平亭之；亦有昔人闕所不知、存而未論者，則稽覈其義而補苴之。」[註1] 值得注意的是，

〔註1〕張舜徽撰：《說文解字約注》，《張舜徽集》，華中師範大學出版社，2009年版，第2頁。

引說的第三個層次還會涉及一些除「某某曰」之外的學者及其論說，該引說層次直接為「舜徽按」提供材料、佐證。

　　《約注》引用諸家說的第一層次重在《說文》的本文校勘；第二、三層次均服務於「注許」之目的，但兩者也是有所區別的：《約注》中「舜徽按」前後引用諸家說，實有不同的考慮。首先，「舜徽按」之前引用諸家說的目的，據《說文解字約注·自序》是：「因就前人疏釋許書之說，博觀約取，擇善而從；汰其繁辭，存其精義。」其次，「舜徽按」之後的內容則主要是對此「復出己意，為論定焉。」〔註2〕當然「舜徽按」之中有時也會引證更多文獻和資料。簡言之，「舜徽按」之前引用諸家說主要是為了羅列各家解字之成果，存其精義；「舜徽按」之後引用諸家說則重在「論定」前說或別出心得。對於第二層次所引諸家說，在「舜徽按」中沒有論定的話，若無特別說明，大都可視為贊同前面所引之說。

　　圍繞「注許」之目的，《約注》引說的三個層次是環環相扣的，據此還可以加深對「約注」之「約一名而含三義」的理解。《說文解字約注·自序》中說其「約」之一是指：「自宋以來疏釋許書之作，無慮數十百家，約取其義之精者而論定之。」〔註3〕不難看出此處明顯涉及《約注》引用諸家說的第二、三層次；但從校勘、寫定《說文》正文的角度看，此「約取其義之精者而論定之」實際上還可包括引說第一層次中《約注》對許書正文的處理辦法，當然其書也另有引及徐鉉說之處。之所以要從校勘方面理解「約取」之意，是因為張舜徽為了寫定《說文》正文，也經歷過一個「博觀」的過程。

　　張舜徽校勘《說文》「約取」的主要是大徐本，輔以小徐本、段注本等，此外對於其它文獻中所引《說文》的內容，《約注》多有參考，但不盲從，尤其是對於各種類書、舊注中所引《說文》的正文片段，張舜徽不主張據此輕易改動《說文》。尤其不可忽視的是，張舜徽曾著力研究過唐寫本《玉篇》殘卷，他據此校勘過《說文》，其成果基本上也「約取」到了《約注》的書中，而這些成果就可呈現在寫定的《說文》正文之中。簡言之，從校勘《說文》時可用版本的角度，《約注》也體現出來「約」之含義。在談《約注》之「約」時，從《說文》

〔註2〕張舜徽撰：《說文解字約注》，《張舜徽集》，華中師範大學出版社，2009 年版，第 1
　　～2 頁。

〔註3〕張舜徽撰：《說文解字約注》，《張舜徽集》，華中師範大學出版社，2009 年版，第 2
　　頁。

的校勘出發，這是一個新的視角，也可加深對其「約」的理解。

　　《說文解字約注・自序》中說其「約」之二是指：「汰陳言之瑣碎，祛考證之冗繁，辭尚體要，語歸簡約。」〔註4〕這無疑也可從《約注》引用諸家說的第二、三層次進行理解。張舜徽之所以特別提出撰述《約注》時要「汰陳言之瑣碎，祛考證之冗繁，辭尚體要，語歸簡約」，大概也是有為而發。一方面是考慮到《說文解字詁林》所引材料繁雜瑣碎，其中考證文字又有冗長難懂的情況，因此《約注》希望能抓住重點，表達簡明扼要。另一方面，張舜徽之所以會形成這樣的注述《說文》思想，與其受小徐《繫傳》的影響應當不無關係。在《說文解字約注・略例》中，張舜徽這樣對徐鍇《說文解字繫傳》的進行評價：「小徐《繫傳》，往往片言居要，勝於繁辭考證遠甚。」〔註5〕而且據葉嘉冠的碩士論文《張舜徽〈說文解字約注〉研究》中統計：「張舜徽《約注》引用最多者是徐鍇（小徐），計有535次。」〔註6〕可知張舜徽受徐鍇的影響是非常之大的，故而提出《說文解字約注》之「約」的第二義「汰陳言之瑣碎，祛考證之冗繁，辭尚體要，語歸簡約」，就不難理解了：這是張舜徽對徐鍇《繫傳》「片言居要」的認同和發揚。

二、引說論定

　　對於《約注》第二層次中所引諸家說，「舜徽按」既有「擇善而從」且「存其精義」的，又有加以駁正、補苴，或商榷的。若出於「存其精義」的考慮，《約注》自然不必在「舜徽按」中再次提及，讀者也不必感到奇怪，更不必「歸罪」於作者未有論定。《約注》引說的第三層次有對此前觀點的論定，大致可分為駁正、補釋和商榷三種情況。

（一）駁　正

　　對於《約注》中前所引諸家之說，「舜徽按」有加以駁正的，例如《約注》卷廿一「濩」字條：

〔註4〕張舜徽撰：《說文解字約注》，《張舜徽集》，華中師範大學出版社，2009年版，第2頁。

〔註5〕張舜徽撰：《說文解字約注》，《張舜徽集》，華中師範大學出版社，2009年版，第2頁。

〔註6〕葉嘉冠：《張舜徽〈說文解字約注〉研究》，（臺灣）逢甲大學碩士論文，2014年，第92頁。

🌊　雨流霤下皃。从水，隺聲。胡郭切。【嚴可均曰：「宋本脫
『皃』字。小徐本及《文選・七命》注、《廣韻》、《集韻》、《類篇》、
《韻會》引，皆有。」沈濤曰：「《文選・七命》注引無『雨流』二
字，蓋傳寫偶奪，非古本如是。」舜徽按：沈說非也。唐寫本《玉
篇》殘卷濩字下引《說文》：「霤下皃也。」知許書本無「雨流」二
字。雨部：「霤，屋水流也。」故許但以「霤下」釋濩而意已完。今
二徐本多「雨流」二字，蓋後附注之辭竄入正文者。】〔註7〕

沈濤作有《說文古本考》，他認為《說文》古本中「濩」字的說解中應當有
「雨流」二字；張舜徽則用唐寫本《玉篇》校勘，並結合《說文》「霤」字說解
中包含「水流」之意，綜合論證《說文》以「霤下皃」釋「濩」字是說得通的，
這其實也與《文選》注所引相符。「舜徽按」駁沈濤說較為可信。《約注》校勘
《說文》以大徐本為主，輔以小徐本，但也不完全盲從二徐木，對其他學者錯
誤維護二徐本的情況，張舜徽據理力辯，能持批判態度。

（二）補　釋

前所引說中若有存而不論的情況，「舜徽按」或加補充解釋，或糾正其說有
誤的部分，有所論定，成一家之言，例如《約注》卷廿一「沴」字條：

🌊　水不利也。从水，㐱聲。《五行傳》曰：「若其沴作。」郎
計切。【桂馥曰：「《五音集韻》引作『水不和也』。」舜徽按：利與
和形近，傳寫者誤利為和耳。水以暢流為利；水不利者，謂水不得
暢流也。水不利為沴，沴之言戾也，言乖戾於常理也。水不暢流，
則易成災，故引申有沴有災義。本書川部：「巛，害也。从一雝川。」
亦即此意。……】〔註8〕

桂馥列出《五音集韻》引《說文》「沴」字說解為「水不和也」，存而不論；
張舜徽則進一步指出這個「和」字是「利」字之誤，並論述為什麼應當是「利」
字。一方面從事理上解釋水「利」與「不利」是就其是否「暢流」而言的，猶
如我們現在還說的「水利工程」的「水利」，使得水流暢流有利民生。其次，

〔註7〕張舜徽撰：《說文解字約注》，《張舜徽集》，華中師範大學出版社，2009 年版，第
2755 頁。
〔註8〕張舜徽撰：《說文解字約注》，《張舜徽集》，華中師範大學出版社，2009 年版，第
2723 頁。

從音義相通的方面提出「沴之言戾也」，將「沴」與「戾」聯繫起來，說通了「沴」字的引申義為什麼涉及災害，旁證於「巛」字「从一雝川」也是「水不利」的緣故，而成災害。《約注》對桂馥說所引進行的補釋既是對這一問題研究的推進，又體現出其特色：從事理上說通，求之雙聲，證以本書。又如《約注》「誕」字條：

> 🔲 詞誕也。从言，延聲。徒旱切。🔲 籀文誕省正。【桂馥曰：「詞誕也當為詷也。本書『詷，譀也。』既譌為詞，又加誕字。」舜徽按：唐寫本《玉篇》誕字下引《說文》:「詷誕也。」可知許書原本，自以詷誕釋誕，今本譌詷為詞，而義不可通。詷誕二字連用，蓋漢人有此辭，非誤增誕字也。】〔註9〕

此條張舜徽對「誕」字說解的校勘，源於其舊作《唐寫本〈玉篇〉殘卷校〈說文〉記》，〔註10〕可證張舜徽在《約注》撰寫過程中，有些內容是從以往的文字學研究論著中直接移錄而來，僅對個別字詞表述略作調整而已。《約注》對所引桂馥說，從以《玉篇》校勘的角度肯定其改「詞」為「詷」的意見，但又糾正其「誕」為衍字的錯誤，指出漢代人可能就有「詷誕」一詞的說法。這是從版本校勘上得出的重要意見。

（三）商　榷

張舜徽並不試圖，也不可能論定《說文》學術史上的所有疑難問題。在這種情況下，他一方面可以採取「於其所不知，蓋闕如也」的態度，另一方面，又不妨提出新的意見，供學者參考、商榷，例如《約注》卷廿一的「滴」字：

> 🔲 水注也。从水，啻聲。都歷切。【丁福保曰：「慧琳《一切經音義》卷三、卷二十九、卷三十滴字下並引《說文》作『水灓注也』。蓋古本有灓字，今奪，宜補。」舜徽按：滴訓水注，所包甚廣，初不限於漏流。慧琳所引說解有灓字，恐屬後人附記，非許原文。以二篆比敘，易於傅合也。今俗稱屋穿水下曰滴水，此即滴之本義，因引申為凡水下注之名。】〔註11〕

〔註9〕張舜徽撰：《說文解字約注》，中州書畫社，1983年版，卷五，50下。

〔註10〕翁敏修：《張舜徽〈唐寫本玉篇殘卷校說文記〉述評》，《圖書館雜誌》2012年第7期，第215頁。

〔註11〕張舜徽撰：《說文解字約注》，《張舜徽集》，華中師範大學出版社，2009年版，第

丁福保之說見於其在《詁林》「滴」字下的案語，[註12]與《約注》所引大意相同，個別字詞表述上略有差別。張舜徽認為《慧琳音義》所引《說文》的「灓」字未必是許書原文，《說文》「灓」字的說解是「漏流也」，而「滴」應當訓為「水注」，其內涵較「漏流」為廣。平心而論，《約注》此說似未能完全令人信服，缺乏細密論證。此等處，不妨視為一家之言，多聞闕疑，商榷可也。

清代學者對《說文》的研究非常全面而深入，其成就非常之高。《約注》所引諸家說多為清人治許書中的專門大家，要再針對其觀點進行有效的駁正、補釋、商榷其實是非常不容易的。張舜徽以一個文獻學家的視野，非常熟悉《說文》學史，他基於對大量材料的掌握，運用可靠的治學方法，以「舜徽按」的形式對《約注》所引諸家說進行的論定大都是平實而通達的，且簡約易讀，可謂是許氏之又一功臣。

三、引說統計分析

《約注》全書中所引諸家說的數量非常之大，對其進行量化統計也存在不同的方法，並可提出多種指標進行比較、分析。考察《約注》中所引諸家人數的總量，可與《詁林》進行對比；分析《約注》所引諸家次數的多少，又可見張舜徽對其《說文》研究成果的吸收情況，以及背後的原因。儘管人工量化統計無法做到完全精確，難免存在極小的誤差，但是這些清楚的數字無疑是論證張舜徽文字學成就、特色和思想的有力證據。

（一）《約注》引諸家說的人數

由《霜紅軒雜著》中的《〈說文解字約注〉引用諸家說姓氏略》一文進行統計，張舜徽至少引及唐代以來 120 多位學者的《說文》研究成果，其中還有 51 人是《說文解字詁林》未及徵引的，包括：畢以珣、陳衍、程瑤田、戴侗、戴震、丁山、顧炎武、郭沫若、郝懿行、洪亮吉、洪邁、黃伯思、黃侃、黃生、霍世休、江沅、李時珍、李陽冰、劉秀生、馬瑞辰、馬敘倫、馬宗霍、戚學標、錢塘、邵晉涵、沈括、宋育仁、孫星衍、唐玄度、王啟原、王廷鼎、王引之、吳承仕、吳楚、吳錦章、吳善述、吳穎芳、謝彥華、閻若璩、楊峒、楊樹達、楊沂孫、姚華、尹桐陽、翟雲升、張次立、張惠言、趙明誠、周伯琦、朱珔、莊有可。

2740 頁。

〔註12〕丁福保編纂：《說文解字詁林》，中華書局，1988 年版，11004 頁。

　　這些學者之中，有些是《詁林》有意不引的，如戴侗；更有許多是《詁林》不及引的。據丁福保在《說文解字詁林引用書目表跋》中所言，《詁林》所引研究《說文》的專門大家共有 254 人。〔註13〕《約注》在此基礎上還能補充 50 多人，這並不是件非常容易的事情。儘管《約注》對大部分學者說字成果的引用次數不多，但是這種「點將」的方式基於大量文獻閱讀，可見張舜徽學術視野的開闊和博觀約取的態度。

　　不止於此，《說文解字約注·附錄》中還有一篇黃侃所作《論自漢迄宋為〈說文〉之學者》的文章，張舜徽在此文所提及學者之外又有補充。黃氏文中提及從漢到宋傳習《說文》之人主要有：漢代的孟生、李喜；漢魏之際的邯鄲淳；吳國的嚴畯；晉代的呂忱、江應元、江瓊；南朝的庾儼默、顧野王；北朝的江文威、江式、李鉉、趙文深、顏之推；唐代的玄宗皇帝、李陽冰、張參、唐玄度；五代的林罕、徐鍇；宋代的徐鉉、句中正、葛湍、王惟恭等。此文末尾張舜徽加按語，還從諸史群書中考證，補充了幾位黃侃所遺漏的治許學者，例如：北齊的宋世良作有《字略》五卷；唐代的李騰作有《說文字源》一卷；宋代的李行中製《字源》，吳淑譔《說文五義》，張有作《復古編》，鄭樵作《象類書》等。此外，宋神宗元豐年間王子韶、陸佃重修《說文》，其書雖不行於世，其事其功與徐鉉等校訂《說文》同，不可不提。另有僧雲棫《補說文解字》三十卷，錢承志《說文正隸》三十卷，張舜徽指出：「若斯之類，概屏不錄，不可謂非脫略矣。」〔註14〕

　　張舜徽對整個《說文》學術史是非常清楚的，《清人筆記條辨》中正有一例可以證之。洪頤煊《讀書叢錄》卷九《漢魏六朝〈說文〉之學》論及與《說文》有關的重要學者，只稱舉到鄭康成、劉淵林、邯鄲淳、嚴畯、江式、李鉉、趙文深諸家；張舜徽認為其「脫略亦甚」，並據許沖《上表》、江式上《表》，補充更多漢魏六朝《說文》學者，包括漢代的孟生、李喜；晉代的呂忱、江應元、江瓊；南朝的庾儼默、顧野王；北朝的江文威、顏之推。這些人都是「尊崇許學，卓然有成，不可偶遺者也」。〔註15〕可知張舜徽對許慎《說文》學的研究史

〔註13〕丁福保編纂：《說文解字詁林》，中華書局，1988 年版，第 157 頁。

〔註14〕張舜徽撰：《說文解字約注·附錄》，《張舜徽集》，華中師範大學出版社，2009 年版，第 3753 頁。

〔註15〕張舜徽撰：《清人筆記條辨》，卷六，《張舜徽集》，華中師範大學出版社，2004 年版，第 228 頁。

確乎是了然於胸。

　　由以上統計可知張舜徽撰述《約注》，涉及歷代研究《說文》的學者約略達到了 150 位。與丁福保編《詁林》不同的是，張舜徽是在充分汲取這些學者《說文》研究成果基礎上著成《約注》。而對歷代這些《說文》學者及其論著的廣泛研讀，也最終構成了張舜徽的《說文》學術研究史視野。

（二）引說第二層次統計分析

　　《約注》在寫定《說文》正文之後，以「某某曰」起頭，原文節錄諸家研究許書之重要論述。因全書引及研治《說文》諸家人數、次數極多，不妨以隨機抽查的辦法進行統計。由《約注》卷十、廿一、廿七在第二層次引用諸家說的數量，可推知全書概況，先看如下統計圖：

圖 5.1 《約注》卷十、廿一、廿七引用諸家說統計

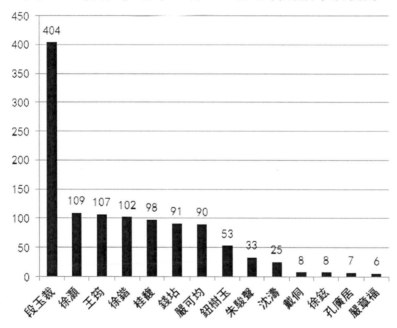

　　上圖所列諸家之外，《約注》所引用的均不超過 3 次，如（括號內為所引次數）：丁福保（3）、惠棟（3）、林義光（3）、邵瑛（3）、沈乾一（3）、顧炎武（2）、馬敘倫（2）、宋育仁（2）、王引之（2）、吳大澂（2）、俞樾（2）、周雲青（2）、戴震（1）、鄧廷楨（1）、黃伯思（1）、江沅（1）、羅振玉（1）、馬瑞辰（1）、錢桂森（1）、饒炯（1）、阮元（1）、孫詒讓（1）、吳善述（1）、朱珔（1）、洪亮吉（1）、王紹蘭（1）、楊峒（1）。

　　從引用諸家說的第二層次的數量統計情況中可以看出，張舜徽對清人的

《說文》學研究成果進行了充分的吸收。我們僅僅把他對清代「《說文》四大家」（段玉裁、王筠、桂馥、朱駿聲）的引用次數相加起來，其所佔比例就會達到《約注》引諸家說的一半以上。從這個意義上講，張舜徽的《說文解字約注》是對清人《說文》學研究的一次重要繼承，更為具體地說，《約注》則是對《段注》一系研究的推進。

《約注》與《段注》之關係非同一般地緊密。《約注》在「約取精義」的時候，選擇段玉裁《說文解字注》次數是最多的，絕對數量遙遙領先，正如張舜徽在《略例》中所言：「於段氏獨得之言，擇取為多。」〔註16〕其次則是引用徐灝說為多，而《約注》所引徐灝的《說文》研究成果就是指《說文解字注箋》。從一方面看，徐灝說還是屬於《段注》的系統，因此從引說量的角度看，或可將《約注》也視為《段注》研究系統之一部分；另一方面，《約注》中有些字條下不引《段注》而引徐灝說，必定是因為《徐箋》對《段注》有訂補或創見，且得到了張舜徽的關注、贊同。此外，張舜徽對清人匡謬、訂補《段注》的論著頗多注意，除徐灝的《說文解字注箋》外，他也提到過王紹蘭的《說文集註》、《段注訂補》，因《段注》「專輒改易原書，尤為學者所病。故其書始出，而匡謬訂誤之作紛起。」〔註17〕但總體上看，張舜徽對《段注徐箋》無疑是最為重視的。

《約注》徵引所及的王筠著述有《說文釋例》、《說文句讀》以及《說文繫傳校錄》，其中的《說文釋例》張舜徽認為最為重要：「《釋例》前無所承，悉由融會貫通而自抒所得，故所言多精到。其中如《異部重文》、《分別文》、《累增字》諸篇，更是重要的部分，學者所宜詳究。」〔註18〕可知《約注》中引王筠說較多其實看重的是其能夠貫通《說文》的心得見解，尤其在對許書體例方面的發掘取得了值得高度肯定的成就。

張舜徽在《說文解字導讀》中明確指出徐鍇的學識要勝過其兄徐鉉，其《說文解字繫傳》中多有創見，可參考的地方不少。〔註19〕這個意思在《清人筆記條

〔註16〕張舜徽撰：《說文解字約注·略例》，《張舜徽集》，華中師範大學出版社，2009 年版，第 1 頁。

〔註17〕張舜徽撰：《清人筆記條辨》，卷六，《張舜徽集》，華中師範大學出版社，2004 年版，第 350 頁。

〔註18〕張舜徽撰：《說文解字導讀》，巴蜀書社，1990 年版，第 76 頁。

〔註19〕張舜徽撰：《說文解字導讀》，巴蜀書社，1990 年版，第 74 頁。

辨》中同樣做過表述：「徐鍇《說文》之學，非特超軼其兄；而識議之足以啟示後人者，尤為繁夥。」〔註20〕若比較徐鍇《繫傳》與《段注》，張舜徽在《說文解字約注・略例》中說到「小徐《繫傳》，往往片言居要，勝于繁辭考證遠甚」，而《段注》「多陰本其說而掠為己有。今一一表而出之，所以尊首創之功也」。〔註21〕張舜徽此言見於多處，必是有為而發，可惜未予舉例，今試舉一例以證明其說不虛。《說文》：「徑，步道也。」《約注》引徐鍇曰：「小道不容車，故曰步道。」〔註22〕《段注》則有云：「此云步道，謂人及牛馬可步行而不容車也。」〔註23〕由此例可知《段注》確實在沒有註明徐鍇說的情況下作了大意相同的闡述，而且還不如《繫傳》表達簡要。儘管張舜徽為了「尊首創之功」，曾在《約注・略例》中提出要對《段注》將徐鍇說「陰本其說而掠為己有」的情況「一一表而出之」，但後來似乎沒有完全實行，他說：「段若膺注《說文》，多陰本小徐《繫傳》之言，掠為己有。余昔有意一一錄出而未暇為之。」〔註24〕這樣的話情況就清楚了，《約注》中確實有不少地方只引徐鍇說而不引《段注》的，其中有的就是因為要「尊首創之功」；但讀者未必知道哪些地方是為了尊徐鍇的「首創之功」而不引《段注》的，因此張舜徽曾「有意一一錄出」，只是因為時間不夠去做罷了，讀者或可取《繫傳》與《段注》對讀以知之。

　　桂馥作有《說文解字義證》，張舜徽在《清人筆記條辨》中對其評價非常之高，因為此書引據浩博，學力深厚，論斷謹嚴，甚至可以排在《段注》之前，推為清代研究《說文》學者之首：「其書訂誤析疑，必自有據，立說審密，不施臆斷，遠非段氏所及。且其書成於《段注》之前，擁彗清道，厥功尤偉。清儒致力許學者，不下數十百家。論其功力之深，尊信之篤，吾必推桂氏為首最焉。」〔註25〕在《說文導讀》中，張舜徽再次肯定桂馥「博採群書，疏證許說。

〔註20〕張舜徽撰：《清人筆記條辨》，卷六，《張舜徽集》，華中師範大學出版社，2004 年版，第 198 頁。

〔註21〕張舜徽撰：《說文解字約注》，《張舜徽集》，華中師範大學出版社，2009 年版，第 2 頁。

〔註22〕張舜徽撰：《說文解字約注》，中州書畫社，1983 年版，卷四，25 上。又見華師版《約注》第 429 頁。

〔註23〕（清）段玉裁撰：《說文解字注》，上海古籍出版社，1981 年版，第 76 頁。

〔註24〕張舜徽撰：《清人筆記條辨》，卷六，《張舜徽集》，華中師範大學出版社，2004 年版，第 374 頁。

〔註25〕張舜徽撰：《清人筆記條辨》，卷六，《張舜徽集》，華中師範大學出版社，2004 年版，第 350 頁。

不加主觀判斷，讓學者自行別擇。間下己意考訂，也時時發現精義。」〔註26〕
他認為不該將《說文解字義證》看成一部類書，其浩博援引之中，實際上包涵
著桂馥深厚的學識。然而，楊樹達堅持認為「桂不如段」，他說：

> 由今觀之，桂固不逮段，嚴（可均）、王（筠）之業信能超過段
> 君乎？《說文》形書，實義書也；因形以說義耳。段、桂同用經籍
> 證許，然桂為死證，段則活證，故桂不及段。段用《說文》字義勘
> 合經傳，而求其同異；注中所舉經傳通假及《詩經小學》所述皆是
> 也。此段把握許書命脈之所在，故最勝也。篆友於《說文》，毛舉細
> 故而已；自許能奪段席，不免於妄矣！〔註27〕

張舜徽大概是更多地從《段注》擅改許書的角度，認為桂馥的《說文解字
義證》較為穩健，其實不論「死證」還是「活證」，兩書在以經傳證成《說文》
字義方面都是做出了重大貢獻的。

錢坫是錢大昕的族姪，他作有《說文解字斠詮》，致力於通過校勘恢復許書
原貌；嚴可均作有《說文校議》，也主要是從校勘的角度推進對許書的研究。鈕
樹玉作有《說文解字校錄》、《說文新附考》、《說文段注訂》，其在許書校勘和《段
注》研究兩方面都給了《約注》很多參考。

《約注》中引用朱駿聲說不太多，主要是因為張舜徽認為《說文通訓定聲》
一書的原創性價值並不多，但可作為查字義的工具書使用。張舜徽在《中國古
代史籍校讀法》中指出：「清代學者朱駿聲所著《說文通訓定聲》一書，對於每
一字的本義、引申義和假借義，都說的很清楚。即使其中有些見解不免穿鑿，
但它究竟可供我們參考。」〔註28〕從引導後學的角度看，朱駿聲的《說文通訓
定聲》自為體例，「其書取《說文》九千餘文，以聲為經，義為緯，分十八部以
統紀之。首明本義，次言假借、轉注，俾讀者檢一字而通、假、正、別，一覽
了然。引證詳明，甚便初學。」〔註29〕實際上，朱駿聲另作有《說雅》，也是為
了便於學者從義類的角度查找《說文》五百四十部中九千餘文的字義。然而，
從學術原創性上看，朱駿聲的《說文通訓定聲》並無太多可觀之處。張舜徽指

〔註26〕張舜徽撰：《說文解字導讀》，巴蜀書社，1990 年版，第 75 頁。
〔註27〕楊樹達著：《積微翁回憶錄》，北京大學出版社，2007 年版，第 198 頁。
〔註28〕張舜徽撰：《中國古代史籍校讀法》，第一編，《張舜徽集》，華中師範大學出版社，
2004 年版，第 22 頁。
〔註29〕張舜徽撰：《說文解字導讀》，巴蜀書社，1990 年版，第 76 頁。

出：「其書取材不越《經籍籑詁》，使無《籑詁》一書，則是編亦不能徒作。故其所撰述者，亦特因多而創少，而難語乎成家之學術也。」〔註30〕可知《約注》引用諸家說時特別注重其學術的創造性價值，當然若要對其學術價值認識到位，也必須先有一定的學術史視野。

沈濤作有《說文古本考》，於許書校勘之事多可參考。戴侗作有《六書故》三十三卷，前附《六書通釋》一卷。其書內容分為九類：數、天文、地理、人、動物、植物、工事、襍、疑。張舜徽認為戴侗的《六書故》「解說文字，中多創見。」〔註31〕《約注》寫定《說文》正文時主要採用徐鉉的本子，也引用了其校訂許書時的一些「按語」，在數量上比引用徐鍇說自然要少得多。《約注》與二徐本的關係大致是：寫定許書正文以宋刻大徐本為主；解說文字用小徐《繫傳》為多。葉嘉冠統計說：「張舜徽《約注》引用最多者是徐鍇（小徐），計有 535 次，其次是徐鉉（大徐）233 次。」〔註32〕據《說文解字約注·略例》，張舜徽謄寫《約注》時所用的底本是大徐本，其明顯有脫誤的，用小徐本補正；二徐本都有脫誤的，再據清人校訂本寫定。那麼其實從寫定《約注》所用底本的角度看，《約注》引大徐無疑最多的。而從「舜徽按」中論定諸家說的需要出發，《約注》則尤其推崇小徐。

孔廣居作有《說文疑疑》，首先使用顧炎武的上古十韻部韻次排列《說文》，用於文字考據。嚴章福作有《說文校議議》，對其兄嚴可均的《說文校議》作了進一步探討。這些《說文》研究學者的成果，張舜徽都關注到了，並則其精要收入《約注》之中。

總而言之，《約注》第二層次引用諸家說主要有三類：一，多有創見、精義，如《段注》、徐灝《說文段注箋》、王筠《說文釋例》、徐鍇《說文繫傳》、戴侗《六書故》等；二，著力校勘許書，如錢坫《說文解字斠詮》、嚴可均《說文校議》、嚴章福《說文校議議》、鈕樹玉《說文解字校錄》、沈濤《說文古本考》等；三，重在考證文字音義，如桂馥《說文解字義證》、朱駿聲《說文通

〔註30〕張舜徽撰：《清人筆記條辨》，卷六，《張舜徽集》，華中師範大學出版社，2004 年版，第 351 頁。

〔註31〕張舜徽撰：《霜紅軒雜著》，《張舜徽集》，華中師範大學出版社，2009 年版，第 387 頁。

〔註32〕葉嘉冠：《張舜徽〈說文解字約注〉研究》，（臺灣）逢甲大學碩士論文，2014 年，第 92 頁。

訓定聲》、孔廣居《說文疑疑》等。可知《約注》在精選、移錄《說文》研究專家們的論述時能取其所長，服務於全面「注許」之目的。

（三）引說第三層次統計分析

臺灣逢甲大學葉嘉冠作有碩士論文《張舜徽〈說文解字約注〉研究》（2014），其文中有云：「以『舜徽按』統計張舜徽參考引用他說之情形，全書所引用的學者約有140餘人，引用的朝代從春秋戰國起，乃至近代學者幾乎每個朝代都有。」〔註33〕這個統計結果與前文提到張舜徽撰述《約注》涉及歷代研究《說文》的學者約略達到了150位是基本一致的。葉文的統計中唐代以前的有56人，那麼唐代以後的有91人。而由《〈說文解字約注〉引用諸家說姓氏略》中統計，《約注》徵引唐代以來研究《說文》學者有120多位，那麼這個數據應當主要是就第二層次引述而言。

大體綜合一下引說的第二、三層次統計結果，可以推測《約注》總共引及歷代研究《說文》諸家有近180人。儘管這在絕對數量上不及《詁林》的254人，但是《約注》引用諸家說的時代跨度、文獻範圍要更為寬廣。

《說文》學於清代大盛，《約注》引用諸家說涉及到的清人自然是最多的，據葉嘉冠統計有段玉裁等45人；《約注》「舜徽按」中引及清人說次數前七位及其次數是：段玉裁（81）、王筠（74）、桂馥（59）、錢坫（27）、朱駿聲（17）、徐灝（16）、嚴可均（16）。〔註34〕這個統計結果與上文「《約注》卷十、廿一、廿七引用諸家說統計」基本一致，前七位中有六位是相同的，只有引朱駿聲說的次數統計在排位上略有差異。這種排位上的差異，主要是因為《約注》引用諸家說在第二層次與第三層次（「舜徽按」）上的用意有別；但就引用朱駿聲說而言，應當是因為《約注》將《說文通訓定聲》作為工具書使用，在「舜徽按」中並不涉及對其觀點進行論定。

《約注》引用諸家說第二層次中排第二位的「徐灝說」，在第三層次中排到了第六位，這個相對位次的變化，倒不意味著張舜徽對徐灝《說文解字注箋》不夠重視，恰恰相反，《約注》在第二層次中引述徐灝說，本身就大都是默許其

〔註33〕葉嘉冠：《張舜徽〈說文解字約注〉研究》，（臺灣）逢甲大學碩士論文，2014年，第84頁。

〔註34〕葉嘉冠：《張舜徽〈說文解字約注〉研究》，（臺灣）逢甲大學碩士論文，2014年，第89頁。

箋釋《段注》的觀點，因此在「舜徽按」中就無須多言了。張舜徽實際上對徐灝的研究成果非常認可，尤其從《段注》研究系統論著的角度看，徐灝之說對其撰著《約注》的參考價值很大。張舜徽指出：「段書行世以後，而匡謬、訂誤的寫作紛紛出現。以徐灝《說文段注箋》為最精。在訂補段書之外，創見很多，學者閱讀段書時，可參考及此。」〔註35〕《約注》引徐灝說如此之多，可補證張舜徽的《說文》學研究是在《段注》研究系列基礎上的深入推進。

第二節　《約注》引書

　　張舜徽在撰述《約注》過程中特別善於引用各種資料，不僅在「引用諸家說」的部分涉及大量學者研究《說文》的成果，他還在「舜徽按」中引用大量書籍內容，或校勘，或釋字，為其新注《說文》提供了豐富而有力論據。此外，對《約注》中「舜徽按」部分的引書情況進行量化、分析，對認識張舜徽文字學思想以及《約注》成書等問題，均有重要價值。

　　《約注》引書是指在「舜徽按」部分引用書籍的現象，張舜徽一般都在原稿中加有書名號，這就很方便我們對其引書情況進行統計。然而《約注》全書篇幅浩大，作者引用書籍時沒有都統一引書名稱，例如《本草圖經》這本書，《約注》中也用到了另外的名稱：《圖經》、《圖經本草》。此外《約注》中也直接引用篇名，而沒有完整地列出該篇出自何書。例如《虞書》、《夏書》、《商書》、《周書·洛誥》等都出自《尚書》，但《約注》在行文中卻只是列出篇名，未列出《尚書》之名。為了如實反映《約注》引書的原貌，葉冠英在其論文《張舜徽〈說文解字約注〉研究》（簡稱「葉文」）中根據引書名稱的不同分別統計，也就是說，哪怕是同一種書，只要用的是不同書名，就按不同書名分開統計；篇名統計也是這樣操作，而不將此篇名計入其所出的書名之下。〔註36〕我們首先必須充分肯定葉文所作的統計是細緻而全面的，這種處理一手資料的辦法有其合理性。其次，在此基礎上其實還可以進一步整理、合併：將同書不同名的情況清理出來，以統計出《約注》引某種書到底是多少次；另外可將《約注》直接所引篇名也計入其所出的書名之下。最後還有些單篇

〔註35〕張舜徽撰：《說文解字導讀》，巴蜀書社，1990年版，第75頁。

〔註36〕葉嘉冠：《張舜徽〈說文解字約注〉研究》，（臺灣）逢甲大學碩士論文，2014年，第77頁。

文章，葉文還沒有歸入某書的，我們也可核對其所被收入的書籍，並計入該
書之名下。這樣的工作完成之後，《約注》引書的情況在「書目」的層次上就
很清楚了。

　　談到引書免不了涉及版本問題。然而，《約注》引用書籍的版本情況並不是
特別複雜，不必深究。張舜徽主張讀常見書，他的藏書「重實用不重版本，是
典型的學者藏書」〔註37〕。學界多重宋本書，張舜徽則主張：「吾人今日生清儒
後，讀書不必佞宋，但得精校本斯可矣。」他不過分迷信宋本書的原因在於：
「世人每以宋板相高，其實宋本書亦多訛舛，即宋人亦早已言之矣。陸游嘗
曰……據此可知宋本未必盡善，當時已有定評。徒以保存至今者不多，世俗遂
奉為希世之珍耳。」〔註38〕至於宋本書為什麼也會有訛誤乖舛，根源或在於刻
書者，或在於校書者。〔註39〕據此可知，深究《約注》引書在版本方面的問題
或許並沒有太大意義。王餘光先生統計《張舜徽專室藏書目錄》後得知他藏線
裝書690種，3456冊，其中明刻本只有一種，清刻本有251種，其餘都是民國
刻本。〔註40〕然而，《約注》引書多是常見書籍，其版本也是較為容易得到的，
這並不意味着張舜徽沒有廣參眾本校訂。講究版本不等於專門講究宋本，張舜
徽儘管自己藏書一般，但他也可常去圖書館查找善本。

一、引書體例

　　《約注》引書是在引用諸家說之後，都呈現於「舜徽按」之中。有必要先
行介紹「舜徽按」中引書的主要體例，同時也便於說明我們統計《約注》引書
數量的操作標準。一般情況下，凡是張舜徽自標書名號的，都可算作引書，然
而其中還有些是《約注》中以引號給出引文的，又有些則只點明前已出現引文
的所出的書名、篇名，這兩種情況我們認為均應當屬於《約注》引書的範疇，
因為作者實際上有過一個查閱、參考文獻內容的過程，只不過在撰述中酌情處
理而已。《約注》引書體例方面的特點主要有：

〔註37〕王餘光：《張舜徽藏書考略》，《圖書館》，2011 年第 2 期，第 132 頁。

〔註38〕張舜徽撰：《清人筆記條辨》，《張舜徽集》，華中師範大學出版社，2004 年版，第
　　　　53 頁。

〔註39〕張舜徽撰：《清人筆記條辨》，《張舜徽集》，華中師範大學出版社，2004 年版，第
　　　　28 頁。

〔註40〕王餘光：《張舜徽藏書考略》，《圖書館》，2011 年第 2 期，第 132 頁。

（一）引書名稱不全統一

《約注》「舜徽按」中有時引及書名，有時引書名及其篇名，也有時直接引篇名而不給出該篇所出之書名。「舜徽按」中引及書名有時對其稱謂還不統一，例如，《約注》引《周禮》或稱之為《周官經》。此外，《約注》直接引及篇名時或不列所出書名，例如直引《虞書》，而不作《尚書·虞書》。張舜徽撰述《約注》的過程很長，其引書名前後表述有所差別或因個人臨文發揮，或為表述簡潔。總之儘管《約注》徵引文獻名稱多樣，但是不會使得讀者迷惑不解。

（二）引書旁及古人傳注等

《約注》引《經》、《史》等常用古書時，多一並提及其傳注或其它類型的引文，以說解字義、字形等。例如《約注》「叱」字「舜徽按」有言：「叱之言斥也，謂呵斥之也。莊公十二年《公羊傳》：『手劍而叱之』何注云：『叱，罵之。』」〔註41〕在引書統計時，一般是將何休注併入《約注》所引的《公羊傳》一書中來計數。除經部文獻外，《約注》還較多引用《漢書》顏師古注，處理辦法也是如此。另外《約注》中也有引及古書其中提到的古代諺語，例如《約注》「相」字「舜徽按」中有言：「隱公十一年《左傳》引周諺：『山有木，工則度之。』」〔註42〕這種「二次引文」的情況在《約注》中應該說是非常多的。總之，《約注》中引用古書文句，及其古人重要傳注的情況較多，也包括如古諺等古書二次稱引到的文獻，張舜徽若對此「二次引文」未特別標出書名號，我們則將其計入相應的《約注》引用古書。

（三）節引其辭

《約注》引書最終目的是為了融入其著作，尤其在「舜徽按」中會活用所引書中的文句。例如，《約注》「恥」字」條中「舜徽按」有言：「（恥、辱）二篆雖互訓，然析言之，則辱乃屈辱，恥為羞恥，仍稍有別。《論語》所云『行己有恥』，即不得以辱字易之。」〔註43〕《約注》所引「行己有恥」出自《論語·子路》：「子貢問曰：『何如斯可謂之士矣？』子曰：『行己有恥，使於四方，不

〔註41〕張舜徽撰：《說文解字約注》，《張舜徽集》，華中師範大學出版社，2009 年版，第331 頁。

〔註42〕張舜徽撰：《說文解字約注》，《張舜徽集》，華中師範大學出版社，2009 年版，第810 頁。

〔註43〕張舜徽撰：《說文解字約注》，《張舜徽集》，華中師範大學出版社，2009 年版，第2625 頁。

辱君命，可謂士矣。』」〔註44〕這便是《約注》引書節引其辭的一個例子。然而，《約注》在談及文字的異體寫法時，也多簡單地提到該字在其它文獻中寫作怎樣的字形，引用一個字形，這也可視為《約注》引書的另一種節引其辭的做法。我們在《約注》引書統計上，基本上以張舜徽自標有書名號的引書名稱為準。

（四）指出異文

《約注》對所引書內容的態度較為謹慎，不輕易據引文改動它書，多聞闕疑，指出其中差異。《約注》對《說文》引文會加以核對，其與今本所引有不同的，則加以標明。例如《說文》：「𧗔往死也。从歺且聲。《虞書》曰：『勛乃殂。』」《約注》「舜徽按」有言：「《孟子·萬章》篇引《堯典》：『放勛乃徂落。』與許書所引文異。」〔註45〕可見古書與《說文》所引內容有不同的，《約注》在不能論定孰是孰非的情況下，採取兩存的辦法。如果能有所論定，這就是《約注》的校勘成果了，可參看下文對《約注》引書目的的探討。

（五）指示前所引文出處

因「舜徽按」之前，《約注》中以錄該引文，若作者核對出處後並未發現異文，則該引文內容自然不必重出。例如《約注》「嗷」字有言：「徐鍇曰：『《詩》云：『鴻雁於飛，哀鳴嗷嗷。』雁鳴聲眾也。』」「舜徽按」：此所引《詩》，乃《小雅·鴻雁》篇文。《毛傳》云：『未得所安集，則嗷嗷然。』」〔註46〕又如《約注》「聽」字條下「舜徽按」中有言：「耳聾謂之重聽，言其中有所阻，不易通也。重聽二字，見《漢書·黃霸傳》。」〔註47〕《約注》中點明引文出處的地方非常多，尤其是常用經典文獻內容一般都會補充其來源，這一方面可知張舜徽有過查考，另一方面也便於讀者核對原文。然而，張舜徽核對出處後，也會發現某些引文在今本書籍中未能見到，這時他便會加以註明。例如《約注》「相」字「舜徽按」中有言：「許所引《易》，今《易》無此文，徐鍇疑古《易傳》及《易緯》

〔註44〕（魏）何晏注，（宋）邢昺疏：《論語註疏》，阮元校刻《十三經注疏》，中華書局影印本，1980 年版，第 2507～2508 頁。

〔註45〕張舜徽撰：《說文解字約注》，《張舜徽集》，華中師範大學出版社，2009 年版，第 971 頁。

〔註46〕張舜徽撰：《說文解字約注》，《張舜徽集》，華中師範大學出版社，2009 年版，第 334 頁。

〔註47〕張舜徽撰：《說文解字約注》，《張舜徽集》，華中師範大學出版社，2009 年版，第 2925 頁。

有之是已。」〔註48〕《約注》「舜徽按」中這些指示引文來源之書的情況，我們也計入統計。

（六）多引《說文》本書

《約注》的宗旨是「以許注許」，因此書中用「本證法」之處實在是舉不勝舉，其稱引「許書」未標書名號，雖不計入《約注》引書統計，但實際上也是「引書」的一種形式。例如《約注》「耿」字「舜徽按」有言：「本書火部：『炯，光也。』炯、耿雙聲，實一語之轉。」〔註49〕又如《約注》「鶴」字條下「舜徽按」中有言：「許書中亦有但引經文不加訓義者，以字義即存乎經文之中，不煩別說耳。說詳目部盼篆下。」〔註50〕引《說文》或《約注》以互相發明，這就把本書連成一個前後呼應的系統性文本。

（七）意　引

對於某些作者非常熟悉的文獻，對其引用的方式是較為靈活的，意引便是其中一種。張舜徽對「雅學」研究頗下功夫，因此他能夠看出《爾雅》中某些內容是許慎所作《說文》的來源。例如《說文》：「𥘉，始也。從刀，從衣。裁衣之始也。」《約注》「舜徽按」中有言：「許訓始也，本《爾雅·釋詁》。」〔註51〕查《爾雅·釋詁》：「初、哉、首、基、肇、祖、元、胎、俶、落、權輿，始也。」〔註52〕可見張舜徽對經典了如指掌，因而意引此類文獻內容點到即可，而把重點放在「考鏡源流」上，指出其與《說文》之關係。

簡而言之，《約注》「舜徽按」中引書有自出引文的，也有不必出引文而指示其出處的。在引用文句的形式上有原文移錄、旁及傳注、節引、意引等，張舜徽尤其注重「以許證許」，因此引用《說文》（或稱「許書」）的地方數不勝數。

〔註48〕張舜徽撰：《說文解字約注》，《張舜徽集》，華中師範大學出版社，2009 年版，第810 頁。《說文》「相」字許慎說解有云：「𥣫，省視也。從目從木。《易》曰：『地可觀者，莫可觀於木。』」

〔註49〕張舜徽撰：《說文解字約注》，《張舜徽集》，華中師範大學出版社，2009 年版，第2923 頁。

〔註50〕張舜徽撰：《說文解字約注》，《張舜徽集》，華中師範大學出版社，2009 年版，第915 頁。

〔註51〕張舜徽撰：《說文解字約注》，《張舜徽集》，華中師範大學出版社，2009 年版，第1059 頁。

〔註52〕（晉）郭璞注，（宋）邢昺疏：《爾雅注疏》，卷一，阮元校刻《十三經注疏》，中華書局影印本，1980 年版，第2568 頁。

《約注》引書的體例服務於其撰述目的，行文較為平實而擇取精當。

二、引書目的

　　關於《約注》「舜徽按」中引書目的的探討，葉冠英提到了他校法，理校法，釋形，釋音，釋義，釋形、音、義，〔註53〕這其中主要就是有關張舜徽校勘《說文》、釋字的內容。張云曾論述《約注》校勘所用的材料包括：金文、甲文，敦煌唐寫本殘卷，類書、音書、古注，清人文集、筆記、今人考證的成果，歷代載集、字書，以及唐宋以來如大、小徐、清代《說文》四大家及其他研究《說文》者的成果。〔註54〕簡要地理解《約注》引書目的就是校勘和注釋文字的形、音、義，但校勘既包括校勘《說文》，也旁及它書校勘；《約注》引書對文字進行釋義、釋形、釋音的工作，在實際撰述過程中既可針對其中一項，又可以涉及兩項、三項，展開綜合的論述。概說《約注》引書目的，並舉例如下：

（一）校勘《說文》本書

　　例如《說文》「辭」字：「𧫌，訟也。從𤔔辛。𤔔辛，猶理辜也。𤔔，理也。似茲切。𤔔籀文辭，從司。」《約注》中該字的「舜徽按」有云：

　　　　理、𤔔雙聲，實即一語。故許以理釋𤔔，非後人所改也。今本說解為傳寫者所亂，<u>小徐本仍少一「辛」字，當云：「從𤔔辛，𤔔辛，猶理辜也。」語意已完。大徐本復有「𤔔，理也」三字繼之，殊嫌複沓，乃後人所增，當刪。</u>小徐本及《韻會》四支所引，皆無末句，是也。

〔註55〕

　　《古今韻會舉要》「辭」字條下引《說文》有云：「辭，訟也。從𤔔辛，猶理辜也。」〔註56〕小徐本同樣也沒有「𤔔，理也」這句話，因此張舜徽推定其為後人所增，可知大徐本是不對的。然而張舜徽同樣指出小徐本也不完善，因為其中少一個「辛」字。《約注》引書以校勘《說文》的地方非常之多，茲舉

〔註53〕葉嘉冠：《張舜徽〈說文解字約注〉研究》，（臺灣）逢甲大學碩士論文，2014年，第77～83頁。

〔註54〕張舜徽撰：《說文解字約注‧釋例》，《張舜徽集》，華中師範大學出版社，2009年版，第37～42頁。

〔註55〕為行文簡潔，略去《約注》所引用「諸家說」部分，僅錄舜徽按部分。張舜徽撰：《說文解字約注》，《張舜徽集》，華中師範大學出版社，2009年版，第3594頁。

〔註56〕（元）黃公紹，熊忠著：《古今韻會舉要》，卷二，中華書局，2000年版，第54頁。

一例以管窺其用於校勘許書。

（二）旁及它書校勘

例如《說文》「醲」字說解：「醲，孰籫也。从酉，甚聲。余箴切。」《約注》「舜徽按」中有云：「《玉篇》作『熱麴也』。熱乃熟字形譌。孰麴謂之醲，猶大孰謂之飪，穀孰謂之稔，音並相近也。」〔註57〕《約注》通過這種「音近義通」的方法，將醲字與飪、稔聯繫起來，論定醲字是指「熟」麴，那麼《玉篇》作「熱」麴就是錯的，致誤原因很可能是熟、熱形近易混。《約注》引書主要是為了校勘《說文》，然而在有異文的情況下，如果能確定今本《說文》原書不誤，那麼所引書就有問題了，其中還包括《說文》各種不同版本之間的差異，通過張舜徽的精心校勘，大都能有所論定，可知《約注》引書不僅是要努力恢復許書原貌，也會旁及它書校勘。

（三）釋　義

據葉文統計，《約注》引書以「釋義」的情況是最多的，例子在書中隨處可見，無需贅言。例如，《說文》「醉」字說解：「醉，卒也。卒其度量，不至於亂也。一曰，潰也。从酉，从卒。將遂切。」《約注》「舜徽按」中有云：「卒其度量，謂滿其量也。《詩》所偁「既醉以酒，既飽以德」，以醉與飽對舉，而滿義在其中矣。」〔註58〕可見《約注》引用《詩經》中的句子，以論證「醉」字包涵「滿」義，也就是對「卒其度量」的「卒」字作出了新的解釋，因為有引文支持而較為可信。《約注》中引書釋義的內容極多，這應當可以說是與張舜徽極力推崇桂馥的《說文解字義證》有一定關聯。

（四）釋　形

例如《說文》「癸」字說解：「癸，冬時水土平，可揆度也。象水從四方流入地中之形。癸承壬，象人足。凡癸之屬皆从癸。居誄切。𤰞籀文从癶，从矢。」《約注》「舜徽按」中有云：

　　　　癸　　即揆之初文。上世揆度，多用手足，兩手舒張為一尋，兩

〔註57〕 張舜徽撰：《說文解字約注》，《張舜徽集》，華中師範大學出版社，2009 年版，第3618 頁。

〔註58〕 張舜徽撰：《說文解字約注》，《張舜徽集》，華中師範大學出版社，2009 年版，第3629 頁。

足展申為一步，此古法也。魏《三體石經》「癸」字古文作 ⚌，正象兩手兩足舒展之形。故造字之初，既非象水，亦不从木。其形變為 ⚌ 或 ⚌ 者，取筆畫簡易耳。古人步以量地，故籀文癸从 ⚌ 也。古人以近度遠，則多用矢。今俗猶偁「一箭遠」、「兩箭遠」，即以矢揆度意。故籀文又从矢也。〔註59〕

《約注》引用《三體石經》古文「癸」的字形以說明其「象兩手兩足舒展之形」，這也是其「引書」的目的之一。尤其值得一提的是，《約注》「舜徽按」中還引用了大量的甲骨文、金文字形，這些字形應當也是來源於某些古文字類文字編，如孫海波的《甲骨文編》，容庚的《金文編》等，儘管張舜徽並沒有加以註明，但是我們可以知道《約注》引書實際上也包涵這部分的內容。引用相關古文字形材料來論證《說文》中的字形是非常具有說服力的，張舜徽在撰述《約注》過程中有意識地作了大量這種工作。

（五）釋　音

《約注》引書也常會從字音的角度考慮問題，為其「雙聲之學」提供旁證。例如《說文》「酣」字說解為：「酣，酒樂也。从酉，从甘。甘亦聲。胡甘切。」《約注》「舜徽按」中有云：「《玉篇》亦云：『酣，樂酒也。』當本許書，今本為傳寫者誤倒一字耳。蓋酣之言甘也，謂飲之而甘，不醒不醉也。亦通作甘，《書·五子之歌》：『甘酒嗜音。』《釋文》：『甘，一音戶甘反。』是直以甘為酣矣。」〔註60〕《約注》不僅指出了《說文》對《玉篇》的影響，還提到《經典釋文》中的「甘」有一種讀音與「酣」字相同，佐證了《約注》「酣之言甘」的觀點。

《約注》「舜徽按」中引書以校勘《說文》和闡釋字義、字形、字義為目的。張舜徽作為一個文獻學家，他引用書籍的範圍極為廣泛，取材信手拈來，行文得心應手，這些工作都服務於其撰述《約注》所為「注許」的主旨。

三、引書統計分析

統計分析是一種重要的文獻學研究方法，它以量化的手段，較為準確而直

〔註59〕張舜徽撰：《說文解字約注》，《張舜徽集》，華中師範大學出版社，2009 年版，第3596 頁。

〔註60〕張舜徽撰：《說文解字約注》，《張舜徽集》，華中師範大學出版社，2009 年版，第3627 頁。

觀地呈現出了書籍的內容構成，同時也為論述作者的知識結構、思想觀念等提供有效證據。統計《約注》引書的種類、次數、頻率，綜合判定其書的性質，得出的結論可能並不令人意外，但作為一種研究方法，對學界判斷文獻的性質歸屬提供了另一種的手段。

臺灣逢甲大學葉嘉冠的碩士論文《張舜徽〈說文解字約注〉研究》中，對《約注》引用書籍的情況做過一個統計表，〔註61〕這是一項付出了很多辛勞的工作，對推進《約注》引書的研究很有幫助。然而此文對《約注》引書情況的統計還有不少可以進一步完善的地方。首先，原統計表將「《書》類」誤作「《易》類」。〔註62〕這是比較明顯的一個失誤，還有其它細節上的問題請參看本文附錄「《約注》引書統計組表」及其腳註。其次，葉文統計《約注》引書次數的具體方法可作改進，例如《約注》「舜徽按」內容部份標明引《易》的有83次，其實這裡引用的《易》就是指《周易》，因為《約注》稱引書籍篇目名稱時多有簡省，讀者自明；但原統計表又羅列引《周易》7次，這就把引同一種書的次數分開做了兩次統計，我們不妨將這兩次統計合併，即是共引《周易》90次。此外，原表中將同書分開統計的情況還不少，本文附錄的新整理表均作出可合併與調整。再次，原表大體上按照經、史、子、集四部法分類，但核實於《四庫全書》，其中書籍歸類仍有失誤之處，新統計表均須加以糾正，並出腳注說明。另外，原表又列有「四庫之外」未歸類之書，新統計表則參照《四庫全書》體例，逐一歸都歸入四部各類。

在葉文初步統計的基礎上很有必要對《約注》引書情況再作出進一步的整理與分析，包括引書分類，以及引書的種數、次數、頻率等。《約注》引書的類別又不必以「四部法」的框架限定死，根據此書性質及實際引書情況，還可增設「小學及金石類」和「近人論著」。《四庫全書》中的經部小學類、史部目錄類金石之屬可另行歸為「小學及金石類」，這些文獻與《約注》的性質接近，可單獨作為一個引書類別進行考察。《約注》中所引「近人論著」，儘管數量很少，但不可忽略不提，也有必要列為一類。此外，《約注》引書各類之中又可按引用

〔註61〕葉嘉冠：《張舜徽〈說文解字約注〉研究》，（臺灣）逢甲大學碩士論文，2014年，第59～77頁。

〔註62〕葉嘉冠：《張舜徽〈說文解字約注〉研究》，（臺灣）逢甲大學碩士論文，2014年，第63～64頁。

次數多少排序，但像《爾雅》、《爾雅翼》這樣性質直接相關的書，統計時不妨排在一起。

《約注》「舜徽按」中引書的分類有多個層次，姑且以大類、小類區分。大類可分為六：小學及金石類、經部類、史部類、子部類、集部類、近人論著。而各六大類中還可細分小類，在此框架下對它們進行量化後的探討，有助於認識和證實《約注》一書的性質、成書特點等諸多細節。

（一）六大類總體探討

引書統計分析作為一種文獻學研究方法，量化此書引用其它類別書籍的情況，進行比較、分析，無疑是為判定該書的性質、類別提供了新的考察視角和論證工具。《約注》「舜徽按」中所引書可分六大類，我們從引書的種數、次數、頻率三大方面進行探討，有助於考察其書性質、成書依據等問題。《約注》引書的六大類統計結果與分析如下：

圖 5.2　《約注》引書種數分類統計

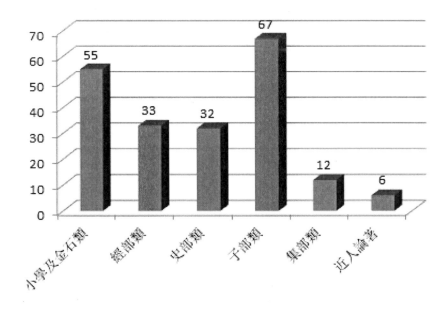

以上統計圖的數據源於「《約注》引書種數分類統計表」，更多情況請參看本文「附錄」部分相應的內容。我們對《約注》引書進行重新分類、統計後的結果與葉文有所出入，葉文原統計為：「經部有 112 種，史部有 51 種，子部有 43 種，集部有 34 種，四庫之外有 101 種，合計 341 種。」〔註63〕葉文不僅將

〔註63〕葉嘉冠：《張舜徽〈說文解字約注〉研究》，（臺灣）逢甲大學碩士論文，2014 年，第 77 頁。

《約注》所引同書而異名的情況分開統計，還將同屬一書的不同篇目各自計數，這樣得出的引書種數是 341；對此詳加整理，實際上《約注》引書總共 205 種，包括：小學及金石類 55 種，經部類 33 種，史部類 32 種，子部類 67 種，集部類 12 種，近人論著 6 種。

由上圖可知，《約注》引書種數最多的是子部類，達 67 種；其次是小學及金石類，有 55 種；經部類、史部類又次之。《約注》引書總計 205 種，平均到六類是 34 種。那麼從種數的角度就能夠很清楚地看出，《約注》引書是相對較少涉及集部類和近人論著的。《約注》引書種類中子部類最多，相當於平均數的兩倍，主要原因是子部類書籍分類較細，其涵蓋內容非常之廣，因此書籍種類就很多，這並不意味著《約注》與子部類書籍關聯性最大，實際上《約注》引子部類書籍的次數相對來講是很少的。

《約注》引書種類中的小學金石類在數量上排第二，這從《約注》一書性質的角度看是很合理的，因為《約注》本身要歸入四部的話，也應當屬於此類。同類書籍互相徵引這是相關學術知識聚合的必然結果，綜合《約注》在引書種類、次數、頻率方面與小學及金石類書籍的相關度，我們可以從這個新的視角來判定《約注》一書的性質。《約注》引書次數分類統計如下：

圖 5.3 《約注》引書次數分類統計

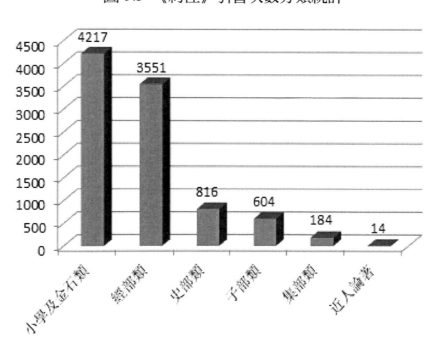

　　由上圖可知，小學及金石類、經部類書籍被《約注》引及次數遙遙領先於其它類別，這種絕對數量的壓倒式優勢，對於我們認識《約注》一書的特點具有重要參考價值。《約注》引書總共 9386 次，平均到六大類是 1564 次，而史部類、子部類、集部類、近人論著都遠遠不及這個平均數，但其中史部類、子部類相對又遙遙領先於集部類、近人論著。

　　《約注》引書次數最多的是小學及金石類，高達 4217 次，約佔引書總次數的一半，可證其書性質非屬此類不可。《約注》所引經部類的書籍次數也很多，這也是一個非常重要的指標，說明張舜徽在撰述《約注》時對經部類書籍有著不同尋常的重視，其中的深層原因值得分析、探討。《約注》以「注許」為目的，張舜徽引用如此之多的經部類書籍以證成《說文》，可知其認為所注之許書（即《說文》）與經部類書籍的關係緊密；我們且不論在四部分類法中《說文》也屬於經部小學類，追根溯源的話，這還牽涉到一個《說文》與經部書的深層關係問題。許慎在《說文解字‧敘》中指出文字是「經藝之本」，並在末尾提到其書稱引了：孟氏之《易》，孔氏之《書》，毛氏之《詩》，《周官》之《禮》，左氏之《春秋》，以及古文經之《論語》、《孝經》。那麼，許慎之作《說文》可說是服務於「經學」的，而《約注》在引書次數上涉及經部類書籍如此之多，可證其言「注許」在徵引文獻方面是完全做到位、落到實處的。再看《約注》引書頻率的分類統計：

圖 5.4 《約注》引書頻率分類統計

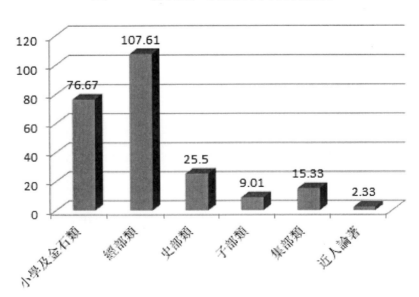

引書頻率是反映本書與所引用書籍關聯度的重要指標，並且在一定數量基礎上進行的這種維度考察，是非常有效的一個視角。《約注》引書總計 205種，9386 次，頻率為 45.79，也就是說平均起來每種書被引用了 45.97 次。參考這個平均值，可以說明某種書是否相對常態、有效地被《約注》所引用。從以上「《約注》引書頻率分類統計圖」中可知，史部類、子部類、集部類、近人論著的書籍在引書頻率方面遠低於平均值，它們與《約注》的關聯度由此可見一斑。

經部類、小學及金石類書籍被《約注》引用的頻率遠高於平均值，尤其是經部類每種書平均被引用超過 107 次，這是一個相當驚人的數值，因此我們從種類上看，張舜徽撰述《約注》時最常參考、引用到的一定是經部類書籍。

總而言之，《約注》引書可分小學及金石類、經部類、史部類、子部類、集部類、近人論著這六大類，從引書種類、次數、頻率上綜合起來看，《約注》一書的性質是比較清楚的，它顯然應當屬於「小學及金石類」，並且又與經部類書籍關係極為緊密，前者說明《約注》的總體特徵，後者顯示《約注》的論證依據，且與許慎作《說文》之主旨相契合。《說文》一書從總體上看，其性質是字典，而它與經學之緊密關係已無須多言，《約注》亦是如此。因此，張舜徽所言其新注《說文》以「注許」為目的，信而有徵矣。

（二）小學及金石類

《約注》所引此類書籍還可進一步劃分為小學類、金石類，其中引小學類書總計 47 種，4209 次，頻率為 89.55；〔註64〕引金石類書總計 8 種，35 次，頻率為 4.38。可知《約注》中所引用傳統小學類書籍是全面超過金石類的，這主要是因為其書目的在於注釋《說文》，並且是把《說文》這一部傳統小學典籍本身弄清楚，盡量恢復許書的原貌。值得說明的是，張舜徽撰述《約注》過程中其實還引用了很多甲骨文、金文書籍，只不過是以較為隱性的形式呈現的，例如「舜徽按」中提到某字的金文、甲骨文寫法時，應當之前就參考過容庚的《金文編》、孫海波的《甲骨文編》或商承祚的《殷墟文字編》等。在此分類框架下

〔註64〕此數值以「小學類」書籍被《約注》引用的總次數除以總次數而得到；而非將其更小類別如「字書之屬」等的三個頻率值取平均數（86.10）。這兩種數據值不同，涵義也不同。

的統計，不能反映《約注》所引金文、甲骨文的情況，因為我們是嚴格以《約注》引「書」為標準來進行考察的。

小學類中的「字書之屬」被引及 20 種，「訓詁之屬」為 15 種，「韻書之屬」為 12 種，它們被《約注》所引用的次數如下圖：

圖 5.5　《約注》引用字書、訓詁、韻書之屬次數統計

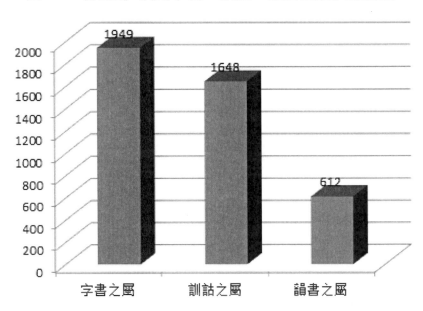

據上圖，結合引書種數來看，《約注》引用「字書之屬」類書籍是最多的，這實際上就以量化而直觀的方式證明了《約注》屬於「字書」的性質。由此，或有人以為《約注》作為字書，以闡釋字形為主，實則不然。引書種數、次數反映的是該書與所引書在總量上的關聯程度，而引書頻率才是衡量其成書過程中對其它書籍的運用情況，這倒往往能夠加深對作者撰述意圖的深刻認識。以《約注》為例，如果引用「字書」的頻率較高，大致可以說明張舜徽說解文字時在「釋形」方面著力偏多；而如果引用「訓詁書」的頻率高，則說明他在解釋「字義」方面尤其注重；引用「韻書」的頻率高低亦可作此解讀。但要注意的是，古代字書、訓詁書、韻書其實都會包括字形、字義、字音方面的內容，只不過各有所側重罷了。

圖 5.6 《約注》引用字書、訓詁、韻書之屬頻率統計

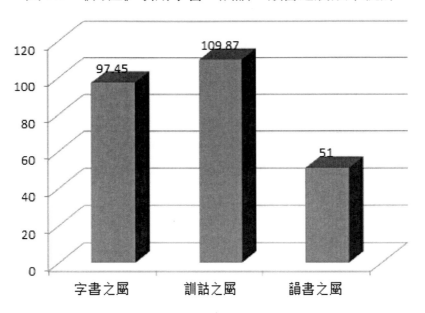

　　由上圖可知《約注》引書最多的是「訓詁之屬」，可據此證明，相對於「釋形」、「釋音」來說，「釋義」在張舜徽撰述《約注》目的中最為重要。葉冠英對《約注》引書情況作過細緻統計，由其所列表中「引書目的」欄中可知「釋義」也是最多的。〔註65〕小學及金石類平均每種書被《約注》引用的次數是 76.67，大大超出這個平均值的是「訓詁之屬」和「字書之屬」的書籍，可見《約注》引用小學類書籍的重點在這兩類。從引書頻率的角度，與其說張舜徽是文字學家（以「釋形」主），不如說他更是一位著力「釋義」的訓詁學家。此外，張舜徽引用「韻書」的種類、次數、頻率也不低，可知他在音韻學方面也花了大量功夫，並且運用到了《約注》的撰述之中。字書、訓詁、音韻這三小類中所包括的書籍各自被《約注》引用的次數也是不同的，如下圖 5.7：

　　小學及金石類書籍被《約注》引用達到 100 次以上的情況如上統計圖，據此可知這些書在張舜徽撰述《約注》過程中提供了豐富而重要的參考資料。小學及金石類書籍中，《約注》引用《玉篇》的次數是最多的，高達 924 次。《玉篇》（包括今本《玉篇》、唐寫本《玉篇》殘卷）在《約注》成書中重要性以往認識還不太夠，這裡的統計結果提醒我們：在張舜徽的《說文》學研究過程中，《玉篇》起著相當重要的作用，值得更為深入地清理和探究。

〔註65〕葉嘉冠：《張舜徽〈說文解字約注〉研究》，（臺灣）逢甲大學碩士論文，2014 年，第 59～77 頁。

圖 5.7 《約注》常引小學書籍次數統計

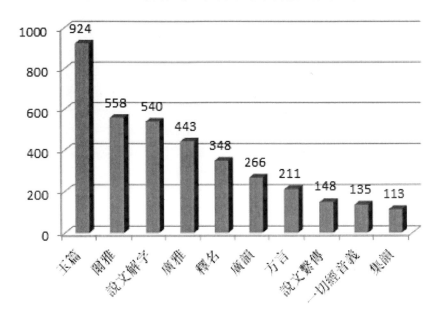

　　《約注》所引《爾雅》次數僅次於《玉篇》，在小學類書籍中比《說文》還要多一些。竇秀艷在《張舜徽的雅學成就》一文中對《說文解字約注》引《爾雅》的情況做了具體分析，其文提到《約注》引《爾雅》上千處，可分為五個方面：一，明《說文》本《爾雅》；二，明《說文》與《爾雅》不同；三，從聲音角度明《爾雅》與《說文》之關係；四，以《說文》校《爾雅》；五，明《說文》與《爾雅》郭注之異同。〔註66〕此文中言「《約注》引《爾雅》上千處」，不知是否有具體的統計數據支撐，姑且存疑。然而張舜徽高度重視《爾雅》，在撰述《約注》過程中多有參考、引用此書，這是毫無疑問的。

（三）經部類

　　《說文》一書本身就與經部書籍有著緊密、直接的關聯，張舜徽以「注許」為目的，勢必引用大量經部類書籍以證成許書。綜合起來看，經部類書籍在《約注》引書中最為重要。經部類書籍下又可分為七個小類：《詩》類、《禮》類、《春秋》類、《書》類、《四書》類、五經總義類、《易》類、《孝經》類。在這個七小類框架下看，《約注》引用經部書籍時也是有所側重的。

〔註66〕董恩林主編：《紀念張舜徽百年誕辰國際學術研討會暨中國歷史文獻研究會第 32 屆年會論文集》，湖北人民出版社，2012 年版，第 189～192 頁。

圖 5.8　《約注》引用經部類書籍次數統計

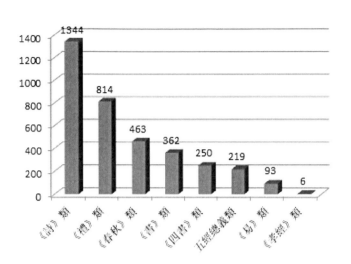

《約注》引用經部類書籍共 3551 次，由上圖可知，《詩》類被引用 1344 次，超過其三分之一，占絕對優勢，《詩》類書籍的引用次數比第二位《禮》類、第三位《春秋》類加起來還多。不能不提到的是，我們統計《約注》引用《詩》類書籍次數時，包括了那些「舜徽按」裏只是指出引文在《詩經》中出處的情況。張舜徽特別推崇鄭玄，他對「鄭學」研究頗深，而鄭玄箋《詩》注《禮》的成就很高，這或多或少也有助於解釋《約注》何以引《詩》、《禮》類書籍次數是最多的。相比於《詩》、《禮》類書籍，《約注》所引用《春秋》、《尚書》、《四書》、五經總義、《易》、《孝經》類就少很多了，其中的緣由既包括許書本身與這些書的聯繫程度，張舜徽作《約注》時的徵引需要，也涉及到這些文獻本身的特點，比如篇幅較小的書被徵引的次數一般來講就會少些。

圖 5.9　《約注》引用經部類書籍頻率統計

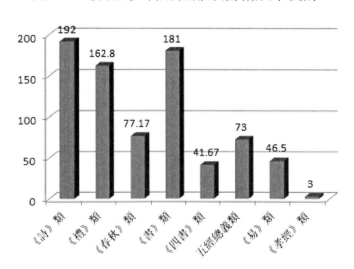

《約注》引用經部類文獻頻率的平均值為 107.61，由上圖可知超過這個平均值的依次只有《詩》、《書》、《禮》三類。《約注》引經重視《詩》、《禮》自不待言，而引《書》的頻率如此之高倒容易引人注意。其中一個重要原因在於《約注》所引的《書》類書籍只有兩種：《尚書》和《尚書大傳》，就這兩種書的引用頻率平均起來，就會變得很高。

圖 5.10　《約注》常引經部書籍次數統計

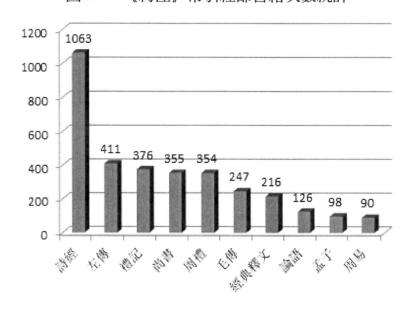

由上圖可知，《約注》引用《詩經》次數最多，高達 1063 次，若加上《毛傳》的 247 次，總共就是 1310 次。葉文統計與此不同，其言《約注》一書中對「《詩》引用 441 次，但若加上《毛傳》237 次、《詩傳》8 次、《毛詩正義》2 次，合計則有 688 次，（僅次於《玉篇》）為第二常用之典籍。」〔註67〕由於葉文將《約注》「引用書名」與「直引篇名或曾出現篇名」分開統計，導致其對《約注》引用《詩經》這一種書的次數統計偏少。實際上，《約注》引用《詩經》的次數應當多於《玉篇》（924 次），這也就是說，《約注》「舜徽按」中引用次數最多的書是《詩經》，這是我們得出的新結論。當然，若要就《約注》成書過程中參考並引用某種書內容的次數最多來講，這種書當然是大徐本《說文》，因為《約注》寫定《說文》正文是以此為底本的。那麼可以這樣說，《詩經》是被《約注》「舜徽按」引用最多的書籍。

<hr />

〔註67〕葉嘉冠：《張舜徽〈說文解字約注〉研究》，（臺灣）逢甲大學碩士論文，2014 年，第 58 頁。

（四）史部類

　　相對於經部類書籍被《約注》所引用的 3551 次來講，史部類書籍被引用的次數就少很多了，只有 816 次，不到它的四分之一，甚至還不及《約注》引用《詩經》這一種書的次數（1063 次）。然而，《約注》引用史部類書籍的特點很明顯：重在正史類，正史類中又重在《漢書》，這應當與張舜徽「校讀全史」、精讀《漢書》的治學歷程有著重要關係。此外，正史的記載也較為可靠，以之證字更令人信服。

圖 5.11　《約注》引用史部類書籍種數、次數、頻率統計

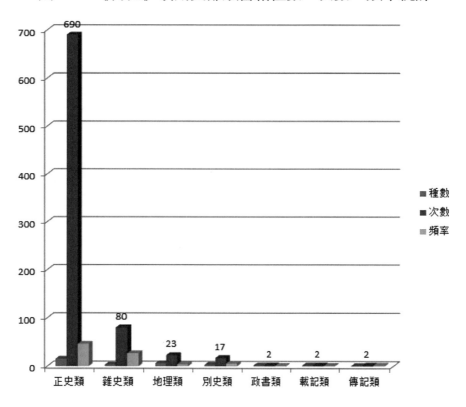

　　《約注》引書涉及史部類共計 32 種，816 次、頻率為 25.50。由上圖可知，《約注》引正史類最多，達 690 次，約占史部引書總次數的 85%。張舜徽在《約注》中能大量引用史部書籍與其早年治學經歷也是有關的。他二十多歲時有志於通讀「全史」，用《二十四史》的百衲本與殿本校讀，日盡一卷，十年讀完，而且作了幾十冊厚的札記。正是因為有著如此深厚的讀史功力，張舜徽在撰述《約注》過程中才能夠從大量的正史類資料中信手拈來，引用自如。除正史類外，《約注》也引用到雜史、地理、別史、政書、載記、傳記諸類史書，範圍不可謂不廣，格局不可謂不大。

圖 5.12 《約注》常引史部書籍次數統計

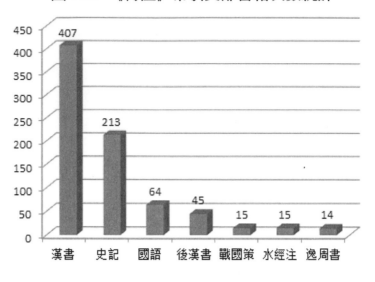

由上圖可知，《約注》引史部類書籍最多的是《漢書》，高達 407 次，而總引史部書次數是 816 次，那麼《約注》引《漢書》佔到引史部類書籍總次數的一半。這充分說明了《漢書》在《約注》成書過程中所起到的作用是非同一般的。張舜徽曾精讀《史記》、《漢書》，尤其對《漢書》研究頗深，他還另作有《漢書藝文志通釋》。當然《約注》引《漢書》極多的重要原因還應包括其與《說文》的成書年代最為接近，並且很多內容可以相互參照，例如《說文》「水部」很多與河流有關的字，可查《漢書·地理志》一一落實。

湖南學者研治《漢書》者頗多，這或多或少對於張舜徽著力於《漢書》有些影響，例如與張舜徽交往較為密切的楊樹達，作有著名的《漢書窺管》。據楊樹達《積微翁回憶錄》記載，陳寅恪曾對他說：「湖南前輩多業《漢書》，而君所得獨多，過於諸前輩矣。」〔註 68〕可知我們對張舜徽學術淵源的考察也有必要在「湘學」的背景下適度展開。

（五）子部類

《約注》所引子部類書籍共 67 種，其中還可細分為 14 類：雜家類、儒家類、道家類、醫家類、類書、類、法家類、小說家類、農家類、術數類、兵家類、譜錄類、雜家類、天文算法類、釋家類。這些小類中引書種數較多的是醫家類 16 種，儒家類 10 種，雜家類 9 種，其它的都不多於 6 種。從《約注》所引子部類書籍的種數來看，醫家類最多，這是一個有意思的現象。追溯張舜徽

〔註68〕楊樹達著：《積微翁回憶錄》，北京大學出版社，2007 年版，第 44 頁。

的治學歷程，他於 1939 年作有《釋疾》一文，就曾將文字說解與醫學知識結合起來，可知他對醫學類書籍其實是早有留心的。《約注》所引子部類書籍的次數、頻率統計如下：

圖 5.13 《約注》引用子部類書籍次數、頻率統計

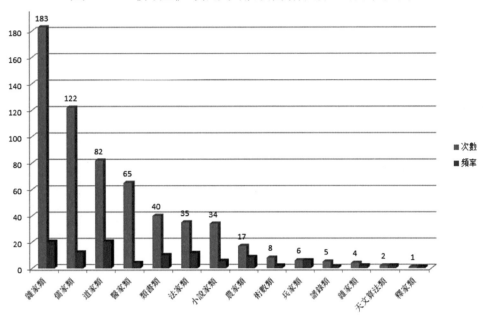

由上圖可知《約注》引子部類書籍 67 種共 604 次，頻率為 9.01。《約注》引雜家類書籍的次數最多，其次是儒家類、道家類、醫家類、類書類等。就子部類書籍而言，《約注》所引總次數不高而書的種數多，因此平均的引書頻率就很低。但相對來講，雜家類、道家類略微高一些，其主要緣由可參看下圖的統計數據：

圖 5.14 《約注》常引子部書籍次數統計

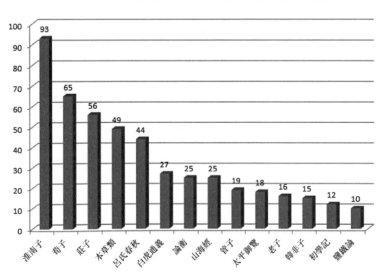

《淮南子》、《呂氏春秋》均屬於「雜家類」書籍，它們被《約注》引用的次數分別排第一位和第五位，是《約注》所引子部類書籍中的重頭部分。《約注》引儒家類最多的是《荀子》，道家類是《莊子》，而且這兩類中還有其它重要代表著作被引及。「本草類」被《約注》所引用共計49次，包含：《本草》〔註69〕（19）；《本草圖經》（12）；《本草綱目》（9）；《本草綱目拾遺》（3）；《嘉祐補注本草》（2）；《唐本草注》（1）；《開寶本草注》（1）；《本草衍義》（1）；《神農本草經》（1）。「本草類」是《約注》引子部類書籍情況中值得注意的一個點。

（六）集部類

集部類書籍下的小類還可分為總集類、楚辭類、別集類、詩文評類，其中的別集類與詩文評類被《約注》引用很少，幾乎可被忽略。《約注》引用集部類書籍，主要是在《文選》和《楚辭》這兩種書，其引《文選》130次，引《楚辭》40次，而《約注》引集部類書籍的總數是12種184次，我們幾乎可以說《約注》在集部中就引用了《文選》和《楚辭》。

圖5.15　《約注》引用集部類書籍次數、頻率統計

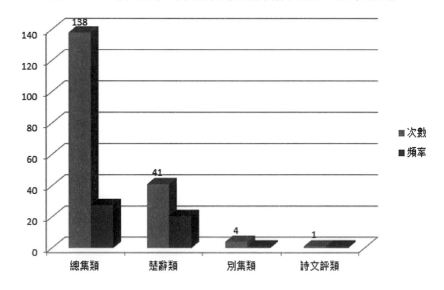

以上統計的引書情況都是就《約注》「舜徽按」部分而言的，因此我們不能由此認為《約注》全書所引集部文獻的種數極少，次數都集中在《文選》和《楚辭》。事實上，《約注》「引用諸家說」的部分也提及了很多清人文集、筆記中的

〔註69〕以《新修本草》為主，另有吳氏、陶注《本草》。

相關內容，張舜徽在《約注》的《自序》中對此有過說明，認為「其中議禮、明制、考文、審音、詮釋名物之作，足以發明許義者，至為繁夥。往往一言精覈，勝於長篇考證遠甚。」〔註 70〕可知張舜徽撰述《約注》過程中對集部的別集類書籍，尤其是清人文集較為熟悉，而且引用其中精義之處也是不少的。

（七）近人論著

《約注》「舜徽按」以自述研究心得為主，所以其中引用「近人論著」較少，但也包括：程樹德的《九朝律考》（8），張舜徽自撰的《周秦道論發微》（2）、《廣校讎略》（1），孫詒讓的《契文舉例》（1），姚華的《弗堂類稿》（1），王國維的《史籀篇疏證》（1），共計引書 6 種 14 次，頻率為 2.33，這是《約注》最低的引書頻率。

張舜徽在《清儒學記・孫詒讓學記》中指出，《契文舉例》「是我國出現考釋甲骨文字專著之始。……他對展開甲骨文字的研究，開創了門徑，作出了貢獻。」〔註 71〕而孫詒讓的《名原》一書，張舜徽認為「又開以甲骨文考證古文字之先例」〔註 72〕。章太炎撰有《孫詒讓傳》，對其研究《周禮》、《墨子》、古籀的成績多所肯定。有人據此以為《契文舉例》和《名原》遠遠趕不上孫詒讓之前的著述，張舜徽則特別說明出現這種情況，有參考資料、治學精力上的原因，但孫詒讓「在古文字學上的功績，全在開創學術研究的新風氣，替後人指示了門路。這在中國學術史上，是應該大書特書的。」〔註 73〕

張舜徽尤其對王國維讚譽有加，他在《訒庵學術講論集》集中，有兩篇文章談到了王國維，分別是《考古學者王國維在研究工作中所具備的條件方法和態度》〔註 74〕以及《王國維與羅振玉在學術研究上關係》〔註 75〕張舜徽還指出：

〔註 70〕張舜徽撰：《說文解字約注》，《張舜徽集》，華中師範大學出版社，2009 年版，第 3 頁。

〔註 71〕張舜徽撰：《清儒學記》，《張舜徽集》，華中師範大學出版社，2005 年版，第 360 頁。

〔註 72〕張舜徽撰：《清儒學記》，《張舜徽集》，華中師範大學出版社，2005 年版，第 362 頁。

〔註 73〕張舜徽撰：《清儒學記》，《張舜徽集》，華中師範大學出版社，2005 年版，第 363 頁。

〔註 74〕張舜徽撰：《訒庵學術講論集》，《張舜徽集》，華中師範大學出版社，2008 年版，第 316～335 頁。

〔註 75〕張舜徽撰：《訒庵學術講論集》，《張舜徽集》，華中師範大學出版社，2008 年版，第 336～347 頁。

清末學者，如吳大澂、孫詒讓，更開闢了「古文字學」的研究園地。……孫氏有《古籀拾遺》和《名原》，更由金文以上究甲骨。但是他們所解決的問題，仍不能超出說字解經的範圍。從來沒有人取用古文字材料，去有系統地考證古代史實。王氏（指王國維），是中國歷史上在這方面用力最勤、成績最大的一人。〔註76〕

與此同時張舜徽也注意到，王國維治學的工夫、途徑、方法都和孫詒讓頗為相近，《觀堂集林》或有效仿《籀廎述林》之意，「根據趙萬里所編《王靜安先生手批手校書目》，孫氏著作如《尚書駢枝》、《籀廎述林》諸書，均在其中，且有眉注多處，可知王氏平日對孫氏著作是經常檢閱的。這對他做學問來說，必然是受到了間接的影響。」〔註77〕

雖然《約注》「舜徽按」中引書的數量，是考察張舜徽撰述此書文獻來源的重要角度，但是我們還要綜合《約注》「引諸家說」的情況，對全書的引書情況進行完整的統計和分析。以孫詒讓、王國維及其論著為例，《約注》「引諸家說」中其實有好些地方引用了兩位學者的釋字成果，但在「舜徽按」部分的引書統計裏只有1次，因此，我們不能僅據引書統計而得出片面的結論。

第三節　小　結

《約注》一書內容中引諸家說所佔比例是很高的。為了全面而深入地認識和評價張舜徽的這個《說文》新注本，不能不對《約注》的引諸家說問題進行考察與探討。總體來看，《約注》引諸家說既展現出了張舜徽對《說文》學術史的清晰把握，又突出了他對《段注》的持續研究，「舜徽按」部分論定所引諸家說精義疊出且別有新得。

一、以學術史的眼光梳理歷代《說文》研究學者。《說文》學術史的一條基本線索就是歷代研究者及其論說，我們可以認為《〈說文解字約注〉引用諸家說姓氏略》一文即是「一篇《說文》研究小史」。《約注》引用諸家說的一個明顯特點就是涉及人數多，時間跨度長，這其實就拓展了對《說文》研究相關專家

〔註76〕張舜徽撰：《訒庵學術講論集》，《張舜徽集》，華中師範大學出版社，2008年版，第319頁。
〔註77〕張舜徽撰：《訒庵學術講論集》，《張舜徽集》，華中師範大學出版社，2008年版，第325頁。

範圍的認知。歷朝歷代有些學者在說解文字時,其觀點與許慎《說文》有所不同。對此,清人往往以輕蔑的態度,忽略這些學者提出的原本包含一定價值的意見,例如唐代的李陽冰、宋代的戴侗,元代的周伯琦,明代的趙宧光。張舜徽認為他們「皆於字學深造有得,不無可取。戴氏《六書故》精義尤多,足以埤益許說。」〔註78〕對於這樣的學者及其觀點,《約注》都有所吸收。錢玄同在1935 年的日記中也談到:

> 清人薄宋、元、明人,戴侗、楊恒、周伯琦、趙撝謙、魏校、趙宧光之說,不肯引之,而引襲之者甚多,甚矣!其中「漢學」之毒也。清儒最精者為以音韻通訓詁,此亦只戴、段、王數人耳,然尚受拘漢之累。檢丁氏《詁林》中不逮周……趙諸人者頗多,蓋宋、元、明人之敢於駁許說,非諸人所及也。即近人如吳大澂、王國維諸人,識甲骨金文雖精,而膽識實尚不逮元、明、清。〔註79〕

上引錢氏所論,與張舜徽的觀點基本上是一致的。就張舜徽舉例說明的李陽冰、戴侗、周伯琦、趙宧光四位《說文》研究者來看,《詁林》只引用了趙宧光的《說文長箋》,其他三位都未引及。可見張舜徽引諸家說不僅是對《詁林》的精簡,還從《說文》學術史研究的視野,發掘出了一些本不該被學界忽略的學者及其《說文》研究論說。

正是因為非常熟悉諸多《說文》研究學者及其論說,張舜徽能夠清晰地看到前賢在治文字學方面所取得的進展,也能夠指出某些被學界或學者所忽略掉的問題,最終做到在充分繼承的基礎上有所創新。例如郝懿行在《曬書堂筆記》中提出想要「集錄《說文》讀若之字,以想見古人之音」,張舜徽對此加「按語」道:「陽湖洪亮吉於乾隆中輯錄許、鄭及其他傳注中讀為、讀若之字,為《漢魏音》四卷。其書成於乾隆四十九年,不久即已刊行。郝氏年輩較晚,何以竟未之見耶?」〔註80〕可知張舜徽對諸多《說文》研究學者的成果作了全面而深入的了解,形成廣闊的《說文》學術史視野,以便能夠在前賢的基礎上有所推進。

〔註78〕張舜徽撰:《說文解字約注·略例》,《張舜徽集》,華中師範大學出版社,2009 年版,第 2 頁。

〔註79〕錢玄同著,楊天石主編:《錢玄同日記》(整理本),北京大學出版社,2014 年版,第 1092 頁。

〔註80〕張舜徽撰:《清人筆記條辨》,《張舜徽集》,華中師範大學出版社,2004 年版,第191 頁。

二、在《段注》基礎上以「注許」為目的。張舜徽在其文字學論著中多次提到《段注》在其《說文》學研究歷程中的重要地位，他既在《約注》大量節錄引用《段注》，又對《段注》作了大量的訂正工作。隨著對以《說文》為核心文字學相關問題研究的不斷深入，張舜徽對《段注》的評價也更為中肯，然而無可否認的是，《段注》在其《說文》學研究過程中有着非常重要的地位。

《約注》作為張舜徽一生小學研究的集成之作，本可呈現出更豐富的內容，然而作者非常明確地提出以「注許」為目的，著力發揚許學。「注許」的前提是盡量恢復許書原貌，這就涉及《說文》的校勘問題。《約注》通過引諸家說來校勘《說文》時，採取了較為嚴謹的態度。例如，他多次指出古人引書較為靈活，不是「死引」，有可能在引用《說文》時有刪節或發揮。因此，《約注》不輕易僅僅根據所引諸家說來改動今本《說文》。前人、諸書引《說文》不必字字與原書相合。而清人據類書舊注、舊注所引《說文》，擅自改動許書，張舜徽認為這是「通人一蔽」。因此，《約注》引諸家說校勘《說文》時多是記其異同，不輕易改動，除非證據確鑿可靠到足以坐實。〔註81〕

《約注》引諸家說服務於「注許」之目的，時賢說字之作與許慎《說文》之義無關的，多不採用。〔註82〕這一方面體現了張舜徽「尊許」的態度，《約注》不是「自造之書」，而是「注述之體」。另一方面也可推知他還應關注到了當時有些學者試圖跳出許慎《說文》的框架，對中國文字進行視野更廣、材料更豐富地研究。但也有某些「至有不讀《說文》專恃臆斷以論說遠古文字者。嚮壁虛構，怪誕紛起。」〔註83〕因此《約注》對今人之說的援引是非常謹慎而嚴格的，寧缺毋濫。實際上，《約注》在「舜徽按」之前所引諸家說裏，提到當時學者的比較而言是很少的，更不用說其中還涉及與許慎《說文》字義無關的內容了。這一點在《約注》引書方面也得到證驗，「舜徽按」所引「近人論著」相對而言就非常少。

然而我們也不難發現《約注》「舜徽按」之後的文字中，張舜徽會談到不少

〔註81〕張舜徽撰：《說文解字約注·略例》，《張舜徽集》，華中師範大學出版社，2009 年版，第 1 頁。

〔註82〕張舜徽撰：《說文解字約注·略例》，《張舜徽集》，華中師範大學出版社，2009 年版，第 2 頁。

〔註83〕張舜徽撰：《清人筆記條辨》，《張舜徽集》，華中師範大學出版社，2004 年版，第 295 頁。

例如漢字文化學、方言民俗等相關的東西，這又在試圖擴大「注許」的內容和方式，有往「說字」方向發展的可能。總體上看，《約注》以引諸家說的方式注述《說文》，以《段注》為基礎，其目的在「注許」，其體例、層次和內容都是以此為核心而展開的。

三、有所繼承而後有所創新。張舜徽治學的一大特點是善於繼承以往的學術成果，他通過新注《說文》的方式，對《說文》學史上重要的研究進行了較為全面而精到的梳理。《約注》引用諸家說的內容非常之多，這是對前賢研究成果的大力繼承；而後以「舜徽按」的形式進行論定，卻是張舜徽治文字學心得的展現，是學術創新。《約注》中引用諸家說與按語相結合的形式體現出張舜徽治學上注重在繼承中創新的特點。他曾就此繼承與創新的問題明確談到：「夫治學力求創立新義，以補前人之不足，斯固善之善者。然創新非可駕空而起也，必先有所繼承，而後可以言創新。昔人恒言熟能生巧，惟精熟始能得新義。」〔註84〕實際上，學術上的創新與繼承的關係可分兩方面講，一方面，創新離不開對此前研究成果的繼承；另一方面，公認、有價值的學術創新又會被後來者繼承。從這個意義上說，張舜徽不論是尊首創之功，還是自抒心得，都體現了他個人較為強烈的創新意識。

《約注》為了尊首創之功，只引用最早提出該觀點的某家說，這不僅意味著他要清理《說文》諸家說中的先後次序，如果個人觀點與前賢暗合，還要「捨己以從前人」。《約注》在引述第二層次中按時代先後的順序，列舉唐宋以來注釋《說文》和說解文字的學者及其觀點，並且「必標舉首創此義者。……尊首創之功」。〔註85〕他尤其注意到徐鍇《繫傳》在《說文》學研究史上的「首創之功」，特別提出：「古代學者對《說文》進行全面注說工作的，實自鍇始，影響於後世尤大。」〔註86〕對這個問題更具體地展開來說就是：「乾嘉諸儒治許學者，多陰本其說。戴氏以互訓釋轉注，固淵源於《繫傳》；即段氏注《說文》，亦多暗襲《繫傳》之說，而不明標出處，不無掠美之嫌也。」〔註87〕正是因為

〔註84〕張舜徽撰：《霜紅軒雜著》，《張舜徽集》，華中師範大學出版社，2009 年版，第 485 頁。

〔註85〕張舜徽撰：《說文解字約注·略例》，《張舜徽集》，華中師範大學出版社，2009 年版，第 2 頁。

〔註86〕張舜徽撰：《說文解字導讀》，巴蜀書社，1990 年版，第 24 頁。

〔註87〕張舜徽撰：《清人筆記條辨》，《張舜徽集》，華中師範大學出版社，2004 年版，198 頁。

對《說文》研究學者、文獻有著較為深入的研究，張舜徽才能夠中肯地評判該學者及其論著、觀點在《說文》學史上的價值和影響。

為了做到「尊首創之功」，張舜徽不僅在引諸家說時指明某觀點的最早提出者，還將自己所悟得，但又暗合前賢觀點之處，都不再展開論述，只標明前人之說。正如他在《清人筆記條辨》中所言：「讀書有得，前人已有先我而言者，則必捨己從人，稱舉前人之說。若此說前人已有數人言及者，則必援引最先之說，所以尊首創之功也。」〔註88〕據此可知《約注》中有一部分張舜徽個人悟得的觀點，其實保存在其所引諸家說之中，實有「暗合」的關係。此外，對所引諸家說進行平議、補充，這是「舜徽按」的學術創新之處。《約注》在吸收歷代大量《說文》研究論點的基礎上，也會在「舜徽按」中加入個人的發明、感悟，主要有兩種情況：「其或兩造之爭未息，則粗舉理據以平亭之；亦有昔人闕所不知、存而未論者，則稽覈其義而補苴之。」〔註89〕這其實是很不容易的，學者非有研究《說文》的深厚功力不可為此事。

除《約注》「引諸家說」之外，「舜徽按」中引書的內容豐富、形式靈活，或以校勘《說文》，旁及它書，或闡釋文字的涵義、形體、發音。張舜徽是文獻學家，考察他在《約注》中的引書情況，既能夠加深對《約注》本書內容構成的認識，又可以管窺他著書的知識背景。參考葉嘉冠碩士論文，我們重新設定引書統計標準，優化引書分類，在新的《約注》引書量化統計框架下，可得到或強化如下一些認識：

（一）《約注》屬於字書，且與經部關係密切

綜合考慮在引書的種類、次數、頻率方面《約注》與「四部」的關聯程度，我們可以多一個角度來論證該書的內容和性質。《約注》引用小學及金石類書籍中的「字書之屬」類書籍的種數最多，同類書的內容相關性強，因此多互相引用，此可佐證《約注》的性質歸屬於字書。而且，相比於字書中的「釋形」、「釋音」，「釋義」是《約注》更為注重的。經部類書籍平均每種被《約注》引用超過107次，而《約注》全部引書平均下來每種是45.97次，可見張舜徽在撰述

《約注》的過程中，最常用到的是經部類書籍，這暗合了「五經無雙許叔重」作《說文》的特點，以經部文獻證說許書文字，正體現出《約注》以「注許」為宗旨。

（二）引書與治學經歷相關

張舜徽一生以讀書、治學為業，其文字學研究自成體系，撰述論著一般都會吸收自己以往的經驗和成果。例如，《約注》引用史部類書籍重在正史類，這不能不說與其早年立志並以十年之力通讀完「全史」的經歷有一定關係。此外，《約注》引子部類書籍的醫家類最多，其中「本草類」被引 49 次，這也可追溯到張舜徽在幼學時，父親教導他結合《本草綱目》上的圖像來讀《說文》艸部、木部的字。1939 年，張舜徽作《釋疾》篇的一個原因是《醫經》、《本草》等書所記疾病名稱今古異辭，可知他一直著關注醫家類書籍。張舜徽作有《周秦道論發微》一書，對子部類書籍自然頗多涉獵，因此《約注》也引及雜家類、儒家類、道家類的重要代表作。從這個意義上說，《約注》不僅匯聚了張舜徽治文字學的成果，也融入了他一生的讀書著述心得。

（三）文字學研究自有特色

從《約注》引書的大範圍看，張舜徽不僅具備「博通四部」的治學格局，還縱貫古今，跟進學術前沿，運用金文、甲骨文等各種材料。在《約注》所引用的小學及金石類書籍中，有關《玉篇》的高達 924 次，這是此類書中最多的。張舜徽師法乾嘉考據學者，以研究方法而論，從《說文》四大家中的桂馥那裡所得為多。用《玉篇》校勘《說文》的方法是由桂馥所開創的。張舜徽據《廣韻》、《玉篇》以證《說文》的方法源自桂馥《說文解字義證》，而桂馥在其書中主要是據《玉篇》以訂《說文》之誤和補《說文》之闕，相對於引用《廣韻》的情況是比較少的。〔註90〕也就是說，在桂馥之後，以《玉篇》治《說文》仍有較大發揮空間，特別是在張舜徽得到唐寫本《玉篇》殘卷之後，能展開很多有價值的研究。翁敏修在《張舜徽〈唐寫本玉篇殘卷校說文記〉述評》一文中指出，張舜徽的《唐寫本玉篇殘卷校說文記》是近代最早以《玉篇殘卷》校勘《說

〔註90〕孫雅芬：《張舜徽談桂馥治〈說文〉方法——據〈廣韻〉〈玉篇〉以證〈說文〉》，董恩林主編：《紀念張舜徽百年誕辰國際學術研討會暨中國歷史文獻研究會第 32 屆年會論文集》，湖北人民出版社，2012 年版，第 201 頁。

文》的著作，〔註91〕其引用文獻豐富、校勘結論信而可徵，且歸納了今本《說文》致誤類型，包括正篆重文、說解文字兩大方面共 37 例。而且，《唐寫本玉篇殘卷校說文記》對清代學者研究成果的擇取，為後來撰寫《說文解字約注》作了資料準備。

　　張舜徽的「雅學」研究也取得了不少成績，推出了包括像《鄭雅》這樣的專著，所以《約注》引《爾雅》的次數多於《說文》，這也不是偶然的現象。《約注》所引經部類書籍之中，超過三分之一的都屬於《詩》、《禮》類，尤其是《詩經》，在「舜徽按」中的引用次數最多。我們知道張舜徽特別推崇鄭玄的學問，對此研究頗深。而鄭玄恰好在箋《詩》注《禮》方面的貢獻很大，因此張舜徽在撰述《約注》過程中對這方面內容的汲取自然是很多的。

　　《約注》引諸家說與引書可統稱為「引文獻」，這正是張舜徽作為一個文獻學家所擅長的研究方式。因此我們對《約注》的認識也需要從「文獻學」的角度加以展開。劉韶軍、高山《〈說文解字約注〉的歷史文獻學視野》一文，從《約注》論述古籍的篇目與卷數、篇卷前後次序，《約注》略例的文獻學意識，以及《約注》將古文字當作歷史文獻資料使用的例證，這四個方面提出要從歷史文獻學的角度來解讀《約注》。〔註92〕其實所謂的「文獻學視野」還應包括「辨章學術，考鏡源流」，也就是說，重點要看到張舜徽通過撰述《約注》，對《說文》學術史所作的清理，在此基礎上他個人對文字學研究的推進。當然，我們通過統計、分析《約注》所引文獻，也加深了對張舜徽治學歷程和研究特點的認識。

〔註91〕董恩林主編：《紀念張舜徽百年誕辰國際學術研討會暨中國歷史文獻研究會第 32 屆年會論文集》，湖北人民出版社，2012 年版，第 204 頁。

〔註92〕周國林主編：《張舜徽百年誕辰紀念國際學術研討會論集》，華中師範大學出版社，2011 年版，第 355～365 頁。

第六章　通的文字學

　　章學誠在《文史通義》一書中提出：「通之為名，蓋取譬於道路，四衝八達，無不可至，謂之通也。亦取其心之所識，雖有高下、偏全、大小、廣狹之不同，而皆可以達於大道，故曰通也。」〔註1〕從文字學與張先生治通人之學的關係上考慮，我們提出「通的文字學」這一說法。這個新提法，本人早先受到了武漢大學哲學學院院長吳根友教授關於「通的哲學」的啟發。吳教授在其文章《通之道（引論）——種新的形上學之思》中，多次論及「通的哲學」，〔註2〕而且他「嘗試以『通』為核心觀念，建構一種以『通性』為形上學基礎的哲學論說方式。」〔註3〕吳教授有關「通的哲學」論文還有：《易、莊哲學中「通」的觀念及其當代啟示》（載《周易研究》，2012 年第 3 期），《從比較哲學到世界哲學——從譚嗣同仁學中的「通」論看比較哲學的前景》（載《中國近現代哲學》2008 年第 12 期），《「合而觀之，求其會通」——21 世紀明清學術思想研究方法》（載《中國社會科學報》2011 年 1 月 4 日第 9 版）。此外，吳教授有關「通的哲學」重要論文還收入其專著《求道・求真・求通——中國哲學的歷史展開》（商務印書館，2015 年版）。吳根友教授是知名學者，其論

〔註1〕（清）章學誠注，葉瑛校注：《文史通義》，中華書局，1985 年版，第 389 頁。
〔註2〕吳根友：《通之道（引論）——種新的形上學之思》，《哲學分析》，2013 年第 4 卷第 1 期，第 62、63、65 頁。
〔註3〕吳根友：《通之道（引論）——種新的形上學之思》，《哲學分析》，2013 年第 4 卷第 1 期，第 59 頁。

說得到學界認可，本人學習、借鑒其「通的哲學」提法，總結張舜徽先生的文字學為「通的文字學」

主張「通人之學」的張舜徽，在他的文字學研究領域，無疑也是將「通」的思想加以貫徹、實踐，最終「達於大道」，故可稱之為「通的文字學」。從狹義上來說，通的文字學指張舜徽以雙聲之學對文字的聲、義進行通貫闡釋，並且對字形、字用方面的問題也能打通各字之間的聯繫。通是一種類比、聯繫的方法，這一點在張舜徽撰述《約注》時對術語「猶」的使用上表現得尤為明顯。廣義上「通的文字學」除文字學研究的本體外，還包括張舜徽的治學路徑、理念態度等，即為多層面貫徹「通」的思想。

就文字學研究本體而言張舜徽「通的文字學」，主要表現為以「雙聲」為線索，繫聯《說文》中的聲義相關之字，有時也闡明字形演變與字用通借等。此外，從《約注》「舜徽按」中所用術語「猶」的情況來看，張舜徽善於對文字的涵義、聲轉和運用等各種情況進行比況，以打通各字和各種文字現象之間的聯繫。

第一節　雙聲之學為核心

在《愛晚廬隨筆》中張舜徽提出「雙聲之學不可不講」的命題，[註4]這是他汲取前賢聲韻研究成果所得出的重要結論。雙聲之學理論體系所包涵內容豐富，但又便於學者掌握、操作，張舜徽把它進行充分運用，取得了不少成果。雙聲之學在「通的文字學」中處於一種核心地位，雙聲既是「通的動力」，又是實用的操作辦法，並且張舜徽將其「一以貫之」於他的文字學研究歷程中。

一、雙聲與雙聲之學

張舜徽雙聲之學中的「雙聲」所指到底是什麼？他在《聲論集要》裏給出的定義是：「音所從發謂之聲，發音相同之字，謂之雙聲。」[註5]同樣的表述還見於《訒庵學術講論集》所收文章《關於研究古漢語的問題》，這是張舜徽1981年在甘肅師範大學所作的演講。可知對於「雙聲」概念所指內涵，張舜

〔註4〕張舜徽：《雙聲之學不可不講》，《愛晚廬隨筆》，《張舜徽集》，華中師範大學出版社，2005年版，第38頁。

〔註5〕張舜徽撰：《舊學輯存》，《張舜徽集》，華中師範大學出版社，2008年版，第191頁。

徽是一以貫之的，簡言之就是「發音相同之字謂之雙聲」。為了達到「發音相同」的效果，又要從發音部位和發音方法兩個維度來實現。發音部位從大的方面可分喉、牙、舌、齒、唇這「五音」，發音方法涉及音的發送收及清濁，這些都是雙聲之學所包涵的內容。

然而學界對於張舜徽雙聲之學的「雙聲」多存在誤解，認為只是「聲母相同或相近」之類的意思，與韻母關係不大。其實由上文所引張舜徽本人在書中的定義可知，雙聲是就「發音相同」而言的，而發音問題當然會包括聲、韻兩個方面。文字音讀是聲和韻的結合，作語音分析固然可以從聲母、韻母的角度各自考察，但語音實際是聲韻相關，一般不會出現聲、韻各自獨立發展演變的情況。語音演變過程中，聲、韻是相互配合的，我們不能忽略了這種聲韻相關性，也正是在此基礎上，張舜徽強調：「古今語言的變化，文字的孳乳，大抵由於雙聲的多，由於疊韻的少。不同韻的字，由於聲鈕相同而得通轉的往往而是。」〔註6〕可知雙聲還會涉及一個「聲轉」的問題。實際上，張舜徽所談雙聲，除「同鈕」之外，大量涉及到聲轉問題，包括旁鈕、同類相轉、同位相轉、五大類通轉等，雙聲之學涵蓋甚廣。

張舜徽對雙聲之學的運用，關於聲、韻配合的問題是自然而然地落實的。牛尚鵬有論文《〈說文解字約注〉「雙聲」說的具體所指》，其中統計過張舜徽在雙聲理論指導下所繫聯的 3871 組同源詞，發現「具有聲轉關係的占 96.79%，而具有韻轉關係者占 89.27%，可以說，『雙聲』說重聲但並不輕韻，更沒有抹殺古韻部類界限任憑聲母縱橫馳騁。」〔註7〕事實上，張舜徽早年作有《說文聲韻譜》等，他對文字聲、韻這兩個方面一直是聯繫起來看的。在明確了張舜徽「雙聲」概念的準確內涵之後，才能避免產生一種「重聲輕韻」的誤解。

雙聲是指發音相同之字，也就是嚴格的「同鈕雙聲」；雙聲之學則包括旁鈕雙聲、同類同位相轉、五大類相轉等許多涉及「聲轉」的內容，還有以雙聲理論推出的實際操作方法，及其研究成果如《漢語語原聲系》這樣的專著，結合《約注》中對雙聲理論的大量運用，可見張舜徽的雙聲之學不僅內容豐富、自成體系，也取得了豐碩成果。

〔註6〕張舜徽撰：《訒庵學術講論集》，《張舜徽集》，華中師範大學出版社，2008 年版，第40 頁。
〔註7〕牛尚鵬：《〈說文解字約注〉「雙聲」說的具體所指》，《華中人文論叢》，2010 年第 2期，第 77 頁。

二、理論淵源

雙聲之學的理論不是張舜徽首創的，而是他結合自己的研究體會與前賢論述，在繼承中創新，在總結後推進。給張舜徽「雙聲之學」以理論來源和啟發的學者及其著作包括：王念孫的《廣雅疏證》和《釋大》，丁顯的《諧聲譜》和《異字同聲考》，徐昂的《音學全書》，江謙的《說音》等等。尤其是王念孫在《廣雅疏證》中對雙聲的運用達到了持簡馭繁、持約繫博的效果，這給張舜徽以極大啟發，他曾有意借鑒王念孫的做法，撰述《雅詁通釋》一書。王念孫有《釋大》一文，張舜徽則作《釋小》一篇。此外，張舜徽較為仔細地對雙聲之學的理論源流進行梳理，輯錄戴震以來二十家論及雙聲的精要觀點，且自加按語論定，成《聲論集要》。張舜徽的雙聲之學既有堅實的理論依據，又可用於貫穿字群、推求語源的實踐。

1935 年，張舜徽撰成《說文聲韻譜》後，更加深刻地認識到：由聲類求字義比由韻部推字義還要可靠。簡言之，聲訓應重在運用「雙聲之理」。清儒早已論述及此，因此張舜徽作《聲論集要》（簡稱「《聲論》」），從學術史的視野對「聲訓」理論進行了一個小結。

張舜徽說《聲論集要》「集錄二十家（從戴震到錢玄同）之言，皆甚精要；其論聲之為用，亦約略具於是矣。」〔註 8〕其體例是先引用清代學者有關論述原文，再加按語。例如，《聲論》首先引戴震說：「音聲有不隨故訓變者，則一音或數義；音聲有隨故訓變者，則一字或數音。大致一字既定其本義，則外此音義引申，咸六書之假借。」〔註 9〕字義總是在發展、變化，這個過程中，字音不變則形成「多義字」（一音或數義）；字音有變化則成「多音字」（一字或數音）。戴震認為如果找到了該字的「本義」，其音、義的引申與變化就是所謂六書的假借。又如「胡」字的本義是指類似於「鳥獸頷下的垂肉或皮囊」狀的東西（例如狼跋其胡、戈胡），聲轉為「遐」則「胡」字就有「遠」義（例如永受胡福、降爾遐福），又聲轉為「何」假借其義（例如胡不萬年）。戴震在抓住文字本義的基礎上，用「轉語之法」識別出各種假借，他的「因聲知義」主要解決的是一個識別本字與假借字的問題。《聲論》引戴震說：「人之語言萬變，而聲氣之徵，有自然之節限。……疑於義者，以聲求之；疑於聲者，以

〔註 8〕 張舜徽撰：《舊學輯存》，《張舜徽集》，華中師範大學出版社，2008 年版，第 194 頁。
〔註 9〕 張舜徽撰：《舊學輯存》，《張舜徽集》，華中師範大學出版社，2008 年版，第 175 頁。

義正之。」〔註10〕張舜徽對戴震所言「聲氣自然節限」具體展開為喉、牙、舌、齒、唇這「五大限」。《聲論》中的「舜徽按」則對戴震的音韻、聲訓成就評價頗高，並指出其未完成的《轉語》二十章不是後人以為的《聲類表》。戴震言將《說文》九千餘字以聲相統而成的《諧聲表》，此與張舜徽所作《說文聲韻譜》實為同一件事。

又如《聲論》引段玉裁說：「古者先有聲音，而後有文字。是故九千字中，從某為聲者，必同於某義。」〔註11〕「舜徽按」指出，漢儒早已認識到形聲字的聲旁有義，宋人昌言「右文」，然而根據聲旁來求字義要特別注意到造字時的假借：「蓋造字時每字所從之聲，不必皆用本字本義，而聲旁之用借字者所在皆是，要不可不審辨也。」〔註12〕也就是說，對形聲字進行「因聲求義」要考慮到其聲旁用假借字的情況，這是段玉裁所未注意或沒有言明的。

通過《聲論》可以看出張舜徽對前賢和時人所研究有關雙聲之學的論說，進行了充分的汲取，若加以仔細分析和歸納，《聲論》主要涉及到了以下幾個方面的內容：

（一）本字、假借

《聲論》首先就引戴震之說，談到字義發展過程中的音義演變問題，其主要觀點是，確定了文字的本義，而後此字音義引申、假借就可以弄清楚了。在這個求文字的本義、引申、假借過程中，所應遵循的方針是「以聲求義，以義正聲」。戴震的這個意思得到諸多學者的讚同，包括《聲論》所引王念孫說：「學者以聲求義，破其假借之字而讀以本字，則渙然冰釋。」他們都強調本字與假借之別需要理清楚。

然而，對於文字假借的問題，有的學者提出新的看法，認為「假借」之名是後人所起，其實古人用字時本無所謂「假借」。《聲論》引黃承吉說：「其實古人原非假借，據字直書，必故為假借何為者。蓋古者原用其綱，而目則可別可不別，古人初不料後人之不喻乎綱也。」簡言之，黃承吉所說的「綱」是指「聲旁」字，古人本來就是用這個「聲旁」字表示該文字的音義，後來所增加的各種「形旁」起到進一步區別義類的作用，如果將這其中表示某一種義類的字視

〔註10〕張舜徽撰：《舊學輯存》，《張舜徽集》，華中師範大學出版社，2008年版，第176頁。
〔註11〕張舜徽撰：《舊學輯存》，《張舜徽集》，華中師範大學出版社，2008年版，第176頁。
〔註12〕張舜徽撰：《舊學輯存》，《張舜徽集》，華中師範大學出版社，2008年版，第177頁。

為「本字」，其它的就是「假借」了。黃承吉認為這是不符合古代文字使用實際情況的。這種看法深化我們對本字與「假借」關係的認識。

（二）小學經典文獻

戴震最早提出可將《說文》九千餘字以聲相統而成的《諧聲表》，之後另有姚文田的《說文聲系》、嚴可均的《說文聲類》、張慧言的《說文諧聲譜》、江垣的《說文音均表》等，因此對於錢塘提出的：「塘嘗欲取許氏之書，離析合併，重立部首，系之以聲。」張舜徽指出「此議實始創於休寧戴氏」。應該說戴震以來，不少學者都嘗試對《說文》從聲韻系統的角度進行整理，這是既是一項小學基本功，也能從中產出若干學術成果。例如，張舜徽自己就在二十四歲時以古韻部為經、聲鈕為緯，係錄《說文》，完成《說文聲韻譜》，並由此更深刻地認識到，由聲類推求字義比韻部要更可依據，更方便，用處還極為廣泛，堅定了他對雙聲之學的研究信心。

除《說文》外，張舜徽非常重視《爾雅》、《釋名》這些傳統小學經典文獻，據前文統計《約注》「舜徽按」中引《爾雅》558 次，引《釋名》348 次，而從《聲論》引說中也可以看出他對這兩種書的重視。《爾雅》被譽為訓詁學的開山之作，而其書「無不以聲音為本」。（阮元說）《聲論》又引陳澧說：「《爾雅》訓詁同一條者，其字多雙聲。」另外，《釋名》一書在張舜徽文字學研究過程中所起到的作用也相當之大，由其所作《演釋名》可見一斑。其實黃侃也非常看重《釋名》，《聲論》引其說曰：「諸傳注訓詁不關聲者，不過百一。《釋名》一書，全用聲同、聲近之比方；考音之士，最宜措意者也。」兩位學者所見略同。

（三）聲旁問題

《聲類》引段玉裁所提出《說文》「從某為聲者，必同於某義」的觀點，也就是說，文字所用的聲旁，其字義也包涵在該聲旁之中。然而，這其中是有問題的，文字所用的聲旁作為「獨體字」來說有其本音、本義，而這個聲旁在構字時未必是用本義，也可能僅僅作為「聲符」來用，這就是所謂造字時的聲旁假借現象。劉師培也說：「義象既同，所從之聲亦同。所從之聲既同，在偏旁未益之前，僅為一字，即假所從得聲之字以為用。」

對於這種「以某為聲」之字的聲旁，黃承吉指出了它的來源，以及與「形旁」的在構字過程中的先後關係：「凡字之以某為聲者，皆原起於右旁之聲義以

製字,是為諸字所起之綱。其在左之偏旁部分(或偏旁在右在上之類皆同),則即由綱之聲義而分為某事某物之目。」也就是說「聲旁」最先成字,而後才有形旁等其它構字元素附加上來。這個「聲旁」字其實是後來用此所構成字的淵源。

(四)雙聲之說

張舜徽文字學研究的一個特色就是雙聲,儘管雙聲之學不能說是張舜徽首創,但是他在充分繼承前賢研究成果的基礎上,做出了理論與實踐兩方面的重要推進與弘揚。《聲論》引丁顯說:「雙聲之說,系乎經術,關於史學,而兼識乎方言者也。」〔註13〕可見他對雙聲的作用無比推崇。其實雙聲主要屬於音韻學範疇,但也與訓詁學密切相關,因此王國維說:「與其謂古韻明而後訓詁明,毋寧謂古雙聲明而後訓詁明歟!」〔註14〕這是比較中肯的意見。《聲論》將雙聲與疊韻作比較,更強調雙聲的重要地位。雙聲之所以比其它聲訓方式用處更廣是有原因的,江謙指出:「古人聲音訓詁之例可舉者:一、同音;二、一音之轉;三、雙聲;四、疊韻;五、重言;六、急讀緩讀;而雙聲之用最多,以字廣於同音,同義親於疊韻之故也。」〔註15〕

《聲論》在引程敦、宋保之說後的「舜徽按」中有云:「諸家謂義出於聲,是也。惟學者循聲求義,必沿雙聲之理以求之,而不可拘泥於形聲字之聲旁耳。大抵聲旁相同之字,不必皆雙聲也。」〔註16〕張舜徽在這裏就對「因聲求義」的方法進行了修正:不能僅從聲旁考慮,而要根據雙聲來推求字義,雙聲比聲旁更能嚴謹地將文字的音義關聯起來。

儘管錢大昕說「知雙聲可不言字母」,然而藉助字母進行分析,雙聲可分作兩種:同鈕雙聲和旁鈕雙聲。《聲論》引江謙說,同鈕雙聲是指:「凡同一聲母之字,無論或為陰聲,或為陽聲,皆謂之雙聲,亦謂之同鈕。」另外,旁鈕雙聲是指:「若一為見母,一為溪母,則謂之旁鈕雙聲。……推之見、溪、群、疑、曉、匣、影、喻、深腭淺腭,皆有相互環通之妙,亦可謂之旁鈕雙聲。」〔註17〕實際上,張舜徽還專門研究過旁鈕雙聲的問題,像《說文諧聲轉鈕譜》這樣的論著中

〔註13〕張舜徽撰:《張舜徽學術論著選》,華中師範大學出版社,1997 年版,第 139 頁。
〔註14〕張舜徽撰:《張舜徽學術論著選》,華中師範大學出版社,1997 年版,第 144 頁。
〔註15〕張舜徽撰:《張舜徽學術論著選》,華中師範大學出版社,1997 年版,第 140 頁。
〔註16〕張舜徽撰:《張舜徽學術論著選》,華中師範大學出版社,1997 年版,第 138 頁。
〔註17〕張舜徽撰:《張舜徽學術論著選》,華中師範大學出版社,1997 年版,第 140 頁。

因為對聲鈕通轉的認識有大量材料支撐，所以他能夠掌握其中一些重要的「聲鈕旁轉」規律。但就「雙聲之學」而言，所涵蓋的內容不限於同鈕、旁鈕，也包括其它聲轉現象，也就是說，張舜徽對雙聲問題的界定相對是比較寬的。

（五）聲　轉

考察語音在時空中轉變的問題，可從聲、韻兩個角度入手。張舜徽選擇對「雙聲之學」進行深入研究，也是因為看到了用雙聲來談聲轉的問題要比從韻的角度更為可信、方便。《聲論》引錢大昕說：「無不可轉之聲，而有必不可通之韻。」章太炎作《成均圖》，將古韻二十三部通轉的問題複雜化，提出旁轉、隔越轉等諸多名目，反而難以自圓其說。他的弟子黃侃、錢玄同對此均有「修正」。例如《聲論》引黃侃說：「古音通轉之理，前人多立對轉、旁轉之名；今謂對轉於音理實有，其餘名目皆可不立；以雙聲疊韻二理，可賅括而無餘也。」〔註18〕同時又進一步引錢玄同之說：「旁轉之說，難以信從。竊謂古今言語之轉變，由於雙聲者多，由於疊韻者少。不同韻之字，以同鈕之故而得通轉者往往有之；此本與韻無涉，未可偏據以立旁轉之名也。」〔註19〕張舜徽非常認同用雙聲來談聲轉的問題。

聲的大類可分為喉、牙、舌、齒、唇，其中涉及「聲轉」的問題。《聲論》引錢大昕說「牙音喉音本非兩類。」章太炎對此問題研究得更為細緻，提出很多非常有價值的論點，《聲論》均有引及：「娘、日二鈕，古並歸泥，……齒舌有時旁轉，……同一音者，雖旁鈕則為雙聲。……此牙音為喉也。……此喉牙發舒為舌音也。……此舌音遒斂為喉牙也。……此喉牙發舒為齒音也。……此齒音遒斂為喉牙也。……此喉牙發舒為唇音也。……此唇音遒斂為喉牙也。……此喉牙發舒為半舌也。……此半舌遒斂為喉牙也。略舉數字，足以明喉牙貫穿諸音。」〔註20〕章太炎的「娘日歸泥」說是學界所熟知的，其「喉牙貫穿諸音」說卻相對而言不夠被重視，而這一點卻被張舜徽所特別注意。

（六）聲　始

文字的聲義關係是語源學研究的重點，求得聲始（或稱語根）是其題中之

〔註18〕張舜徽撰：《張舜徽學術論著選》，華中師範大學出版社，1997 年版，第 146 頁。

〔註19〕張舜徽撰：《張舜徽學術論著選》，華中師範大學出版社，1997 年版，第 147 頁。

〔註20〕張舜徽撰：《張舜徽學術論著選》，華中師範大學出版社，1997 年版，第 145～146 頁。

義。關於文字與其聲、義關係的理論問題，前賢已有基本共識。在現象層面上，前賢注意到文字「聲近義通」的規律。《聲論》引王引之說「聲之相同相近者，義每不甚相遠」，宋保也讚同此說，這種聲、義相通的現象引起了學者們對文字聲始問題的深入研討。

　　《聲論》引阮元之說「義從音生也，字從音義造也」，由此可知字義是從字音而來，那麼求得它最初的字音，也就找到了聲始或語根，錢塘將其稱之為「本音」，《聲論》引其說曰：「文者，所以飾聲也；聲者，所以達意也。聲在文之先，意在聲之先。至制為文，則聲具而意顯，以形加之為字，字百而意一也。意一則聲一，聲不變者，以意之不可變也，此所謂文字之本音也。」〔註21〕《聲論》前引阮元、錢塘關於音、義先後的問題粗看起來是有矛盾的，因為阮元的觀點是「義從音生」，音在前，義在後；錢塘則說「意在聲之先」。兩者看問題的方向不同，其實觀點是可以統一的。阮元所說的「義從音生」是從後望前看，推求字義要從音上考慮，這個「義」本身就與「音」緊密結合，後來成字，這個「義」相對而言是具體的；錢塘說的「意」原本是隱含、未定的，簡言之是個大概的意象，它先後要通過聲、文而得以顯現，這是從前往後看，這個「意」則較為抽象，所以錢塘說「字百而意一」。

　　聲始問題之所以重要，是因為它能夠貫穿文字聲義發展變化的過程，在複雜的字形系統遮蓋下，有力地推進訓詁學研究。《聲論》引邵晉涵說：「聲音宣而文字著焉，字日孳而聲亦漸轉。得其聲始，則屢轉而不離其宗。」〔註22〕相當於聲始的概念，也有稱之為語根、音原等。求聲始，在一定意義上也就是求語源，而語源又牽涉到字原，這些概念的界定、區分在不少學者那裡未必十分清晰。然而，不論是求聲始、語根、音原、字原等，其與語源學的關係是非常緊密的，梁啟超在這個問題上還提出了更為具體的操作辦法，《聲論》引其說曰：「宜從音原以求字原，輒擬為兩公例：一、凡形聲之字，不惟其形有義，即其聲亦有義。質言之，則凡形聲字什九皆兼會意也。二、凡轉注假借字，其遞嬗孳乳，皆用雙聲。……不寧惟是，同一發音之語，其展轉引申而成之字可以無窮。」〔註23〕前賢這些關於語源學的基礎理論與研究方法為張舜徽取得個

<hr>

〔註21〕張舜徽撰：《張舜徽學術論著選》，華中師範大學出版社，1997年版，第136頁。

〔註22〕張舜徽撰：《張舜徽學術論著選》，華中師範大學出版社，1997年版，第137頁。

〔註23〕張舜徽撰：《張舜徽學術論著選》，華中師範大學出版社，1997年版，第142～143頁。

人語源學學術成果提供了有益借鑒。

在《聲論集要》中，張舜徽梳理了從清代戴震以來關於「聲訓」的研究史，他得出結論：「學者能循聲以求義，亦簡約易由之術也。如欲研治小學，以達於語言文字之原，則雙聲之理，不可不講。」〔註24〕對「循聲以求義」（或稱「因聲求義」）問題的重視，又見於《清人筆記條辨》中針對嚴元照對徐鍇《繫傳》的批評，張舜徽認為其：「吹毛索瘢，無乃已甚。然其書實有不可廢者，非特據小徐《繫傳》可正大徐本之失已也。吾尤服其每說一字，多因聲求義，往往曲得古人造字命物之意。」〔註25〕可知「聲訓」是張舜徽文字學研究的核心問題。

如同對《說文》學術史進行過一定程度的小結一樣，張舜徽對「雙聲之學」的研究前史也進行了一番梳理。雙聲理論是從聲訓發展而來，由解決單字訓詁，到繫聯多字，再到探索同源字群的語根，這是三個層次的功用，也就是：因聲求義，繫聯聲義相通之字，推求語源。雙聲之學在這三種功用中如同「推動力」，無怪乎張舜徽多次說道，雙聲之學持簡馭繁而為用至宏！

三、操作方法

在學術研究實踐中雙聲之學的應用簡便易行，為了判斷兩個或多個字是否有「雙聲」的關係，大概需要經歷三個步驟。首先，要熟悉《廣韻》一書，查出各字在其中的切語。其次，由該字的「切語上字」查得其所歸屬的聲類（聲鈕）。最後判斷各字之間的關係是同鈕雙聲、旁鈕雙聲，還是同類同位相轉或五大類相轉的雙聲。由切語上字查得聲鈕的工作，其實建立在清人陳澧的研究成果之上，是他從《廣韻》中找出四百五十二個反切上字，再根據它們的同用、互用、遞用關係，繫聯成四十聲類。後來，黃侃又將陳澧四十聲類多分出一類，也就是「明、微」作為兩個聲類，共四十一聲類。張舜徽在《舊學輯存》中附有「《廣韻》切語上字的常用字」，將常用的「反切上字」與「四十一聲類」對接起來，記住了這個「反切上字表」，也就能很快地知道各字所屬聲類。

〔註24〕張舜徽撰：《舊學輯存》，《張舜徽集》，華中師範大學出版社，2008 年版，第 194 頁。

〔註25〕張舜徽撰：《清人筆記條辨》，《張舜徽集》，華中師範大學出版社，2004 年版，第 206 頁。

　　四十一聲類按照發音部位不同，又可分為喉、牙、舌、齒、唇五音，如下表：

表6.1　四十一聲類與五音對應表

四　十　一　聲　類	五音
影、喻、為、曉、匣	喉音
見、溪、羣、疑	牙音
端、透、定、泥、來、知、徹、澄、娘、日	舌音
精、清、從、心、邪、照、莊、穿、初、牀、神、審、疏、禪	齒音
幫、滂、並、明、非、敷、奉、微	唇音

　　「聲類」是指某一類聲母的總稱，它是從切語材料中繫聯而得來的，並沒有經過音位歸納處理。「聲鈕」則是在音位歸納整合後所可使用的標目，相當於「字母」。因此，從實用的角度，張舜徽把「四十一聲類」又稱之為「四十一鈕」，準此，則喉、牙、舌、齒、唇便又另外稱之為五大聲類。

　　雙聲之學作為一種具體的操作方法，所涉及到的內容既包括同鈕雙聲，也涉及各種聲轉，所以確定各個字是否可運用到「雙聲」，有多種情況，包括：同鈕雙聲、旁鈕雙聲、同類相轉、五大類相轉等。所謂「同鈕雙聲」，是指各字同一聲母，也就是說其反切上字屬於「四十一鈕」（即「四十一聲類」）中的同一鈕，如同屬「影鈕」，同屬「見鈕」，同屬「溪鈕」等。旁鈕雙聲，是指聲母相近、相鄰的情況，例如，牙音中的見鈕與溪鈕是旁鈕，唇音中的幫鈕與滂鈕也是旁鈕。

　　同類雙聲，指同屬喉、牙、舌、齒、唇五大聲類中某一類的聲鈕，例如見、溪、羣、疑四個聲鈕都屬於牙音類。並且同類雙聲的字義多有相通，經前賢學者研究歸納，喉音字多「會合」之義；牙音字多「高廣」之義；舌音字多「重大」之義；齒音字多「纖小」之義；唇音字多「敷布」之義。據此可知聲類與其涵義還有著深層聯繫。

　　此外，還有五大類相轉，包括喉、牙、舌、齒、唇這五大類之間的通轉，比如：喉音有與牙、舌、齒、唇相轉的；牙音有與喉、舌、齒、唇相轉的；舌音有與喉、牙、齒相轉的；齒音有與喉、牙、舌相轉的；但只有唇音，僅與喉、牙相轉。例如，喉、唇二類本為一語的「在喉為香，在唇為芳」，香字許良切，屬於曉母，是為喉音；芳字敷方切，屬於敷母，是為唇音。香、芳二字就是喉

音、唇音相轉的例子，此等例證張舜徽在《說文解字導讀》中共列舉三十個，他還指出：「這足以說明一語分為數字，大半是由於五方殊語、音讀不同所引起的。」〔註26〕然而五大類的通轉不可一概而論，必須基於充分的文獻例證，否則就變成無所不轉了。高山在博士論文中整理出來張舜徽《五音相轉圖》〔註27〕如下，可參看：

圖 6.1　五音相轉圖

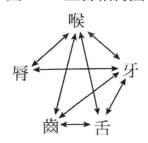

　　五大類相轉又涉及一個「同位相轉」的問題。張舜徽所指的「同位相轉」與「同類相轉」有特定所指，但其本源出自與戴震的《轉語二十章序》，張舜徽總結了戴氏「位同」、「同位」之說，並且另有定名：

　　　　所謂同位者，聲不外喉、牙、舌、齒、唇五位，凡在同位者，
　　互為雙聲，不分正鈕與旁鈕也。同位相轉，是為正轉。所謂位同者，
　　聲之清濁及發送收，其位相同，得互相轉，是為變轉。戴氏所提「同
　　位」，謂聲類大限相同者也；所謂「位同」，謂清濁及發送收之位相
　　同者也。二名易淆，可改為「同類」與「同位」，則昭然辨析矣。

〔註28〕

　　張舜徽把聲轉問題分析得更深入，有同類相轉與同位相轉兩種情況。同類相轉是所謂「正轉」，即喉、牙、舌、齒、唇五大類中一類內部的聲鈕互為雙聲，強調發聲部位；同位相轉則是就發聲方法（發送收及清濁）而言的，所以在一定程度上打破了喉、牙、舌、齒、唇五大類的界限，但五大類並不是可以隨意相轉，例如唇音只與喉、牙相轉。另外，清、濁音同類的也可互轉。張舜徽以表格的形式對四十一聲鈕同類同位相轉的情況小結如下：

〔註26〕張舜徽撰：《說文解字導讀》，巴蜀書社，1990 年版，第 68 頁。
〔註27〕高山：《〈說文解字約注〉同族詞註釋研究》，華中師範大學博士論文，2012 年，第 43 頁。
〔註28〕張舜徽撰：《霜紅軒雜著》，《張舜徽集》，華中師範大學出版社，2009 年版，第 18 頁。

表 6.2　四十一聲鈕同類同位相轉表〔註29〕

發送收及清濁	喉	牙	舌	齒	唇
發清	影	見	端知	精莊照	邦非
發濁	喻為				
送清	曉	溪	透徹	清心初疏穿審	滂敷
送濁	匣	羣	定澄	從邪牀神禪	並奉
收濁		疑	泥來娘日		明微

　　上表中同列的為「同類相轉」，如牙音列中的見鈕與溪鈕；同排為「同位相轉」，如牙音列中的見鈕與齒音列中的照鈕。同類、同位相轉必須有足夠的例證支撐，上表可作參考，但不能僅僅據此表論定雙聲相轉。張舜徽對聲轉的文獻例證非常重視，所以箋釋了錢大昕《聲類》中的《釋訓》篇，成《同類同位相轉例證》一文，收入《漢語語原聲系》，為緒言第十篇。〔註30〕《四十一聲鈕同類同位相轉表》重在說明「同位相轉」的問題，在張舜徽的雙聲之學中非常重要。

　　實際上，張舜徽在運用「雙聲相轉」時的態度是非常謹慎的，寧可「求之過嚴」，以同鈕為主，而不要「求之過寬」。張舜徽之所以能夠熟練運用他的「雙聲之學」，與其多年積累的聲韻學功力密不可分，不論是作《說文聲韻譜》，還是整理「《廣韻》切語上字的常用字」，這些紮實的基本功，讓他能較快地找到、判斷出各字的雙聲關係，為深入推進「雙聲之學」打下堅實的基礎，只有熟能生巧，才能運用起來得心應手。

四、雙聲之用

　　由漢人「聲訓」所發展而來的雙聲之學，經由張舜徽的吸收、整合，既有理論依據，操作起來又簡便易行，在其文字學研究中主要有三大方面的運用，簡而言之就是：訓詁、繫聯字群、推求語源。

（一）循雙聲以說字

　　因為發音部位相同的字（雙聲），其涵義大多相同或相近，所以古人用雙聲

〔註29〕張舜徽撰：《霜紅軒雜著》，《張舜徽集》，華中師範大學出版社，2009 年版，第 19 頁。

〔註30〕張舜徽撰：《霜紅軒雜著》，《張舜徽集》，華中師範大學出版社，2009 年版，第 19 頁。

理論來作訓詁，且在經傳中早已萌芽，例如《孟子》「庠者，養也；校者，教也」之說。這種訓詁方法又可稱為「聲訓」，許慎、鄭玄等漢代學者在他們的著作中都有大量運用。以雙聲理論貫通義訓，許慎、鄭玄之後，張舜徽又非常重視劉熙及其《釋名》一書，他指出：「劉熙推廣其法以成《釋名》，聲訓之理，功用益顯。……劉熙之學，實出於鄭，深造有得，故能衍鄭君聲訓學之遺緒而張大之。今觀《釋名》之為書，即物名以釋義，而本之雙聲立訓者為多。」〔註31〕按照劉熙《釋名》的義例，張舜徽有所補充，作有《演釋名》。

由經傳中的聲訓萌芽到「許鄭之學」，到劉熙的《釋名》，再到《演釋名》，張舜徽從中提煉出「循雙聲以說字」的訓詁方法，並且在《約注》中大量運用。例如「某之言某也」，是《約注》中使用極多的術語，據高山的《說文解字約注同族詞註釋研究》一文對「之言」所作的整理材料，〔註32〕《約注》「舜徽按」用到術語「之言」的至少有 1500 多處。這些其實都是「循雙聲以說字」的實踐，這樣的例子很多，如《約注》「瀏」字〔註33〕「舜徽按」語中有云：「瀏之言綠也，謂水至清而外呈碧綠色也。《釋名·釋采帛》云：『綠，瀏也。荊泉之水，於上視之，瀏然綠色，此似之也。』瀏、綠雙聲，一語之轉，故古人即以瀏釋綠。水之至清者，則瀏然發光。水之有光者謂之瀏，猶石之有光者謂之琊耳。」又如「潏」字〔註34〕按語有云：「潏之言矞也，謂滿有所出，水向上涌也。」等等。

張舜徽之所以在《約注》中大量使用「之言」這一術語，與其推崇鄭玄之學不無關係，他說：「鄭氏經注中凡云『之言』者，多依聲以通其義。如《禮記注》云：『妻之言齊也。』『妾之言接也。』」〔註35〕《約注》中的「之言」也可以說是貫徹了「依聲以通其義」的理念，並且所「依聲」絕大多數情況下就是

〔註31〕張舜徽撰：《愛晚盧隨筆》，《張舜徽集》，華中師範大學出版社，2005 年版，第 40 頁。

〔註32〕高山：《〈說文解字約注〉同族詞註釋研究》，華中師範大學博士論文，2012 年，第 153～168 頁。

〔註33〕張舜徽撰：《說文解字約注》，《張舜徽集》，華中師範大學出版社，2009 年版，第 2699 頁

〔註34〕張舜徽撰：《說文解字約注》，《張舜徽集》，華中師範大學出版社，2009 年版，第 2704 頁。

〔註35〕張舜徽撰：《鄭學叢著·鄭雅》，《張舜徽集》，華中師範大學出版社，2005 年版，第 128 頁。

「雙聲」。例如《約注》「淦」字〔註36〕「舜徽按」語中有云：「淦之言間也，謂船有罅隙，水從隙入也。淦、間雙聲，義相通矣。」《約注》中隨處可見雙聲之學用於訓詁說字。

（二）繫聯字群

人的五大發音部位喉、牙、舌、齒、唇，還可細分為守溫的三十六字母，陳澧的四十一聲類，或黃侃的古聲十九鈕，這是以雙聲繫聯字群的音韻分析框架，張舜徽指出：「古聲雖寬，不像後世這樣密；但是我們今天為了要探索語言文字的本原，把語根找出來，初學下手，寧肯失之密，不可失之寬。因為求之於密而有所得，這『密』自然包括在那『寬』之中。」〔註37〕張舜徽在《約注》中遵循雙聲的原理貫穿《說文》九千多字，在具體的操作中是先用雙聲找語根，然後繫聯到若干字。例如：

> 莧是菜名而從見聲，何以它的音讀不和其他從見聲的字相同，而必讀為侯澗切（反切悉依《唐韻》）？這是由於莧的莖葉皆赤，正如天雞赤羽而名為翰一樣，同受聲義於倝，倝是日始出時發出的紅光。〔註38〕

如何由莧字繫聯到翰、倝？問題的提出原來是發現了「莧」字的音讀與其他從見聲的字不同。這種現象張舜徽很早就注意到了，他在 1941 年作有《說文諧聲轉鈕譜》，其中就將「莧」字收在「見」鈕所轉的「匣」鈕之下。〔註39〕這種語言變易的轉鈕現象，引起了張舜徽「語源學」的思考，實際上他應當是先從音讀、涵義上將莧、翰聯繫起來，再追溯「語根」是倝。莧讀侯澗切，倝讀古案切，翰讀矦倝切，三字都屬於匣鈕，是同鈕雙聲字。在《約注》「莧」字〔註40〕「舜徽按」中，不僅繫聯了翰字，還說它「猶赤色謂之翰」；而《約注》「翰」字〔註41〕

〔註36〕張舜徽撰：《說文解字約注》，《張舜徽集》，華中師範大學出版社，2009 年版，第 2746 頁。

〔註37〕張舜徽撰：《說文解字導讀》，巴蜀書社，1990 年版，第 64 頁。

〔註38〕張舜徽撰：《說文解字導讀》，巴蜀書社，1990 年版，第 64～65 頁。

〔註39〕張舜徽撰：《舊學輯存》，《張舜徽集》，華中師範大學出版社，2008 年版，第 134 頁。

〔註40〕張舜徽撰：《說文解字約注》，中州書畫社，1983 年版，卷二，8 下。又見華師版《約注》第 111～112 頁。

〔註41〕張舜徽撰：《說文解字約注》，中州書畫社，1983 年版，卷七，33 上。又見華師版《約注》第 842～843 頁。

「舜徽按」中也論述到了萈、翰、軟的關係。直到《約注》「軟」字〔註42〕「舜徽按」語中有云：「赤日為軟，亦猶赤羽之為翰，語原同耳。」這就是在字群繫聯之後開始探討「語原」的問題了。此外張舜徽還舉了紷、腸、戴、秕的例子，由諧聲轉鈕發現問題，繫聯雙聲同源字，推求語源，舉一反三，可以旁推。〔註43〕這一項繫聯字群的工作正是《約注》定名之意的重要內容「約之以雙聲」的具體所指。范新干在《〈說文解字約注〉探述》一文中從《約注》詞義考論方面切入，談到其繫聯同源詞時「既有語音相同或相近的條件，又有意義相同或相近的依據，由此而繫聯出來的同源詞，自是信而有徵。」〔註44〕這是對《約注》在繫聯同源詞方面所取得成就的高度肯定。

（三）推求語源

張舜徽非常重視對語源的探求，他在《漢語語原聲系》的《自序》開篇就說：「治語言文字之學，必至乎探求語原，以聲為綱，從而部居條理，得其義例，始有真正訓詁之學可言。」〔註45〕《漢語語原聲系》是張舜徽用雙聲之學探求語原的專著，其中既有理論的建構，也有操作方法和具體實踐。高山的博士論文《〈說文解字約注〉同族詞註釋研究》有專題探討，可參看。

張舜徽強調推求語源要以語言為主，而非字形，並且首先要能夠「從人情物理上取得依據，以推究其聲始，立一為耑，以貫穿之」，〔註46〕因為「古今雖有時代之變，而人情物理乃至方言俚語及謠諺習俗，有歷數千年而猶未變者，取以證今日之語言，固多符合無間。」〔註47〕這是張舜徽探求語源的獨特之處，強調「人情物理」，重視「方言習俗」等「無字書」的材料，用這些來佐證他所提出的觀點。

為了進行同源詞的繫聯和語根的推求的工作，必須以「雙聲之學」為先導，所以張舜徽又講道：「探索語原者，首必求之同鈕，次乃求之近鈕、同類及各類

〔註42〕張舜徽撰：《說文解字約注》，中州書畫社，1983年版，卷十三，32下。又見華師版《約注》第1651頁。
〔註43〕張舜徽撰：《說文解字導讀》，巴蜀書社，1990年版，第65頁。
〔註44〕周國林主編：《張舜徽百年誕辰紀念國際學術研討會論集》，華中師範大學出版社，2011年版，第368頁。
〔註45〕張舜徽撰：《霜紅軒雜著》，《張舜徽集》，華中師範大學出版社，2009年版，第3頁。
〔註46〕張舜徽撰：《霜紅軒雜著》，《張舜徽集》，華中師範大學出版社，2009年版，第4頁。
〔註47〕張舜徽撰：《霜紅軒雜著》，《張舜徽集》，華中師範大學出版社，2009年版，第25頁。

通轉之跡，而後可以博採而廣收也。」〔註48〕文字孳乳相生，與雙聲相衍緊密相關，因此掌握了雙聲之學，推求語源就是水到渠成的事情，不妨舉例說明：

> 初民看到天空有水點下落之現象，即形成一「下落」之概念，而名之為「雨」。此「雨」乃聲始，為發展語言文字之一根。聲衍為霣，雨也；為磒，落也；為隕，從高下也；為顛，面色顛喪也；為扢，有所失也（指手中之物失落在地）。可以肯定霣、磒、隕、顛、扢諸字，並受聲義於雨。此以字羣之聲，同在喉音喻鈕。〔註49〕

以上提到的例字如雨、霣、磒、隕、顛、扢，都是「同鈕雙聲」，由於雙聲相衍的道理，以「雨」為聲始，又發展成語根，從「落下」的語源義生發、演變出來霣、磒、隕、顛、扢等字，形成以「雨」為語源的同源字群。

張舜徽作《漢語語原聲系》，其探討語詞音義相通關係的文獻上依據重在《說文》，他在《自序》中提到：「今茲所舉語詞例證，多本《說文》，不復旁搜，約之至也。誠能由《說文》以推及他書，則所得多矣。」〔註50〕可知張舜徽的《漢語語原聲系》較之《說文解字約注》，其實是運用雙聲之學，推進了對於語源學問題的研究。

第二節　聲義通貫為釋字重點

張舜徽撰述《約注》的主旨包括「約之以雙聲」，因此「舜徽按」中有大量對文字聲、義進行貫通和繫聯的內容，這成為《約注》的釋字重點。以《約注》卷廿一為例，「舜徽按」部分的一項基本內容便是運用雙聲之學對文字的聲、義關係進行闡發，既解釋清楚該字的音讀、涵義，又繫聯到《說文》中其它聲、義可以相通的字，當然也有繫聯字群後再簡要推求語源的情況。更具體地講，《約注》在闡明文字的聲、義相通時包括三種情況：聲通、義通、聲義皆通。當然，這是從分析的角度所作的區分，實際上文字間的聲通與義通大都是相關的，不具有排他性，都是為了達到聲義通貫的目的。以《約注》卷廿一

〔註48〕張舜徽撰：《霜紅軒雜著》，《張舜徽集》，華中師範大學出版社，2009 年版，第 6 頁。

〔註49〕張舜徽撰：《霜紅軒雜著》，《張舜徽集》，華中師範大學出版社，2009 年版，第 26 頁。

〔註50〕張舜徽撰：《霜紅軒雜著》，《張舜徽集》，華中師範大學出版社，2009 年版，第 4 頁。

「舜徽按」中所用聲通、義通、聲義皆通的術語，可作為一個考察角度，加以說明。

一、說明聲通

聲義通貫是《約注》釋字要達到的目標，因此「舜徽按」在該字涵義已知、易知的情況下，就重點說明其與它字的聲通關係，包括音同、聲近、聲轉等。《約注》強調各字聲通，是為了說明它們在音讀方面的聯繫，為「因聲求義」和通辨字用做鋪墊工作。為了便於分析《約注》「舜徽按」中強調各字聲通的現象，不妨從所用術語的角度進行說明。《約注》中的「聲通」術語包括音同音近和聲轉兩大方面，前者如音同、同有某音、讀如某、聲近；後者有同類相轉、同類近轉、各類互轉、語轉，等等。聲通的理論依據是雙聲之學，張舜徽在撰述《約注》過程中所使用的術語是多種多樣的。

（一）音　同

指讀音相同的字，例如《約注》「濟」字〔註51〕「舜徽按」語中有云：「（濟、沛）二字音同，故古人通用無嫌。」《漢書》顏師古注中就認為「沛」本來就是濟水之字。《約注》指出濟、沛二字的聲通關係，以便說明古人在字用方面對它們的通假。

（二）同有某音

多字同有某音，那麼它們也有「聲通」之關係。例如《約注》「瀵」字〔註52〕「舜徽按」語中有云：「本書走部趨下云：『讀若敕』，是凡從異聲者，同有敕音也。瀵、漢實即一字。」這樣就通過同有「敕」音，將瀵、漢二字的讀音貫通起來，並且指出它們原本就是一字。

（三）讀某如某

兩字讀音相似，例如《約注》「水」字〔註53〕「舜徽按」語中有云：「上海人

〔註51〕張舜徽撰：《說文解字約注》，《張舜徽集》，華中師範大學出版社，2009 年版，第 2680 頁。

〔註52〕張舜徽撰：《說文解字約注》，卷廿一，《張舜徽集》，華中師範大學出版社，2009 年版，第 2660 頁。

〔註53〕張舜徽撰：《說文解字約注》，卷廿一，《張舜徽集》，華中師範大學出版社，2009 年版，第 2630 頁。

讀水如矢。」其實阮元作有《釋矢》一文，其中也提到過「水」的讀音與「矢」相近。張舜徽在這裡引用上海話中的讀音，從方言的角度添一佐證。

（四）聲　近

由雙聲關係而串聯起來的字，讀音相近，即可稱為雙聲音近，例如《約注》「淛」字〔註54〕「舜徽按」語中有云：「淛與漸聲近，故古人亦稱為漸江。」淛屬章母，漸屬精母，都是齒音，是雙聲關係，二字音近，所以古人將淛江又稱為漸江。

（五）同類相轉

屬於同一聲類的字可相轉。例如《約注》「浦」字〔註55〕「舜徽按」語中有云：「浦與瀕、瀆皆脣聲字，同類相轉，故其義通。」浦屬於滂母，瀕屬於幫母，瀆屬於滂母，它們都是脣聲字，因此它們屬於脣音的同類相轉。

（六）同類近轉

同類相轉中也有發音關係比較緊密的，稱為同類近轉，其實也就是旁鈕雙聲。例如《約注》「涳」字〔註56〕「舜徽按」語中有云：「直流謂之涳，猶橫關對舉謂之扛，牀前橫木謂之杠。涳字聲在溪鈕，扛、杠見鈕，同類近轉也。橫與直對舉有別，統言無殊。」見、溪、群、疑都屬於牙聲類，而且見鈕與溪鈕臨近，所以稱之為「同類近轉」。

（七）各類互轉

五大聲類喉、牙、舌、齒、脣之間也可以互轉，特別是喉牙有貫穿諸聲的作用，章太炎對此論證頗詳，張舜徽《聲論集要》中引用其說。《約注》中論及牙、喉相通，例如「洭」字〔註57〕「舜徽按」語中有云：「洭之於湟，猶恇之於惶，古聲牙喉相通，故得互轉也。」

〔註54〕張舜徽撰：《說文解字約注》，卷廿一，《張舜徽集》，華中師範大學出版社，2009 年版，第 2634 頁。

〔註55〕張舜徽撰：《說文解字約注》，卷廿一，《張舜徽集》，華中師範大學出版社，2009 年版，第 2729 頁。

〔註56〕張舜徽撰：《說文解字約注》，卷廿一，《張舜徽集》，華中師範大學出版社，2009 年版，第 2712 頁。

〔註57〕張舜徽撰：《說文解字約注》，卷廿一，《張舜徽集》，華中師範大學出版社，2009 年版，第 2653 頁。

（八）語　轉

文字讀音轉變有音韻學上的規律，明白其原理，就能把握其語轉現象。例如《約注》「澺」字〔註58〕「舜徽按」語中有云：「水騰躍則聯續無絕，因謂之澺湨，猶語言相及不斷謂之譅譗耳。今讀澺丑入切，聲在徹鈕，古讀歸透與譅雙聲。澺湨之與譅譗，實語轉也。」澺字古讀屬於透母，譅字屬於匣母，旁鈕雙聲。

錢大昕提出「古無舌上音」，這也是一條重要的音韻學規律，張舜徽在《約注》注釋中也有運用。例如《約注》「泜」字〔註59〕「舜徽按」語中有云：「泜讀直尼切，聲在澄鈕。古無舌上音，皆讀入舌頭，故晉灼、司馬貞讀泜如邸。」此處雖然沒有用「語轉」一詞，但是談的還是泜、邸二字在讀音上的聯繫，實則有關「聲通」。

二、論述義通

《約注》「舜徽按」在各字聲通關係已知、易知的情況下，會重點說明其義通關係，包括義同、義通、本義、引申義、多義等。實際上《約注》「舜徽按」中涉及說明字義相通的術語很多，以卷廿一為例就包括：

（一）義　同

指字義有相同之處，因此可視為「義通」的一種情況。各字義同的原因不一，有的是因為所從聲旁相同，例如《約注》「洚」字〔註60〕「舜徽按」語中有云：「水不遵道，謂氾濫也。水性就下，苟氾濫則卑下處無所不至，故洚又訓下。本書𨸏部：『降，下也。洚、降同從夅聲而義同。」洚、降二字並不是同義字，而是因為均從聲旁夅，所以字義有相同的「下」義。

（二）雙聲義同

指各個雙聲字的涵義有相同之處，例如《約注》「汩」字〔註61〕「舜徽按」

〔註58〕張舜徽撰：《說文解字約注》，卷廿一，《張舜徽集》，華中師範大學出版社，2009 年版，第 2711 頁。

〔註59〕張舜徽撰：《說文解字約注》，卷廿一，《張舜徽集》，華中師範大學出版社，2009 年版，第 2681 頁。

〔註60〕張舜徽撰：《說文解字約注》，卷廿一，《張舜徽集》，華中師範大學出版社，2009 年版，第 2692 頁。

〔註61〕張舜徽撰：《說文解字約注》，卷廿一，《張舜徽集》，華中師範大學出版社，2009 年版，第 2803 頁。

語中有云：「川部：『𡿨，水流也。』與汩同音，疑本一字。凡水不流而導之使流，是治水之義也。故𡿨訓水流，汩訓治水，義實相成。汩之與𡿨，猶減之與㲿耳。減訓疾流，㲿訓水流，並與汩、𡿨雙聲義同。」汩、𡿨、減、㲿有著雙聲的關係，且汩、𡿨同音，這四個字都有相同的「水流」義。

（三）與某義同

指一字所包涵的某涵義與另一字相同，例如《約注》「汗」字〔註62〕「舜徽按」語中有云：「汗之言淺也，謂其水不深也，與洦義又同。凡田間之渠，大抵然矣。」《說文》中汗、洦二字前後相鄰，且《約注》「洦」字「舜徽按」語中有云說：「水之淺者謂之洦……凡言厚薄，當以洦為本字。今通作泊，由淺水義又引申為停泊也。」〔註63〕可知在「水淺」的涵義上，《約注》認為汗與洦二字的意義相同。

（四）實一物

同指一種事物，或從不同角度描述，但它們的字義必是相通的，這是張舜徽所重視從「人情物理」上釋字的表現。例如《約注》「潚」字〔註64〕「舜徽按」語中有云：「潚即溲之語轉，實一物耳。泔久留則質變而有臭氣，與溲便無殊也。」《說文》「潚」訓「久泔也」，《約注》根據泔水久放發臭的現象，指出「潚」與「溲」字義相通。

（五）義　通

《約注》中多言「義通於某」，指該字與它字在其所包涵的某種意義上有相通之處，例如《約注》「漉」字〔註65〕「舜徽按」語中有云：「小徐本『鹿聲』下有『一曰水下皃』六字，此乃別義，而義通於漏。《廣雅·釋言》云：『漉，滲也。』是已。」其中所提到的「漏」字讀盧后切，「漉」字讀盧谷切，二字顯然是同鈕雙聲的關係，所以《約注》重點說明它們在字義方面的聯繫。又如《約

〔註62〕張舜徽撰：《說文解字約注》，卷廿一，《張舜徽集》，華中師範大學出版社，2009 年版，第 2690 頁。

〔註63〕張舜徽撰：《說文解字約注》，卷廿一，《張舜徽集》，華中師範大學出版社，2009 年版，第 2690 頁。

〔註64〕張舜徽撰：《說文解字約注》，卷廿一，《張舜徽集》，華中師範大學出版社，2009 年版，第 2779 頁。

〔註65〕張舜徽撰：《說文解字約注》，卷廿一，《張舜徽集》，華中師範大學出版社，2009 年版，第 2777 頁。

注》「灡」字〔註 66〕「舜徽按」語中有云：「灡又訓寒，則義通於凜。」此處「寒」義相通的灡、凜二字中的「凜」字應當寫作「癝」，因為《說文・仌部》訓「癝」字為「寒也」，《約注》作「凜」，蓋有誤。

（六）雙聲義通

明確指出是雙聲字，且它們的涵義相通，例如《約注》「漥」字〔註 67〕「舜徽按」語中有云：「洼訓深池，凡池深則水清，故漥訓清水耳。洼、窊雙聲義通，故漥又訓為窊。」《說文》「窊」訓「污衺，下也。」《約注》指出洼、窊二字義通，應當是就「下」義而言。

（七）義相成

《約注》「舜徽按」中或稱「二義相成」，強調的是字義之間的邏輯關聯，相互補成，因此也算是「義通」的一種。例如《約注》「瀗」字〔註 68〕「舜徽按」語中有云：「許以議罪訓瀗，議、瀗雙聲，一語之轉耳。《廣雅・釋言》：『瀗，疑也。』疑與瀗亦雙聲。惟疑斯議，義亦相成。」這也是從「人情物理」上說明字義相通關係，包括下面的術語「義相因」：

（八）義相因

例如《約注》「洏」字〔註 69〕「舜徽按」語中有云：「此篆二義，許書原文，蓋以『洝也』為一曰義，而『煮孰』乃其本義。本書肉部：『胹，爛也。』洏、胹音同，實即一字。今聲洏在日紐，古讀歸泥，與洝雙聲，直一語耳。凡物煮孰，則其水未有不熱者，二義實相因也。」《約注》指出「洏」字的本義是「煮熟」，而「洝」字的意思是「熱水」，這兩個意思有著前後承接的關係。

（九）自某義出

闡明字義的源出線索，這無疑也是《約注》通貫字義的一種方式，例如《約

〔註 66〕張舜徽撰：《說文解字約注》，卷廿一，《張舜徽集》，華中師範大學出版社，2009 年版，第 2736 頁。

〔註 67〕張舜徽撰：《說文解字約注》，卷廿一，《張舜徽集》，華中師範大學出版社，2009 年版，第 2733 頁。

〔註 68〕張舜徽撰：《說文解字約注》，卷廿一，《張舜徽集》，華中師範大學出版社，2009 年版，第 2799 頁。

〔註 69〕張舜徽撰：《說文解字約注》，卷廿一，《張舜徽集》，華中師範大學出版社，2009 年版，第 2774 頁。

注》「澤」字〔註70〕「舜徽按」語中有云：「《釋名・釋地》云：『下而有水曰澤，言潤澤也。』可知水所聚為澤，亦自潤澤義出。」

（十）引申有某義

《約注》中也有「引申為凡某之稱」的術語，與「引申有某義」，都是為了疏通該字本義與引申義的關係，例如《約注》「潛」字〔註71〕「舜徽按」語中有云：「蓋潛之言㾕也，沈入水中而行進也。潛、㾕雙聲，語之轉耳。潛行水中，人所不見，故引申有深藏義。」

除由字義通貫《說文》中有關的各個字之外，《約注》中也會就某一個字的各種涵義之間的關係進行說明，這是單字層面上的「義通」梳理，包括兼有二義、字義不專於某等。

（十一）兼二義

疏通一個字各種義項的關係，有時就是說明該字如何兼有這些涵義。例如《約注》「潰」字〔註72〕「舜徽按」語中有云：「潰之言壞也，謂隄防敗壞也。隄防壞，小則漏水，大則決口，故潰字自兼漏、決二義。潰、壞雙聲，語之轉耳。」

（十二）義不專於某

在文字使用範圍有演變的情況下，疏通、證明其字義發展關係也是「義通」的一種表現形式，例如《約注》「漕」字〔註73〕「舜徽按」語中有云：「《漢書・趙充國傳》：『臣前部士入山伐材木，大小六萬枚，皆在水次，冰解漕下。』顏注云：『漕下，以水運木而下也。』是漕之為用，不專於轉穀矣。《玉篇》云：『漕，水轉運也。』於義較安。」

《約注》「舜徽按」幾乎處處講雙聲，但對於明顯是雙聲關係的情況，則不再多言「聲通」，而直接說明「義通」之理，並且從人情物理出發較多，這是《約注》的一個特色。總體上看，《約注》釋字以疏通字義為主，雙聲作為

〔註70〕張舜徽撰：《說文解字約注》，卷廿一，《張舜徽集》，華中師範大學出版社，2009年版，第2721頁。
〔註71〕張舜徽撰：《說文解字約注》，卷廿一，《張舜徽集》，華中師範大學出版社，2009年版，第2745頁。
〔註72〕張舜徽撰：《說文解字約注》，卷廿一，《張舜徽集》，華中師範大學出版社，2009年版，第2722頁。
〔註73〕張舜徽撰：《說文解字約注》，卷廿一，《張舜徽集》，華中師範大學出版社，2009年版，第2800頁。

一種工具和手段，為繫聯義通字提供線索或論證。此外，《約注》「舜徽按」中的「義通」所涉及內容廣泛，在文字學本體研究的基礎上，還有很多漢字文化學相關論述。

三、聲義皆通

《約注》釋字的重心是聲、義通貫，因此在「舜徽按」不論是說明聲通，還是論述義通，最終都是為了達到「聲義皆通」的目標。當然，《約注》「舜徽按」中還會有一些專門的術語，不僅點明了各字之間有著聲義皆通的關係，有時甚至還會指出它們的語源所在，張舜徽對這些術語的使用較為靈活。

（一）之 言

這是《約注》「舜徽按」中指示聲義皆通的常用術語，說明各字之間既有發聲又有涵義的聯繫，前文提到過，「之言」可稱得上是張舜徽「雙聲訓詁法」的標誌性術語，例如《約注》「瀏」字〔註74〕「舜徽按」語中有云：「瀏之言綠也，謂水至清而外呈碧綠色也。《釋名·釋采帛》云：『綠，瀏也。荊泉之水，於上視之，瀏然綠色，此似之也。』瀏、綠雙聲，一語之轉，故古人即以瀏釋綠。水之至清者，則瀏然發光。水之有光者謂之瀏，猶石之有光者謂之珋耳。」又如《約注》「浙」字〔註75〕「舜徽按」語中有云：「此水所以名浙者，浙之言折也，謂其水之流行屈折也。以其屈折如之字，故又名之江，亦曰曲江。」《約注》中用術語「之言」的，都是在聲、義兩方面對各字做貫通工作，自成一家之說，言之成理。

（二）猶

這也是《約注》一書中用得非常多的術語，「猶」字所比況的情況十分複雜，其中自然包括聲義皆通的例子，如《約注》「洦」字〔註76〕「舜徽按」語中有云：「水之淺者謂之洦，猶繒之薄者謂之帛也。」洦、帛聲通，其涵義在「薄、淺」方面也是相通的。又如《約注》「洪」字〔註77〕「舜徽按」語中有

〔註74〕張舜徽撰：《說文解字約注》，卷廿一，《張舜徽集》，華中師範大學出版社，2009年版，第 2699 頁。

〔註75〕張舜徽撰：《說文解字約注》，卷廿一，《張舜徽集》，華中師範大學出版社，2009年版，第 2634 頁。

〔註76〕張舜徽撰：《說文解字約注》，卷廿一，《張舜徽集》，華中師範大學出版社，2009年版，第 2689 頁。

〔註77〕張舜徽撰：《說文解字約注》，卷廿一，《張舜徽集》，華中師範大學出版社，2009年版，第 2692 頁。

云：「大水為洪，猶鳥之肥大為䧆，人之大腹為仜，語源一耳。」此處由洪、䧆、仜三字聲義皆通而進一步推定其語源相同。關於《約注》中術語「猶」的使用分析，後文專闢一節，集中探討。

（三）通某於某

一個「通」字，指示出各字之聲、義關聯，例如《約注》「汪」字〔註 78〕「舜徽按」語中有云：「其訓池者，乃通汪於潢耳。」汪、潢顯然聲通，且「潢」字《說文》訓為「積水池」，因此它們是聲義皆通的。

（四）本一字，或稱「實一字」

如果各字的讀音、涵義相同，那麼它們就很可能原本是一個字，這裡說的「一字」主要就音、義兩方面而言。例如《約注》「洍」字〔註 79〕「舜徽按」語中有云：「汜、洍音義並同，疑本一字。」又如《約注》「衍」字〔註 80〕「舜徽按」語中有云：「（演）與衍同音，實一字而二形。」

（五）音義並同

這是《約注》表示「本一字」涵義的另一種術語，音義相同則其本為一字，例如《約注》「汎」字〔註 81〕「舜徽按」語中有云：「汎與泛音義並同，實本一字。古人言汎舟，即今人言泛舟也。」

（六）音義亦近

音義相近，也是《約注》中探討聲義皆通的一種情形，例如《約注》「減」字〔註 82〕「舜徽按」語中有云：「川部尚有𡿧篆，訓水流也，與減音義亦近。」減字《說文》訓為「疾流」，是「水流」的一種狀態，所以說它們音義相近。

（七）亦名、異稱

〔註 78〕張舜徽撰：《說文解字約注》，卷廿一，《張舜徽集》，華中師範大學出版社，2009 年版，第 2700 頁。

〔註 79〕張舜徽撰：《說文解字約注》，卷廿一，《張舜徽集》，華中師範大學出版社，2009 年版，第 2690 頁。

〔註 80〕張舜徽撰：《說文解字約注》，卷廿一，《張舜徽集》，華中師範大學出版社，2009 年版，第 2693 頁。

〔註 81〕張舜徽撰：《說文解字約注》，卷廿一，《張舜徽集》，華中師範大學出版社，2009 年版，第 2702 頁。

〔註 82〕張舜徽撰：《說文解字約注》，卷廿一，《張舜徽集》，華中師範大學出版社，2009 年版，第 2698 頁。

同樣的事物有多種名稱，其所指相同，且讀音顯然相近或相同，例如《約注》「潕」字〔註83〕「舜徽按」語中有云：「古潕水亦名舞水。」古時的「潕水」既然又名「舞水」，其所指意義相同；且「潕」、「舞」二字顯然聲近，故亦可謂之聲義皆通。又如，《約注》「灂」字〔註84〕「舜徽按」語中有云：「灂汋即漷之異稱耳。下文：『漷，夏有水冬無水曰漷。』此本《爾雅·釋山》。漷字古讀蓋與覺同，緩言之則曰灂汋，急言之則為漷，實一物也。」

（八）今語方言、聲變語轉

今有某語，或方言中有某稱，則義通；言聲變或語轉，則音通。例如《約注》「涫」字〔註85〕「舜徽按」語中有云：「湖湘間稱（沸鬲）水曰開水，亦涫之聲變耳。」又如《約注》「淅」字〔註86〕「舜徽按」語中有云：「今語稱汰米曰洗米，洗即淅之語轉。」

（九）實一語

語言文字在演變過程中有分化，然而它們有著同源的關係，這就是「實一語」，例如《約注》「潰」字〔註87〕「舜徽按」語中有云：「汩、潰雙聲，實一語也。」又如《約注》「濕」字〔註88〕「舜徽按」語中有云：「土、濕雙聲，實一語也。蓋即古濕水之殘餘而稍有遷改耳。」

（十）一語之轉

張舜徽主要基於「雙聲」理論而談「語轉」，其聲義相通，例如《約注》「溉」字〔註89〕「舜徽按」語中有云：「溉、灌雙聲，一語之轉耳。二字並以雙聲受義

〔註83〕張舜徽撰：《說文解字約注》，卷廿一，《張舜徽集》，華中師範大學出版社，2009 年版，第 2660 頁。

〔註84〕張舜徽撰：《說文解字約注》，卷廿一，《張舜徽集》，華中師範大學出版社，2009 年版，第 2713 頁。

〔註85〕張舜徽撰：《說文解字約注》，卷廿一，《張舜徽集》，華中師範大學出版社，2009 年版，第 2774 頁。

〔註86〕張舜徽撰：《說文解字約注》，卷廿一，《張舜徽集》，華中師範大學出版社，2009 年版，第 2776 頁。

〔註87〕張舜徽撰：《說文解字約注》，卷廿一，《張舜徽集》，華中師範大學出版社，2009 年版，第 2658 頁。

〔註88〕張舜徽撰：《說文解字約注》，卷廿一，《張舜徽集》，華中師範大學出版社，2009 年版，第 2670 頁。

〔註89〕張舜徽撰：《說文解字約注》，卷廿一，《張舜徽集》，華中師範大學出版社，2009 年版，第 2676 頁。

於貫。」這裡的溉、灌不僅有雙聲的關係，並且其涵義來源於「貫」，也就是說三字的聲義其實都相通，而「貫」是溉、灌的語源。

（十一）語原同

在語源相同的情況下，文字的聲、義自然是相通的，這是「橫向」的比較，例如《約注》「沱」字〔註90〕「舜徽按」語中有云：「凡江水別出皆謂之沱，猶樹木旁枝謂之條耳。條、沱雙聲，語原同也。」又如《約注》「濥」字〔註91〕「舜徽按」語中有云：「水脈綿延不絕謂之濥，是猶子孫相承續謂之胤，蟲行能自引長者謂之螾，長槍謂之㦸，長柱謂之楹，並雙聲義近，語原同也。」

（十二）語原一

來自同一個語源的文字，其聲、義也是相通的，這就有著「縱向」的考察，例如《約注》「汙」字〔註92〕「舜徽按」語中有云：「汙之言淺也，謂其水不深也，與洿義又同。凡田間之渠，大抵然矣。汙、淺雙聲，語原一耳。」

（十三）同　原

文字的聲、義同源，其實也是語源學研究的重點，例如《約注》「渙」字〔註93〕「舜徽按」語中有云：「流散謂之渙，猶言譁謂之讙，……（讙、歡、荒、駽）並有紛亂意，聲義固同原也。渙本流散之名，因引申為凡離散之稱。」

（十四）受聲義於某

提出文字受聲義於某字，這在語源學上是一種「推源」，例如《約注》「濥」字〔註94〕「舜徽按」語中有云：「（濥）謂水脈行地中綿延不絕也。而實受聲義於永。本書『永，水長也。象水巠理之長永也。』是其義已。」語源學研究中的「系源」工作主要是確認各字的同源關係，「推源」則要指出其語源具體所

〔註90〕張舜徽撰：《說文解字約注》，卷廿一，《張舜徽集》，華中師範大學出版社，2009 年版，第 2634 頁。

〔註91〕張舜徽撰：《說文解字約注》，卷廿一，《張舜徽集》，華中師範大學出版社，2009 年版，第 2693 頁。

〔註92〕張舜徽撰：《說文解字約注》，卷廿一，《張舜徽集》，華中師範大學出版社，2009 年版，第 2690 頁。

〔註93〕張舜徽撰：《說文解字約注》，卷廿一，《張舜徽集》，華中師範大學出版社，2009 年版，第 2696 頁。

〔註94〕張舜徽撰：《說文解字約注》，卷廿一，《張舜徽集》，華中師範大學出版社，2009 年版，第 2693 頁。

指。「受聲義於某」，實際上就指出了語源。

《約注》「舜徽按」中釋字以聲義通貫為重點，如果說其引書主要用以證成字義，那麼雙聲之學就從字音的角度極大地支持了這項工作的完成。從這個意義上看張舜徽「通的文字學」本體研究，其核心就在於雙聲之學。同時我們也注意到，張舜徽在撰述《約注》時對術語的使用較為靈活，不論是說明聲通、義通，還是聲義皆通，「舜徽按」語中所用術語是多種多樣的，它們各自的涵義大處相通，細分則有別，可見《約注》行文之謹嚴。

第三節　通辨字形與字用

文字學本體研究包括形、聲、義三方面，而文字使用時又涉及通用、假借等情況。張舜徽通的文字學，不僅是從聲、義方面通貫《說文》，也對字形有所關注和闡釋。總體上看，《約注》「舜徽按」中釋字的重點不在分析字形，但張舜徽能夠獨闢蹊徑，通過求初文，談後起字、異體字等方式，這實際上也是在字形方面貫徹其文字學「通」的精神。此外，張舜徽既重視對古文字形材料的運用，又清楚古籍與現今所用字形的情況，這同樣算是一種「通古今」的文字學研究法。文字有形、音、義三個基本要素，這是「本體」；有體有用，因此文字使用上的問題也不能忽略。張舜徽文字學的特點是「通」，既包括聲義貫通地釋字，也包括對字形演變、字用通借等方面問題的辨析。

一、明辨字形變化

字形分析是文字學研究的基礎性工作，張舜徽對《說文》進行大量而細緻的校勘工作，在通過字形探求文字本義方面取得了不少成績。文字形體的變化往往是為了滿足使用上的需要，因此《約注》不論是求初文，講明後起形體，談異體、訛體字等等，都是基於文獻或現實中的用例，態度務實而通達。

（一）求初文

相對於後起文字形體而言，初文字形較為簡單（多為象形字），其字義本已蘊涵在字形之中，例如《約注》「涓」字〔註95〕「舜徽按」語中有云：「涓訓小流，當以〈為初文。」《說文》訓「〈」為「水小流也」，應為最初的象形字。

〔註95〕張舜徽撰：《說文解字約注》，卷廿一，《張舜徽集》，華中師範大學出版社，2009 年版，第 2694 頁。

可知求初文，可從《說文》各字釋義中下功夫貫通。

　　求初文，又可深入觀察《說文》中對該字的說解，例如《約注》「汭」字〔註96〕「舜徽按」語中有云：「入即內之初文。汭从內，猶从入耳。是會意兼聲字。」《說文》訓「汭」為「水相入也」，從許書的所釋文字中發現「入」，與篆字「汭」的構件「內」，正好是初文與後體的關係，這或是《說文》的一項隱含條例。

（二）明後起增偏旁體

　　文字形體演變過程中的所謂「增偏旁」，較多以增加「形符」而成後來字形，例如《約注》「溺」字〔註97〕「舜徽按」語中有云：「溺乃後起增偏旁體，古但作弱。弱猶薄也，謂水淺薄也。西北地高水淺，不利行舟，而但用皮筏通往來者，古人皆謂之弱水。書史所載，自《禹貢》外，稱弱水者尚夥，而多位於西北，即以此耳。」《說文》訓「溺」為「水自張掖刪丹，西至酒泉合黎，餘波入於流沙」，《約注》在引鈕樹玉說古書「溺」水本作無水旁的「弱」字後，從字義與地理上補充論述了在作為河水名稱的意義上，溺為弱的後起字。

（三）談別體、或體

　　文字別體的形成原因較為複雜，有因通假而後再加偏旁的，例如《約注》「浙」字〔註98〕「舜徽按」語中有云：「（浙、制相通假）後人因制字而加水旁為淛，目為浙之別體，始見《集韻》，非古也。」由此可知別體字兼有通假字、古今字的某些特點。又或者是通假字，例如《約注》「油」字〔註99〕「舜徽按」語中有云：「古之油水，字亦作繇。」又或者有著語源學上的內在聯繫，形成或體字，例如《約注》「瀾」字〔註100〕「舜徽按」語中有云：「瀾之言連也，謂水波前後相連不絕也。瀾、連雙聲，瀾固受義於于，故瀾或从連作漣也。」《約注》

〔註96〕張舜徽撰：《說文解字約注》，卷廿一，《張舜徽集》，華中師範大學出版社，2009 年版，第 2695 頁。

〔註97〕張舜徽撰：《說文解字約注》，卷廿一，《張舜徽集》，華中師範大學出版社，2009 年版，第 2639 頁。

〔註98〕張舜徽撰：《說文解字約注》，卷廿一，《張舜徽集》，華中師範大學出版社，2009 年版，第 2634 頁。

〔註99〕張舜徽撰：《說文解字約注》，卷廿一，《張舜徽集》，華中師範大學出版社，2009 年版，第 2658 頁。

〔註100〕張舜徽撰：《說文解字約注》，卷廿一，《張舜徽集》，華中師範大學出版社，2009 年版，第 2706 頁。

「舜徽按」語中論及別體、或體字時仍然用到雙聲之學,可證其於「通的文字學」確實起到了核心作用。

(四)知省體、隸省

這是指為書寫等字用功能的方便而出現省體字,張舜徽對此也有關注,例如《約注》「渦」字〔註101〕「舜徽按」語中有云:「渦,《漢書》省作渦。今亦通用省體,俗稱渦河。」又如《約注》「浸」字〔註102〕「舜徽按」語中有云:「浸,隸省作浸。」這裡指出的「隸省」其實是張舜徽在「籀省」的背景下所作的發揮。《約注》指出「浸」是「浸」的隸書省體寫法,而《說文》有云「浸」字「从水壹聲。壹,籀文復字」,可知壹又是籀文復字的省體寫法,簡言之,「浸」是一個「省體又省體」的字形。

(五)辨譌體

造成字形錯誤的原因有因形近或構件脫落的,例如《約注》「濕」字〔註103〕「舜徽按」語中有云:「今作溧者,蓋由省濕作溧因譌為溧耳,非从累聲也。」這是從聲符的角度辨別出的錯誤字體。又如《約注》「菏」字〔註104〕「舜徽按」語中有云:「古菏水,一作荷水。……今本《禹貢》作『達于河』,蓋傳寫者偶脫菏字上節,因譌為『河』,《史記》、《漢書》並沿其誤,當以許書正之。」譌體字的識別頗見功力,非十分熟悉文獻和文字不可。

張舜徽作為一個文獻學家,博覽群書,因此對古籍用字的實際情況非常了解,他在《約注》中對字形的初文,後起增偏旁體以及別體、省體、異體字等,均有不少心得。對字形問題的研究可成專門之學,如「文字構形學」;但張舜徽治學的重點不在於此,他主張「由讀字進於讀書」,為讀書的需要而研究文字學,時時保持讀書與讀字的有效聯動,這是《約注》書中專門談字形方面內容不多的一個重要原因。

〔註101〕張舜徽撰:《說文解字約注》,卷廿一,《張舜徽集》,華中師範大學出版社,2009 年版,第 2665 頁。

〔註102〕張舜徽撰:《說文解字約注》,卷廿一,《張舜徽集》,華中師範大學出版社,2009 年版,第 2678 頁。

〔註103〕張舜徽撰:《說文解字約注》,卷廿一,《張舜徽集》,華中師範大學出版社,2009 年版,第 2670 頁。

〔註104〕張舜徽撰:《說文解字約注》,卷廿一,《張舜徽集》,華中師範大學出版社,2009 年版,第 2671 頁。

二、說清通用假借

因為讀音相同或相近發生通用、假借的現象，這在古書及古漢語中較為常見。張舜徽在《約注》釋字中對通借現象較為留心，「舜徽按」語裏常會指出該字與其它字在古書中的通用、假借情況，所用到的術語包括：

（一）音同通用

因為聲音相同，有些字的涵義本來區別明顯，但它們之間發生了通用現象，例如《約注》「汎」字〔註105〕「舜徽按」語中有云：「氾字訓濫，與汎有別，徒以音同通用耳。」《說文》訓「汎」字為「浮皃」，與「氾」字「氾濫」之義有隔。

（二）聲近相借

指讀音相近的字出現假借現象，例如《約注》「汃」字〔註106〕「舜徽按」語中有云：「孟郊詩：『潦江息澎汃。』則直以汃為湃矣，以聲近相借耳。」其實汃、湃古音都是滂鈕月部，二字讀音或本相同，後來各自因語音演變而成為聲近相借字了。

（三）借　字

文字的通用假借絕大多數都與其讀音有關，包括一種聲符不變而形符改變情況，而且改變後的形符與之前的形符是從不同的角度描述字義，例如《約注》「渚」字〔註107〕「舜徽按」語中有云：「許所引《爾雅》，乃《釋水》文，今本作：『小洲曰陼。』洲乃俗體，陼則借字也。」同樣是「小洲」，從河水的角度看寫作「渚」，從水中有土地突出河面的角度看也可寫作「陼」。

（四）借某為某、借為某

「為某」指本字，之前「借某」則指假借以後所用的字，例如《約注》「油」字〔註108〕「舜徽按」語中有云：「油本水名，今稱膏油，則以雙聲借油為腴也。」

〔註105〕張舜徽撰：《說文解字約注》，卷廿一，《張舜徽集》，華中師範大學出版社，2009 年版，第 2702 頁。

〔註106〕張舜徽撰：《說文解字約注》，卷廿一，《張舜徽集》，華中師範大學出版社，2009 年版，第 2630 頁。

〔註107〕張舜徽撰：《說文解字約注》，卷廿一，《張舜徽集》，華中師範大學出版社，2009 年版，第 2679 頁。

〔註108〕張舜徽撰：《說文解字約注》，卷廿一，《張舜徽集》，華中師範大學出版社，2009 年版，第 2658 頁。

又如《約注》「溜」字〔註109〕「舜徽按」語中有云：「諸書皆作溙，乃借溙為溜，借字行而本字廢矣。」這兩個例子中「為腴」、「為溜」都是指本字，油、溙則是假借字。

為了闡明某字用來假借後所承擔的涵義，《約注》在表述上會與「凡言」結合，例如《約注》「沛」字〔註110〕「舜徽按」語中有云：「古沛水，今未詳何水。凡言沛然，乃借沛為宋；沛邑，則借為邔。」又如《約注》「泥」字〔註111〕「舜徽按」語中有云：「凡言塗泥，乃借泥為坭；致遠恐泥，則借為尼。」這裡《約注》以術語「凡言」，舉出了涉及假借的常見詞例。

（五）以某為某

「以某」就借字而言，「為某」指本字，例如《約注》「決」字〔註112〕「舜徽按」語中有云：「決之言撅也，謂有所杷治引導其水出流也。凡云決斷，則以決為夬也。」《說文》訓「夬」為「分決也」，字義通於「分析判斷」，因此表示「決斷」這個意思的本字應該是「夬」，而非治水意義上的「決」字。

（六）以某為本字

《約注》或以「凡言」點明涵義，再直接指出其本字應當是哪個，例如《約注》「洎」字〔註113〕「舜徽按」語中有云：「凡言厚薄，當以洎為本字。今通作泊，由淺水義又引申為停泊也。」又如《約注》「瀟」字〔註114〕「舜徽按」語中有云：「凡言肅清，當以瀟為本字。」

（七）字本作某

這是從本字出發論及被借字，例如《約注》「潘」字〔註115〕「舜徽按」語中

〔註109〕張舜徽撰：《說文解字約注》，卷廿一，《張舜徽集》，華中師範大學出版社，2009 年版，第 2667 頁。

〔註110〕張舜徽撰：《說文解字約注》，卷廿一，《張舜徽集》，華中師範大學出版社，2009 年版，第 2683 頁。

〔註111〕張舜徽撰：《說文解字約注》，卷廿一，《張舜徽集》，華中師範大學出版社，2009 年版，第 2686 頁。

〔註112〕張舜徽撰：《說文解字約注》，卷廿一，《張舜徽集》，華中師範大學出版社，2009 年版，第 2739 頁。

〔註113〕張舜徽撰：《說文解字約注》，卷廿一，《張舜徽集》，華中師範大學出版社，2009 年版，第 2689 頁。

〔註114〕張舜徽撰：《說文解字約注》，卷廿一，《張舜徽集》，華中師範大學出版社，2009 年版，第 2696 頁。

〔註115〕張舜徽撰：《說文解字約注》，卷廿一，《張舜徽集》，華中師範大學出版社，2009 年

有云：「（柳江）字本作瀏，俗書因音近借柳為之耳。」《約注》認為現在的「柳江」的「柳」本字應該是「瀏」，它被「柳」字所借。

（八）相通假

通假的情況較為複雜，僅從讀音的角度便可細分作若干種情況，包括《約注》指出的雙聲通假與聲旁通假等。例如《約注》「浙」字〔註116〕「舜徽按」語中有云：「浙、制雙聲，故相通假。」又如同從某聲而相通假，《約注》「洶」字〔註117〕「舜徽按」語中有云：「洶、細同從囪聲，故相通假。」《約注》談通假的問題一般從讀音的角度出發，也就是熟練運用雙聲之學。

《約注》「舜徽按」中涉及字形演變與字用通借的內容，可認為主要是分別從字形和字音上闡發「通的文字學」。因為通說字形演變，所以談到初文、後起增偏旁體，以及異體字、訛體字等；文字的通用假借以讀音相同或相近為基本依據，《約注》以雙聲之學為指導理論，結合文獻用字實例，對一個個具體的文字通假現象闡釋得有理有據。

第四節　術語「猶」的通用

《約注》「舜徽按」中對釋字術語的使用較為靈活，這不僅表現在不同術語的數量、名稱多，還可以見之於用同一個術語表示多種多樣的涵義。除「之言」外，《約注》釋字經常用到一個術語就是「猶」，這個術語的使用極為靈活，所涉及的內容範圍非常廣泛。一般情況下，《約注》「舜徽按」中會用「猶」的術語對文字的音、義關係進行綜合比較，而用來比況「聲通」的情況非常少。高山在《說文解字約注同族詞注釋研究》一文中提到：「猶或亦猶所揭示的，是字義方面的聯繫，然而其中並非沒有聲音的關聯。我們是可以從『猶』這個術語來推斷《約注》是否在繫聯同族詞的。」〔註118〕實際上，《約注》中術語「猶」的用法肯定不止於繫聯同族詞，還有涉及字間關係、語轉規律等多種文字學現象的類比。

版，第 2659 頁。

〔註116〕張舜徽撰：《說文解字約注》，卷廿一，《張舜徽集》，華中師範大學出版社，2009 年版，第 2634 頁。

〔註117〕張舜徽撰：《說文解字約注》，卷廿一，《張舜徽集》，華中師範大學出版社，2009 年版，第 2663 頁。

〔註118〕高山：《〈說文解字約注〉同族詞註釋研究》，華中師範大學博士論文，2012 年，第 39 頁。

（一）聲通字比況涵義

所謂「聲通字」，包括同聲符字、同音字、音近字、雙聲字等，在已知它們「聲通」的情況下，《約注》用「猶」這個術語說明其涵義也有共同或相通之處，舉例如下：

1. 以同聲符聲通字

例如《約注》「洝」字〔註119〕「舜徽按」語中有云：「洝則熱水之清新者也。水清謂之洝，猶天清謂之晏耳。」洝、晏皆从「安」聲，字義比況皆有「清」義。又如《約注》「瀎」字〔註120〕下先引鈕樹玉說「此字疑本是瀎，後人加艸也」，「舜徽按」語中有云：「此由後人既加艸於瀎篆上，知有不安，復於部末補瀎篆耳。許以礙流訓瀎，謂礙流之聲瀎瀎也。聲之小者為瀎，猶讖鐵之比矣。」也就是說這些同从「歲」聲的字都有「小」義，故可比況。《約注》中對同聲符字進行涵義比況的例子非常多，不勝枚舉。

2. 同音聲通字

例如《約注》「渣」字「舜徽按」語中有云：「渣訓涫溢，謂水沸涌之疾也。疾涌謂之渣，猶疾言謂之譶耳。」渣、譶均為「徒合切」，這兩個字同音，且均含有「疾」的義素。

3. 音近字

《約注》以術語「猶」重點說明其涵義上的關聯。例如《約注》「溼」字〔註121〕「舜徽按」語中有云：「溼猶水也，故今人稱溼氣為水氣。溼與水雙聲，溼即受義於水矣。上海人讀水如矢，與溼音近。」

4. 其它聲通字

因為顯而易見，所以《約注》或未顯著標明各字有聲通關係，但表述上以「猶」字比況其涵義的相通點。例如《約注》「潃」字〔註122〕「舜徽按」語中有

〔註119〕張舜徽撰：《說文解字約注》，卷廿一，《張舜徽集》，華中師範大學出版社，2009 年版，第 2774 頁。

〔註120〕張舜徽撰：《說文解字約注》，卷廿一，《張舜徽集》，華中師範大學出版社，2009 年版，第 2699 頁。

〔註121〕張舜徽撰：《說文解字約注》，卷廿一，《張舜徽集》，華中師範大學出版社，2009 年版，第 2766 頁。

〔註122〕張舜徽撰：《說文解字約注》，卷廿一，《張舜徽集》，華中師範大學出版社，2009 年版，第 2695 頁。

云：「流之搖動為漾，猶心之放散為愓也。」漾、愓均屬定母陽部，聲通是毫無疑問的，《約注》認為漾字包涵的「搖動」義與愓字包涵的「流散」義可相比況。

（二）字義方面的類比

總體上看，《約注》「舜徽按」中的術語「猶」主要是用於字義方面的類比、聯繫，包括涵義義項、物理人事等，這是張舜徽使用術語「猶」的一個特點。

1. 涵義與義項類比

從《約注》全書中看，這種用術語「猶」說明文字涵義相通的情況非常多，當然，文字音、義關聯緊密，義通與聲通相伴，只不過根據需要有時要強調、說明它們義通的方面，例如《約注》「艡」字〔註123〕「舜徽按」語中有云：「艡之言行也，謂由此而行前也。艡之義通于行，猶津之義通于進耳。艡又訓以船渡，則其義復通于航矣，皆雙聲也。」

文字涵義的發展會出現更多義項，這方面的類比在《約注》中同樣可以見到，例如《約注》「沿」字〔註124〕「舜徽按」語中有云：「（沿、緣）二字雙聲義通。緣水而下，謂順流以行也。順流以行，則易致遠，因謂之沿，猶長行謂之延耳。」據《說文》，「沿」字的本義是「緣水而下」，與「緣」字涵義相通；但進一步引申開來，「沿」字也含「致遠」之義項，因此就又可與「延」字的涵義進行類比了。

2. 物理人事類比

字義的出現源於自然現象和社會生活，張舜徽重視讀「無字書」，因此在《約注》中常常結合實際的物理人事經驗，以術語「猶」來做類比。例如：《說文》訓「沙」為「水散石也」，《約注》「沙」字〔註125〕「舜徽按」語中有云：「散自有分散義，石之稱散石，猶木之稱散木耳。《禮記·內則》：『鳥皫色而沙鳴。』謂其鳴聲散也，其義通於撕矣。」《約注》由「散石」想到「散木」，這都是自然中可以見到的，並且後文又提到鳥鳴聲散的例證。又如《約注》

〔註123〕張舜徽撰：《說文解字約注》，卷廿一，《張舜徽集》，華中師範大學出版社，2009 年版，第 2742 頁。

〔註124〕張舜徽撰：《說文解字約注》，卷廿一，《張舜徽集》，華中師範大學出版社，2009 年版，第 2744 頁。

〔註125〕張舜徽撰：《說文解字約注》，卷廿一，《張舜徽集》，華中師範大學出版社，2009 年版，第 2727 頁。

「湊」字〔註126〕「舜徽按」語中有云:「許云:『水上人所會』,猶云水上舟相就也。舟相就,則人會聚矣。」從社會生活經驗上看,人在水上相會,必須藉助舟船,因此《約注》以術語「猶」從會聚的意義上對「湊」的字義進行闡發。

(三)語音方面的類比

《約注》中對「猶」這個術語的使用也有涉及語音方面的情況,主要是根據音韻學規律,闡釋字音及其聲旁相應變化的道理,例如:

1. 由古音規律解釋語詞

根據古代語言的聲類變化規律,某些語詞在音讀、涵義上可作比況,例如《約注》「沖」字〔註127〕「舜徽按」語中有云:「古無舌上音,故《尚書》之『沖人』,猶云『僮人』耳,謂年幼也。《小雅》之『攸革沖沖』,猶云『攸革童童』耳。《釋名‧釋兵》云:『幢,童也。其皃童童然。』」沖屬澄母(舌上音),僮屬定母,古無舌上音,《約注》據此指出:「沖人」猶云「僮人」,這是說明語音方面的關聯。

2. 類比轉語規律

例如《約注》「浥」字〔註128〕「舜徽按」語中有云:「浥之言陰也,凡陰闇處多溼,故今語猶以陰溼二字連言。陰之轉為浥,猶印之轉為抑耳。下文:『湆,幽溼也。』與浥聲近義同,實即一語,古聲喉、牙本無分也。」《說文》訓「浥」為「溼也」,《約注》將「陰之轉為浥」與「印之轉為抑」相類比,既有語音方面的考慮,也有字義方面的認知,「抑」字從反「印」,而《約注》「𠃌」字「舜徽按」語中有云:「𠃌、印雙聲,實一語之轉。皆按物之通名。」〔註129〕那麼,浥、陰也是符合類似的轉語規律的。以術語「猶」進行語轉關係的類比,又如《約注》「渂」字〔註130〕「舜徽按」語中有云:「本書手部:『搵,沒也。』與渂雙聲,實

〔註126〕張舜徽撰:《說文解字約注》,卷廿一,《張舜徽集》,華中師範大學出版社,2009年版,第2748頁。

〔註127〕張舜徽撰:《說文解字約注》,卷廿一,《張舜徽集》,華中師範大學出版社,2009年版,第2701頁。

〔註128〕張舜徽撰:《說文解字約注》,卷廿一,《張舜徽集》,華中師範大學出版社,2009年版,第2726頁。

〔註129〕張舜徽撰:《說文解字約注》,中州書畫社,1983年版,卷十七,36下。又見華師版《約注》第2221頁。

〔註130〕張舜徽撰:《說文解字約注》,卷廿一,《張舜徽集》,華中師範大學出版社,2009年版,第2750頁。

一語之轉。湣之轉為搵，猶依轉為隱，哀轉為慇耳。」

3. 類比聲符相應變化

例如《約注》「泙」字〔註131〕「舜徽按」語中有云：「泙之言濱也，謂水涯也。許書無濱，瀕即濱也。濱之與泙，猶薲之與苹耳。」這裡談的是聲符「賓」與「平」的相互對應關係，其實《約注》「薲」字條下還談到聲符「賓」與「頻」的相互對應關係，提出：「薲之通作蘋，猶瀕之通作濱耳。蘋、濱蓋薲、瀕之或體而許書偶失收也。薲與苹、萍亦雙聲語轉，故其義同。」〔註132〕這裡在表述上使用「猶」字，不僅談到聲符對應關係，還涉及或體字問題。以術語「猶」字來類比聲符對應相通的例子，還有《約注》「汙」字〔註133〕「舜徽按」語中有云：「汙之通於淤，猶于之通於於矣。澱滓濁泥，其色恒黑，故汙、淤並受義于烏。」這是一種建立在對文字知識非常熟悉的基礎之上的關係類比。

4. 類比從某聲

例如《約注》「涸」字〔註134〕「舜徽按」語中有云中有云：「灝從水鹵，即水乾沙見之意。其從舟聲，猶貈從舟聲，故許云讀若貈。」貈有一種讀音與涸字相同，《約注》指出灝字從舟聲，猶如貈字從舟聲，解釋了《說文》中灝字「讀若貈」的原因。

（四）語源學探究

在闡明文字聲、義皆通的基礎上，自然就可以進行語源學上的研討了。《約注》中以術語「猶」進行語源學方面的探究，這包括「推源」和「系源」兩個方面，例如《約注》「沄」字〔註135〕「舜徽按」語中有云：「水轉流為沄，猶雲轉起為霣，艸旋轉為蕓，而皆受義于 ᵓ 。ᵓ 乃雲之古文，象雲回轉形。」張舜徽談相關字的「受義」問題，其實就是在作語源學上的「推源」工作了，這一

〔註131〕張舜徽撰：《說文解字約注》，卷廿一，《張舜徽集》，華中師範大學出版社，2009 年版，第 2719 頁。

〔註132〕張舜徽撰：《說文解字約注》，中州書畫社，1983 年版，卷二，11 上。又見華師版《約注》第 116 頁。

〔註133〕張舜徽撰：《說文解字約注》，卷廿一，《張舜徽集》，華中師範大學出版社，2009 年版，第 2768 頁。

〔註134〕張舜徽撰：《說文解字約注》，卷廿一，《張舜徽集》，華中師範大學出版社，2009 年版，第 2764 頁。

〔註135〕張舜徽撰：《說文解字約注》，卷廿一，《張舜徽集》，華中師範大學出版社，2009 年版，第 2702 頁。

點也從表述上的「猶」字中可見一斑。當然,「猶」字表述也可用於「系源」工作中,例如《約注》「澐」字〔註136〕「舜徽按」語中有云:「澐之言 ❓ 也,謂大波回轉而前也。大波謂之澐,猶轉流謂之沄矣。」這裡就用術語「猶」,而將澐、沄作為同源字而繫聯了起來。

(五) 其它類比

張舜徽相當喜歡用「猶」這樣的術語,除了主要作文字涵義、讀音上的類比之外,還在其它更多方面仍然用術語「猶」進行闡釋,可見他的學術研究思維活躍,善於用演繹的方法挖掘文字學知識的內在關聯,這仍然是「通的文字學」題中之意。

1. 類比聲訓方法

這其實是一種訓釋方法的類比。張舜徽對「聲訓」之法和《說文》釋字體例都非常熟悉,所以能夠將許書中的聲訓方法貫通起來,例如《約注》「準」字〔註137〕「舜徽按」語中有云中有云:「本書『水,準也。』此以聲近為訓,猶木、冒、尾、微之比。」

2. 類比造專字

例如《約注》「洐」字〔註138〕「舜徽按」語中有云:「水之流行,不舍晝夜,故先民為造專字以名之;猶木性善搖,為造榣字以名樹動也。今則通行榣字,而洐、榣轉廢矣。」造出的專字,未必一直作「專用」,《約注》從這個造專字角度作類比,指示《說文》中還保留一些先民所造的專字,這是值得注意的文字學現象。

3. 類比或體字

或體字不同於異體字,前者在字形演變過程中存在一定規律,包括文字構形部件之間的對應關係,例如《約注》「渫」字〔註139〕「舜徽按」語中有云:「渫

〔註136〕張舜徽撰:《說文解字約注》,卷廿一,《張舜徽集》,華中師範大學出版社,2009 年版,第 2706 頁。

〔註137〕張舜徽撰:《說文解字約注》,卷廿一,《張舜徽集》,華中師範大學出版社,2009 年版,第 2770 頁。

〔註138〕張舜徽撰:《說文解字約注》,卷廿一,《張舜徽集》,華中師範大學出版社,2009 年版,第 2737 頁。

〔註139〕張舜徽撰:《說文解字約注》,卷廿一,《張舜徽集》,華中師範大學出版社,2009 年版,第 2792 頁。

或作泄，蓋猶糸部紲或作緤。世聲、枼聲，本可通也。」世、枼不僅有讀音上的緊密關係，在形體演變鏈條上也由簡而繁，所以兩者可認為是互通構件。

4. 比況重言

重言主要屬於語言詞彙方面的問題，但張舜徽也有論述，當然還會對涵義進行貫通，並非僅僅談這種構詞形式，例如《約注》「溓」字〔註 140〕「舜徽按」語中有云：「溓重言則為溓溓，猶凜重言為凜凜矣。風屬則寒，故本書食部餗，讀若風溓溓。」此例也可佐證《約注》用術語「猶」確實以闡明字義為主。

5. 雙重類比

《約注》不僅對各字進行類比，還對其類比關係進行比況。例如《約注》「澨」字〔註 141〕「舜徽按」語中有云：「水涯謂之澨，猶喙邊謂之噬也。此與湝訓水涯同意。澨之與噬，猶湝之與脣耳。」第一重類比是就「涯、邊」的涵義上說「澨」猶「噬」；第二重類比則是在「水涯」對應「口邊」關係的角度看，澨、噬這一對字與湝、脣又是可以比況的。

《約注》中術語「猶」的用法多種多樣，張舜徽作為一個嚴謹的學者，是不會故意造成行文過程中概念混亂的。術語「猶」用法的多樣，表明張舜徽善於用演繹的思維貫通文字學知識，看到一個個文字和文字學現象背後共通的規律。正是因為撰述《約注》過程中的大量繫聯同源詞，包括使用「猶」之類術語的各種情況，使得張舜徽積累了豐富的語源學材料，為之後所作的《漢語語原聲系》做好了準備，以專門探討推源的問題。

第五節　小　結

張舜徽主張通人之學，這在他的文字學研究領域得到了充分體現，是為通的文字學。而雙聲之學在張舜徽「通的文字學」中地位非常重要，圍繞著雙聲理論，他既有對前輩學者有關「聲訓」問題的研究成果的繼承，又在此基礎上有所推進，形成具有個人特色的理論系統和具體可行的操作方法，並且在實際運用中取得非常可觀的成就。《約注》之所以能夠做到「約之以雙聲」，是因為

〔註 140〕張舜徽撰：《說文解字約注》，卷廿一，《張舜徽集》，華中師範大學出版社，2009 年版，第 2762 頁。

〔註 141〕張舜徽撰：《說文解字約注》，卷廿一，《張舜徽集》，華中師範大學出版社，2009 年版，第 2742 頁。

雙聲之學實際上在張舜徽通的文字學中起到了某種驅動力作用，使得他在涉及文字學的論述中以雙聲之學作為重要的研究思路。

雙聲之學的功用非常大，既可以作為單字「聲訓」的方法，又可以繫聯到許多聲義相通的文字，當然，《約注》主要是針對《說文》所收的文字進行貫通、解釋。以《約注》「舜徽按」中進行聲義通貫所用術語的角度進行考察，主要有三個方面的側重點：說明聲通、論述義通、聲義皆通。《約注》釋字不論是側重聲通，還是義通的闡釋，都是為了達到聲義通貫的目的，而張舜徽所用的術語多種多樣，區分細密。但也有某些術語的涵義豐富，可見張舜徽在撰述《約注》過程中善於類比演繹，通過大量實例總結出文字學規律。

張舜徽指出，《說文》以解釋文字本義為主，因此《約注》對文字聲義通釋的工作，自然就走向了語源學的研究。收於《霜紅軒雜著》中的《漢語語原聲系》出版較晚，但是非常重要。作為一種專著，《漢語語原聲系》標誌著張舜徽在《約注》的基礎上，又對語源學問題的研究作了總結和推進。

通的文字學，是張舜徽所倡導通人之學的理念在文字學研究領域中的落實與延伸，除了在文字本體的形、音、義方面對單字和多字做出有理有據、求真務實的解釋、貫通之外，張舜徽還注重文字之用，他藉由文字學知識，打通經史群書、古今各地文化變遷等內容。因為文字時傳世和出土文獻記載的基礎元素，從文字學的視角出發，往往能對歷史文化信息進行合理有效的闡發。

總而言之，張舜徽通的文字學有兩大特色值得關注：首先，多層次、全方位地將「通」的治學理念貫徹到文字學研究及相關治學領域，尤其是聲義通貫成為《約注》「舜徽按」中的釋字重點，不僅引文釋義，還以「人情物理」證成其說，在一定意義上就是打通「有字書」與「無字書」。此外，《約注》中還包括字形通辨與字用通借的考察。從治學路徑上看，文字學又是張舜徽博通四部的基礎，以成就通人之學。其次，雙聲之學是張舜徽通的文字學之核心。在形成體系的理論和簡便的操作方法後，雙聲之學對於《約注》「舜徽按」中的釋字產生極大的推動作用，也就是「約之以雙聲」的深刻涵義。張舜徽在《約注》中因聲求義而引書證義，雙聲之學既用於單字訓詁、字群繫聯，還在推求語源方面起到重要作用，這些都是他沿著雙聲之學做不斷推進的文字學研究路線。因此，我們應當可以認為「通的文字學」是張舜徽通人之學中極為重要的組成部分。

結　論

　　張舜徽文字學研究「通」的特點是很顯著的，他在「通」的思想指引下，以深厚的文字學功底，廣泛地探討經、史、子、集四部之學，作出了較為全面的國學研究。他的文字學論著包括在其「通」的思想與方法指導下所完成的專著、短文以及散見的相關論說。張舜徽在多個層面貫徹了通的理念，就文字學本體的研究對象而言，《約注》釋字以聲義通貫為重點，同時也通辨字形與字用；在研究方法上，張舜徽把傳世典籍與出土材料結合起來，又藉助人情物理、方俗俚語以證成字義，等等。

　　雙聲之學是通的文字學之核心，是張舜徽落實通的理念過程中最有效的手段。以雙聲為線索，既可以打通文字聲、義的關係，以至推求語源，又能夠解釋一些語言現象。正是因為張舜徽有志於通人之學，他在治學路徑的選擇上以小學漸入經學、史學，終於兼通四部，呈現出一個國學大師的格局氣象。博學不通則難以返約，就不能建構個人的學術體系，也不足以言引導後學。張舜徽以其真知灼見駕馭海量的文獻資料，善於提煉、總結，他的文字學研究能站在歷史的高度，考源流辨學術，充分繼承穩健創新，這也是通人之學的應有之義。

一、論著成體系

　　治學有次序，論著一貫之。從大的範圍看，張舜徽是「由小學入經學」的，具體到「小學」領域的啟蒙、研習，他又是由文字而及訓詁，後來又大力推闡

「雙聲之學」。學術研究的循序漸進，其成果反映在論著上自然也有連貫性。以相關內容聚合的角度來看，張舜徽的文字學論著大致可分為「《說文》系列」和「導讀系列」，兩者最後融合而成《說文解字導讀》。「《說文》系列」主要包括：《說文類求》和《說文聲韻譜》（1928 年），《說文諧聲轉鈕譜》（1941 年），《唐寫本〈玉篇〉殘卷校〈說文〉記》（1942 年），《說文解字約注》（1971 年），《說文解字導讀》（1990 年），《漢語語原聲系》（1991 年）。這個系列論著成書時間前後跨越六十多年，可知張舜徽一生實肆力於《說文》之學，他在《說文解字導讀》裏提出用分類法和聲訓法研究《說文》，這正是《說文類求》、《說文聲韻譜》、《說文諧聲轉鈕譜》等論著中所用到的方法。從《約注》引書統計可知，張舜徽大量採用了他用《玉篇》校勘《說文》的成果，實際上，《約注》一書中匯集了張舜徽研究《說文》相關的絕大多數成果。《約注》「舜徽按」中釋字以聲義通貫為重點，還把聲訓推進到語源學的研究，因此後來形成專著《漢語語原聲系》。

王筠的《文字蒙求》可以說是張舜徽一生篤好文字學的入門書，並且他認為如果將此書加以充實、擴展，就可以作為一本比較好的古文字學入門書，實際上張舜徽也正是在教學崗位上，主要出於引導後學的考慮，先後於 1948 年、1972 年推出兩種版本的《廣文字蒙求》，而 1990 年出版的《說文解字導讀》與前兩種版本的《廣文字蒙求》在內容上一脈相承，實為同屬「導讀系列」的文字學著作。《聲論集要》（1941 年）曾作為附錄收入 1972 年版的《廣文字蒙求》，而《急就篇疏記》（1941 年）中的重要觀點也融入到了對《說文》「據形繫聯」分部收字法的介紹之中，那麼這兩種論著也可歸入「導讀系列」。

《說文》系列、導讀系列是張舜徽文字學論著的兩條大線索，如果更深入地考察其論著的體系性，還要看他是否能從學術史的高度對這一領域的研究進行總結。實際上張舜徽較為自覺地對《說文》研究的歷史做了清理，他參考過黃侃《論自漢迄宋為〈說文〉之學者》一文，附在《說文解字約注》後面，並有所補充。他又作有《〈說文解字約注〉引用諸家說姓氏略》一文，列舉了眾多研究《說文》的學者，從唐代的李陽冰、唐玄度，宋代的徐鉉、徐鍇，一直到編《說文解字詁林》的丁福保等學者。張舜徽的這篇文章在時段上恰好與黃侃的文章銜接，合起來就是用學者這條線索貫穿起了整個《說文》研究學術史。

《說文》的研究繞不過對其作者許慎的認識，而張舜徽又極為推崇「許鄭

之學」，以此為中心推出了豐富的相關論著。張舜徽對清代《說文》四大家中的桂馥評價最高，其中有一條原因就是他對許慎的「尊信之篤」；《約注》一書附錄的三篇文章中有兩篇均和「許慎」有關，考證他的事蹟、年表；在校勘《說文》方面，張舜徽以大徐本的正文為主，不輕易改動許書；《約注》圍繞「許義」註解《說文》，重在把許書本身的情況理清楚，而與之無關的「說字之作」多不採用，這樣劃定了範圍，就可避免長篇累牘地發揮，歸之於「約」。可見，緊密地圍繞許慎和《說文》這個中心來全面展開研究，這也是張舜徽文字學論著形成《說文》系列的基本原因。

　　張舜徽文字學論著的「《說文》系列」、「導讀系列」最終融合為《說文解字導讀》，而其中一以貫之的則是他頗具特色雙聲之學。為了建立、完善雙聲之學的理論體系，張舜徽從《說文聲韻譜》開始作了大量理論和實踐的探索，雙聲之學也是主要圍繞著《說文》一書而展開，後來他又作《說文諧聲轉鈕譜》，依然是在進一步解決如何更深入地把雙聲理論運用到《說文》中的問題。此外，張舜徽還有很多與雙聲之學相關的論著，例如：製作《反切上字表》，便於由反切上字推求聲類；而這些聲類的關係如何，是否符合聲轉規律？張舜徽又有《同類同位相轉例證》、《喉牙舌齒唇之互轉》等專文進行論述，詳見《漢語語原聲系》；撰述《聲論集要》，可認為是張舜徽對雙聲之學的研究前史作了較為細緻的梳理和總結；而《漢語語原聲系》中的《探索語原宜求之雙聲》一文，可認為是張舜徽明確地主張以雙聲之學去把傳統的訓詁學推進到語源學研究的新階段。

　　就雙聲之學理論體系的構建來看，張舜徽仍然站在學術史的高度進行了總結。他在回顧聲韻學研究前史的基礎上，意識到「前人詳於辨韻略於審聲」，這是有弊端的，針對聲、韻問題的根源，張舜徽深刻地指出：

　　　　人之初生，聲與俱來。有其意則有其聲，聲者所以達意也。年無分老幼，地無分南北，聞其聲即可知其意。此在遠古已然，同此喉牙，同此唇舌，故聲無時間空間之殊也。至於韻，則所起甚晚。古無韻書，詩賦所需，各就方俗所習讀者而調協之，初非有定制也。……蓋聲音在文字之先，而韻部乃後人所定。人生而有喉牙舌齒唇之音，發之自然，此最直接簡單易喻，不似韻部之糾紛複雜而難記也。〔註1〕

〔註1〕張舜徽撰：《霜紅軒雜著》，《張舜徽集》，華中師範大學出版社，2009 年版，第 24 頁。

不論是因聲求義的訓詁，還是推本溯源的語源學研究，都離不開雙聲之學的基本支撐。張舜徽通過探究聲、韻問題起源的先後不同，論證出聲在韻先，聲無古今之分等重要觀點，堅定了他對雙聲之學的信心，因為前賢過於偏重探討韻部分合，但雙聲理論尚未得到充分研究、發揚，因此他要在理論和實踐這兩方面補偏救弊。

總之，文字學論著的體系性是張舜徽通的文字學所必然呈現出來的特點。他以文字學為基礎漸入經、史，已達博通四部的格局，晚年又以《說文解字約注》和《說文解字導讀》作文字學研究說文系列與導讀系列的總結，因為多年專注於斯，不斷融入個人治學心得持續完善，故而自成系統。在這個過程中，張舜徽的文獻學視野使他既能夠從學術史的高度，充分繼承前賢研究成果，又廣泛徵引傳世典籍、出土文獻及方言俚俗等各種相關材料，大力闡發和運用獨具特色雙聲之學，這些都豐富了其說字的依據和手段，最終呈現為自成一家的文字學論著系列和研究方法論。

二、《約注》多特色

張標在其《20世紀〈說文〉學流別考論》一書中，將張舜徽的《說文解字約注》劃為「努力登攀的新注疏派」，並且指出「由於新注疏派上可以利用前代成果，下可以吸取當代最新研究成果，又憑藉其它有利條件，雖然不可能闡發出多少新義，但排比抉擇，厚積薄出，汰劣取精，自有建樹，也體現出時代的新特色。」〔註2〕《約注》的新特色既與張舜徽所處的時代有關，也體現出他一貫的治學主張和研究經歷。

張舜徽的《說文解字約注》與馬敘倫的《說文解字六書疏證》同為20世紀的《說文》全注本，兩位作者都是經過了幾十年的積累而寫成各自學術代表作，傳之後世。馬敘倫的《說文解字六書疏證》可謂是《說文》「六書學」的集大成之作，書中的重要成果被收入《古文字詁林》，嘉惠學人。《約注》與《說文解字六書疏證》有很多相似之處，例如：兩書都鑒於《說文解字詁林》取材量大，但缺乏論斷，希望能在此書豐富材料的基礎上進行較為成熟的個人研究；其次，兩書在形式上既有引文，又加按語；再次，《約注》與《說文解字六書疏證》均廣泛取材，除參考《說文解字詁林》外，也酌情吸收了各種文字

〔註2〕張標著：《20世紀〈說文〉學流別考論》，中華書局，2003年版，第201頁。

學相關論說。此外，馬敘倫為作《說文解字六書疏證》曾製「六書表」，按指事、象形、會意、形聲、轉注、假借這六大類對《說文》所收字進行整理，類似的工作其實張舜徽在《廣文字蒙求》中也做過。然而，與馬敘倫的《說文解字六書疏證》相比，《約注》還是有著自身特色的。

現代學術分科體系下的文字學絕大部門內容源自傳統小學，而傳統小學有著悠久的發展歷史，積累了無數前賢、學者的研究成果。張舜徽作為一個橫跨20世紀的學者，他非常重視對此前文字學，尤其是《說文》學研究歷史的梳理，同時也非常善於在用持簡馭繁的理念來繼承和總結以往的文字學研究，這突出表現在《約注》中的「約取諸家說」。通過引諸家說及其它單篇文章，張舜徽以自己的方式對《說文》學術史進行了總結性的梳理。《約注》書中大量選取《說文》學者，尤其是清代《說文》研究專家的相關論說，張舜徽在《約注》中，是以《說文》學術史的視野來引諸家說的，帶有一定的論斷性質，這也是他總結《說文》學術史的一種獨特形式。

由於從小對《說文》學產生興趣，並持續不斷地研究許書，張舜徽實際上相當熟悉整個《說文》學術史，包括歷代的研究學者及其相關論著。《約注》書中除正文部分各字條下的引諸家說之外，附錄部分有黃侃的《論自漢迄宋為〈說文〉之學者》，張舜徽還對此文未提及的《說文》研究學者有所補充：《霜紅軒雜著》中有一篇《〈說文解字約注〉引用諸家說姓氏略》，正好與黃侃的文章銜接起來，做為一份歷代《說文》學者的名錄。這些《說文》學者的相關論著張舜徽也頗為熟悉，且在《說文解字導讀》等書中常常推薦給後學。《說文詁林》中包含大量《說文》學資料，張舜徽在撰述《約注》時，固然可以參考該書，但實際上《約注》「引諸家說」的範圍是超過《說文詁林》的。從全書文字篇幅方面看，《約注》「引諸家說」的所佔比例其實很高，應當是超過一半的。《約注》引《說文》諸家說，一方面是在參考前賢說字成果，另一方面也在選取的過程中進行評判，形成張舜徽對於《說文》學術史的清理和論斷。

張舜徽以《約注》全面貫通《說文》，深入注許訂段。20世紀較為重要的《說文》全注本除了《約注》外，就是馬敘倫的《說文解字六書疏證》了，可是後者重在以「六書」疏證許書，張舜徽對其在「注述」許書本身方面所作的工作頗不以為然。對《說文》進行全面注釋，需要經年累月的積澱、曠日持久的努力，張舜徽起步早，能持之以恆，老當益壯，所以能夠完成《約注》。一般

的學者未必有這樣的毅力，更不用說必備研究傳統學術的功底了。從引書的角度看，《約注》調動了張舜徽四部之書閱讀儲備，尤其在小學與經學方面多年的研究心得都匯入其所作「舜徽按」中，此外還有人情物理、方俗俚語等各種知識，都對證成《說文》有所裨益。

通過《約注》來繼承清代的《說文》學研究，以段注為基礎，張舜徽對清代的《說文》學術研究成果進行清理，達到「由博返約」的成效。對《說文解字》的研究，在清代出現一個高峰，尤其是「《說文》四大家」取得了非凡成就，可認為是後來學者回顧這段學術史時難以繞過去的里程碑。如何在清代以來《說文》研究的基礎上繼續推進？張舜徽選擇從《段注》入手，並以之作為起點。在與《段注》之間聯繫的程度上，《約注》無疑比《說文解字六書疏證》要緊密得多，並且《約注》所引《說文》諸家說和相關書籍要更多樣，這也充分展現了張舜徽作為一個文獻學家的特點。《約注》中有大量張舜徽訂正《段注》所取得的新認識，包括對《段注》誤改《說文》、引書失檢、體例僵化、苛求本字、自信太過等方面的問題。這是張舜徽個人研究《說文》的心得，其學術價值不可因散見於書中未集中舉例闡述而被忽視。

雙聲之學無疑是《約注》最大的特色。相比較而言，馬敘倫對「六書」的問題最為重視，這是他整理《說文》的框架；張舜徽則把「雙聲」之學作為方法論，在《約注》中處處以雙聲的理論通貫文字的聲、義，並推進到語源學的研究領域，這一點與黃侃的文字學研究也可做些類比。黃侃對聲韻學的研究系統而精深，張舜徽則從實用出發，以雙聲之理貫通文字學研究，收到持簡馭繁的效果。他們都曾用聲、韻表譜的形式整理《說文》、《廣韻》這些基本典籍，形成一些重要的聲韻學認識和結論。從《黃侃聲韻學未刊稿》一書中可以看出，黃侃以聲表、韻表分開的形式進行整理，聲表按照他所分的《廣韻》四十一聲類歸字，韻表則以自定古韻二十八部歸字。再考察《黃侃聲韻學未刊稿》聲、韻二表中所收字，從類型上看包括六書中的「象形指事會意」；從來源文獻上看包括《爾雅》、《小爾雅》、《方言》、《釋名》、《廣雅》等。《黃侃聲韻學未刊稿》書中還另附《讀集韻證俗語》一种。據此不難看出，黃侃的聲、韻研究可謂兼長，其系統建構和字料來源都很可觀，因為下的功夫深，所得結論可信，且能啟迪學者。

然而黃侃並不認為自己「新創」了多少文字學方面的建樹，包括古韻二十

八部、古聲十九鈕，他都歸功於乾嘉學者和鄒漢勛。《愛晚廬隨筆》中有專文論《黃季剛之聲韻學》，張舜徽指出黃侃主要是「會通論定」的功勞大。實際上，會通論定也是張舜徽治文字學的發力點。張舜徽又特別強調，黃侃所言古聲十九鈕本之鄒漢勛，實際上還可以進一步追溯，因為鄒漢勛又是從江永《四聲切韻表》中得到啟示，這才是古聲十九鈕的源頭。〔註3〕張舜徽的這個結論值得音韻學界重視，以及進一步探討和論證。

雙聲之學可以說在張舜徽文字學研究中得到了發揚光大，因此學者一提到《約注》就會自然想到「約之以雙聲」是其特色。作為一種學術研究工具，雙聲之學的可操作性很強。很多非專業的學者覺得傳統小學的音韻學最為艱深，幾乎可稱為「絕學」，但其實如果能在治學實踐中多運用音韻學知識，就不至於覺得音韻學有那麼高深莫測。張舜徽的雙聲之學有一套簡便易行的操作方法，從反切上字開始，到如何判斷雙聲關係，是怎樣的聲轉關係等等，這些簡便易行的操作方法使得雙聲之學在實際運用過程中，相比以往學者對音韻學知識的處理，更能達到持簡馭繁的效果。

黃侃、張舜徽都把訓詁學推進到了語源學的研究，然而張舜徽在理論和實踐等方面探討得要更深入一些。例如在《漢語語原聲系》的《初文與聲始之辨》一文中張舜徽對語根、字根概念的辨析較為明晰。在語源學問題研究上，雙聲之學仍然起著核心作用，《約注》「舜徽按」的聲義通貫雖然以「系源」為主，但其實為《漢語語原聲系》積累了大量素材，可以說沒有《約注》就不會出現《漢語語原聲系》。張舜徽的語源學研究成績越來越為學界所重視。殷寄明先生在《語源學概論》一書中談到《說文解字約注》在推求語源時，運用了三種方法：同母相訓或母子相訓；用語音具有通轉關係的語詞相訓釋，並指明其語轉；以音聲相同、相近之字相互為訓。這些其實就相當於《約注》中所用「聲通」、「聲義皆通」的術語所涉及的方法論。殷寄明同時還指出：

> （張舜徽）在注釋許書的過程中，上述三種方法是穿插在一起運用的。……學界對此書似乎有過一些非議。我們認為，書中絕大多數的條目注釋是可以信從的。語源推斷本非易事，個別地方有失誤是在所難免的。宏觀上，作者重視語詞與語詞的雙聲關係，韻之

〔註3〕張舜徽撰：《愛晚廬隨筆》，《張舜徽集》，華中師範大學出版社，2005年版，第32頁。

異同不甚顧及，倒是一個缺陷。但總的來說，作者在書中于推求語源方面作出了巨大努力並有創獲，這是應該予以充分肯定的。作者能夠汲取眾人之長，全面地用語源學方法註釋許書，無論是在許學史上還是在語源學史上都佔有一席重要地位。〔註4〕

　　語源學研究大家殷寄明先生對《約注》的評價較為中肯，這也是對張舜徽語源學研究成績的高度肯定。張舜徽以《說文》所收字為基礎，在語源學研究方面進行了積極的探究，融合了傳統小學與現代分科兩方面的研究方法，尤其在以雙聲之學貫通文字聲義這點上，頗具個人特色，在學術史上的貢獻理應為後學所記取。

三、通學近後人

　　張舜徽有一句名言「吾離後人近，而離今人遠」，張三夕與傅道彬對此有過專門討論。〔註5〕張舜徽實現了他的通人之學理想，冀望對後世產生持續性的影響。20 世紀是文字學，尤其是古文字學，迅速發展的時期。張舜徽是一位有著深厚傳統小學功底的學者，他對文字學的研究根植於古典，但又自然而然地順應了學術發展潮流，在這個繼承中創新的過程中，形成他個人通的文字學。

　　學界公認張舜徽是一個文獻學家，而且他自己也「不以小學名家」。從文字學研究的角度看，張舜徽對文字學功用的這種判斷也是值得注意的。在學科分工日益細化的情況下，學者的學問領域往往越做越小，不能很好地貫通。傳統小學，以及現今的文字學，所涉及的內容博大精深，學進去了往往不容易「出來」，一生就為「讀字」。張舜徽明確地主張要由讀字進而讀書，也就是說做文字學研究是為了更好地閱讀文獻。正如傅道彬在《君子之於學也——〈張舜徽壯議軒日記〉讀後》一文中指出，張舜徽治學的根原之一便是「以小學為基礎的治學手段。」〔註6〕文字學作為治學手段的意義，在張舜徽看來，要比所謂文字學學科本體建設更為實用。

　　同樣被譽為「國學大師」的黃侃，張舜徽與他在文字學研究的很多地方頗有

〔註4〕殷寄明著：《語源學概論》，上海教育出版社，2000 年版，第 112 頁。

〔註5〕張三夕：《歲月映照大師的光輝》，周國林主編《張舜徽百年誕辰紀念國際學術研討會論集》，華中師範大學出版社，2011 年版，第 119～121 頁。

〔註6〕周國林主編：《張舜徽百年誕辰紀念國際學術研討會論集》，華中師範大學出版社，2011 年版，第 192 頁。

相似之處，這是後學在對大師進行學術史評價時要注意到的情況。實際上，張舜徽與章黃學派學者有過廣泛的交往，問學切磋往復，出現一些治學理念上的共識，倒也不足為奇。以「通學」的理念來說，張舜徽也強調黃侃治學範圍廣，不為專業所限。1985 年 10 月 21 日，張舜徽在南京紀念黃侃先生誕生一百週年會上講到：「黃先生除是我國近代著名的語言文字學家外，還對經學、文學、哲學各方面，也有獨到的見解和卓異的成績。他的治學，不囿於一隅。」〔註 7〕

黃侃也曾執教過華中師範大學的前身中華大學，1925 年章太炎也曾到中華大學講學。張舜徽從 1951 年開始在華中師範學院（後改名「華中師範大學」）歷史系任教授，隔了 20 多年，但也算與黃侃在同一所大學教過書，不論是在圖書資料共享，還是學脈所及，應當可以說有一定程度的學術關聯。張舜徽與黃侃在治文字學方面有很多相似之處，包括重視傳統文字學典籍的全面整理和深入研究，反對率爾成書，都將訓詁學推進到了語源學的研究等。

20 世紀是中國文字學從傳統學術向現代學術轉型的時期，黃侃、張舜徽都秉承古典的方法治文字學，非常注重從傳統典籍裏汲取研究資源，在此基礎上再有所發揮。像《說文》、《爾雅》這樣的文字學經典著作，他們是下過很深功夫的。盧烈紅說：「（黃侃）在大徐本《說文》上加有識語數十萬言，在郝懿行《爾雅義疏》上加有識語十餘萬言。」〔註 8〕張舜徽也同樣對《說文》、《爾雅》兩書下過極大的功夫。並且他們都曾以製作聲韻表譜的方式對《說文》所收字料進行全面的整理。

黃侃與張舜徽都無意著書，但又以其上課講義、學生筆記或治學筆記等整理而成專著。例如，《文字聲韻訓詁筆記》就是黃侃上課所講述的內容，由其侄黃焯整理而成。再如《黃侃聲韻學未刊稿》一書，黃侃弟子徐復在《前言》中說此未刊稿「皆先生留儲為日後著述之資料，光彩爛然，歷久彌新。」〔註 9〕黃侃的五十歲之前不輕易著書的掌故為學界所津津樂道，可見他對著書一事的高度重視，也頗有「不以功力為學問」的意思。張舜徽一生以讀書為至高追求，在讀書過程中勤於做筆記，因此整理成書也是一件自然而然的事情，並非有意

〔註 7〕張舜徽撰：《訒庵學術講論集》，《張舜徽集》，華中師範大學出版社，2008 年版，第135 頁。
〔註 8〕盧烈紅：《黃侃的語源學理論和實踐》，《武漢大學學報》（哲學社會科學版），1995年第 06 期，第 16 頁。
〔註 9〕黃侃撰：《黃侃聲韻學未刊稿》，武漢大學出版社，1985 年版，第 1 頁。

著作，他自己「平生有志讀書，無意著書」，因此在一封答友人問的書信中說道：

> 已出版的各種書，都是在長期發憤讀書的過程中，勤於博覽，
> 勤作筆記，自抒心得，寫成各種內容的「讀書錄」，隨時就涉覽所及，
> 加以補充、修訂，等到所錄已多，從而區處條理，編定成冊，標立
> 一個書名，即交書局出版。並沒有哪一本書是由我預先擬定題目，
> 再去覓取資料，臨時湊合，然後著手撰寫成專著的。〔註10〕

作為文字學專家來說，研究資料和研究功力的積累是一個長期的過程，沒有讀書和資料積累的過程就沒有著書立論的底氣。如果輕易著書，所得結論往往不甚穩固，有可能將來自己都會在取得了新認識後推翻前說。

張舜徽與黃侃在文字學研究方面有許多相似之處，一方面的原因是學脈交流，另一方面也因為同處於文字學由傳統向現代轉型的時期，而他們兩位顯然更偏重於傳統的研究路徑。20 世紀是傳統小學向現代文字、音韻、訓詁等各學科細化、轉型的時期，加之出土文字材料極為豐富，使得古文字學研究出現持續的繁榮局面。然而這在一定程度上也會遮掩對傳統文字學典籍的進一步探究和推廣。張舜徽曾撰文《道咸以下治小學者之流弊》，談及自從乾嘉以來，治文字、訓詁之學的弊端有二：首先，「不窮根株而專據工具書」，也就是說，過分依賴《經籍籑詁》之類的工具書而不花精力去查核原書；其次，「不習簡編而徒尊出土物」。張舜徽特別強調進行出土文字材料的研究有一個基礎，就是要在《說文》上下了足夠的功夫，這是以往考釋古文字取得突出成績學者的共同特點。〔註11〕張舜徽指出的這兩個治學弊端不能說現在就不存在了，為補偏救弊，我們在推進新學科建設和新領域研究的過程中，有必要更為重視對傳統典籍的深入挖掘、繼承。

從對後學的影響上看，儘管《約注》未被收入《古文字詁林》，但是我們依然可以看到不少學者在論文中引述《約注》的內容，更有後來的一些偏重教育、普及性的《說文》類著作，受益於《約注》還是很多的，例如湯可敬的《說文解字今釋》一書，在成書的理念上提到「譯註參證，雅俗共賞」和「徵引眾說，

〔註10〕張舜徽：《談撰著〈說文解字約注〉的經過答友人問》，《訒庵學術講論集》，嶽麓書社，1992 年版，第 606 頁。又見張舜徽撰：《訒庵學術講論集》，《張舜徽集》，華中師範大學出版社，2008 年版，第 529 頁。
〔註11〕張舜徽撰：《愛晚廬隨筆》，《張舜徽集》，華中師範大學出版社，2005 年版，第 105 頁。

融合古今」。〔註12〕這與張舜徽撰述《約注》的精神高度一致。《約注》出版後，不僅在中國大陸產生較大影響，還傳播到臺灣，受到學界與高校中讀者的歡迎。據趙飛鵬《張舜徽學術著作在臺灣的傳播》一文介紹，1970 年代初在臺灣成立的木鐸出版社翻印了《說文解字約注》（1984 年 7 月出版，全五冊），並被用作臺灣師範大學國文系文字學課程的教學參考書。〔註13〕可知此書用於教學參考頗有可取之處。然而我們也不可否認《約注》的學術價值，並且這一點還有很大的發掘、闡釋空間。

張舜徽的語源學探索由他對訓詁學的持續研究演進而來，這是一個由傳統學術向現代學術轉型的範例。當今古文字與出土文獻研究如果還存在一些不夠重視傳統文獻的情況，這會不利於文字學，尤其是古文字學研究的深入、持續發展。鑒於張舜徽治文字學能做到博古通今、兼顧傳世文獻與出土材料的特點，我們可以探討如何在出土文字材料研究中，充分繼承傳統學術研究成果的問題。

20 世紀初，王國維提出「二重證據法」，吳大澂、孫詒讓等也採用了「以字證史」的研究理念，當代學者臧克和的《說文解字的文化說解》等論著的產生，這些都促進了「漢字文化學」的誕生。張標在其所著《20 世紀〈說文〉學流別研究》一書第五章中列出「獨樹大纛的新文化派」，特別指出：「臧書（《說文解字的文化說解》）是《說文》文化學或漢字文化學具有開創性的力作，把以往的《說文》文化研究推向了一個更新更高的階段，集中反映了 20 世紀新文化派的特徵。」〔註14〕事實上，張舜徽在《約注》中也做了大量有關漢字文化學內容的闡釋，儘管比較分散，但引起了學界注意並多被稱引。

張舜徽在一生治學過程中自覺地將文字學與歷史、文化的探討結合起來。他在《約注》裏用方言俚俗、人情物理等說解文字，用歷史、文化知識來證明字義，同時由文字談到各種社會文化現象。實際上，《約注》出版後被很多學者在論文中引用，其中很大一部分內容都是《約注》中談到古代社會歷史文化的內容，可見他們非常認同張舜徽通過文字所做的文化學闡釋。20 世紀 80 年代又出現了「文化熱」，此後漢字與文化的關係更加得到重視。20 世紀的一個學術生長趨勢就是漢字文化學的學科建設逐步清晰起來，張舜徽以其大量有關漢

〔註12〕湯可敬撰：《說文解字今釋》，嶽麓書社，2001 年版，第 23～24 頁。
〔註13〕周國林主編：《張舜徽百年誕辰紀念國際學術研討會論集》，華中師範大學出版社，2011 年版，第 589 頁。
〔註14〕張標著：《20 世紀〈說文〉學流別考論》，中華書局，2003 年版，第 213 頁。

字文化學的論著和影響，應當說為此學科的發展做出了自己的貢獻。

在通人之學理念的引領下，張舜徽先生完成了有體系的文字學論著，其代表作《說文解字約注》富有多種特色。先生自學成才，兼通四部，著述等身，嘉惠後學，被學界譽為一代國學大師，亦可謂實至名歸。

四、張舜徽文字學的局限

儘管本文主要是以「文獻」的角度來研究張舜徽的文字學論著，但是在此基礎上也可以談談張舜徽文字學研究的局限性。張舜徽的文字學是其傳統小學（包括文字、音韻、訓詁）研究的一部分，他的治學志趣並不停留在現代學科分類意義上的專門文字學，他的學術成果具有綜合性、個性化的特點，這是一種不同於「專家之學」的「通人之學」。如果一定要以文字學專家的標準來衡量張舜徽，他未必能夠得到絕對的普遍認可。有個別學者甚至對張舜徽的文字學研究成就提出了質疑。據曹旅寧在聽黃永年《古籍整理概論》課時所作筆錄，黃永年曾批評張舜徽「不懂文字學，搞什麼《說文約注》，內行看了發笑」。〔註15〕此外，據說還有其他極少數學者也對張舜徽的學術研究成就提出過不同意見，而張舜徽在世時對此是持寬容態度的。今天的我們評價張舜徽的文字學研究，應當首先報以「了解之同情」，不能在對其論著還沒有做出充分了解的情況下就妄加指摘；其次，學術不斷向前發展，任何學者的研究成果總會在時代發展的潮流中被後來人看出某些不足之處，因此我們也不妨以當今學術發展的眼光分析其局限性。

張舜徽先生文字學研究的局限性大概有三點：第一，張舜徽未能有意識完成由傳統小學向現代文字學學科研究的學術轉型。總體上看，張舜徽是用較為古典的方式、方法治學，其學術成果的呈現形式主要是專著（如《說文解字約注》）和隨筆集（如《愛晚廬隨筆》）等，他即便有少量單篇短文，也是點到為止，沒有就某個文字學問題深挖、拓展，形成現代的長篇學術論文。從《說文解字約注》的「引諸家說」上，我們也可以管窺張舜徽仍然停留在傳統小學研究範式之中。大體上講，「五四運動」以來，學者在論文寫作中，其引文漸漸以較小字體單獨列為一段，與作者所作正文內容區別開來；而以往學者對引文的處理是將其融入正文，內容上根據需要或有小調整，形式上也不另起一段，也

〔註15〕曹旅寧撰：《黃永年先生編年事輯》，北京：中華書局，2013年版，第167頁。

就是說把引文視為正文的一部分。儘管《說文解字約注》中也有「舜徽按」，這
是一種區別於「引諸家說」，提示作者所言的方式，但其容量在總體上是遠遠少
於「引諸家說」的。張舜徽主要走的是傳統治小學路子，作札記、疏證，他的
論著呈現形式不是我們現在常見的期刊論文，這種寫作方式實際上會使得他對
很多文字學的具體問題沒有深入展開探究。然而，從某些學術研究內容上看，
張舜徽在傳統小學的現代轉型上是作出了努力的，例如通過比較《說文解字約
注》與《漢語語原聲系》，可知張舜徽所大力發揚的「雙聲之學」，使得他將自
己對「雅學」、訓詁學的研究拓展到了現代語源學，這也可以被視為是某種現代
學術轉型的案例。另外，我們也不得不指出，對於傳統的學術表達形式，今人
也不宜一概以現代學術形式來苛求，應該適當認識其存在的合理性，如錢鍾書
的《管錐編》。張舜徽的傳統學術表達形式有其合理性，戴建業教授指出，張舜
徽的《清人文集別錄》「以『別錄』這種體式來總結清代學術，自有其他學術概
論或學術史所不可替代甚至無法比擬的長處。」〔註16〕我們對張舜徽文字學研
究的學術表達形式的看法也應當多一份了解之同情。

　　第二，20 世紀古文字學研究發展迅速，張舜徽似乎未能充分介入這一學
術領域的前沿，推進對新發現古文字材料的解讀工作。由本文對張舜徽文字學
論著的系統、深入研究和論述，我們不能認為張舜徽不重視新發現的古文字材
料，實際上他為了達到自己的著述目的，已經較為充分地把所能掌握的古文字
材料作為論據融入其文字學論著之中。現代學科分類體系下的文字學或古文
字學有其明確的研究對象與重心：字形。文字學界基本上已經形成共識：字形
是文字學研究的基礎，文字音、義的探究都要建立在字形明確的基礎上。《說
文解字約注》顯然在字形方面的探討是不夠的，甚至對於傳統「六書」理論的
運用也不如馬敘倫的《說文解字六書疏證》，後者大概因此尚能入選《古文字
詁林》。我們發現，張舜徽在《說文解字約注》中對文字的讀音、涵義闡發較
多，「聲義通貫」是其釋字特色。然而當今古文字材料被大量發現，學界必須
首先解決一個字形識別的問題，在此基礎上才能有效討論字音、字義、字用等
問題。張舜徽文字學研究之所以未能得到古文字學界的高度評價，大概根源就
在於其在「字形」研究上未能發力。

〔註16〕戴建業：《別忘了祖傳秘方》，《讀書》，2006 年 01 期，第 128 頁。

第三，《說文解字約注》中有一些文字說解也存在問題，或可商榷。當然，「舜徽按」中的絕大多數內容是可成一家之言的，其言之有據的，可作為文字學研究的材料、論據。本文屢次提出過這樣的觀點：張舜徽先生治學立論平實，絕大多數情況下可成一家之言。然而，我們對於張舜徽在《說文解字約注》中可能存在的「缺漏」也無須避開不談，例如，關於《約注》卷廿一中的「滴」字，我們平心而論，張舜徽給出的新說「慧琳所引說解有變字，恐屬後人附記，非許原文」，〔註17〕他的這個觀點因為缺乏細密論證，似乎未能完全令人信服。學界對於此等處，不妨視為一家之言，多聞闕疑可也。又如，《約注》在訂正《段注》的這項工作中，偶爾也會出現各種失誤，包括對《段注》的誤會、誤駁等，就連《約注》一書本身也存在個別的轉抄之誤，例如《段注》「嗣」字說解中的「國象」，《約注》轉引《段注》時則寫作了「國家」。《段注》的原書版本就是寫作「國象」的，此外，「口」是象形字，查《段注》「冑」字中有云：「從口者，象其首尾相接之狀也。」那麼《段注》實際上原本無疑是寫作「國象」的，《約注》轉抄為「國家」，這是個失誤。張舜徽所作《說文解字約注》體量巨大，內容豐富，在一些具體的細節性問題上難免有所不足，賢者識其大者，不賢者識其小者。

總之，張舜徽的文字學作為其傳統小學研究的一部分，取得了很大的成績，這對於他成就通人之學有着重大意義。我們以現代分科研究的專業、細密標準來衡量張舜徽文字學，其在論著寫作方式、研究重心等方面是存在一定局限性的。造成這種局限性的根源在於他未能徹底完成由傳統小學到現代古文字學研究的學術轉型。如果張舜徽能在《說文解字約注》的基礎上，繼續推出如《漢語語原聲系》這樣的專著，以及一些文字學單篇考釋論文，相信學界會更加認可其學術成就。

〔註17〕張舜徽撰：《說文解字約注》，《張舜徽集》，華中師範大學出版社，2009 年版，第2740 頁。

參考文獻

　　凡例：參考文獻分古籍、近人編著、論文三大類。古籍以傳統經、史、子、集四部分類；近人編著按作者姓氏拼音首字母排序，同一作者按出版年份先後排序；論文分「學位論文」與「期刊論文」，按發表時間先後排序。

壹、古　籍

一、經　部

（一）十三經類

1. （魏）王肅偽孔安國傳，（唐）孔穎達等正義：《尚書正義》，阮元校刻《十三經注疏》，中華書局影印本，1980 年版。

2. （漢）毛亨傳，鄭玄箋，（唐）孔穎達等正義：《毛詩正義》，阮元校刻《十三經注疏》，中華書局影印本，1980 年版。

3. （漢）鄭玄注，（唐）賈公彥疏：《周禮注疏》，阮元校刻《十三經注疏》，中華書局影印本，1980 年版。

4. （漢）鄭玄注，（唐）孔穎達等正義：《禮記正義》，阮元校刻《十三經注疏》，中華書局影印本，1980 年版。

5. （魏）何晏注，（宋）邢昺疏：《論語註疏》，阮元校刻《十三經注疏》，中華書局影印本，1980 年版。

6. （晉）郭璞注，（宋）邢昺疏：《爾雅注疏》，阮元校刻《十三經注疏》，中華書局影印本，1980 年版。

（二）小學類

1. （梁）顧野王著：《大廣益會玉篇》，中華書局，1987 年版。
2. （南唐）徐鍇撰：《說文解字繫傳》，中華書局，1987 年版。
3. （漢）許慎撰，（宋）徐鉉校定：《說文解字》，中華書局，1963 年版。
4. （元）黃公紹、熊忠著：《古今韻會舉要》，中華書局，2000 年版。
5. （清）段玉裁撰：《說文解字注》，上海古籍出版社，1981 年版。
6. （清）段玉裁撰，鍾敬華校點：《經韻樓集》，卷一，上海古籍出版社，2008 年版。
7. （清）桂馥撰：《說文解字義證》，中華書局，1987 年版。
8. （清）王筠撰：《說文釋例》，武漢市古籍書店，1983 年版。
9. （清）王筠撰：《說文句讀》，中國書店，1983 年版。
10. （清）徐承慶撰：《說文解字注匡謬》，卷二，續修四庫全書本。
11. （清）錢繹撰集，李發舜、黃建中點校：《方言箋疏》，中華書局，2013 年版。
12. 徐時儀等校注：《一切經音義三種校本合刊》，上海古籍出版社，2012 年版。

二、史　部

1. （漢）司馬遷著：《史記》，中華書局，1959 年版。
2. （漢）班固撰，（唐）顏師古注：《漢書》，中華書局，1962 年版。
3. （清）章學誠注，葉瑛校注：《文史通義》，中華書局，1985 年版。

三、子　部

1. （漢）劉安撰，（東漢）高誘注：《淮南子注》，世界書局，1935 年版。
2. （明）李時珍撰：《本草綱目》，1596 年金陵胡成龍刻本。
3. （清）郭慶藩撰，王孝魚點校：《莊子集釋》，中華書局，1961 年版。

四、集　部

1. （宋）洪興祖撰，白化文、許德楠、李如鸞、方進點校：《楚辭補注》，中華書局，1983 年版。
2. （梁）蕭統編，（唐）李善，呂延濟，劉良，張銑，呂向，李周翰注：《六臣注文選》，中華書局，1987 年版。

貳、近人編著

C

1. 陳夢家著：《殷墟卜辭綜述》，科學出版社，1956 年版。
2. 陳松長等編：《馬王堆簡帛文字編》，文物出版社，2001 年版。

D

1. 丁福保編纂：《說文解字詁林》，中華書局，1988 年版。

2. 戴建業主編:《張舜徽學術論著闡釋》,華中師範大學出版社,2011 年版。

3. 董蓮池編著:《說文解字研究文獻集成》(古代卷),作家出版社,2007 年版。

4. 董恩林主編:《紀念張舜徽百年誕辰國際學術研討會暨中國歷史文獻研究會第 32 屆年會論文集》,湖北人民出版社,2012 年版。

5. 戴淮清著:《漢語音轉學》,中國友誼出版公司,1986 年版。

G

1. 郭沫若著:《石鼓文研究·詛楚文考釋》,科學出版社,1982 年版。

2. 郭沫若著:《兩周金文辭大系圖錄考釋》,科學出版社,1958 年版。

3. 郭錫良編著:《漢字古音手冊》(增訂本),商務印書館,2010 年版。

H

1. 黃侃述,黃焯編:《文字聲韻學筆記》,油印本,1976 年版。另有上海古籍出版社 1983 年版。

2. 黃侃箋識,黃焯編:《說文箋識四種》,上海古籍出版社 1983 年版。

3. 黃侃撰:《黃侃聲韻學未刊稿》,武漢大學出版社,1985 年版。

4. 黃侃撰,黃延祖重輯:《黃侃國學講義錄》,中華書局,2006 年版。

5. 黃侃批校:《黃侃手批說文解字》,中華書局,2006 年版。

6. 黃焯撰:《古今聲類通轉表》,上海古籍出版社,1983 年版。

7. 胡厚宣主編:《甲骨文合集釋文》,中國社會科學出版社,1999 年版。

8. 何琳儀著:《戰國古文字典·戰國文字聲系》,中華書局,1998 年版。

9. 黃德寬,陳秉新著:《漢語文字學史》,安徽教育出版社,2006 年版。

J

1. 蔣冀騁著:《說文段注改篆評議》,湖南教育出版社,1993 年版。

L

1. 林沄著:《古文字研究簡論》,吉林大學出版社,1986 年版。

2. 陸宗達著:《說文解字通論》,北京出版社,1981 年版。

3. 李圃主編:《古文字詁林》,上海教育出版社,2004 年版。

4. 李圃、鄭明主編:《古文字釋要》,上海教育出版社,2010 年版。

5. 李葆嘉著:《清代古聲紐學》,上海古籍出版社,2012 年版。

6. 劉葉秋著:《中國字典史略》,中華書局,1983 年版。

7. 劉賾編纂:《說文古音譜》,中華書局,2013 年版。

8. 劉筱紅著:《張舜徽與清代學術史研究》,華中師範大學出版社,2008 年版。

9. 劉釗主編:《新甲骨文編》,福建人民出版社,2009 年版。

M

1. 馬敘倫著:《說文解字六書疏證》,上海書店,1985 年版。

2. 馬敘倫著:《說文解字研究法》,中國書店,1988 年版。

3. 馬宗霍著：《說文解字引通人說考》，科學出版社，1959 年版。

4. 馬宗霍著：《說文解字引方言考》，科學出版社，1959 年版。

5. 馬宗霍著：《說文解字引群書考》，科學出版社，1959 年版。

6. 馬宗霍著：《說文解字引經考》，中華書局，2013 年版。

P

1. 蒲立本著，潘悟雲、徐文堪譯：《上古音的輔音系統》，中華書局，1999 年版。

Q

1. 裘錫圭著：《文字學概要》，商務印書館，1988 年版。

2. 錢玄同著，楊天石主編：《錢玄同日記》（整理本），北京大學出版社，2014 年版。

R

1. 容庚編：《金文編》，中華書局，1985 年版。

2. 容庚，張維持著：《殷周青銅器通論》，科學出版社，1958 年版。

3. 沈兼士著：《沈兼士學術論文集》，中華書局，1986 年版。

S

1. 孫海波編：《甲骨文編》，中華書局，1965 年版。

T

1. 唐蘭著：《古文字學導論》，齊魯書社，1981 年版。

2. 湯余惠主編：《戰國文字編》，福建人民出版社，2001 年版。

3. 滕壬生編：《楚系簡帛文字編》，湖北教育出版社，1995 年版。

4. 唐作藩編著：《上古音手冊》（增訂本），中華書局，2013 年版。

5. 湯可敬撰：《說文解字今釋》，嶽麓書社，2001 年版。

W

1. 王國維著：《觀堂集林》，中華書局，1959 年版。

2. 王力著：《清代古音學》，中華書局，1992 年版。

3. 王力著：《漢語語音史》，商務印書館，2010 年版。

4. 吳澤順著：《漢語音轉研究》，嶽麓書社，2005 年版。

X

1. 徐中舒主編：《甲骨文字典》，四川辭書出版社，1988 年版。

2. 徐在國編：《傳鈔古文字編》，線裝書局，2006 年版

3. 許剛著：《張舜徽的漢代學術研究》，華中師範大學出版社，2009 年版。

Y

1. 楊樹達著：《積微居小學金石論叢》，科學出版社，1955 年版。

2. 楊樹達著：《積微居小學述林》，中華書局，1983 年版。

3. 楊樹達著：《漢書窺管》，《楊樹達文集》，上海古籍出版社，1984 年版。

4. 楊樹達著：《積微翁回憶錄》，北京大學出版社，2007 年版。

5. 楊伯峻譯注：《論語譯注》，中華書局，1980 年版。

6. 姚孝遂著：《許慎與〈說文解字〉》，中華書局，1983 年版。

7. 殷寄明著：《語源學概論》，上海教育出版社，2000 年版。

8. 余行達著：《說文段注研究》，巴蜀書社，1998 年版。

Z

1. 張之洞撰，范希曾補正，徐鵬導讀：《書目答問補正》，上海古籍出版社，2001 年版。

2. 章太炎撰，上海人民出版社編，蔣禮鴻、殷孟倫、殷煥先點校：《章太炎全集·新方言、嶺外三州語、文始、小學答問、說文部首均語、新出三體石經考》，上海人民出版社，2014 年版。

3. 張舜徽撰：《中國史論文集》，湖北人民出版社，1956 年版。

4. 張舜徽：《廣校讎略》，中華書局，1963 年版。並收入《張舜徽集》，華中師範大學出版社，2004 年版。

5. 張舜徽撰：《廣文字蒙求》，華中師範大學古籍所編，圖書館藏內部本。

6. 張舜徽撰：《周秦道論發微》，中華書局，1982 年版。

7. 張舜徽撰：《說文解字約注》，中州書畫社，1983 年版。並收入《張舜徽集》，華中師範大學出版社，2009 年版。

8. 張舜徽撰：《鄭學叢著》，齊魯書社，1984 年版。並收入《張舜徽集》，華中師範大學出版社，2005 年版。

9. 張舜徽撰：《清人筆記條辨》，中華書局，1986 年版。並收入《張舜徽集》，華中師範大學出版社，2004 年版。

10. 張舜徽撰：《舊學輯存》，齊魯書社，1988 年版。並收入《張舜徽集》，華中師範大學出版社，2008 年版。

11. 張舜徽撰：《說文解字導讀》，巴蜀書社，1990 年版。

12. 張舜徽撰：《清儒學記》，齊魯書社，1991 年版。並收入《張舜徽集》，華中師範大學出版社，2005 年版。

13. 張舜徽撰：《愛晚廬隨筆》，湖南教育出版社，1991 年版。並收入《張舜徽集》，華中師範大學出版社，2005 年版。

14. 張舜徽撰：《訒庵學術講論集》，嶽麓書社，1992 年版。並收入《張舜徽集》，華中師範大學出版社，2008 年版。

15. 張舜徽撰：《張舜徽學術論著選》，華中師範大學出版社，1997 年版。

16. 張舜徽撰，周國林編：《張舜徽學術文化隨筆》，中國青年出版社，2001 年版。

17. 張舜徽撰：《中國文獻學》，《張舜徽集》，華中師範大學出版社，2004 年版。

18. 張舜徽撰：《中國古代史籍舉要.中國古代史籍校讀法》，《張舜徽集》，華中師範大學出版社，2004 年版。

19. 張舜徽撰：《霜紅軒雜著》，《張舜徽集》，華中師範大學出版社，2009 年版。

20. 張舜徽撰：《張舜徽壯議軒日記》，國家圖書館出版社，2010 年版。

21. 張三夕主編：《中國古典文獻學》（第 2 版），華中師範大學出版社，2007 年版。

22. 張標著：《20 世紀〈說文〉學流別考論》，中華書局，2003 年版。

23. 臧克和著：《說文解字的文化說解》，湖北人民出版社，1995 年版。

24. 中國社會科學院考古研究所編：《殷周金文集成釋文》，香港中文大學出版社，2000 年版。

25. 曾憲通編：《長沙楚帛書文字編》，中華書局，1993 年版。

26. 鄭張尚芳著：《上古音系》，上海教育出版社，2003 年版。

27. 鄒曉麗著：《傳統音韻學實用教程》，上海辭書出版社，2002 年版。

28. 趙平安著：《〈說文〉小篆研究》，廣西教育出版社，1999 年版。

29. 周國林主編：《張舜徽百年誕辰紀念國際學術研討會論集》，華中師範大學出版社，2011 年版。

參、論　文

（一）學位論文

1. 王波：《張舜徽〈說文解字約注〉綜論》，寧夏大學碩士論文，2004 年。

2. 牛尚鵬：《〈說文解字約注〉同源詞研究》，山東大學碩士論文，2009 年。

3. 高山：《〈說文解字約注〉同族詞註釋研究》，華中師範大學博士論文，2012 年。

4. 張雲：《〈說文解字約注〉釋例》，山東大學 2012 年。

5. 劉琴華：《〈說文解字約注〉校勘研究》，江西師範大學碩士論文，2013 年。

6. 葉嘉冠：《張舜徽〈說文解字約注〉研究》，（臺灣）逢甲大學碩士論文，2014 年。

（二）期刊論文

1. 殷孟倫：《〈說文解字〉〈釋名〉兩書簡析》，《山東大學學報》（中國語言文學版）1961 年第 3 期。

2. 管燮初：《從〈說文〉中的諧聲字看上古漢語聲類》，《中國語文》1982 年第 1 期。

3. 張舜徽：《吳王夫差矛銘文考釋》，《光明日報》1984 年 3 月 7 日第 336 期。

4. 湯可敬：《也說轉注》，《益陽師專學報》1984 年第 4 期。

5. 夏淥，傅天佑：《說（鋁）——吳王夫差矛銘文考釋》，《語言研究》1985 年第 1 期。

6. 林薰：《「貫」辯》，《青海師專學報》1986 年第 4 期。

7. 吳澤順：《「聚」義詞族探微》，《懷化師專社會科學學報》1987 年第 3 期。

8. 蔣人傑：《評〈說文解字約注〉》，《辭書研究》1988 年第 1 期。

9. 張三夕：《張舜徽先生學述》，《中國文化》，1990 年第 2 期。

10. 任克：《從〈說文解字〉研究有關紡織學的若干問題》，《蘇州絲綢工學院學報》1991

年第 2 期。

11. 王福義：《同源詞掇拾》，《古籍整理研究學刊》1994 年第 6 期。

12. 盧烈紅：《黃侃的語源學理論和實踐》，《武漢大學學報》（哲學社會科學版），1995 年第 06 期。

13. 謝貴安：《「會通」思想及其歷史回聲》，《船山學刊》1997 年第 1 期。

14. 劉友朋，高薇薇，頓嵩元：《顧野王〈玉篇〉及〈玉篇〉對〈說文〉的匡正》，《天中學刊》1998 年第 3 期。

15. 郝士宏：《〈說文解字〉「讀與某同」考釋》，《寧夏大學學報》（人文社會科學版）2000 年第 4 期。

16. 謝貴安：《張舜徽與 20 世紀後半葉的國學研究》，《求索》2001 年第 6 期。

17. 許家星：《〈說文解字〉「牛」字說解的辨釋》，《五邑大學學報》（社會科學版）2004 年第 3 期。

18. 楊琳：《〈說文〉辨正五則》，《中國文字研究》2004 年第 00 期。

19. 柳玉宏：《「喬」族字試析》，《寧夏大學學報》（人文社會科學版）2005 年第 2 期。

20. 周鳳玲：《「干支」考》，《漢字文化》2006 年第 2 期。

21. 王卯根：《淺釋〈說文解字〉的「聲讀同字」現象》，《古籍整理研究學刊》2006 年第 4 期。

22. 陳錦春：《〈說文解字校訂本〉指瑕》，《圖書館雜誌》2006 年第 5 期。

23. 梁光華：《也論唐寫本〈說文・木部〉殘帙的真偽問題》，《中國語文》2007 年第 6 期。

24. 高海英：《從〈說文〉女部字看古人的女性審美觀》，《重慶科技學院學報》（社會科學版）2007 年第 6 期。

25. 許剛：《張舜徽先生小學研究中的方法論》，《內江師範學院學報》2008 年第 5 期。

26. 李華斌，魯毅：《〈廣校讎略〉在張舜徽學術著述中的地位》，《古籍整理研究學刊》2010 年第 2 期。

27. 牛尚鵬：《〈說文解字約注〉「雙聲」說的具體所指》，《華中人文論叢》2010 年第 2 期。

28. 魏曉艷：《漢字文化學研究述評》，《十堰職業技術學院學報》，2010 年第 23 卷，第 5 期。

29. 張三夕：《歲月映照大師的光輝》，周國林主編《張舜徽百年誕辰紀念國際學術研討會論集》，華中師範大學出版社，2011 年版。

30. 王繼如：《張舜老與敦煌學》，周國林主編《張舜徽百年誕辰紀念國際學術研討會論集》，華中師範大學出版社，2011 年版。

31. 劉韶軍、高山：《〈說文解字約注〉的歷史文獻學視野》，周國林主編《張舜徽百年誕辰紀念國際學術研討會論集》，華中師範大學出版社，2011 年版。

32. 范新干：《〈說文解字約注〉探述》，周國林主編《張舜徽百年誕辰紀念國際學術研討會論集》，華中師範大學出版社，2011 年版。

33. 王餘光：《張舜徽先生藏書考略》，《圖書館》，2011 年第 2 期。

34. 陳亞平:《語源義為聲符本義的形聲字字族例證》,《現代語文》(語言研究版)2012年第 3 期。

35. 樓蘭:《從〈說文解字‧魚部〉看中國古代的魚文化》,《浙江海洋學院學報》(人文科學版) 2012 年第 5 期。

36. 翁敏修:《張舜徽〈唐寫本玉篇殘卷校說文記〉述評》,《圖書館雜誌》2012 年第 7 期。

37. 竇秀豔:《張舜徽先生的雅學成就》,董恩林主編《紀念張舜徽百年誕辰國際學術研討會暨中國歷史文獻研究會第 32 屆年會論文集》,湖北人民出版社,2012 年版。

38. 孫雅芬:《張舜徽先生談桂馥治〈說文〉方法──據〈廣韻〉〈玉篇〉以證〈說文〉》,董恩林主編:《紀念張舜徽百年誕辰國際學術研討會暨中國歷史文獻研究會第 32 屆年會論文集》,湖北人民出版社,2012 年版,第 201 頁。

39. 宋鐵全:《高郵王氏誤正〈說文解字注〉例說》,《西華大學學報》(哲學社會科學版) 2013 年第 4 期。

附　錄

附錄一　書名、用語簡稱表

簡　稱	完整名稱	說　明
《約注》	《說文解字約注》	張舜徽撰：《說文解字約注》，中州書畫社，1983 年版。並收入《張舜徽集》，華中師範大學出版社，2009 年版。
《說文導讀》	《說文解字導讀》	張舜徽撰：《說文解字導讀》，巴蜀書社，1990 年版。
導讀本	《廣文字蒙求》導讀本	《說文解字導讀》與《廣文字蒙求》另外兩種版本的內容大體一致，故視其為版本之一。
內部本	《廣文字蒙求》內部本	華中師範大學圖書館藏，1972 年版。
舊學本	《廣文字蒙求》舊學本	收入《舊學輯存》中的《廣文字蒙求》。張舜徽撰：《舊學輯存》，齊魯書社，1988 年版。並收入《張舜徽集》，華中師範大學出版社，2008 年版。
《段注》	《說文解字注》	（清）段玉裁撰：《說文解字注》，上海古籍出版社，1981 年版。
《說文詁林》	《說文解字詁林》	丁福保編纂：《說文解字詁林》，中華書局，1988 年版。
引說	《約注》引用諸家說	《說文解字約注》書中「舜徽按」之前所引《說文》學者論說。
引書	《約注》引用書籍	《說文解字約注》書中「舜徽按」之後所引及書籍名稱和內容。

附錄二　三種版本《廣文字蒙求》的目錄比較表

（注：版本間不同之處以下劃線標示）

題名	《廣文字蒙求》	《廣文字蒙求》附《聲論集要》	《說文解字導讀》
簡稱	舊學本	內部本	導讀本
字體	繁體字	簡體字	簡體字
自序時間	1948 年 12 月 10 日	1972 年 3 月 14 日	無
版本	華中師範大學出版社，2008 年版	內部本，華中師範大學圖書館藏	巴蜀書社，1990 年版
目錄前言	目次	前言	目次
	序	《廣文字蒙求》卷上目次	《說文解字》導讀
第一部分	首先需要瞭解的幾個問題	首先需要瞭解的幾個問題	第一部分　首先要弄清楚的幾個問題
	一、古代文字的創造，不出於一手，不成於一時	一、勞動人民創造了文字	一、勞動人民創造了文字
	二、我們今天所能看到的古代文字	二、我們今天所能看到的古代文字	二、我們今天所能看到的古代文字
	三、我們今天所能看到的古代字書	三、我們今天所能看到的古代字書	三、我們今天所能看到的古代字書
	四、古代字書的原流和體例	四、古代字書的原流和體例	四、古代字書的源流和體例
	五、如何理解古人所提出的所謂「六書」	五、如何理解古人所提出的所謂「六書」	五、如何理解古人提出的「六書」
第二部分	借用「六書」分類法說明古代文字發生、發展、變化的情況	借用「六書」分類法，說明古代文字發生、發展、變化的情況	第二部分　全面瞭解《說文》的具體內容
	一、象形	象形	一、《說文》之學的源流和功用
	二、指事	指事	二、《說文》的版本
	三、會意	會意	三、《說文》的字數
	四、形聲	形聲	四、《說文》的解說
	五、轉注	轉注	五、《說文》的部首
	六、假借	假借	

附錄三　《約注》引書統計組表

附錄表 3.1　《約注》引書分類統計表

引書類別	書籍種數	引用次數	頻　率
小學及金石類	55	4217	76.67
經部類	33	3551	107.61
史部類	32	816	25.50
子部類	67	604	9.01
集部類	12	184	15.33
近人論著	6	14	2.33
合計	205	9386	45.79

附錄表 3.2　《約注》引用小學及金石類書籍統計表

	小類	引書名稱及次數	總　計	頻　率
小學類	字書之屬	《玉篇》（924）；《說文解字》（540）、《說文解字繫傳》（148）、《說文句讀》（15）、《說文釋例》（7）、《說文解字斠詮》（3）、《說文染指》（1）；《急就篇》（121）；《六書故》（79）；《類篇》（33）；《字林》（30）；《蒼頡篇》（20）、《蒼頡解詁》（2）；《五經文字》〔註1〕（13）；《汗簡》（4）；《字苑》（3）；《龍龕手鑑》（2）；《字書》（2）；《文字集略》（1）；《文字蒙求》1。	20 種 1949 次	97.45
	訓詁之屬	《爾雅》（558）〔註2〕、《爾雅翼》（4）、《爾雅義疏》（1）、《小爾雅》（64）；《廣雅》（443）、《埤雅》（2）；《釋名》（348）；《方言》（211）、《答劉歆書》〔註3〕（1）；《通俗文》（9）；《匡謬正俗》（3）；《經籍纂詁》（1）；《群經音辨》〔註4〕（1）；《字詁》（1）、《古今字詁》（1）。	15 種 1648 次	109.87
	韻書之屬	《廣韻》（266）；《一切經音義》（135）、《續一切經音義》（2）；《集韻》（113）；《韻會》（54）；《聲類》（20）；《唐韻》（11）、《切韻》（2）；《五音集韻》（4）；《增修互註禮部韻略》（3）；《韻集》（1）；《李氏音鑑》（1）。	12 種 612 次	51.00

〔註1〕 原在「經解類」，查《四庫全書》收入小學類字書之屬，故改入小學類。
〔註2〕 含引《爾雅序》1 次。為行文簡要，也便於達到統計目的，將引某書具體篇目的次數亦計入該書，如將引《周南》的 24 次計入引《詩經》次數，這些情況均用腳註說明。
〔註3〕 此文附入《輶軒使者絕代語釋別國方言》，故列於《方言》之後。
〔註4〕 原在「經解類」，查《四庫全書》收入小學類訓詁之屬，故改入小學類。

類別		引書名稱及次數	總計	頻率
金石類	石刻	《三體石經》（27）；《開成石經》〔註5〕（1）；《隸釋·隸續·斥彰長田君碑》（1）；《栖先塋記》〔註6〕（1）；《袁良碑》（1）；《張遷碑》（1）；《道因法師碑》（1）。	7種 33次	4.71
	金文	《鐘鼎彝器款識》（2）。	1種 2次	2.00
類合計		引書55種4217次；		76.67

附錄表3.3　《約注》引用經部類書籍統計表

類　別	引書名稱及次數	總　計	頻　率
《詩》類	《詩經》（1063）。〔註7〕《毛傳》（247）；《毛詩草木鳥獸蟲魚疏》（9）；《毛詩正義》（2）；《毛詩傳疏》（1）。《韓詩》（19）；《韓詩外傳》（3）。	7種 1344次	192.00
《禮》類	《禮記》（376）；〔註8〕《大戴禮記》（16）；《禮記義疏》（2）。周禮（354）〔註9〕儀禮（66）〔註10〕。	5種 814次	162.80
《春秋》類	《左傳》（411）；《左傳正義》（4）。《春秋公羊傳》（35）；《公羊音義》（1）。《春秋穀梁傳》（11）。《春秋經傳集解》（1）。	6種 463次	77.17
《書》類	《尚書》（355）。〔註11〕《尚書大傳》（7）。	2種 362次	181.00

〔註5〕原在「群經總義」類，今入特設之「金石類」。

〔註6〕唐代李季卿撰，李陽冰書，列入「金石類」。

〔註7〕引書名稱除「《詩經》」外，還有具體引用的「風、雅、頌」之名，其中《國風》下還引及15種，包括：《周南》（24）、《召南》（22）、《邶風》（35）、《鄘風》（22）、《衛風》（34）、《王風》（14）、《鄭風》（25）、《齊風》（18）、《秦風》（15）、《魏風》（11）、《唐風》（10）、《陳風》（10）、《檜風》（4）、《曹風》（6）、《豳風》（30），共280次；引《雅》中包括《小雅》（166）、《大雅》（114），共280次；引《頌》中包括《周頌》（29）、《魯頌》（20）、《商頌》（13），共62次。這些都是《詩經》中的篇目，因此計為一種書，引書次數全面匯總計為1063次。

〔註8〕除引書名269次外，另含引9個篇目共107次：《月令》（47）、《樂記》（18）、《王制》（13）、《夏小正》（11）、《聘義》（6）、《喪大記》（4）、《祭統》（4）、《鄉飲酒義》（2）、《文王世子》（2）。計為一種書，引用總次數是376次。

〔註9〕除引書名264次外，另含引2個篇目共90次：《春官》（28）、《考工記》（62）。計為一種書，引用總次數是354次。

〔註10〕除引書名59次外，另含引2個篇目共7次：《喪服傳》（3）、《士虞禮》（4）。計為一種書，引用總次數是66次。

〔註11〕除引書名154次外，另引及4個篇目：《虞書》（25）、《夏書》（86）、《商書》（13）、《周書》（77），其中引《夏書》含《禹貢》（37），引《商書》含《太甲》（1），引《周書》含《呂刑》（8）、《秦誓》（7）、《洛誥》（4）、《泰誓》（2）。計為一種書，引用總次數是355次。

《四書》類	《論語》（126）；《論語集解》（6）。《孟子》（98）〔註12〕；《孟子題辭》（1）。《中庸》（14）。《大學》（5）。	6種250次	41.67
五經總義類	《經典釋文》（216）；《經義述聞》（2）；《群經補義》（1）。	3種219次	73.00
《易》類	《周易》（90）。《易緯》（3）。	2種93次	46.50
《孝經》類	《孝經》（5）。《弟子職》〔註13〕（1）。	2種6次	3.00
類合計	引書33種3551次；		107.61

附錄表 3.4 《約注》引用史部類書籍統計表

類　別	引書名稱及次數	總　計	頻　率
正史類	《漢書》（407）；〔註14〕《漢書注》（4）；《漢書音義》（3）。《史記》（213）；〔註15〕《後漢書》（45）；〔註16〕《三國志》（5）；〔註17〕《隋書》（3）；《晉書》（2）；《晉書載記》（1）；《晉書音義》（1）。《唐書》（2）；《宋史》（1）；《南齊書》（1）；《山居賦》〔註18〕（1）；北周書（1）。	15種690次	46.00
雜史類	《國語》（64）。〔註19〕《戰國策》（15）。〔註20〕《松漠紀聞》（1）。	3種80次	26.67

〔註12〕除引書名89次外，另含引1個篇目共9次：《滕文公篇》（9）。計為一種書，引用總次數是98次。

〔註13〕《漢書‧藝文志》附於《孝經》，今從之。

〔註14〕除引書名325次外，另含引7個篇目共82次：《地理志》（54）、《食貨志》（18）、《百官公卿表》（4）、《司馬相如傳》（3）、《彭宣傳》（1）、《尹翁歸傳》（1）、《解嘲》（1），計為一種書，引用總次數是407次。

〔註15〕除引書名192次外，另含引5個篇目共21次：《秦始皇本紀》（13）、《太史公自序》（4）、《楚世家》（2）、《袁盎傳》（1）、《十二諸侯年表》（1），計為一種書，引用總次數是213次。

〔註16〕除引書名38次外，另含引3個篇目共7次：《郡國志》（4）、《戒子益恩書》（2）、《廣成頌》（1），計為一種書，引用總次數是45次。《戒子益恩書》東漢鄭玄所作，載《後漢書‧鄭玄傳》；《廣成頌》載《後漢書‧馬融傳》。

〔註17〕除引書名3次外，另含引2個篇目共2次：《管輅傳》（1）、《魏書》（1），計為一種書，引用總次數是5次。

〔註18〕此賦為南朝謝靈運所作，收入《宋書》，故列入「正史類」。

〔註19〕葉文原列《國語》在「別史類」，今依《四庫全書》改為「雜史類」。除引書名43次外，另含引3個篇目共21次：《周語》（3）、《晉語》（13）、《吳語》（5），計為一種書，引用總次數是64次。

〔註20〕除引書名9次外，另含引2個篇目共6次：《秦策》（5）、《燕策》（1），計為一種書，引用總次數是15次。

地理類	《水經注》（15）；《太平寰宇記》（3）；《元和郡縣圖志》（2）；《西域水道記》（1）；《南方草木狀》〔註21〕（1）；《南越志》（1）。	6 種 23 次	3.83
別史類	《逸周書》（14）。《續漢書》（2）。《晉中興書》〔註22〕（1）。	3 種 17 次	5.67
政書類	《通典》（1）；《清會典》（1）。	2 種 2 次	1.00
載記類	《華陽國志》（1）；《越絕書》（1）。	2 種 2 次	1.00
傳記類	《晏子春秋》〔註23〕（2）	1 種 2 次	2.00
類合計	引書 32 種 816 次；		25.50

附錄表 3.5　《約注》引用子部類書籍統計表

類　　別	引書名稱及次數	總　　計	頻　　率
雜家類	《淮南子》（93）；《呂氏春秋》（44）；《論衡》（25）；《風俗通義》（9）；《顏氏家訓》（7）；《廣志》（2）；《夢溪筆談》（1）、《夢溪補筆談》（1）；《鬼谷子》（1）。	9 種 183 次	20.33
儒家類	《荀子》（65）；〔註24〕《白虎通義》（27）；《鹽鐵論》（10）；《法言》（5）；〔註25〕《潛夫論》（4）；《新序》（3）；《說苑》（3）；《中論》（2）；《賈子》（2）；《太玄》（1）。	10 種 122 次	12.20
道家類	《莊子》（56）；《老子》（16）；《列子》（7）；《抱朴子》（3）。	4 種 82 次	20.50
醫家類	《本草》〔註26〕（19）；《本草圖經》（12）；《本草綱目》（9）；《本草綱目拾遺》（3）；《嘉祐補注本草》（2）；《唐本草注》（1）；《開寶本草注》（1）；《本草衍義》（1）；《神農本草經》（1）。《黃帝內經素問》（9）；《黃帝素問靈樞經》（2）。《八十一難經》（1）；《傷寒論》（1）；《金匱要略》（1）；《洗冤錄》〔註27〕（1）；《雷公炮炙論》（1）。	16 種 65 次	4.06

〔註21〕 此書一般認為是西晉嵇含所作，但也有學者懷疑是南宋人偽託。
〔註22〕 南朝宋何法盛撰，另一說是郗紹撰。
〔註23〕 葉文原在「墨家類」，查《四庫全書》為史部傳記類名人之屬，今從《四庫》分類。
〔註24〕 除引書名 64 次外，另含引 1 個篇目共 1 次：《禮論篇》（1），計為一種書，引用總次數是 65 次。
〔註25〕 引用《揚子》1 次，計入《法言》，均指《揚子法言》一書。
〔註26〕 以《新修本草》為主，另有吳氏、陶注《本草》。
〔註27〕 原在「地理類」，今入子部醫家類。

類書類	《太平御覽》（18）；《初學記》（12）；《藝文類聚》（8）；《白孔六帖》〔註28〕（2）。	4種 40次	10.00
法家類	《管子》（19）；《韓非子》（15）；《商子》（1）。	3種 35次	11.67
小說家類	《山海經》〔註29〕（25）。〔註30〕《世說新語》（3）；《酉陽雜俎》（2）；《穆天子傳》（2）；《埤雅廣要》（1）；《博物志》〔註31〕（1）。	6種 34次	5.67
農家類	《救荒本草》（10）；《齊民要術》（7）。	2種 17次	8.50
術數類	《洪範五行傳》（4）；《甘石星經》（1）。〔註32〕《易林》（2）；《開元占經》（1）。	4種 8次	2.00
兵家類	《司馬法》（6）。	1種 6次	6.00
譜錄類	《植物名實圖考》（2）；《竹譜》〔註33〕（1）；《茶經》〔註34〕（1）；《學圃餘疏》〔註35〕（1）	4種 5次	1.25
雜家類	《墨子》〔註36〕（3）；《雙硯齋筆記》〔註37〕（1）。	2種 4次	2.00
天文算法類	《孫子算經》（2）。	1種 2次	2.00
釋家類	《毗耶娑問經》（1）。	1種 1次	1.00
類合計	14類引書67種604次；		9.01

〔註28〕（唐）白居易撰《六帖》三十卷，（宋）孔傳撰《後六帖》三十卷，總六十卷。不知何人編兩書）一書。《白孔六帖》又作一百卷，亦不知何人之所分。

〔註29〕原在「地理類」，查《四庫全書》為子部小說家類異聞之屬，今從《四庫》分類。

〔註30〕除引書名24次外，另含引1個篇目共1次：《東山經》（1），計為一種書，引用總次數是25次。

〔註31〕查《四庫全書》為子部小說家類瑣記之屬

〔註32〕《洪範五行傳》、《甘石星經》均為「陰陽五行之屬」，歸入「術數類」。

〔註33〕葉文原在子部藝術類，查《四庫全書》為譜錄類草木禽魚之屬，今從《四庫》分類。

〔註34〕唐代陸羽所作，查《四庫全書》為子部譜錄類飲饌之屬。

〔註35〕明代王世懋所作，《四庫全書存目叢書》收入子部譜錄類。

〔註36〕葉文原在「墨家類」，查《四庫全書》為子部雜家類，今從《四庫》分類。

〔註37〕清代鄧廷楨所作，書中多有關考證，故列入「子部雜家類雜考之屬」。張舜徽的《清人筆記條辨》卷六（華中師範大學出版社2004年版第213頁）對鄧氏《雙硯齋筆記》有論說，可參看。

附錄表 3.6　《約注》引用集部類書籍統計表

類　別	引書名稱及次數	總　計	頻　率
總集類	《文選》（130）；〔註38〕《文選集注》（1）。《僮約》〔註39〕（5）；《大雲寺贊公房詩》〔註40〕（1）；《書案銘》〔註41〕（1）。	5 種 138 次	27.60
楚辭類	《楚辭》（40）；〔註42〕《楚辭補注》〔註43〕（1）。	2 種 41 次	20.50
別集類	《果堂集》〔註44〕（1）；《潛研堂集》（1）；《井銘》（1）；《朱子文集》（1）。	4 種 4 次	1.00
詩文評類	《文心雕龍》（1）。	1 種 1 次	1.00
類合計	引書 12 種 184 次；		15.33

〔註38〕除引書名 71 次外，另含引 25 個篇目共 59 次：《西京賦》（6）、《思玄賦》（6）、《魏都賦》（6）、《南都賦》（5）、《東京賦》（4）、《子虛賦》（4）、《文賦》（3）、《報任少卿書》（3）、《七發》（3）、《上林賦》（2）、《長門賦》（2）、《西都賦》（2）、《神女賦》（1）、《登徒子好色賦》（1）、《舞賦》（1）、《遊天臺山賦》（1）、《長楊賦》（1）、《藉田賦》（1）、《蜀都賦》（1）、《四愁詩》（1）、《招隱詩》（1）、《移太常博士書》（1）、《與吳季重書》（1）、《李陵荅蘇武書》（1）、《與山巨源絕交書》（1），計為一種書，引用總次數是 130 次。

〔註39〕西漢王襃所作，頗具史料價值，見《古文苑》。

〔註40〕葉文原在「總集類」，蓋因此詩收入《全唐詩》。

〔註41〕（南朝梁）簡文帝所作，載《全梁文》，故列入「總集類」。

〔註42〕除引書名 26 次外，另含引 2 個篇目共 14 次：《離騷》（10）、《九歎》（4），計為一種書，引用總次數是 40 次。

〔註43〕葉文原在集部總集類，今改為集部楚辭類。

〔註44〕清人沈彤撰。

後　記

　　本書在我的博士學位論文基礎上修訂而成。回顧來路，讀完博士我過了而立之年，感謝生命中的一切，讓我堅持走在求學問道的路上。2008 年從武漢大學國學班畢業後，我選擇去湖北巴東縣支教了三年，這是一個理想主義青年發願所承擔的一點社會責任，其實就是一種感恩和回報，更是個人的一個「任性」的決定。在支教的三年裏，我在課餘時間仍然看古書、習古字，於是慢慢發現自己對於研究學問這件事，終究是不能放下的。

　　我的博士生導師張三夕教授對弟子有知遇之恩。在張老師門下，我們的收穫是比較全面的，借用張舜徽先生的說法，就是既讀了有字書，也讀無字書。就博士學位論文的寫作而言，是張老師的信任、鼓勵和指導，讓我做了這個以張舜徽先生文字學論著為研究對象的題目。接到這個題目，我是誠惶誠恐的，擔心寫得不好，對不住湘賢太老師。然而這一路的論文寫下來，其中的甘苦自知，終究還是收穫滿滿。比如第四章《〈約注〉訂正〈段注〉考辨》，其中每一個字的考辨幾乎都花費我一整天的時間，雖然最終呈現出來的內容不多，但是所查資料、文獻理解、梳理考證等工作異常繁雜。因此這個論文寫作的過程，其實就是一次艱苦而充實的修行。

　　幸運的是在修行問學的路上，總是不斷遇到給予我幫助的諸多貴人，包括師長賢達、親朋好友，同門同好等等。整個讀博期間，高華平老師、王齊洲老師，還有武漢大學古籍所的蕭毅老師，哲學院的吳根友老師，都就某篇論文給

予了具體指導。老師們的點撥，總是讓我很受益。在博士論文初稿寫完之後，我請教了同門師兄羅昌繁、李程、蘇小露，還有在北大讀博的原國學班同學黃政，在武大古籍所讀博的同好李福言，諸位都對我的論文寫作提供的各種指正、補充。獨學無友，則孤陋寡聞，因此我要感謝您們不吝賜教。此次書稿出版，承蒙導師張三夕教授的推薦，以及花木蘭文化出版社楊嘉樂老師的聯絡與幫助，謹致謝忱。

「古之學者為己，今之學者為人。」我希望讀博不是「為人之學」，不是結束；而應該是「為己之學」，是一個全新的開始。以張舜徽先生為榜樣，做一輩子的讀書人、教書人，是一件安心幸福的事情。感謝讀書這件事，感謝家人對我的支持，感謝所有幫助過我的人！

鄧　凱

2022 年 2 月